川端康成スタディーズ

21世紀に読み継ぐために

【編】
坂井セシル
紅野謙介
十重田裕一
マイケル・ボーダッシュ
和田博文

笠間書院

川端研究の新しい広場を作るために

坂井セシル（パリディドロ大学教授、東アジア文化研究所研究員）

二〇一四年九月、美しい秋日和の中、パリ日本文化会館、及び、パリディドロ大学において、ある国際シンポジュームが開催された。それは、「川端康成21世紀再読―モダニズム、ジャポニスム、神話を越えて」という題名のもと、日本、中国、ドイツ、イタリア、イギリス、アメリカ、そして勿論現場フランスから16名の近現代文学の専門家が、新しいアングルから川端康成の作品を読みなおす、という趣旨で集まった会合であった。また、代表的な現代作家の一人である多和田葉子氏も、ベルリンから韓国へ飛ぶ途中でパリに寄り、創作的批評「雪の中で踊るたんぽぽ」をこの機会に初めて発表された。このような企画は川端研究史において、初めて西洋で行なわれた、という画期的な事件であるだけではなく、実際、川端研究家のみではなく、広く日本近現代文学研究の第一線で仕事を続けているメンバーの集合として、記念的な事業となった。この十数年の間、谷崎潤一郎、三島由紀夫、森鷗外、夏目漱石、と日本の20世紀文学の代表的な作家をテーマにした国際シンポジュームが行なわれる中、川端康成も主にアジア、ヨーロッパ、アメリカが構成するグローバルな文化研究の場に登場したわけである。

また、パリ日本文化会館、国際交流基金、フランスの東アジア文化研究所などの助成を受け、「川端康成と『日本の美』」という川端コレクションの一部（川端記念会、日本近代文学館協力）を披露する本格的な展覧会、および、川端関係の映画化作品を集めた映画祭が同時開催され、大きく注目され、多くの来場者を迎えた。マルチ・イヴェントとしての文芸企画としても、初めての試みであった。

さて、本書は、このような異国での巡り会いの結果として、日本の読者に提供する、川端研究の結晶である。キーワードは、21世紀、再読、及び既成の批評神話の超越である。平成後期、あるいは、より大きい枠でいうならば、21世紀の読者にとって、20世紀作家の川端康成、又その作品をどのように解釈、あるいは再解釈してゆけるのか。そのための作業、再読（リリーディング）という、特殊な作業を重ねて、作家作品像を改めて分析するのが趣旨である。再読は時空的距離を基盤とし、新しい研究方法や視点を導入してゆきながら、同時代とは違う観点を意識的に構築してゆく、理想的な機会を供与してくれる。その過程において、再読に価値があると認められる、つまりカノンとしての地位を獲得している作家の作品世界であることが、絶対的条件である。言うまでもなく、再読とカノン形成は相互関係にあり、評価における価値判断が大きく作用している。換言するならば、一九六八年に日本文学史上初めての文学ノーベル賞を受賞した作家の研究が、没後約45年経った現在、国際的な場で再考察されるのはごく自然なことであろう。この再考察は既成の文学研究の蓄積をふまえながら、批評方法をさらに批評してゆき、新しい視野を開拓してゆく所に目標がある。大きく分けて、作家の同時代的で実験的な創作法、つまりモダニズムと、日本の伝統的な美学や慣習に修飾を求める表現法、つまり伝統主義の両方を、批評的な神話と捉えて、それらを超越してゆく観点を編み出してゆくのが、本書のねらいである。

本書の構成

巻頭には、先にも述べた多和田葉子氏の講演を掲載した。「たんぽぽ」を皮切りに、話題は川端の他作品を横断。小説の「連載」「連作」という日本独特の発表形式が作品へ及ぼした影響について語られるのも、作家ならではの視点である。

第I部「川端康成のアクチュアリティー」において、カノン形成というテーマを、その過程の特徴（坂井）、美術収集家としての作家のポートレイト（川端）、生死観に関わる宗教観（ロベール）、そして、映像文化との関係（ジェロー）、という四つの中心的な観点から、捉えている。普遍と戯れる作家像が浮かんでくる。

第II部「モダニズム再考―その時代性と実験性」においては、大正から昭和中期にいたる川端の同時代との深いコミットメントを、横光利一との比較（ドッド）、浅草の都市空間（和田）、心霊学の実験的価値（仁平）、そして、身体の表象と旅（李）というアプローチから、描いている。外的条件を敏感に受け止め、それらを芸術的なスタンスに変化させて行く手段を明らかにしている。

第III部「問題としての伝統―言語・身体・ジェンダー」では、三本の『山の音』論［修辞法の微妙な特徴（アミトラーノ）、小津安二郎監督『晩春』との比較詩学論（田村）、さらには、ジェンダー論でみるストーリーの男女表象の差異（金井）］を囲む形で、作家の言語観の文化史的な背景（鈴木）と、不具者の身体という連鎖的なテーマとその実験性（日地谷＝キルシュネライト）が追求されている。問題系統が複雑に絡み合い、解釈の可能性が限りなく広がる。また、『山の音』が、作品世界の中で、核心的な地位を占め、再読にもっとも相応しい小説として、ここで浮上していることは注意に値する。

第Ⅳ部「文学の政治学」は、従来あまり触れられていなかった問題群を堀探った研究で構成されている。近代作の文学的意味（紅野）、戦後、占領期における検閲と川端の方針（十重田）、そして、冷戦期という国際政治戦略における川端作品の翻訳政策（ボーダッシュ）、といった観点から、文学の現場や歴史的背景を追求しながら新事実が明らかにしている。数十年という時間が経ち、このように資料公開や批評の自由に基付いた見解が展開されるようになった。

川端について考えるとき、彼が映像にも強いこだわりをもっていたことを忘れてはならない。新感覚派映画連盟での活動はじめ、その軌跡を探るとき、オムニバスを含めた全四一作品を紹介する**第Ⅴ部**「原作映画事典」（志村）は強い味方となるだろう。四方田犬彦氏の寄稿文は、六回にわたる『伊豆の踊子』映画化について、一九三〇年代から現在まで辿ったものである。必然的に、原作のもつ諸相が浮かび上がってこよう。

第Ⅵ部では、今や世界に広がる川端作品が、具体的にどのように評価され受容されているのか、現地在住の担当執筆者が生の空気を伝えてくれている。

これらの作業によって、マクロレヴェルの比較文学の視野も見えてくるかもしれない。ボルヘス、ヘミングウェー、ナボコフと、20世紀世界文学の文豪の誕生した一八九九年が、川端の誕生年でもあることは、偶然を越えて、大きい文化的意味を背負っているように思える。世界文学の中の川端文学という接点は現在となっては、いかに20世紀の世界文学の大著を21世紀以降も読み直し、翻訳や研究を続行してゆくか、といった問いへの答えに直接的に繋がっている。近代の文化遺産を再生してゆく動きの中で、本書はその一つのステップとしての意味を持つことができれば、本望である。

Contents

第IV部 文学の政治学

第V部 川端康成原作映画へのアプローチ

第VI部 世界のなかの川端康成――ヨーロッパ・アメリカ・アジアの最新動向紹介

○巻頭エッセイ

雪の中で踊るたんぽぽ

多和田葉子 Yoko Tawada

雪の中で踊るたんぽぽ

多和田葉子 Yoko Tawada

「たんぽぽ」は、川端康成の小説の題名の中では異色です。川端ブランドのイメージをつくりあげている新潮文庫の十二冊を時代順に下から積み上げていって、「たんぽぽ」を一番上に置いてみると、この本だけが、菊の品評会にまぎれこんだ雑草たんぽぽのように異質な黄色に輝いて見えます。「古都」、「千羽鶴」、「名人」、「伊豆の踊子」などの題名と違って、「たんぽぽ」は、日本の古い伝統を想い起こさせることがなく、また「眠れる美女」、「女であること」、「舞姫」などのように、女性を前面に出した題名でもありません。

たんぽぽも菊科の植物なのですが、なかなか菊のようには大事にされません。わたしは長いこと川端康成にこのような作品のあることも知らず、一九九六年に講談社文芸文庫から新たに出版された時に初めて読んで、脳味噌の中にたんぽぽの花が咲いたような気分になれたのですが、残念ながらこの文庫も今また絶版になっているようです。

たんぽぽそのものは昔から日本にあった植物で、この名称もすでに江戸時代に使われていたそうですが、たんぽぽは、日本を象徴する花として選ばれることはありませんでした。同じ菊科でも、菊は天皇家の紋章であり、また、天皇家の出身ではないわたしの持っている日本のパスポートの表紙にまでなぜか印刷されています。

江戸時代には、たんぽぽ（蒲公英）を家紋にしていた家もあったようですし、今でもたんぽぽを町のシンボルに選んでマンホールのデザインに使っている地方都市もあるようですが、全国で行われる「年中行事」には姿を見せません。桃の枝は桃の節句の日に飾られ、竹は七夕の日に飾られ、桜が咲けば花見が行われ、十五夜の満月が出ればすすきが飾られますが、たんぽぽの出番はありません。たんぽぽは、わたしたちにとって最も親しく美しい隣人の一人でありながら、「日本」という冠を載せた文化の外部に咲く花だと言っていいのかもしれません。

川端康成の庭には春だけでなく、冬のさなかの一月でも異様なほどみごとにたんぽぽが咲き誇っていたそうです。それがノーベル賞を取ってからは報道陣が踏み荒らして、「わびしく時折、やせた姿を見せるだけ」になってしまったと、川端香男里さんが「『たんぽぽ』覚書」（一九七二年）の最後に書いていらしたのがわたしにはとても印象的でした。ノーベル賞受賞の直前まで連載していた小説「たんぽぽ」が受賞によって中断されてしまったことを考えると、たんぽぽが一本だけ寂しそうに咲いている光景が目に浮かびます。

日本語近代文学の中で同じように異様に黄色く輝く題名に、梶井基次郎の「檸檬」（一九二四年）があります。「伊豆の踊子」と同じ時期に発表された作品です。この短編小説の語り手は、鬱々とした気分が続く日々、散歩に出て、その色と形が好きだというだけの理由でレモンを一つ買って、それから入った丸善書店で、ヨーロッパから輸入された画集を開いてみるのですが、その日はなぜか全く興味が湧きません。画集を次々棚から出しては積み上げ、やがてできた書物の高層ビルのてっぺんにレモンを置いてみます。するとそのレモンのまわりに緊張感が生まれ、語り手は、そのレモンが爆破するところを想像して微笑み、そのままその場を去ります。

このレモンの黄色は、西洋文化に出逢い、喜び、その浸透力の強さに押しつぶされそうになった自己が、逆に肥大化してバランスを崩し、神経症を病んだ日本のインテリの色です。黄色は危険信号のように点滅すると同時に、疲れた心を暖かく照らし出してくれます。

「たんぽぽ」と聞くと思い出す映画が二本あります。一つは伊丹十三監督の「タンポポ」（一九八五年）です。これは、高級料理ではなくて、ラーメンという一種のジャンクフードを通してグルメの道を究める話ですが、本筋のストーリーの合間に食をめぐるエピソードがいくつかはめ込まれています。その一つが、ある西洋料理のマナー教室です。講師の女性が、「ヨーロッパでは食事中に口から音を出してはいけません」と教えるのですが、その時じゅるじゅると麺をすする音が聞こえ、ぎょっとしてそちらを見ると、西洋人が大きな音を立ててスパゲッティーを食べています。

これは、西洋の食べ物についての知識をひけらかすことで自分は上流に属するのだと思いたがる人たちへの風刺であり、そういう人たちの対極にいるのが、「たんぽぽ」という名前の主人公なのです。夫に先立たれ、さびれたラーメン屋を継いで夢中で働く、貧しいけれども生命力が強く、傲慢さが全くなく、めだたないけれども美しい彼女の名前が「菊子」では、ぴんとこないでしょうし、舞台が蕎麦屋ではこれまた、しっくりこないでしょう。蕎麦と違って、ラーメンは「美しい日本の伝統」とは言い難いからです。

ヨーロッパ文化を輸入する上流階級と、ラーメンのように庶民の間に浸透した文化を担う下層階級の対比は、川端文学にも時々見られます。たとえば「伊豆の踊子」（一九二六年）の主人公は、将来社会の上層で活躍することを約束された若者ですが、彼の魅惑される踊り子は旅芸人で、社会的差別を受けています。この青年が少し年をとったら、「雪国」の島村のようになるのではないでしょうか。島村は、ヴァレリーの舞踏論を翻訳しているようですが、それを出版しても日本の舞踏文化の役にはたたないだろうと思って、自分で自分を冷笑しているだけでなく、冷笑すること自体を甘ったれた楽しみだと認めています（岩波文庫、一三五～一三六頁）。丸善で美術本をめくりながら疲労と倦怠しか感じなくなった「檸檬」の主人公と「雪国」の前半の島村の姿がわたしの中で重なります。

もう一つ、「たんぽぽ」と聞いて思い出す映画は、黒澤明の「夢」(一九九〇年)です。福島で原発事故が起こるほぼ二十年も前につくられた作品ですが、日本のある原子力発電所が事故で大爆発を起こしたことになっています。日本人はすでにほとんど自殺してしまっていて、放射性物質に遺伝子を破壊された巨大なたんぽぽが生えています。

私は去年、福島を訪れた時、この映画のことを思い出しました。放射性物質に汚染されて人の住めなくなった地区を車で通った時、びっくりするほど背の高い雑草が、人の住めなくなった家をおおいつくすように伸びていたからです。

また、無人の町中にどきっとするほど立派な桜並木がありました。原発事故の起こる前もこの桜は有名だったのが、人間が住めなくなってからはこれまでの何倍も花が咲くようになった、と案内してくれた女性が教えてくれました。

自然破壊の恐ろしさは、動植物が消えてしまうのではなく、自然のバランスが崩れるというかたちで現れます。ある花が異常に多く咲いていたり、大きく育ちすぎているのを見て不安に感じるのもそのせいかと思われます。

桜が咲きほこると人々は喜んで木の下で酒を飲んで騒ぐけれども実は桜の木の下で気が狂うこともあるのだ、という坂口安吾の短編小説「桜の森の満開の下」(一九四七年)の冒頭は有名です。これは、自然そのものへの恐怖ではありません。「桜の花盛り」(一九五三年)というエッセイの中で坂口は、東京大空襲で人が死んでいく中、桜だけが満開であるのを「異様」に感じた、と書いています。植物は人の喜びや悲しみを映して咲いたり枯れたりしているように見えますが、実は人間にとって他者なのです。人類が戦争や原発で自滅しても、桜は涙を流すこともなく、ますますたくさんの花を咲かせるでしょう。

「たんぽぽ」という言葉の語源は明確ではありませんが、「鼓草《つづみぐさ》」という名もあり、これは花を打楽器に見立てて子供が遊んだところからきていて、「たんぽぽ」も擬音語だったのではないかという説があります。そう言われると、「たんたん、ぽぽぽ」という音が聞こえてきそうです。ちなみに「伊豆の踊子」には、踊り子の叩く太鼓の音が「とんとんとんとん」と聞こえてくる場面があります。踊り子の姿は見えず、この音だけが聞こえてくるのです。伊豆は地形が「つづら折り」で、旅芸人の一団の姿が見えたり、見えなくなったりする仕掛けになっています。パーカッションは姿の見えない者の存在を思い出させ、見たいという欲望をそそります。

「たんぽぽ」では、小説全体を通して、稲子の姿は見えません。回想の中にあらわれるだけです。稲子を精神病院に入れてきた恋人の久野と稲子の母親は、病院から鐘の音が聞こえてくると、それは稲子がついているのではないかと想像します。

たんぽぽの綿毛が耳に入ると耳が聞こえなくなるという都市伝説があります。わたしも子供の頃、たんぽぽの綿毛が飛んでいるのを見ると、思わず両手で左右の耳を塞いだものです。

もし稲子が聴力を失ったというなら、たんぽぽの綿毛が耳に入ったのかもしれないと考えるところですが、稲子の失うのは視力で、しかも全く失うわけではなく、恋人久野の身体が見えなくなることがある、という不思議な想定になっています。

久野の口からは、稲子の視覚喪失は性的興奮に達する寸前にだけ起こる現象だった、ということも語られます。これを聞けば、この視覚喪失は性の問題と関係あるのだろうと誰でも考えるでしょう。

初めて稲子が視覚の異常に気づいたのは高校生の時で、卓球をしていて球が急に見えなくなったそうです。このエピソードは、稲子の病気は性の問題とは無関係かもしれないという印象を与えるのですが、ここでフロイト先生を真似て、言語そのものに接近して分析してみると、日本語の「たま」には様々な意味があり、球技で使う球だけでなく、三種の神器の珠もタマであり、魂もタマで、鉄砲の弾丸もタマ、精子を生産する男性器もまた「たま」と呼ばれることを考慮すると、ピンポンと男性の共通点が見えてきます。

稲子の目が見えなくなると、恋人の久野は稲子を一方的に見つめることになります。女性の姿を一方的に見つめる男性の視線は、川端文学の中では例外的なものではありません。「雪国」冒頭の島村の葉子を見る目もその一例です。この場合、葉子の姿は列車の窓に映っていて、直接見つめ返される危険がないのです。

見つめ返される危険がもっと少ないのは、「眠れる美女」の主人公の江口という老人です。この老人の通う娼家では、娼婦は睡眠薬を与えられ、深く眠らされているのです。薬はかなり強いようで、娼婦は、客が来て隣に横になっても目を醒まさないのですが、娼婦のまぶたや身体が動いて目を醒ましそうに見える瞬間、江口は特に興奮するらしいことが分かります。

女性に決して見つめ返されることなく一方的に見つめていたいなら、女性から生命を奪ってしまうのが一番手っ取り早いでしょう。もしもこの作者の最後の作品が「死体紹介人」であったなら、最後にはそこへ行き着いたか、ということになってしまうかもしれません。

ところが「死体紹介人」から四十年もたってから書かれた「たんぽぽ」では、女性の視覚の喪失は絶対的なものではなく、非連続的で不確実なものになっています。見えることと見えないことの間にある閾《しきい》が、川端文学の闇の領域になっているような気がするのです。

ところで稲子の病気は「人体欠視症」と呼ばれますが、作者はそういう病気が実際にあるのかもしれないと読者に信じてもらおうという努力は特にしていません。また、若い男性とその恋人の母親の不自然な会話を自然なものであるかのように装うこともありません。そんな操作は必要ないのです。夢の中と同じで、現実にありえる事かどうかをチェックする検閲機能をとめて言語を動かせば、様々な欲望や感情や記憶が次々映像を結び、物語を織りなし、あらわれてくるのです。「たんぽぽ」はシュールリアリストたちの実践した自動書記を思わせます。ただし、稲子というテーマを設けているので、会話の内容がたんぽぽの綿毛のように遠くに飛んでいってしまうことはありません。

もしも「たんぽぽ」を芝居として演出するなら、ベケットの「ゴドーを待ちながら」と同じように、舞台装置には木を一本立てれば充分だと思います。実際、精神病院の入り口には、木が一本立っていて、それが涙を流していたのを見た、と稲子の母親は言うのです。「ゴドーを待ちながら」とは決定的に違う点もあります。それは作者が実在する場所に舞台を限定し、そのことにこだわっていることです。生田精神病院は、生田川の流れる生田町にあるのです。

生田川は、地図の上だけでなく、日本語文学史の中を流れる川です。この川には、身分の高い男性二人に愛され、二人が争いをやめないので自殺してしまった身分の低い女性の伝説があり、万葉集にも大和物語にも登場する川です。この女性は死ぬ時に母親に黄泉《よみ》の国で待ちます、と言い残して死んだということです。「よみ」はヤマトコトバですが、漢字で書くと黄色の「黄」の字が入ります。

稲子の心の中で葛藤する二人の男は、父親と久野だったかもしれません。それについては又、後で述べることにします。

「たんぽぽ」は地名だけを通して古典文学とつながっているわけではありません。生田精神病院は寺の敷地内にあるので鐘があり、それを患者につかせることになっています。鐘の音で患者の精神状態がわかるとか、精神病の治療に役立つという説もあるようです。

稲子の母親は、この鐘の音を聞きながら、「平家物語」（講談社文芸文庫、八一頁）のことや、稲子が小さい頃に三井寺の鐘をついたことなどを思い出します。

「三井寺」と言えば、子供をさらわれて悲しみのあまり発狂した母親が鐘をつく「三井寺」という題名のついた能があります。古典のコンテキストに自分の状況をあてはめてみることで、稲子の母親は少し安心するようです。古典文学の中では、発狂することもまた立派な文化の構成要素です。子供を失って苦しむ母親が正気を失うのは、悲しくはあってもタブーではありません。ところが、どんな場合も健康であることがノルマになってしまった現代社会では、何があっても狂うことは許されないのです。

久野は、精神病院に入院している患者に対して、かなり「差別的な」発言もします。病院で稲子は他の患者たちといっしょに共同風呂に入るのだろうかと母親が自問すると、久野はこんなことを言います。「僕はいやだ。そんなこと、見ぶるいするほどいやです。（略）髪をふりみだした女や目のつりあがった女と、稲子さんが湯の中でごっちゃですよ。餓鬼のように痩せた女もいましたね。胸の骨と骨のあいだに垢がたまっているかもしれません。爪ののびたのもいるでしょうね。気ちがいには気ちがい色というのがあるのか、肌の色が変でしたね。どす黒く死んだり、なま白いのは気味が悪いようだったりで」（一〇四頁）

久野自身は自分の目で見てきたことを語っているつもりでいますが、彼の語る光景は地獄草紙に描かれた光景を思い出させます。また、わたしは個人的には、丸木《まるき》位里《いり》の連作絵画「原爆の図」を思い出しました。「たんぽぽ」は読めば読むほど、第二次世界大戦と繋がりの深い作品でもあります。

稲子の今は亡き父親木崎は、終戦の日に馬で九州の山に入り、五日間、人のいないところで過ごします。自決のためだったろうと解釈されたようですが、本当に自決を思っていたのかどうかは読者のわたしたちにはわかりません（三五頁）。自決とは、戦後を生きることを拒んで、軍国主義と抱き合って心中することですが、木崎の妻は夫のその時の精神状態をあらわすのに、むしろ「虚脱」とか「蒸発」という表現を使っています。木崎は一定の時間、「自己意識が消滅して」（一三〇頁）いたらしいのです。意識のはっきりしないまま、そこに立っていた楠に「陸軍中佐」と自分の位を刻みつけているところを村の娘に助けられました。

「木崎」という名字には「木」の字が入っていて、ついでに言えば「崎」という漢字も、へんは「山」で、つくりが「奇妙」の「奇《き》」です。この名字にすでに、山に入って奇妙な精神状態になって、木に文字を刻み込む奇行のすべてが隠されています。もちろん彼の妻も娘も名字は同じですが、作品内では彼だけが「木崎」と呼ばれます。

ほとんど意識のない状態に陥っていた木崎を助けてくれた村の娘は、路もないのに突然あらわれた妖精のような存在として木崎の記憶に残ります（一二一頁）。この娘のイメージを作者は、生田町の「あざやかに黄の濃いたんぽぽのような少年」（六三頁）の姿と重ねてみせます。久野に「美少年を愛する趣味があったのか」とからかわれるほど、稲子の母親はこの少年に魅せられます（六五頁）。

妖精のような少年少女の救済力は、性愛を知らない者の強さに基づいています。

父親を救う妖精的存在でありたいと稲子はずっと思っていました。稲子の中に棲んでいた妖精の死と、父親の死が同時に起こるのは、後者が前者の原因なのではなく、稲子が性愛にめざめたために父親を救う能力を失ってしまったのだと考えることもできます。実際に性体験をして「めざめた」のではなく、乗馬レッスンを受けていた女性と父親の浮気を目撃したのかもしれません。

若くて美しく、しかも性愛とは無縁な女性は魂を救ってくれるのだけれども、その女性を愛すると、性愛にまきこむことになってしまい、救いにならなくなる、という矛盾に悶える男性の姿が、川端文学の中に時々見え隠れします。「伊豆の踊子」の場合は、「なんだ、まだ子供だったんだ、これじゃ性愛はありえない」という結論を出して、この矛盾を朗らかに解決しています。「雪国」の場合は、身体の馴染んだ芸者を手元に残し、清らかな女性は火の中で殉死してマリアのように昇天してもらうのです。この終わり方は、聖女と娼婦というキリスト教的な構図を思いおこさせます。

では、男性の側はなぜ妖精による救済を必要とするのでしょうか。稲子の父親がだんだん亡霊のようになっていってしまうのは、戦争が原因です。まず戦争中に片脚を失います。脚がないのが日本の幽霊の定義ですが、木崎はこれで半分亡霊になったことになります。

終戦後は乗馬を教えて暮らしを立てているのですが、ある時、稲子と並んで馬に乗っていて、馬ごと崖から落ちて死んでしまいます。落ちていく時に義足のはずれるのが見えた、と稲子は言います。二本とも脚がなくなってしまった父親はいよいよ本物の亡霊になるのです。

脚を失うイメージは、性的能力を失うイメージとも重なります。木崎は性の喜びを「人生のご馳走」と呼んでいて、それが「戦争責任」のせいで奪われてしまったのだと、ほとんど泣きそうな声で妻に訴えます。木崎は「戦争責任」という言葉を使いながら、その内容を解明することなく、罪の意識だけが稲子に引き継がれていくのです。

稲子の母親が急に思い出したこんなエピソードもあります。木崎が戦前、ヨーロッパを旅していて日本に戻り、日本人には背広が似合っていない、と言ったというのです（一五九頁）。それに続けて思い出したのは、木崎がロンドンの百貨店で優雅な服を見かけ、それが婦人用の乗馬服であることを店員に教えてもらったという話です。あの時あの服を稲子のために買っておけばよかった、と木崎は一生悔やんでいたと言うのです。乗馬服を身につけて颯爽と馬に乗る娘の姿と、似合わない背広を着て疲れた様子で歩いている日本人男性の姿とが対照的です。

自らの西洋コンプレックスを克服し、戦争による喪失感から抜け出すために、幼い娘に期待をかけて乗馬につきあわせた結果、木崎を死に導いた心の壊れた部分が娘に引き継がれることになったと解釈することもできるでしょう。

そしてその傷は稲子の次の世代にまで引き継がれることを母親は本能的に察知しているのではないでしょうか。稲子が子を産んでその姿が見えなくなって殺してしまっては困るので精神病院に入れることに決めたのです。「たまのように美しい子」が生まれたら、ピンポンの「たま」のように見えなくなってしまうということでしょうか。

東京の精神医は、自分の生んだ子の姿が見えなくなって殺してしまったある女性の話をする時に「魔の時間」という表現を使います。現代医学には似合わない「魔」の字も、生田精神病院に長年入院している西山という老人の筆で書かれると説得力があります。この人はかつて「魔界」に入ろうと努力したせいで狂気にとりつかれたと言われています。視力はかなり弱まっていますが、まだ盲目ではないので、見えることと見えないことの中間を彷徨う存在と言えるでしょう。書道をたしなみ、繰り返し「仏界易入、魔界難入」と書いています。一休和尚のこの禅語は、「舞姫」以来、川端文学に何度も顔を出し、ノーベル賞受賞の挨拶でも触れられます。西山老人の書く字には、「魔気」が宿っています。ここでいう「字」とは「書くこと」の外側であり、内容ではなく、筆の運動の軌跡ではないでしょうか。

禅でいう魔界は、自我が肥大して精神のバランスが崩れた状態をさすそうです。瞑想していて自我を越える前にはまってしまうことのある状態で、もちろん避けるべき危険な状態です。それを敢えて、「魔界に入ることこそ難しいのだ」と言うことで、心と思考のしなやかさを取り戻そうとするのだとわたしは解釈しています。あまり一途に正しい仏界だけを求め、それ以外のものを否定し続けていると、正しさと間違いという二つの極の間に凍結して動きがとれなくなってしまいます。だから、わざと時々矛盾したことを言って、頭をほぐすのです。

この教えにならって、わたしもこんな「禅語」を考えてみました。「締め切りに間に合うように原稿を仕上げるのは簡単だが、締め切りに遅れるのは難しい。」

「雪国」の成立過程について、川端はこんな風に書いています。「はじめは『文藝春秋』昭和十年一月号に四十枚ほどの短編として書くつもり、この短篇一つでこの材料は片づくはずが、『文藝春秋』の締切日に終りまで書ききれなかったために、同月号だが締切の数日おそい『改造』にその続きを書き継ぐことになり、この材料を扱う日数の加わるにつれて、余情が後日にのこり、初めのつもりとはちがったものになったのである。私にはこんな風にして出来た作品が少くない」(岩波文庫、後書き一八五頁)。

これを読んで、作家というのはかなりいいかげんなものだという印象を持つ読者もいるかも知れません。わたしは逆に、締め切りに間に合わせることや連載を休まないことだけを気にしてとにかく仕事を仕上げてしまうサラリーマン化した作家になってはいけないとつくづく反省し、川端康成に対する尊敬の念が深まりました。作家が材料を買ってきて計画通りに料理して小説ができあがるわけではないのです。材料が勝手に成長し活動し始めるからこそ、小説ができあがるのです。それにつきあっていたら、締め切りの約束を守れないこともちろんあります。

川端康成は、「私の小説はいつどこで終わってもいいのです」と常に言っていたけれども、「たんぽぽ」は大幅に書き直し、書き足すつもりでいた「本当の未完の小説」なので、発表するべきかどうか迷いがあった、ということを川端香男里さんが後書きに書いていらっしゃいます。「私の小説はいつどこで終わってもいいのです」という言葉は、小説というジャンルに投げかけられた注目すべき発言だと思います。

ここで「連載」あるいは「連作」という日本独特の発表形式について少し考えてみたいと思います。「たんぽぽ」や「雪国」は、連載として成立したことの利点を充分に残している作品だと思うからです。

日本は今日でも、長編小説を書くにあたって、月刊の文芸誌に毎月少しずつ発表し、最後に本としてまとめて出版するということが頻繁に行われています。連載したものを本にして出版する時は、大幅に書き直しても、書き足してもいいし、そのままでもいいのです。出版社の事情や作家の経済的理由などをすべて引き算しても、まだ、日本でこれだけ純文学の連載が愛されているのは、やはり連載らしさを残した美しい文学作品が過去に生まれているからではないでしょうか。

これはわたし自身の経験ですが、二〇一一年に「群像」に「雲をつかむ話」を連載している途中、福島の原発事故が起こり、その影響が作品にあらわれました。連載を始めた時はまさかそんな事故が起こるとは予想もしていませんでした。と言っても、それまで書いた内容と無関係な要素が事故によって外部から作品に入ってきたわけではありません。事故と向き合うことで、焦点がぎゅっと絞られ、ぼんやり見えていた風景がはっきり見え始めたのです。また連載をしていた期間中だったからこそ、突然起こった大事件を受け止める自分なりの容器ができていたとも言えます。

歴史は常に進んでいて、終着駅はありません。だから時間を超越した書き手の立ち位置など存在しえないのです。作品の初めの部分を書いている作者と終わりの部分を書いている作者は、別の作者なのです。

連載を始めた頃はまだ読んでいなかった本を途中で読んで作品が影響を受けるということもあります。また、その本の価値がすぐにわかったのは、連載をしていたおかげだという場合もあるでしょう。連載を始めた時にはまだ鈴木牧之の「北越雪譜」を読んでいなかったことを「雪国」の作者は隠そうとしません。小説が九割がた進んだところで、急に「雪のなかで糸をつくり、雪のなかで織り、雪の水に洗い、雪の上に晒《さら》す。（略）雪ありて縮《ちぢみ》あり」（一五八頁）と鈴木牧之の文章を現代文に翻訳してそのまま引用していますが、その部分は文体ががらっと変わります。「雪ありて縮あり」の部分は鈴木牧之の原文そのままです。

「北越雪譜」を書いた鈴木牧之は一七七〇年魚沼地方に生まれた仲買商人で、趣味で俳句をつくり、仕事で時々江戸を訪れ、江戸の文筆家や知識人とも交流がありました。豪雪地帯の暮らしの知恵や行事や雪にまつわる伝説を書いた「北越雪譜」が一八三七年に出版されると七百部以上も売れ、当時としてはベストセラーになりました。雪国の生活を首都に知られたという意味では、この本こそ初めてのトンネルだったかもしれません。

水上駅と越後湯沢を結ぶトンネルが開通したのは一九三一年のことです。川端康成は「文藝春秋」の一九三五年一月号に「雪国」の最初の部分を発表しています。

この小説はトンネル開通のもたらした社会的変化をさりげなく、しかし正確に記述しています。たとえば、まだ雪はまばらなのに東京から来て滑っているスキー客たちを駒子が「東京のあわて者」（七八頁）と呼ぶシーンがあります。今日スキー産業は、東京から日帰りで行ける越後湯沢の大きな収入源になっていますが、この土地の雪がレジャーの道具となり資本となっていく様子を川端康成はこの時点ですでにとらえています。

また、トンネルができたことで、それまではたまに温泉客をとめていた農家が芸者を置いて専業宿に変わっていったことも書かれています。つまり駒子が芸者として働くようになったのは、他の選択肢がないことと、この選択肢が金に結びつきやすくなっていった社会的背景があってのことだったのです。

この地方には、江戸時代から瞽女《ごぜ》さんと呼ばれる盲目の女性の集団があり、共同生活をしていました。瞽女さんたちが家々をまわって音楽を聴かせる伝統が途絶えたのは一九七〇年代だそうです。長く続いた伝統がなぜ七〇年代になって途絶えてしまったのかについては後で触れたいと思います。

「雪国」にでてくる島村の頼んだ女のマッサージ師もどうやらそんな瞽女さんの一人だったようです。島村はこの女性から、駒子が婚約者を経済的に助けるために芸者として働いている事情を聴くのです。女性に自分の考えていることを伝えられず、訊きたいことを訊けない男に情報を伝えてくれるのは、よりによって目に見えない女性だったのです。

わたしは二〇一〇年一二月から二〇一一年一月まで、ドイツ人の女性映画監督によるドキュメンタリー映画の撮影を手伝うため、新潟に二週間滞在しました。「北越雪譜」にも「雪国」にも描かれている鳥追い祭り（「雪国」九六頁、「北越雪譜」岩波文庫、二五八頁）や藁でできた雪靴や蓑などを撮影できないか、南魚沼の人に訊いてみると、どれも七〇年代に姿を消したと言うのです。伝統の途絶えた理由は、開国や敗戦による西洋の影響ではなく、高度経済成長だったのです。これは、川端康成の人生の終わる時期にあたります。

七〇年代には、新潟出身の田中角栄が内閣総理大臣を務めました。自分の故郷をトンネルのこちら側の世界にしてしまいたいという角栄の願いは異常なほど強く、道路や新幹線を通したいという程度ではなかったようです。終戦後まだ若い頃に行なった「三国峠演説」の中で角栄は、群馬と新潟の間の三国峠を切り崩して、新潟に雪が降らないようにし、その土を使って海を埋めて佐渡を陸続きにすればいい、とまで言い放っています。幸いそこまで日本列島が改造されないうちにバブルは崩れました。

角栄には東北を犠牲にして関東が繁栄するという日本の経済構造が見えていて、そういう歪みを修理するつもりはなかったのでしょう。だから故郷である新潟が東北の一部とならないように近代化を急ぎました。「雪国」に描かれている自然や文化が新潟から姿を消したのはこの時期です。

二〇一一年の原発事故を通して、福島では、人の命を危険にさらすような設備を受け入れ、東京を照らす電力をつくり続けていたことがわかりました。それがきっかけとなって、東北の歴史と問題を考え直す「東北学」が盛んになりました。

鈴木牧之の「北越雪譜」の面白いところは、柳田国男の「遠野物語」と同じで、民俗学の本なのに文学的な魅力に溢れ、その魅力が今でも薄れないことです。

鈴木牧之の文体には、綱渡りでもしているような緊張感があります。厳しい自然条件下で人が苦労して生きる様を見くだすわけではなく、美化するわけでもありません。無味乾燥な報告書ではなく、かといって決してセンセーショナルな書き方はしていません。恐れ、驚き、感嘆、尊敬、悲しみ、誇り、好奇心など、様々な感情が静かな雪の下でいきいきと働いているのです。

川端の「雪国」もまた、トンネルのこちら側の世界と向こう側の世界の出逢いを描いていますが、トンネルのこちら側はインテリ階級で都市に暮らす疲れた男性、向こう側は女性で貧しく娼婦で官能的という対比になっているため、両者の間の境界線が越えられない悲しさが時に感傷的ににじみ出てしまいます。

「雪国」の語りは、三人称で中立的立場から書いているように見えても、実は、雪国で起きていることに責任をとるつもりのない東京の側の視線から書いています。そのため三人称の小説なのに、男性主人公を語り手にした一人称の小説を読んでいるような印象を受けるのです。それが、「北越雪譜」を引用した部分は違っています。鈴木牧之は雪国と距離を置きながらも雪国を見捨てていません。「北越雪譜」を思わず翻訳してそのままテキストに引き入れてしまったような部分にわたしは、連載の達人川端康成のしなやかさと勘の良さと勇気を見る気がします。

戦後の川端康成が、東京や京都を描く時、観光ガイド的な描写が妙に長く続くことがあります。登場人物をおきざりにして、読者はこんなにのんびり観光旅行をしていていいんだろうかと不安になるくらいです。たとえば「古都」には、長い祇園祭の描写があり、小説の他の部分と調子が違っています。この部分だけでなく、この声は、ところどころに現れ、京都を案内してくれるのです。

また、「女であること」には、さかえとその母親が佐山夫妻といっしょに東京の遊覧バスに乗る長いシーンがあります。バスガイドさんの語りは、琵琶法師の語る「平家物語」のように始まり、延々と続きます。「この東京は、四季折り折りの変化は申すまでもなく、朝に夕に刻々と、移り変っているのでございます。昨日あったことも、今日すでになく、今日あることも、明日はなくなっているというような……」（新潮文庫、二六五―六頁）。観光バス・シーンは割合長いのですが、退屈することはありません。この東京案内の主要モチーフは、天皇制と芸者です。

川端康成は、一九五六年、三島由紀夫に宛てた手紙に、「雪国」の英訳の文庫本が送られてきて表紙の芸者の絵に驚いた、と書いています。「雪国」は、東京の男性の立場から「向こう側」の芸者を書いているわけですが、英語世界から見れば、自分が日本を代表し、「向こう側」、つまり芸者の側に位置することに気がついて作者は驚いたのかもしれません。

さて、わたしの講演も連載小説と同じで、終わりがあってないようなものですが、時間と体力の関係で、そろそろ終わりにしなければなりません。

連載列車はどこが終着駅なのかわかりません。時には運転を江戸時代の作家やはとバスのガイドさんに任せて、窓の外の美しい風景を楽しむこともあります。時刻表通りに到着しない駅もあり、事故で列車がとまってしまうこともあります。夜行列車なら暗い窓にヴァレリーの文字から飛び出してきた踊り子の姿が炎のように映っているかもしれません。魔界行きの饒舌新幹線、トンネルは、「くにざかい」ではなく「こっきょう」かもしれません。夜明けの光にうっすら照らされて雪の上に並べられた越後縮みが、パウル・クレーの絵のように見えてきます。ここは一体何という名前の国なんでしょう。そう思って、あわててパスポートを出してみると、あれあれ、なんと表紙には菊の花ではなく、たんぽぽが咲いているではありませんか。

＊本稿は、川端康成が初代名誉館長を務めた日本近代文学館の創立五〇周年・開館四五周年記念事業として、二〇一四年九月一七〜一八日にパリ日本文化会館・パリ第七大学で開かれた国際シンポジウム「川端康成二一世紀再読——モダニズム、ジャポニスム、神話を越えて」の記念基調講演である。

＊初出は、『文学』第16巻3号（岩波書店、二〇一五年）。

第Ⅰ部

川端康成のアクチュアリティー

1

川端康成と21世紀文学

カノンの効果をめぐって

坂井セシル Cécile Sakai

今日において、東京、パリ、上海、ベルリン、あるいはシカゴやニューヨークで川端作品を読む、あるいは再読することにどのような意味があるのであろうか？このような問いにはいくつかの方法に基づいて答えることが可能であるが[注(1)]、この論文では、川端におけるカノン形成の問題に焦点を当てたい。日本、及び世界における川端をめぐる受容の制度化の過程を考慮に入れ、いくつかの現象から川端文学のカノン化の価値と範囲を考察することによって、二一世紀においても読み継がれ得る二〇世紀文学の条件を、川端文学を例に取って、明らかにするのが目標である。

1 川端文学再読の意味

初めに、川端文学再読という枠組の特徴を簡単に挙げたい。基本的には評価が複雑に絡み合い、問題視されうる対象であること、つまり話題性を常に提供することが、最も重要な点であるかもしれない。同時に、二〇世紀文学という枠の存在を歴史的に認めるなら、その世紀を代表する巨匠の一人である、と言うことも、文学の制度を考えた場合、やはり重要な特徴である。一九六八年にアジア人としては二人目（タゴールの受賞は一九一三年）、日本人としては初めてのノーベル文学賞を受賞したことは、あまりにも有名な事件である。

一般論として、ある作品世界の存続が、読書のレヴェル（次世代だけではなく、より長い一世紀単位の考察）においても、批評（つまり評価のレヴェル）においても、限りなく可能であることが「再読」という行為の必然的な条件である。例えば、川端の場合、日本では主要作品の文庫再版は未だに絶えず、国語の教科書においては、一九七〇年代の勢力はなくても、現在でも作品紹介が行なわれている。▼注(2) また、外国語に翻訳されている日本の作家のうち、後に述べるように最も翻訳本数が多い作家である。他方、作品研究は持続的に一九七〇年創設の川端文学研究会の諸メンバー、▼注(3) 他数人の研究者によって現在も進められている。外国でも、特にアジアでは研究が多く、他方、アメリカではジェンダーや政治思想の領域で批判的な批評を近年展開している研究者もいる。換言するならば、物議のあるところに問題性があり、論争的発展に繋がるとも言える。また、例えば文学と映画といった間メディア性やヴィジュアル性の研究や、ジェンダーを脱構築し読み直したクイアスタディーズを含めたポストジェンダー研究、あるいはまた作品世界の背景に重点をおいて捉えたモダニズムの時代性、二〇世紀の旗手としての政治性の再読、といった一連の新しい作業も進行中である。さらに、ローカルな時空を越えて、より広く、現代の問題群、例えば「文学」という言語芸術の存続価値や基準、新文芸批評の探究と地平、新しい受容者としての読者の発掘及び教育の見直し、そういった世界的な動きの中から川端を捉え直す、といった事も可能である。一言で言うならば、現在注目されている、所謂グローカルな（グローバルなスケールとローカルな観点が織りなす）文化の場から考え直すには最もふさわしい作家が川端康成なのである。▼注(4)

2　作家の運動

さて、初めに作家自身のポジションを確認したい。川端という青年がどのように文学的野心を育み、それを作品に取り入れていったかという点は『十六歳の日記』など、自伝的な作品を見るとはっきりと分かる。圧倒されるのは、中学五年生の川端が日記に書いた抱負である。

「英仏露独位の各語に通じ自由に小説など外国語で書いてやらうと思つてる……そしておれは今でもノベル賞を思はぬでもない。尚私はエスペラント語を主用語としたいと思つてるのだ。[注(5)]」

なぜ、どのような経緯から、これほど膨大な野望を記述するに至ったのであろうか。好奇心に駆られる。米社会学者、Robert K. Merton[注(6)]が編み出した有名な概念、自己成就的予言（self-fulfilling prophecy）、の模範例のような言説である。

その後、一高を経て、東京帝国大学に入り、数々の知識人と交流を深め、一九二一年には『新思潮』第六期に初期短編を掲載した若き川端は、周知のとおり、文学者としての母体を『文芸時代』、新感覚派、横光利一や衣笠貞之助との親交を通して築いて行く。川端の選択は先端的かつ異端的であった。このポジションこそが、一〇〇年ほど経った現在、批評の上で最も評価されていることも注目に値する。以降の川端文学の成立過程を検討する時、やはり作家の自己演出への投資がはっきり現れる。それは、実生活にまつわる、文学的モーメントの構築であり、また文学的空間の建設である。主なモーメントは孤児の悲痛な日常から、不意の失恋談、下町ボエームの新世界、幻想家庭小説の展開、欲望と無為のフィクション、夢想の戯れ、狂気の領域と死の妄想を経由して、仏教の教えへと迂回しながらたどり着く流れである。また、文芸空間としては、戦前の伊豆、浅草、湯沢と、戦後の軽井沢、鎌倉、京都といったフィクションの場がどのように首都東京と連動しているか、と言った問題群を構成している。

このような詩的時空の枠組の中で、川端はいったいどのような小説の構想を抱いたのであろうか。完全に戦略的ではなかったにせよ、実験小説を出発点としながら、一生涯風俗小説と実験小説の間を浮遊し、その矛盾を楽しんでいた節がある。

例えば、『父母への手紙』の冒頭部分、少女雑誌の読者に語る（フィクションの）作家の本心はそのようなパラドックスをはっきりと描いている。『掌の小説』一群から『雪国』、『片腕』、『たんぽぽ』に至る物語が、読解ほとんど不可能の斬新な構成や表現を数多く披露しているかと思えば、花、虹、美などのテーマをめぐる強烈なステレオタイプをちりばめたストーリーや修辞も見受けられる。ジャンルを考えても、長編小説から掌編小説まであり、エッセー、評論は数知れず、少女小説の類まである。また書簡も多く、▼注(7) 日記もほとんど一生書き続けた。となると、新潮社の川端全集三七巻本が表すものは、一言で言うならば、異質性の集合としての「バロック」と形容したくなる複雑に繁殖する作品群である。

3 実態対制度化

従って、川端康成の多面的な作品世界を本質論から捉えることは困難である、といえよう。にも関わらず、制度化自体がその対象を統制してゆく傾向があり、川端自身も承知の上で、その流れに流されて行ったという推定は成立するだろう。元々、日本の伝統文化の代表的作家としての川端像が流布するのは一九五〇年代、『雪国』の完成、『山の音』、『千羽鶴』のほとんど同時期の成功が基盤にある。そして、『伊豆の踊り子』、『雪国』が国語の教科書に編入され、主要作品の映画化も頻繁に行なわれる黄金時代▼注(8)においては、同じような川端の伝統回帰像が、翻訳を経由して、外国でも継続される。▼注(9) この表象される日本との関連――時代超越性と国際性の交差する場所にこそカノン形成▼注(10)という現象が起こる。日本側では文化アイデンティティーの政策的な強化や文学の資産化が進められる一方、外国では受容可能な範囲での文化的エキゾティズムの宝庫として認識されるようになる。

この二重の発展の到達点として、一九六八年の文学ノーベル賞受賞という事件が起きる。その際の基調講演「美しい日本の私」は複雑極まる内容からして▼注(11)一種の表象論でもあり、その演題は制度化への挑戦でもあると言えよう。以降日本を代表する文化人としての位置付けがなされ、実質上、川端は日本の近代文壇の大御所として活躍することになる。[▼注(12)]以前より、芥川賞審査委員会には一九三五年から一九七〇年まで、計六四回参加、途中、日本ペンクラブ会長を一九四八年から一九六五年まで務め、一九五七年の国際ペンクラブ会議を京都で組織してから、一九五八年より、国際ペンクラブ副会長に任命されたりしている。自身の作品選集、全集、再版、文庫化など、様々な形で出版され、また若手の発掘や、書評、序文、後書き、推薦状、あるいは同世代文学者の葬儀での弔辞など、所謂文学共同体のために奔走し、ノーベル賞以降はメディアの寵児となる。川端の肖像写真が多く残っているのもその関係で、人間としてのイメージ、特にその特徴的な顔や鋭い眼差しも、作家の表象を強化する、一種の記号的役割を果たしている。

4 翻訳の功績

文学の国際性を計るには端的に言うならば、翻訳作品数、翻訳言語数、売り上げデータ、及びメディアなどで明らかになるその外国での評価などを考慮に入れなくてはならない。ここでは、細かい分析は他の機会に回して、ポイントだけを押さえたい。川端作品はノーベル賞以前から翻訳はされていて、『雪国』のサイデンステッカー氏の有名な初翻訳は一九五六年に遡る。ドイツでは一九五七年（二〇〇四年に再翻訳あり）、フランスでは一九六〇年に『雪国』（アルバン・ミシェル社、後専属の出版社となる）と『千羽鶴』（プロン社）が刊行される。言うまでもなく、ノーベル賞以降は盛に各種翻訳が手がけられ、現在国際交流基金のデータベース、Japanese Literature in Translation Search[▼注(13)]によると、日本の作家として、川端がもっとも翻訳が多く、四〇カ国語あまりにおいて、一一五五本が計算されている。ちなみに、その

次に翻訳の多い村上春樹、および三島由紀夫はそれぞれ八五〇本ほどで、谷崎潤一郎に関しては、五七〇本という数字が出ている。最も、短編長編の区別はないため、短編や掌編の多い川端の場合、結果が誇張されている可能性が大きい▼注(14)が、しかし、確実に川端の一〇点ほどの主要作品はメジャーな言語文化領域では数十年前から翻訳されていて、翻訳世界文学の一部として、浸透していると断定できる。▼注(15)ただし、この現象は川端のみに限られるものではない。一九七〇年代以降の日本近現代文化や文学が経済力のあおりを受けて、一九―二〇世紀のヨーロッパ、そしてアメリカ中心主義の文化システムにおけるマイナーな地位からメジャー化して行くプロセスの一現象として解釈する必要がある。

　とすると、世界の文学場に於ける川端特有の評価の内容を分析するためには、書評、研究書、論文（学位論文などを含めて）などを改めて検討する必要があるということになる。さらに言えば、年代、アプローチや方法、言語文化区域などを整理せねばならないだろう。ここで、最近のインターテクスチュアリティー（間テキスト論）研究の枠組を優先するならば、カノン化をより直接的に支えているのが、文学者同士の連帯で、リレーにも似た形で正当化への道を歩む仕組みを共有している。なぜならば、世代や国境、時空を超越した文学者たちこそが、読者の先導力を持つ、最も中心的なエキスパートであるからである。文化社会学で使われる「聖別」（consecration）という隠喩的概念▼注(16)を具体化した例として、コロンビアの一九八二年ノーベル文学賞作家、ガブリエル・ガルシア＝マルケス（一九二八～二〇一四）の最後の小説、『わが悲しき娼婦たちの思い出』（二〇〇四年、木村栄一訳、新潮社、二〇〇六年）がある。それは『眠れる美女』への直接的なオマージュであり、作品の引用（冒頭部分の『眠れる美女』の書き出し）、暗示や模倣の方法を使い、ソースとしてはっきり表明されている。各国メディアはそれを大きく取り上げた。あるいは、

二〇一二年ノーベル文学賞を受賞した中華人民共和国の莫言（モー・イエン）は『雪国』に於ける一デテール、秋田犬のシーンの巧みな演出を賞讃していて、以降の自作のインスピレーションとしたエピソードも研究されている。▼注(17)

知名度を口実に、カワバタという名前自体が象徴的に引用されたこともある。それは、ラシド・アル＝ダイフのアラブ語（レバノン）の一九九五年発表の『親愛なる川端氏へ』▼注(18)という小説でフランス語他数か国語に翻訳されている。ある若い現地の作家の悩みをカワバタ氏へ当てた手紙に書き留めるといった仕掛けで、所謂書簡体小説なのであるが、カワバタはあくまでも、偉大なる先輩としての架空の相談相手として機能する記号でしかない。それでも、表紙に現れるその名前は一種の呪文として、アラブ圏におけるカワバタの名声を高めたことは間違いない。

5　作品批評としてのパロデイ

以上のようなオマージュが明らかな肯定であるのとは逆に、従来、揶揄として、単なる批判的な観点に立つと思われがちなパロデイというジャンルをカノン化の一枠として観察したい。長くモデル作品の二次創作として、サブジャンルと考えられていたものの、いくつかの重要な研究▼注(19)によって、その鋭い批評性、ポストモダン的な手法としての意味付けがなされ、再認識された歴史は記憶に新しい。そこで、川端の場合を考えるために、共に九〇年代に発表された、記念的な例を二つ挙げてみたい。

ユーモア作家として有名な清水義範の作品群は圧倒的な量に達し、全作品の読破などは難しいが、その中でも、『江勢物語』という短編集は評判が高い。当時、『野性時代』や『翻訳の世界』に掲載された作品は東西大家の大作品をパロデイ化した秀作ぞろいである。その中でも、川端の『雪国』をなぞった「スノー・カントリー」は突出した傑作である。ある高等学校の英語教員が、夏の宿題として出した、英語のテキストの日本語訳を採点中、以下の奇妙なテキストに出会う。

「ヤーサンアリ・クーワバッタ著
スノー・カントリーがその小説である。
つまり、その生徒はYASUNARI KAWABATAのSnow Countryが、川端康成の『雪国』だということに気がついていないのだ。ノーベル文学賞なんて、知らないもん、ということなのである。しかし、クーワバッタとは。いったいどこの国の人間が書いたものだと思っているのであろうか。(省略)
「その列車は長いトンネルの中から出て、スノー・カントリーに入った。地球は夜の空の下に横たわっていた。列車は信号の止まりに引きあげられた。
車の反対側にずーっとすわっていたところの少女がやってきて、シンアムーラの正面の窓を開けました。雪の冷さが注ぎ入れられた。窓の外の遠くまで傾斜して、少女は駅長を呼んだ、まるで彼が大変に離れているようにであった。」」▼注(20)

このように、清水は翻訳というキーワードを逆説的に利用し、文豪の本文をギャグの連続として変化させる、という技を披露している。これは同時に、『雪国』の外国語訳の諸批評を裏返し、従来の翻訳分析の批判としても機能している。まして、明らかに相対化と異化をめざしているこの方法は本文の意識的に不安定な虚弱性を見事に表し、川端文学の本質へ迫って行く迫力をもつ批評装置としても働いている。

次の例も、やはりメタ文学的な要素の強い作品である。それは、荻野アンナ、『私の愛毒書』▼注(21)に収録されている「雪国の踊子」である。「あたし、踊子でーす。」でいきなり始まるこの短編は、フィクションと批評の両面を激突させ、揺るがすだけではなく、『伊豆の踊子』と『雪国』のまさに川端の代表作を、引用も取り入れ、巧みに混ぜ合わせながら、続編としての新しい虚構へ読者を導くのに成功している。ストーリーは、第一章：踊子なのよ、第二章：君の名は、第三章：アイム・ア・ダンサー、第四章：トンネルンバ、と展開する。昔、ある書生と恋に落ちた「伊豆の踊子」と称する女性が自身の過去を軽妙な漫才調で語り、小説や解説を鋭く分析、あるいは批判し、旅するうちに、マニラの官能的な踊り子に変身、昔ミスタ・シマムーラの愛人で、今英語で読む雪国の住民「駒子」という女性に対し、深い嫉妬を覚える、といった、とてつもない展開になっているだけではなく、実はその小説のヒロインはもと、小説家に見初められた実世界の一四歳の踊子であるのだ、という前提も置かれている。

「この本、『伊豆の踊子』ての、最初の頁開けて読んでみなよ。(省略)
〈雨脚が杉の密林を白く染めながら、すさまじい早さで麓から私を追って来た。〉
名文てんでしょ、こういうの。名文て何度読んでもいいわよね。泣けてくるわよね(涙)。
え、何のことだかさっぱりわかんない？鈍いんだからァ。これはね、「雨脚」があたしで、「私」がオトコで、だから
あたしがこうして「すさまじい早さで麓から」オトコを追っかけてるってわけ。
え、なんとなくコジツケっぽい？あんたブンガクはシロウトだね。風景と人物がいっしょくたにつるんで焼酎、じゃ
なかった、あの、ええと、象徴っての。」

このように、川端文学の核心を突く屈折した解説として成功しているだけではなく、荒唐無稽でありながら、無限の可

能性の世界としてのフィクション演習として、この「雪国の踊子」はポストモダンの最も超越的な批評として歴史に残るだろう。

　解釈がパロディを通して、限りなく膨らむと、それは原作品自体のさらなる飛躍につながることは明らかである。ともに九〇年代初期、平成の幕開けを飾る作品であり、ともに外国語というフィルターを駆使していることを考えた場合、川端没後、二〇年経ったそのリミックスの可能性が示すのは、まさに批評的距離を基盤とするカノン形成の一段落であるといえよう。

6　モチーフの繁殖、作品の繁栄

　作家作品のイメージの拡張は様々な形を取るが、その独創的なモチーフ（表現、イメージ、装置など）が流布し始め、他の作家作品に拡散してゆく現象も、インターテクスチュアリテイーの枠に入る。荻野アンナの短編にも度々現れる〈トンネル―通過―旅―別世界〉、という隠喩と換喩を重ねたパラダイム装置は『雪国』や『伊豆の踊子』以外の川端作品にも現れ、明らかに潜在的ライトモチーフとして存在している。例えば、一九五三年四月、『中央公論』に掲載された『無言』と題する何も書けなくなった老作家を描く短編では、あるトンネルが、鎌倉の火葬場の近くにあり、夜車で通過する時、時折幽霊が乗り込んでくるという逸話の舞台となっている。言うまでもなく、多義的な象徴性をたっぷり含んだ設定で、全編を不吉な影で覆っている。

　現代作家の作品においても、数々の借用、あるいは暗示を見いだすことができる。その代表的な例は多和田葉子の『ゴットハルト鉄道』（『群像』、一九九五年一一月号）であろう。多和田は一九八七年、ドイツ語作家として、また一九九一年には日本語作家として作品を発表し始め、周知のように、一九九三年、『犬婿入り』で芥川賞を受賞した。この『ゴットハルト鉄道』は一種のエッセー風の短編で、アルプス山脈をくぐり抜けるスイスのドイツ、フランス語圏のチューリッヒからスイスイタリア語圏のルガノを繋ぐトンネルを何度も往復する経験を重ね、それを一種の紀行に収めるというストーリーになっている。ここでは、トンネルが擬人化を経由して主人公となり、視覚や心理や幻想、妄想、あるいは地政学や言語学的観点などと、様々な側面から、描かれている。装置というステータスから主題へと変貌したトンネルは、明らかに川端モデルを意識したものである。現に、二〇〇五年の文庫版では、「言葉のトンネルを抜けて─著者から読者へ」と題する後書きにおいて、『雪国』を引き合いに、以下の説明を読むことができる。

「トンネルを抜けると雪だった、つまり向こう側の天気は全く違っていたという体験は、翻訳作業にも当てはまる。ドイツ語で原稿を書き終わってから、それを日本語に訳してやろうという気になった。普段は、自分自身の作品を翻訳してやろうとは思わない。経験のないことに挑戦してみたのは、トンネルに入ってみたい時の気持ちとも似ていた。それはいいが、訳しているうちに原文には出てこない登場人物が出てきたり、過去や背景が出て来たりして、おまけに主人公もすりかわり、すっかり話が変わってしまった。トンネルを抜けたら向こう側は、翻訳文学だったということになる。▼注(22)」

雪国から翻訳の世界へと、トンネルは動的な隠喩として新しい視野へと向かう、そのような間テキスト関係が築かれて行く。▼注(23) 所謂文芸トポイとして自らの道を歩みながらも、常に川端のスタンスを想起するメカニズムを備えていることは、重層的な効果を生み出し、特徴的である。

さらに広く川端モチーフを追求して行くと、思わぬような現代作家の作品に回折して行く姿が見受けられる。差し当たりの例を挙げるなら、『眠れる美女』をめぐって吉本ばななの『白河夜舟』▼注(24)があり、あるいは石田衣良の『娼年』▼注(25)がある。

つい最近では、小川糸の『食堂かたつむり』における主人公の帰省のバス旅行における窓ガラスの反映シーンはどう見ても、『雪国』冒頭の汽車のシーンをなぞっているとしか思えない。と、このように、川端作品の無限の拡散現象にも、微妙な形で、カノン形成の動きを見る事ができる。

7　終わりに

川端没後、半世紀近くがすぎて、デジタル革命の二一世紀における文学は、読書の衰退などにより、文化遺産としての範囲と保存、また創造芸術としての推移と可能性の間で揺さぶられている。しかし文学現象を世界的な視野で観察した場合、川端文学のカノン化は確実に進んでいる。日本では、本文の現役性は薄れていても、特徴的な表現、方法、装置などの拡散によって、川端文学は一定の地位を確保しており、読者に接近している。他方、外国では翻訳は未だに続き、再版されたり改訳されたり、日本を表象する作家作品のレッテルを掲げ、現在でも、一定の読者を獲得している。ローカルとグローバルの接点は、世界文学の基準と領域を定める場であり、翻訳された外国文学の宝庫としての川端文学が日本に逆輸入されてゆくという、逆説的な図式もあり得る。そのためには、批評の観点からもカノン形成に加担してゆくことが、二〇世紀文学の生存の条件であり、川端文学が今後も読み続けられ、受容され続ける条件でもある。

しかし同時に、カノン形成の過程は統制の過程であり、その統制の罠こそを読み解くことも不可欠である。本質論は前世紀の批評の地平の幻想であったと考えた場合、二一世紀の新しい批評方法の模索とともに、新しい内省的な解釈の路も開拓する必要がある。例えば、川端文学の美／魔という二極対比図とは違う場所に、「バロック」の持つ流動性と断続性、ハイブリディティー、対立する価値や多様な視点の交通がある。また、作家の実生活、伝記上の情報や資料収集以外のところに、川端作品のテキストが秘める多くの謎への挑戦も残っている。あるいはジェンダー論を問い直す、試練の機会を川端作品に見いだす事も可能であろう。既成の作品受容と批評体系を越える変遷の場が存在すると仮定して、作品批評の創造的な共存こそが現代への橋渡しとなるかと思う。

このように、カノンが分散し、再構成されて行く中で、今日、なぜ川端を読むのかという問いは、どのように読み直して行けば良いのかという問いに変貌し、我々がこれから具体的に取り組む課題となっている。

注

（1）フランスのパリ日本文化会館、およびパリディドロ大学に於いて、二〇一四年九月一七日、一八日に行なわれたシンポジウム「川端康成21世紀再読―モダニズム、ジャポニスム、神話を越えて」、展示会（「川端康成と「日本の美」」）、映画祭（「映画から見た川端康成の文学」）他の企画において、いくつかの方向性が紹介され、この論文集にも収められている。

（2）例えば、二〇一五年の教育出版『現代文A』においての『伊豆の踊子』の掲載及び解説、また大修館書店『現代文B』下巻においての『伊豆の踊子』の掲載、及び解説を挙げることができよう。他方、やはり二〇一五年の教育出版『新編国語総合　言葉の世界へ』には『雨傘』が掲載、解説されている。なお、一九六〇年～一九八〇年代の様々な受容現象については、十重田裕一『名作は作られる―川端康成とその作品』（NHK出版、二〇〇九年）を参照。

（3）二〇一〇年川端康成学会と改称され、学術会議協力学術研究団体となった。

（4）制度的な観点から、村上春樹との比較も興味深い。拙論「川端康成と村上春樹の翻訳に見られる文化的アイデンティティの構築―フランス型翻訳論の視座を超えて」『トランスレーション・スタディーズ』（佐藤＝ロスベアグ・ナナ編、みすず書房、二〇一一年、九九～一一八頁）参照。

（5）大正五年一月二〇日当用日記（『川端全集』、補巻一、二八六頁）。川端香男里「世界の中の川端文学」『世界の中の川端文学』（川端文学研究会編、おうふう、一九九九年、二七頁）より引用。

（6）Robert K. Merton, *Social Theory and Social Structure*, New York: Free Press, 1949.　ロバート・K・マートン『社会理論と社会構造』（森東吾・森

好夫・金沢実・中島竜太郎訳、みすず書房、一九六一年)。

(7) フランス語でも『三島川端書簡集』は二〇〇〇年に刊行されている。*Kawabata, Mishima, Correspondance*, trad. Dominique Palmé, Paris, Albin Michel, 2000.

(8) 上述、十重田裕一の研究を参照のこと。川端受容の統一化と高度成長期との重複が指摘されている。

(9) 典型的な言説の例として、安部公房、ドナルド・キーン対談集『反劇的人間』(中公新書、一九七三年)の『雪国』論争では面白いことに、安部公房は川端西洋モデル説を唱え、キーンは川端東洋モデルを力説していて、食い違いに始終する。四六〜五一頁参照のこと。

(10) この論文では、ハルオ・シラネ、鈴木登美編『創造された古典―カノン形成・国民国家・日本文学』(新曜社、一九九九年)におけるカノン形成の考察を参考にしている。他方、Michael Emmerich, *The Tale of Genji: Translation, Canonization, and World Literature*, New York: Columbia University Press, 2013 も、『源氏物語』のカノン化の研究として、誠に興味深い。川端の言説、及び文学者としての地位もこの研究書の一つのテーマとなっている。

(11) 本書における、ジャン=ノエル・ロベールの論文に詳しい。

(12) 最近の伝記で、かなり詳しく六〇年代を論じているものに小谷野敦『川端康成伝―双面の人』(中央公論社、二〇一三年)がある。

(13) http://www.jpf.go.jp/JF_Contents/InformationSearchService?ContentNo=13&SubsystemNo=1&HtmlName=search_e.html を参照のこと(二〇一五年七月三〇日のデータ)。

(14) 現にユネスコ作成の世界翻訳データベース Index Translationum の結果は異なり、日本の文学とマンガの作家が競うトップ10のうち、村上春樹が四八八点で一位となり、鳥山明をおいて、次に、三島(三位、三四七点)、川端(七位、二二〇点)、大江(八位、一九一点)、谷崎(九位、一八〇点)、井上靖(一〇位、一五五点)となっている。ただし、二〇〇九年以降の一部のデータが揃っていなかったり、数年分が未対処であったり、また情報収集方法が不完全であり、そのまま使えるデータではないことに注意したい。http://portal.unesco.org/culture/fr/ev.php-URL_ID=7810&URL_DO=DO_TOPIC&URL_SECTION=201.html 参照(二〇一五年八月三日のデータ)。

(15) フランスの例を取るならば、パリ日本文化会館において二〇一四年九月に行なわれた川端展示会や映画祭へのアンケートなどでは、多くの来場者は翻訳を通して川端作品に魅了され、そのために会場を訪れた、と答えている。詳しくは、福田淳子氏(昭和女子大学)の「パり日本文化会館における川端康成展および川端康成原作映画上映会に関するアンケート調査」参照（二〇一七年に発表予定）。もう一つの例を挙げるならば、総合週刊誌『ル・ヌーヴェル・オブセルヴァトゥール』の二〇一三年五月の特集は、「理想の図書館、19―20世紀版」と銘打って、日本からは唯一の代表的作品として『雪国』を扱っている（拙論）。

（16）特にパスカル・カザノヴァ『世界文学空間―文学資本と文学革命』（岩切正一郎訳、藤原書店、二〇〇二年）参照のこと。Pascale Casanova, *La République mondiale des Lettres*, Paris, Le Seuil, 1999.

（17）詳しくは、李聖傑「莫言と川端康成の文学について―『雪国』の「秋田犬」から『高密東北郷』の「白犬」へ」（『川端文学への視界』二九号、二〇一四年）参照。ちなみに、莫言は大江健三郎との交流も深いことが各種メディアで取り上げられている。

（18）Rachid al-Daïf, *Cher Monsieur Kawabata* (1995), trad. de l'arabe (Liban) Yves Gonzalez-Quijano, Arles, Sindbad-Actes Sud, 1998.

（19）最近の研究では、ツベタナ・クリステワ編『パロディと日本文化』（笠間書院、二〇一四年）は、パロディを古典文学から明治時代に至るまで、本質的な概念として捉えている。近現代の理論としては、Margaret Rose, *Parody/Meta-fiction*, London: Croom Helm, 1979 ; Linda Hutcheon, *A Theory of Parody. The Teachings of Twentieth-Century Art Forms*, New York and London : Methuen, 1985（リンダ・ハッチオン『パロディの理論』辻麻子訳、未来社、一九九三年）が最も参考になる。

（20）清水義範「スノー・カントリー」（『翻訳の世界』、一九八九年八月、後『江勢物語』に収録、角川文庫、一九九一年、五一～五二頁）。

（21）荻野アンナ『私の愛毒書』（福武書店、一九九一年、福武文庫再版、一九九四年）。引用部分は八五頁。

（22）講談社文芸文庫、二〇〇五年、二二八～二二九頁参照。ちなみに、一九九五年のこの『群像』掲載版は川端康成文学賞の候補となった。この各年度の優れた短編に与えられる賞自体、一九七二年に設立された財団法人川端康成記念会の事業の一つであり、第一期、第二期の間、中断されたものの、二〇一四年に四〇周年を祝っている。その賞金や運営費はノーベル文学賞の賞金が基盤で、いうまでもなく、川端の制度化を現代に繋ぐ一枠として、重要な役割を果たしている。

（23）本書に収められている多和田葉子の「雪の中で踊るたんぽぽ」も創作的批評を展開している。

（24）『海燕』一九八八年一二月号、後、福武書店、一九八九年。

（25）集英社、二〇〇一年。石田衣良はエッセー「幸福な日本の作家」（『文豪ナビ　ノーベル賞なのにィこんなにエロティック？川端康成』

新潮文庫、二〇〇五年）において、この『娼年』以外にも、川端文学からヒントを得た作品として、『片脚』及び『左手』（『片腕』より）、そして『ありがとう』（『掌の小説』『有難う』より）を挙げている。九六〜一〇三頁参照。この文豪ナビシリーズ自体、現代への繋ぎ方として、現代作家を動員し、川端の場合は石田衣良以外に、角田光代、齋藤孝などの人気作家の解説を掲載している。

参考文献

・川端文学研究会編『世界の中の川端文学』（おうふう、一九九九年一一月）
・ハルオ・シラネ、鈴木登美編『創造された古典―カノン形成・国民国家・日本文学』（新曜社、一九九九年五月）
・十重田裕一「『名作』は作られる―川端康成とその作品」（NHK出版、二〇〇九年七月）
・小谷野敦『川端康成伝―双面の人』（中央公論社、二〇一三年五月）
・ツベタナ・クリステワ編『パロディと日本文化』（笠間書院、二〇一四年一二月）

2 川端康成、コレクションと資料の現在

川端香男里 Kawabata Kaori

1 「コレクション」としての全集

コレクションと言えば、まず美術品等の蒐集のことが考えられるが、自分の書いた作品を集めて吟味しつつ選集、全集を編み出す作家を思い浮かべてみよう。丹念に編まれた選集・全集を手にするとき、人はそれをその作家の見事なコレクションとして受け取るのではないだろうか。川端康成は生涯に選集・全集を五回刊行しているが、そのすべてにおいて、自らの手で選び、本文すべてに目を通して加筆するという点では一貫している。さらに目立つのは彼の場合、装幀・題簽に人を選び、書物自体を芸術品にすることに心を砕いたことである。

ノーベル文学賞受賞を記念して一九六九年から刊行が始まった第五回全集には毎巻、「川端美術コレクション」として知られる作品の口絵を、川端自身が自らの感想を付して掲載している。国宝の「凍雲篩雪図」、池大雅・与謝蕪村の「十便十宜図」があって、それから現れるのが「女の首」である。この埴輪作品への川端の讃美の言葉を聞いてみよう。「ほのぼのとまどかに愛らしい。均整、優美の愛らしさでは、埴輪の中でも出色である…とにかく日本の女の魂の原初の姿である。知識も理屈もなく、私はただ見てゐる。」しかしこの第五回全集は作者の死のため、口絵の掲載は中断されてしまっ

た。全集自体の出版は継続されたが、文学コレクションが同時に美術コレクションでもあるという川端康成の願望は果たされなかった。

図1　浦上玉堂　国宝「凍雲篩雪図」

図2　池大雅　国宝・十便図「釣便」

没後数日をおかず川端新全集の企画が立てられたが、新資料が続々と現れ、刊行に漕ぎ付けるまでに八年の歳月を要した。出版スタート時に三十五巻と予定されていた全集は一九八〇年二月にスタートし、三年間で完結した。新資料の中には新聞雑誌等に掲載されたものの、作者自身の御眼鏡にかなわず、作品集、選集、全集入りを果たさなかったものが数多く含まれている。著者が自分および自作について記した文章は数多く、これを自叙伝、自著序跋、自筆年譜を合わせて一巻とするというような編集も本全集においては試みられた。（「第三十三巻」参照）

新資料の中で際立っているのは中学生時代からの日記、ノート、創作ノート、それに大量の来簡である。これらの新資料が完全に整理され解読され公表されたら、昭和文壇史の宝庫となることは明らかである。きわめて異例なことであるが、出版社の好意によって補巻二冊の追加刊行が可能となったことは大いなる救いであった。最大の困難は日記書簡類の解読作業であったが、出版社の校閲部のヴェテランや作家の生原稿を読むことに習熟している編集者たちの助力も得られた。補巻一は日記およびノート、補巻二は書簡というかたちで新資料の重要な部分が陽の目をみることになった。

新資料の中でほとんど手が付けられていないのは写真の領域である。まず川端康成が「披撮影者」として際立った個性をもっていることは、優れた写真家によって撮影された数多くの肖像写真を見れば明らかである。（三十五巻本全集の口絵写真は川端の肖像の一大ギャラリーである。）林忠彦、土門拳、ユーサフ・カーシュなどによる美術品を見る川端の写真は、美に対する川端の姿勢を見事に写真に定着させている。しかしそれよりも同時代の新芸術一般に強烈な好奇心を持ち続けた川端の写真がどのようなものであったかを明らかにする必要があろう。

2　教育装置としての「コレクション」

美術の「川端コレクション」について次に考えてみよう。川端にとって美術品は単なる鑑賞の対象ではなく、作品を生み出す原動力になっているという点が重要である。日本近代文学館の生みの親の一人であった川端は「近代文学館」の意義について次のように語っている――「近代文学の資料はあちこちに死蔵され、それが日々に散逸、湮滅しつつある。今のうちに集めれば、後代までの宝庫となる。その近代文学館は文学の研究家や愛好家の便、一覧回顧の場、読書人の益ばかりではなく、文化の博物館といふばかりではなく、若い人々を鼓舞して、明日の文学を誘発するところともなろう。」

ここで強調されているのはコレクションの「教育的効果」である。日本画家の中でも勉強家と言われる東山魁夷の述懐を聞こう。「戦前は日本の優れた古典の作品を、厳しく鑑賞する機会は甚だ少なかった。終戦を機に名家の蔵の中に深くしまわれていた名品が、居所を変え、いろんな展覧会にも現われるようになった。私はむさぼるようにしてこれらの作品を眺め、先輩の蒐集家を訪ね、また技術的な面をも研究した。」（『風景との対話』）

川端コレクションの重しとなっているのは言うまでもなく購入後国宝に認定された浦上玉堂、池大雅、与謝蕪村の作品であるが、川端コレクションの骨格は川端と二人の画家との交流の中で育まれた。二人の画家とはまず川端より四歳年長の前衛画家、古賀春江である。古賀の早逝ゆえにともに活動できた期間が一〇年にもみたなかったが、古賀の没後の四〇年をかけて川端は折にふれ古賀を回想し古賀の絵画世界を養分にし、自らの芸術世界を深めて行った。川端は評論家としてではなく、作品を所有し作品とふれあう愛好家として、古賀作品を死蔵させることをさけるために積極的に公的な美術館におさめることに尽力した。

もう一人の画家はドイツに留学した日本画家東山魁夷である。川端より年下で九歳も離れていたが、互いに通い合う二つの魂のたぐい稀な邂逅であった。この点について最も雄弁に語っている文章が東山の川端追悼文「星離れ行き」である。(『新潮』昭和四十七年六月臨時増刊号—川端康成読本)「肉親のすべてを失って、ようやく、画家としての私は生れ出た」と東山魁夷は書いている。そして「戦争の終る間際に、死の側から望見して、風景に眼を開き」「死から生へと辿った」自分こそ、肉親喪失の悲しみを知り、死から生を見詰めていた川端の心に通い合えるものをもっていると確信していた。二人の間に親しみが生まれたのは「先生も私も、お互いに、孤独な心と心の巡り合いを大切にしたい気持ちが強かったからでもあろう。」そして「先生との長く親しい交際が結ばれたのは、私たちが美に触れてのこと以外は、ほとんど、話し合わなかったことによるのであろう。」

二人の最初の出会いは一九五五年。『新潮』編集部員の案内で東山は川端邸を訪れた。この最初の訪問で玉堂、大雅、蕪村などの国宝をはじめとする数々の名品を「手にとって拝見し」「大いに勉強になりました」と東山は手紙で礼を述べている。これは文字通りの勉強であり、川端が正に望んでいたことでもあった。これから十七年間にわたる交流が始まり、その間「北山初雪」をはじめとする名品を譲り受けたり購入したりすることでコレクションの幅が広がることになる。

美を感じる能力を高めるためには美と出会うことが必要だというのが川端康成の信念であったが、その川端に多くの美術商が協力した。彼らとの往復書簡もかなりのこされており、内容的にも興味津々である。戦後の経済破綻状態の中で、東山魁夷の証言にもあるように、名家の蔵の中にしまいこまれていた名品の数々が売りに出されるという状況で、川端は借金を重ねながら着実に名品を手に入れた。川端コレクションの特徴として、生活の美の重視ということがある。陶磁器、漆芸品、木工細工などの名品が多い。染織工芸の芹澤銈介、漆芸の黒田辰秋などヨーロッパでの評価も高いが、川端コレクションの中の黒田作品がドイツの展示に出品されたこともある。

3　残された課題

三十五巻本全集が補巻二冊を加えて完結したために、全集未収録資料の大半が処理されたと受け止められているが、写真を含めて未処理の資料はまだ山積み状態である。さらに若手研究者による図書館資料の綿密な調査が系統的に行われるようになってから全集未収録作品の数は急増している。その中では二〇一三年二月に発見された川端康成の最初の新聞小説『美しい！』が特筆に値する。一九二七年四〜五月、『福岡日日新聞』に四回にわたって掲載された作品である。この作品は二年後に改作され『美しき墓』と題されて雑誌「新潮」に掲載された。ここが川端という作家の癖、習慣なのであるが、改作の元となった新聞の切り抜きはその「創作ノート」としての役割を果たした時に破棄・焼却された。

川端は折にふれて、依頼された原稿に（執筆の期日に迫られてであろうが）「古い日記」等の名称で自分の過去の日記を公表することがあった。その場合、一旦活字にしてしまうと、元の日記の該当部分は破棄してしまう。この習慣は一生を通じて変わらなかった。遺された創作ノートの裏表紙には「死後焼却のこと」という注意書きが書かれているのと同じ精神であろう。

原稿用紙一〇七枚の「湯ヶ島での思ひ出」は『伊豆の踊子』『少年』の二編をうみだしたのち破棄された。「創作ノート」

に当たる作品の破棄は、決定稿が出来上がった証しであった。一九一四年五月四日に書き始められた「十六歳の日記」を川端が発見し、それを書き写して発表したのが一九二五年であるが、その際習慣通り元の原稿は破棄している。念の入ったことに、その後も一九四八年に「十六歳の日記」の断片を発見して拾遺として付け加えるということもあった。このような事情から、これは十六歳の少年の作ではなく、後年の創作ではないかと疑う人が現れた。川端自身はこの心外な指摘にあって心を痛めた節がある。

ところで作者の没後に、一九一四年五月三日に終わる川端少年の当用日記が発見された。（川端本人はこの日記の存在を知らなかった。）この日記の最後のページには「今日自分は切に小説の傑作が祖父のモデルで出来るをうたがはない　一つ書いて中央公論に出して見ようかと思ふ」とある。早くから小説家を志望していた少年は、祖父の姿を写しとることを決意して、当用日記の使用を打ち切って、改まった気持ちで母校の茨木中学校の作文用紙に向かったのであった。

当時最も権威があるとされていた中央公論への挑戦には驚かされるが、この少年の一九一六年一月二〇日の当用日記の記述「俺はどんな事があらうとも英佛露獨位の各語に通じ自由に小説など外国語で書いてやらうと思ってるのだから　そしておれは今でもノベル賞を思はぬでもない　尚私はエスペラント語を主用語としたいと思ってるのだ　語尾が品詞によって同じだから詩などの聲調はうまくゆくと思ってる」ほど壮大な夢想ではない。三年前のタゴールのノーベル文学賞受賞の興奮がまだ残っていたのであろう。

しかし上記した一部の例外を除いて、川端康成は「捨てない人」であった。改めて強調したいが、日記、ノート、来簡などほとんど捨てることはなかった。文通した相手も「捨てない人」であればたちどころに往復書簡集が出来上がる。こうして川端―三島、川端―東山の往復書簡集が成立した。

伊豆の温泉郷、上野・本郷界隈、馬込や中央線沿線の文士村などで文士たちと歩調を合わせた暮らしぶりの中で川端夫妻は引っ越しをマメに繰り返したが、日記、ノート、来簡、パンフレット、チラシ、切抜き帳、写真の山などが箱や鞄や頭陀袋などに入れられて全部終焉の地鎌倉へ運ばれて来ている。中でも映画、演劇、舞踏、音楽会、美術展関係のチラシのたぐいの量は圧倒的である（犬の同好会のパンフレットなどもたくさんある。古賀春江、原久一郎、坂口安吾などと犬を介した親交を結んでいるのである）。さまざまな領域に好奇心をもやし、同好の士を求める川端の姿が髣髴として来る。ノート型、手帳型の日記にびっしりと書き込まれた日程表などを見ると、来客の数、頻繁な画廊、画商めぐりに驚かされる。日記等の密度の濃さは一九三〇年代、第二次大戦後の鎌倉文庫・ペンクラブ時代が突出しているが、この解読の困難さも際立っている。

川端康成の世代は、明治時代の作家が持っていたような、文学に対する無力感、疎外感を持ってはいなかった。文学こそより良き世界を作り出す最強の手段である、だから作家が団結することが必要であると考え、作家の集合体としての「文壇」を大切にした。新感覚派運動から戦後の鎌倉文庫創立、ペンクラブ、日本近代文学館主体のエネルギッシュな活動はそのような考えから自然に発したものである。外国の批評家はいみじくも川端を「文学のアントルプルヌール」と評した。その実際の姿がどのようなものであったかということを知るためには、未発表・未解読の資料の解明を待たなければならない。

川端康成の死の半年後の一九七二年一〇月に財団法人川端康成記念会が、故人と親しかった作家井上靖を理事長として設立され、翌月には文部大臣により設置が認可された。没後三〇年となる二〇〇二年からは、川端コレクションを中心とする展覧会が年二回のペースで開催されている。安田靫彦、東山魁夷など川端と親交のあった画家たちとのコレクションとジョイントする形の幅の広い催しを随時企画するなど工夫を凝らしている。二〇一四年九月にはヨーロッパで初めて開かれる川端シンポジウムに合わせてパリの日本文化会館で開かれた展示会に協力できたことを喜びたい。

参考文献

・川端香男里・東山すみ監修『川端康成と東山魁夷―響きあう美の世界』（求龍堂、二〇〇六年九月）

・川端香男里・安田建一監修『大和し美わし―川端康成と安田靫彦』（求龍堂、二〇〇八年九月）
・ウンベルト・エーコ『芸術の蒐集』（東洋書林、二〇一一年六月）
・川端香男里・東山すみ・斉藤進監修『巨匠の眼―川端康成と東山魁夷』（求龍堂、二〇一四年四月）

3

川端

日本語と仏教

ジャン＝ノエル・ロベール Jean-Noël Robert　平中悠一／訳

一番簡単なのは無論このように問うことだろう。川端は仏教作家なのか？ 仏教徒の小説家か？ すると、当然、才気煥発、フランソワ・モーリヤックのことばを思い起こす方もおありだろう。「私はカトリックの小説家ではなく、小説を書くカトリック教徒だ」。がこのことば、川端に当てはめ転換すると、モーリヤックにとって意味があるとした場合と同じだけの意味を持つだろうか？ モーリヤックやグレアム・グリーンのような作家の場合、宗教とエクリチュールの関係は当然避けがたいかたちで問われることになる。文学的創造のプロセスを信仰からの要請と著者の自由の間の緊張の上に築かれたものとして理解しようと思い、また登場人物の倫理的ジレンマの深さを測ろうとすると、この問いを論じることは不可欠である。いわば古典的批評の根本的な知的要請だ。川端の場合、またそもそも大部分の日本の現代作家の場合、著者と宗教の関係が提出されうるとしてもこれと同一のいい方で、というわけにはいくまいし、批評的必然性もよって限りなく小さくなる。逆の例として、カトリック作家遠藤周作（一九二三〜一九九六）の名のみを挙げれば事足りるだろう。終生彼を問い続けた不安に満ちた信仰を念頭におくことなしには、その作品は理解されることも認められることもないだろう。ここに再び見出されるのは、われわれにはお馴染みの弁証法だ。つまるところ遠藤はしばしばグレアム・グリーンに近似していた。日本文化が固有のオリジナリティを不可避的にもたらしているにせよ、ヨーロッパの読者は彼をおそらくずっと理解することができる。また仏教から出来得る限り距離を置いた作家といえば、まずもって三島由紀夫だが、四部からなる大作『豊穣の海』（一九六五〜一九七一）を残しており、そこでは神道の名の下に批判されながらもしかし仏教が著者の世界観にかたちを与えている。三島を仏教作家と主張する者はないとはいえ、それでもこの問題は、今回は無理だが検討されるに値する。少なくとも明らかに仏教に基盤を置く文学的構成はあるのだ。川端作品にアプローチした時にそんな何かが見つけられる、とは私は考えない。だから一見川端において仏教についての問いかけを発する批評的必然性は、作品中に見られる仏教的要素の文化的目録といったものを作成するためでもなければほかにない——囲碁や書道など、《日本的》性格で印されたナラション上の他の重要な要素と同様のものとして。また、明らかにこの観点からより多くをいうべきことのある作家たちは実にたやすく見つかることだろう。とはいえ坂井セシル氏の信頼厚い友情のおかげで、私がここでこの問題に取り組むのは、大方に流布する意見に反し、川端が自身のエクリチュールから、自らを個人としての作家のみならず日本人作家としていた、というヴィジョンにおいて、この問題は中心的であるらしく思われるからだ。これが即ち私の提示しようとすることとである。

川端の文学的創造の根本的要素としての仏教についての私の問いの起点となるのは、最大の注目に値すると思われるドキュメントである。読者全てにとり明白であるはずの非常な興味深さにかかわらず、この資料はこれまでそれに相応しいだけの注意を得てはいないようだ。▼注(1) 日本においてさえ冷ややかに迎えられ、ついであからさまに批判された、とまでいうことができるかもしれない。しかしながら、考えなければならないのは、果たして理解されたのか、ということ自体だ。つまり、ノーベル賞受賞スピーチのことである。一九六八年一二月一二日、ストックホルム。この栄誉を受けた最初の日本の作家として川端はそのスピーチを行った。アジア人としては一九一三年、ベンガルの作家ラビンドラナート・タゴールに次いで二人目であるのは、川端自身が晩餐会のスピーチで言及している通りである。一九六四年東京オリンピックから四年、日本に巻き起こった一大センセーションは、その受賞が文学の領域をはるかに越えていたという事実から理解される。つまり日本の国際的活動への再編入の新段階と認識されたということで、ある種の復権だった。戦争と敗北でまず日本は諸国からつまはじきとなった後、次いでその破綻の途轍もなさの結果、ある種の知的な流刑にあったからだ。川端は無論こういった全てを意識しており、それはこのスピーチの検討をさらに一層重要なものとする。川端が自らの作品とその創作の知的枠組みを説明するのに決定的だと思うものをそこで提示することは予想できた。当然、さらに論を進める前にここで問われてしかるべきは、ノーベル文学賞受賞スピーチにどのような価値を認めるべきかであろう。幸運にも数か月前から、この賞の創設以来記録されたスピーチのフランス語による全集がある。▼注(2) 一世紀にわたる最も高名な作家たちの何人かがこの一時間を越えてはならないとされる原稿に凝縮するに足りるほど決定的だと判断したものは何か、比較することを可能にするものである。大部分のスピーチがある種の知的な道程として、また文学的活動としての人生のひとつの総括のかたちをとっていると認められることは、驚きではない。不公平すぎると咎められるかもしれないが、あえて主張させて貰うなら、川端のテクストはこの全集の中で最も豊かで深みのあるもののひとつだと思われる。もちろんこのやや過剰な評価は職業的ないわばえこ贔屓によるものかもしれない。が、その発言のオリジナリティは確かだ。川端は実際、自らが作品を書く言語のステータスを問うた、稀な作家のひとりなのだ。この問題を、彼は自身の美学の根本に対する問いかけへと直接結びつける。▼注(3) そしてその答は、あらゆる点で驚くべきものだ。というのもつまり、それは我々を日本語の言語的意識の深奥に導くものであり、そしてその意識が基づいているのは仏教の教義だからだ。

　この受賞スピーチについては既に書く機会があったので、必要以上かかずらうのは望ましくはない。その大筋を手短に辿り直すだけで十分だが、中でも最も目をひくのは、まず川端がほぼ完全に現代日本文学を無視するという選択をしていることだ。自分自身と自らの長篇『雪国』他を別にすると、言及があるのは芥川龍之介（一八九二〜一九二七）で、現代の古典とでも呼べるかもしれぬものに属する作家だが、作品の大部分は伝来の日本文学と中世・前近代の歴史からインスピレーションを得ている。偉大な同時代作家についてはただの一言もない。まず第一に三島由紀夫（二年後に周知の状況で死ぬことになる)、あるいはまた谷崎潤一郎(三年前の一九六五年に死んでいる)。これはあるいは同僚ならではの距離感と理解できることかもしれないが、それ以上に驚きなのは、現代文学の偉大な創立者たちについて、就中夏目漱石について、そのペンからの一切の記述が見出されないことだ(一九一六年没)。芥川の引用は、特にその自殺に触れるため、そしてその遺書に触れるためだ。その中で夭折の作家は《末期の眼》という表現を用いている。これは日常の言語《ランガージュ》では殆んど使われないことばで、奇妙で古風な発音は、仏教起源であることを物語る。このように川端によるこの唯一の現代作家への言及は芥川を歴史的文脈のただ中に位置づけるが、その文脈はこの選択のわけを部分的に説明し、スピーチの全体としての読解を補強するばかりだ。ノーベル賞に輝く最初の日本の作家という立場でストックホルムに登場し、川端は自らの文学的創造の驚くべきヴィジョンを提示した。そこでは日本文学であろうと西洋文学であろうと、現代文学はいかなる役割をも演じておらず、一〇〇〇年にわたる伝統の中に、川端はいわばまさに単独に自らを位置づける。その伝統が基づくのがひとつの言語、即ち日本語古典文、そしてひとつの教義、即ち仏教教義だ。ただしこの先、このふたつの間にはある種の矛盾があることが判る。現代日本人の目にしか矛盾とは見えない矛盾だ。というのも、独特であるのみならず神聖な固有語としての日本語、という価値付けは、アイディアとしては極めて古い。言霊という一語にそれは端的に表される。「ことばの霊的な力」——ことばとは、無論日本語のことだが——あるいは「言語的効力」とでも訳せばいいだろうか。この語は日本古代の詩的文集『万葉集』(推定七五九年)に見られる。こういうことで要約しようとできるかもしれない。つまり、そこには信仰が反映されており、その信仰によれば、日本語には神聖な起源があり、そのことばがいい表す現実に直接的に作用することを可能とする効力を備えている。この考えは、したがって萌芽としてはごく早くから日本に現れ、その極みに引き上げられるのは一八世紀、国学という名を与えられる思潮とともにだ。▼注(4) いちばん有名なその代表者は本居宣長(一七三〇〜一八〇一)および平田篤胤(一七七六〜一八四三)である。彼らは大戦終結まで日本における知的活動のもっとも大きな部分を支配した超国粋主義的思想の直接の先駆者だ。その思想の発端でありまた結果でもある日本語の過大評価はひとつの宗教的ヴィジョンの中にあり、そのヴィジョンはあくまで排他的に神道たろうとする。細部には立ち入らないとしよう。これは大幅に作り直され純化されたひとつの神道なのだが、問題はそこではない。ただ、その宗教と日本語の価値付けとの間に非常に強い結びつきが作られたことを強調しなければならない。そして驚くべきことに、川端において、この結びつきの形跡は、一片たりとも見つからない。

とはいえそのスピーチの中心が日本語であることは否定できないし、▼注(5) また私がかつて提示しようとした通り、そのタイトルに現れる日本の美とは具体的な風景や、日本の自然などではまったくないし、また一般に使われる意味での芸術的伝統といったものでもない。その美とは、まさしく日本の自然な文学的表現としての言語、日本語のことなのだ。そのユニークなオリジナリティについてのスピーチから彼がこのテーマを展開すると予想してもよかっただろう。日本文学から彼が作り出す独特のイメージ（以下にそれを見ていくが）を、前近代および近代のナショナリズムによりリモデルされたこの古来からの思想に結びつけるのだろう、なんらかのかたちで言霊という概念に言及するのだろう、はっきりと名指しはしないとしても…。ところがそんなものはからきし見あたらないのだ。先に述べた通り、川端は一切の現代文学の頭越しに、その「美しい日本の私」を直接古典文学の系譜に位置づけようとする。自らの出自とするその日本的美学を。この文学的伝統から、数々の例が引用される。彼のスピーチは間を作者の個人的コメントで繋いだ一連の引用に過ぎないと主張することさえできるかもしれない。その引用の全てが（芥川を別として）古文による文学に属しており、そこには現代的な文体からのものはまったくない。極めて短いが、三つの漢文のものさえある。日本語の引用ほぼ全てが古典的技法による詩、和歌である。その一六作品のうち一二までが仏僧による作品だ。残りの四作は有名な女性詩人によるもので、うちの二作は小野小町（九世紀）の作だ。彼女はその恋愛で名を馳せているにせよ、強い仏教的トーンを持つ文学的伝統の起源となっていることに変わりはない。また川端の引いたふたつの詩は、夢と現のはざまに遊ぶ効果から、仏教的な意味において理解されるうるものだ。このように、まったく予想に反し、神道にではなく、川端が日本文学の言語的世界を結びつけるのは仏教なのである。かくして彼は根本的に、言霊という考えのうちに結晶化したナショナリズムのイデオロギーとのあらゆるつながりから一線を画す。

川端のスピーチに、挑発的な面があることは否定できない。現代の小説家に一切言及しなかったとはいえ(日本のものであれそれ以外であれ)、古来の詩人のほかに、三つの散文作品を引用する。『伊勢物語』、清少納言『枕草子』、『源氏物語』。平安朝、西暦一〇〇〇年前後の文学的頂点に位置する全三作品だ。その三つ目について、川端はこう言明する:「『源氏物語』は古今を通じて日本の最高の小説で、現代にもこれに及ぶ小説はまだなく、十世紀に、このように近代的でもある長編小説が書かれたのは、世界の奇蹟…」。『源氏』の現代性は現代作家たちがいまだ望むべくもないほどのものである。これらの作品が「日本の美を確立」したのだ。以上のようなことばからタイトルの意味が理解できる。つまり、その「美しい日本」とは何か(また手稿にはそもそものタイトルとしてあとに消されるこのことばのあることを忘れぬようにしよう:「日本の美と私」)。この日本の美とはなんといっても文学の中に、したがって言語、日本語の中に表されるものなのだ。数々の詩の引用が、この言明を支持するものとなる。ほとんど全ての引用された詩人が、前述の通り僧侶だ。西行、明恵、道元、一休、良寛。ここにそれらの作品の誕生を可能とした知的な背景としての仏教、特に禅についての川端の数多くの発言を加えると、明白な事実に気づくしかない。即ち、川端の論証の全ては、日本の文学的・言語的美の基盤そのものとして、仏教があることを明らかにすることに行き着くのだ。この事実は原稿の冒頭と最後に仏教用語が現れることによってもまた表されている。実に訳しにくい語なのだが(だいたい英訳者はこれに二回同じ訳語を与えることができなかった)、「本来の面目」、禅師道元の用いたことばで、ここでは現象面の背後の現実を指している。それが判るのは、コンテクストからいえばまさに驚くべき引用で川端がスピーチを締めくくっているからだ。つまり、ノーベル文学賞を獲得した最初の日本人作家が、紛うことなく極めて文学的なアレオパゴスで演説をする、が、このいわば文学の最高法廷は、このようなテクストを理解するための用意は実際ほとんどないはずだったのだから。その問題の引用とは、一三世紀のものと推定される、名高い僧侶にして仏教の碩学、明恵の伝記で、その詩の三つがスピーチにも引用されている。ごく若い頃、当時の二大人物、西行、明恵の会談の場に同席した喜海による伝記が伝えるのは、ひとつの会話である。このかなり長い引用——特にスピーチ全体が比較的短いこと、その上川端によって読まれたのは日本の古文だったことを考えあわせると（いわばちょっと、私が二〇行のラテン語をもう十分に耐えてきた聴衆に見舞うようなものだ。そして他の引用、数多い引用がまた、芥川を別として、全て古文によるものだということを忘れる者はない）——まさに仏教教義を押し固めたようなこの引用から、西行による二点の言明を私は取り上げる。まず、全ての文学的創造は（「読み出すところの言句は皆」）真実のことば（「真言」）である。これが第一点だが、真言とはマントラにほかならず、一連のサンスクリットの音節で、現象面の中に沈み込んでいる人間精神が辿り着きうるもっとも深い現実を表すとされる。意味をなす限りにおいて、もっとも現代的ないい方をすると、マントラの音は《現実に直結》している。西行の第二の言明は、眩いばかりに有無をいわせない。「この歌即ち是れ如来の真の形体なり。」「真の形体」という語は現代の読者全てにとって殆んど理解され得ないものだ。これを道元の「本来の面目」のほぼ同義語と考えることもできる。正確な意味がどうであろうと、強調しなければならないのは川端のテクストが全体として何よりもまず禅宗を典拠としている一方、この長い最後の引用によってわれわれがその中に投げ込まれるヴィジョンは異なる宗派の教義観、秘教的仏教・真言宗だということだ。この西行の文と、ランガージュについて日本で書かれたもっとも深遠な理論的テクストのうちのひとつを結びつけるのは殆んど難しくない。高僧・空海（七七四～八三五）による『声字実相義』だ。そこには壮大な理論が素描される。インド起源の全てのアイディア、存在論的統一性、あらゆる存在者の面の普遍的一貫性について、もっとも底辺の地獄から仏陀の領域に至るまで。そこに見られる一〇段階の存在者のレヴェルの一貫性をなすもの、それが「文字」であり、その全ては、真言をなす梵字によって表された原初の音のいくらか縮小された反映だ。空海の思索の働きを理解するためここでそのふたつのことばを引用すると、一方では「完全なる仏陀の真言には特有の印しとしての音節、名、文がある（等正覚の真言は言名成立の相）」とし、他方では、「真言のときあかす対象とはなにか？（この真言は何物をか詮する）」

という問いには「真言は現象的本質の実相を誤謬や迷妄なく述べる力がある（よく諸法実相を呼んで不謬不妄なり）」と答えるのがよい、としている。川端が文学、日本の美学の神髄とした詩歌を表す日本語の音節的な文字は、西行によれば、したがって、マントラ以外の何者でもなく、仏陀の現実をその最も高度なかたち、法身として表すものだ。また空海のいう「実相」は、道元のいう「本来の面目」、西行／喜海のいう「真の形体」にごく近い意味にあることも見落としてはならない。

あまりに駆け足なこの発表から私たちが見るのは、川端が自らの小説家としての活動から作り上げた思想が、そして日本の作家として彼が用いた言語そのものが、作り出されまた正当化されるのは、九世紀に日本に渡来した仏教的知識によりその全体が構成された世界理解によってである、ということだ。

このことを確認した上で、このさらに先まで進むには、選択としてふたつの道がある。川端の複数の長篇小説を検討し、仏教的世界観に多少なりとも明らかなかたちで結びつくものを探すことは可能だろうし、またなされるべきことでもあろう。これは実に結構な方法論だろうが、私としては、もうひとつの道を選び、その言語についての思索のうちに川端のあとを辿りたい。幸運にもこのテーマの小さな本があり、寛いだ継続的な形式で文学のスタイルに関する、したがって日本語に関する、いくつかの川端の考えを伝えてくれる。文芸誌「文芸往来」に戦後掲載された一連のエッセイは次いで一九五〇年、小さな一巻にまとめられる。『新文章読本』だ。[▼注(a)] 川端がタイトルに「新」という形容詞を付したのは、[▼注(6)] 名高い先例、一九三四年刊行の谷崎潤一郎『文章読本』に倣ったためだ。文学史を押さえる意味で一九五九年には三島由紀夫の『文章読本』が刊行されることを付け加えよう。かくして三部作となる、二〇世紀日本の最も重要な作家三人による業績だ。鈴木登美教授が私にはできないような実により造詣深いかたちでこの作品に取り組むことだし、[▼注(7)] 私は私の論述に直接係わることについて話すに止める。『文章読本』の様式《ジャンル》、と呼ぶことができるだろうものには、何よりもまず啓蒙的な意図がある。自身のエクリチュールに対する作家の体系的な思索より以上に、若い作家のための一連の実用的助言であろうとする。ここに挙げた三作にはどれもこのそもそもの意図がよく刻みこまれている。同様に、このジャンルは著者がモデルとして、またインスピレーションを与えるため推薦する作家のうちから選ばれた抜粋を紹介することを求める。どの作家を選ぶかはもちろん極めて重要であり、またその意図を実に明白に表す。川端と三島、同時代のふたりの間で強く印象づけられるのは、より若い後者が日本作家以外に大きな場所を与えていることだ。ヴィリエ・ド・リラダン、フロベール、ゲーテ、ヴァレリー、ポー、バルザック、トルストイ、ドストィエフスキー、等々。川端のほうは、ついでの折にフロベールやコクトーに触れているとしても、その注意を何よりまず日本の作家に向けており、そして受賞スピーチに私たちが見出したものと照らし合わすとさらにそれより注目すべきは、ほぼ完全にそれが現代、二〇世紀の作家たちだということだ。当然ながら、ここでこの見かけに以上に込み入ったテクストの深い部分に立ち入ることはできない。背景にはしかしながら、谷崎、三島と、そして大部分の現代日本作家たちと同様な、日本語自体に対する本質的な問いかけが現れてくる。水村美苗や多和田葉子といった著者に見られる通りこの問いかけはいまだに今日的であるが、このふたりの場合、ともに異なった状況の中で外国語と直面している。だが川端がこれらのページで取り扱う問題は、日本の外の諸言語と諸文学の関連には、日本語自体の変遷ほどには係わらない。非常にはっきりしてるのは、他の多くの作家と同様、文学の慣用的言語の「文語」から「口語」への移行が見られた深い変換の終わりまで、彼はまだ辿り着いていないということだ。この変換は一九世紀の終わりに漱石および森鷗外の作品によって実行されたとはいえ（言及はなし）日本古典文の一形態は大戦の終わりまでまだ公式に使用されていた。つまり川端の書いていた当時はそれにほどない。その一形態、とは何をさすのか。古典作品の引用がこの本には殆んど見られないが、しかしそこには『太平記』（一四世紀）からと『平家物語』（一五世紀）から、ふたつの十分に長い引用があり、そこに付された批判的コメントの中で川端は、それらのくだりは今日もはや名文と見なすわけにはいかないと断言している。とりわけそこに用いられる漢語の多さを咎め、そこから古文のふたつの文体の区別を改めて言明することになる。即ち、川端がその例として『土佐日記』や『源氏』を挙げる和文調、そして漢文調だ。まったく意外なことに前者はかなり早く消滅し、稀な作家による教養に基づいた擬古的なかたちで存続しただけだった。ところが後者はひとり古典語の文学にあふれるのみならず、同じく現代語にまで入り込みはびこっている。まさに川端が「国語」としての「現代文」に対し感じるひとつの「不満」の原因がここにある。その用語の使い方は必ずしも厳密ではないが、かくして川端は泉鏡花を、徳田秋声を、そして横光利一を、「文語」の枠をうち破る勇気を持っていたと賞賛する。がそれに続きはっきりと示されるのが、新たな「口語」を作り出したという功績を彼らに川端が認めるのは、芥川や菊池寛などといった作家と違い、彼らが漢語を少なくする術を知っていたからだ、ということだ。明治以来、現代作家の大きなテーマは「しゃべるように書く」。芥川引用中の言だが、[注(b)] 川端はしかし、所謂言文一致、話しことばと書きことばの合一の可能性に疑問を持っており、この重要なことばを記す：「見方によれば、それは新たなる文語体の要求ともいえる。[注(c)]」漢文調の使用は権力と密接な結びつきを持ち、それがどうして「和文調」の消滅を越えて存続したのかを説明する。だが川端にとって、「和文調」もまた廃されたといえるものではない。この問題についての漂い動く川端の思考を理解するには、谷崎の『文芸読本』と川端が暗黙のうちに続ける会話をまたひとつの手がかりに検討するのがよいだろう。川端の思索がしばしば谷崎のエッセイの歩みに一歩一歩従っているところへ、谷崎のほうはある点において遥かに明快、とくる：「口語体を上手に書くコツは、文章体を上手に書くコツと、変わりはない。文章体の精神を無視した口語体は、決して名文とは云われない。[注(d)]」。川端の考えも、これに近いが、現代的で効率的な文体はまだ目指すべき目標であり実現されてはいない、と当時は考えている。

三〇年後に書かれる受賞スピーチに照らして見ると、一九四九年のエッセイは何より、軍事的敗北によって確実に強調された問いかけ、動揺を反映している。触れられていないことにも気づく。宗教について、神道について何も言及がないことはもちろんだが、同様に仏教についても、詩歌についてのいかなる示唆も、『源氏物語』へのいかなる特段の評価もない（その一方谷崎は対照的にずばり紫式部と井原西鶴こそ日本のもっとも偉大な散文家であると宣言している）。川端はそのエッセイにくりかえし現れる疑問を読者に共有させる。この全ての何ひとつ、もはやノーベル賞スピーチには残っていない。疑問は解決され、古典的な詩歌に代表される純粋な言語的美以外のものに残される場所のないように、現代作家は全て覆い隠される。自らの作品は古典文学とその言語の直接の延長上に据えられる。

今回私が取り上げたテクストにいくらかの重要性を認めていただけるなら、信仰や宗教的実践としてではなく、世界とその諸相——空海のいう《文字》——の解釈的ヴィジョンとしてここで捉えた仏教が、自身の言語と創作について三〇年前川端を悩ませていた疑念を解決し、西欧世界に向かって自らを提示することを可能とした鍵であると理解することになると私は考える。

注

（1）ただしこの指摘は、この《スピーチ》が独立した一冊の本として、常に広く書店店頭に存在していることに留意を促すことで差し引いておくべきだろう（講談社、一九六九年、二〇〇九年）。エドワード・サイデンステッカーの英訳も併録。

（2）*Tous les discours de réception des prix Nobel de littérature*, Flammarion, 2013.

（3）しかしながら、ギリシャの詩人イオルゴス・セフェリス（一九六三）の原稿には言及しなくてはならない。一九七四年までその国を引き裂く《言語問題》を彼が無視できなかったのは当然だ。またアイザック・バシェヴィス・シンガー（一九七八）のコメントがあり、残念なことに極めて短いが、イディッシュ語の状況を素描する。まったく驚きなのは、シュムエル・ヨセフ・アグノン（一九六六）がこの問いに擦りさえしていないことだ。

（4）しばしば《études nationales》あるいは《science national》と訳されるが、まったく同様に《études populaires》や《études locales》とすることもできよう。一方、アングロサクソン系の歴史編纂はこの語に《nativist studies》というまったくばかげた分類的翻訳を押しつけることにこだわっているが。

（5）実のところ、これは驚くべき豊かさに満ちたテクストであり、その意味は容易に汲み尽くすことはできない。もちろん自殺についての思索が占める位置について言及しなければならないだろう。あるいはおそらく三島との隠された論争。三島の語っていた仏教的ニヒリズムを、川端はあからさまに否定した。ほかにも多くあるが、その中には、個人的な生活が仄めかされた可能性も含まれる。

（6）川端が実際のその著者であったということが、その有効性が私には判断できない議論によって疑問視されている。重要なのは川端自身が書いたと見なされることに同意していたということで、問題はよって何も変わらない。

（7）幸い、殆んど偶然に彼女とこの問題について、また彼女が私に伝えてくれた新潮文庫の現行版の誤りに関する重大な訂正について話すことができた。彼女の助けなしには、私はとても気づかなかったろう誤りだ。

訳註

a 「文芸往来」一九四九年二月号、三月号、二月号、七月号、九月号、十月号。新潮文庫（一九五四年）、角川文庫（一九五四年）、『川端康成全集 第三十二巻』（新潮社、一九八二年）二〇一〜二九五頁。

b 同上『全集』二一五〜二一六頁。

c 同上『全集』二一五頁。

d 谷崎潤一郎『文章読本』（一九三四年。中公文庫、一九七五年）三〇頁。

4 川端と映画
「文学的」と「映画的」の近代

アーロン・ジェロー Aaron Gerow

一九二六年の映画『狂った一頁』は、作品として映画史に貢献したことだけでなく、川端康成のような大正文学のモダニストたちがその制作に関わったという点においても長らく関心を集めてきた。その結果、映画との出会いが川端文学に及ぼした影響を解明しようとする考察が何度か行われており、それは『狂った一頁』撮影現場での実体験を下敷きにした「笑わぬ男」や「婚礼と葬礼」のような小説に留まらず、モンタージュやカメラレンズのような映画的な表現形式へと書き方が変化したように見えることにも及んでいる。この点については、十重田裕一と鄭香在が特に実りのある考察をしている。

しかし、このような研究の傾向は、ときに不確かな仮説を出発点とすることがある。映画が文学に与える影響に焦点を当てると、文学と映画の dialectics（弁証法）、特に、映画の文学的表現が映画そのものの定義にどのように寄与するかという、もっと根源的な問いかけに対する不十分な考察になり得る。文学と映画の関連性について、欧州と米国における最良の評論は、Claude-Edmonde Magny や Keith Cohen によるものであるが、彼らはまず、そもそも映画的なものとは何かを挙げてゆき、そのような映画らしさを、特定の文学のコーパスの中で「発見する」という方法論をとっている。言い換えると彼らは、映画にある種の特徴が存在すると仮定しているのであって、どのように文学との出会いが映画を（あるいは映画との出会いが文学を）定義する働きをしたかについては考察していない。これは歴史を考慮していない、あるいは現在（評論家による映画の概念）を過去の上に投影する一つの様式となっている。視覚的な表現やモンタージュといった形式を借りることによって文学がより映画的になるという主張は、映画が視覚的なものであり、モンタージュを特徴とすることを前提としている。これは映画に非視覚的な様式の長い歴史があったことや、映画が編集と視覚表現を特徴とするものになるまでの苦闘の歴史を無視している。これは既に別のところで書いているが、一九二〇年代中頃までの日本映画では、視覚ではなく音声（弁士の声）がその特徴とされており、ナレーションの話法が追求されていた。そこでは編集が担う役割は小さく、事実、一種の文化の混成が称えられていた。他の明確な一つの媒体に「影響を及ぼす」ような独特のエッセンス、あるいは「映画」という一つの媒体が存在するという考え方は支配的ではなかった。一九一〇年代中頃から一九二〇年代にかけて、純映画劇運動と呼ばれる運動の中で、視覚を特徴とする「映画」という独自の媒体の概念を確立しようと試みた知識人グループがいくつかあったが、それには特定のイデオロギーや文化的な理由が背景としてしばしば存在した。[▼注1]『狂った一頁』以降の川端の小説がより視覚的になったように思われる、あるいはモンタージュの形式を明らかに示しているとするなら、それは映画が彼に影響を与えたからというより、むしろそのイデオロギーを主張する言説が彼に影響を与えたためかもしれない。彼の言説は同時に視覚的媒体としてのこの映画の創造に参加している。

作者が映画の定義と解釈したものが、彼らが文学と定めたものに影響を及ぼしているかどうかを判断することには、もっと歴史的、文化的な特殊性がある。彼らの文学の分析には二つの要素が必要である。まず、どのように彼らの著作が映画を表現しているか、そして、なぜその偶然的な映画の定義が当時重要だったのかを確定しなければならない。そして、そこで定義した映画が彼らの文学作品をどのように形づくったかを解明しなければならない。この分析手法は、事実、各作家の個人的なアプローチへの対応に適している。川端が映画から影響を受けたとする主張は、川端に影響を与えている映画のエッセンスを想定しているだけでなく、川端がそのエッセンスが何であるかを知っていると仮定している。ここで概略を述べるが、これは川端と映画との関係についての重要なポイントの一つを見えなくする。彼はたびたび映画の知識の表明を躊躇っているように、個人的に映画を知るという問題に関心を持っていただけでなく、映画そのものへの疑念を記し、それが既存の形式の知識と言説を衰退させたと仄めかしていた。おそらく我々は、川端に影響を与えている映画の理解可能なエッセンスを想定できない。なぜなら彼はそのような知識そのものを疑っていたからである。

『狂った一頁』以後に書かれた映画についての初期の随筆で、彼が映画の世界への門をくぐったことと、他の人に映画を紹介すること双方の意味が込められた日本語の「映画入門」という言葉で、川端はそのような知識について、言明しているようにみえる。

衣笠氏やその他の専門家から、実際の上の智識についていろんな教へを受けた。お陰でおぼろげながら、映画の批評の仕方が分かりかゝつて来た。[注2]

『狂った一頁』の制作は、川端にとって、協働的かつ複合的な芸術として映画を理解するための具体例となった。良い映画を作るためには、音楽や文学といった他の芸術と、映画独自の技法の理解を必要とした。知識の必要性についてのこのような表明は、特に同時代の日本映画プロデューサーたちに対して向けられたとき、確かに川端と純映画劇運動を同列とする。既に述べたように、この運動は映画改革の核として据えた「研究」を中心に展開された。しかし、映画の知識に対する川端の考えは同時代の改革主義者たちのものから逸脱している。純映画劇運動で映画批評の立脚点として認めていたのは、「研究」が生み出す理論的な知識であって、川端が重視する、映画の完成の背後にある「隠れた努力」という実地の知識ではなかった。[注3] たとえば「婚礼と葬礼」の魅力の一つは、撮影現場の隠語を巧みに使ったことである。描写に強いリアリティを与えただけでなく、この空間における川端の自信と権威を仄めかしていた。しかしこれは最終的に、映画とその知識についての印象を与えるために川端が想定した暗号であり、彼が被った仮面なのである。

これを我々が知っているのは、のちに川端がこの仮面の性質と知識との不確かな関係を強調したからである。彼の数少ない映画批評が、「新潮」の一九二九年一一月号と一二月号に発表された「映画見物記」である。ここでの仕事は国内外の最新映画について書くことであり、そのほとんどはトーキー映画であった。作品のほとんどをこき下ろす一方で、映画と映画制作者や出演者に精通しているようであり、トーキーの現状を嘆きながらも、時おり映画における音声の性質について深い洞察を示している。しかしフョードル・オツェプの『生ける屍』（一九二九年）について論じた一稿で川端は、当時の批評家張りの知識を披露した一段落の後に、「と、書いてみたところで、実はシネマ・パレスのプログラムから、写し取つたに過ぎない。[注4]」と付け加えた。その効果たるや驚くべきもので、我々の予想は覆され、果たしてこれは川端自身の言葉か否かと訝しみ始めるのである。これは、自身の映画の知識やそのような知識を持つことの目的にさえ疑問を呈する川端によって、始めから仕組まれていたことである。以前抱いていた映画の背後にある「隠れた努力」を学ぶ喜びを、次のように宣言することによって否定しているようにみえる。

それと自分と調子が合はなければ、ただぼんやりと異国の風景と女の美しをただ眺めてゐる。調子が合へば、全く彼等にあやつられて泣き笑ひする。さうすることが、映画をいつまでも新鮮な娯楽としておく秘訣だと思つてゐる。従つて、私は映画に関する知識を得たいと思つたことはない。[注5]

一読すると、「過剰な知識で」楽しみを邪魔されたくないという気楽な映画ファンの発言のように読めるが、ここにはそれ以上のことが進行している。まず、これは自身がもつ映画の知識についての川端の疑念に通じている。特に「映画見物記」続編の冒頭で、自分の見方が「映画を見る眼を持たぬ」ことによるのか、あるいは作品そのものが退屈であることによるのかと謙遜して疑っている。[注6] 作家は後者のほうに傾いているのだが、その知識でさえ彼の表現を借りると「無作法」[注7]と貶めている。もし映画通がそのような退屈な映画を賞賛しているようであれば、「私は映画を知らない」と宣言するときに、無知は彼を際立たせる手段となる。[注8] プログラムから専門家の解説を書き写して映画の知識の仮面を被り、その仮面を外すことは、映画の知識を装うことを嘲笑し、映画そのものの認識論への疑問を呈するために川端が取ったひとつの手段である。

ここで注目するのは、認識論の枠組み――何かに関する知識を支える構造――を構築し、結果的にそれを損なうことになる定石的な戦略が、『狂った一頁』で最も支配的な様式のひとつだということである。冒頭は踊り子に対するカメラの引きで始まり、初め我々はそのシーンを現実のダンスレヴューと認識するのだが、後で窓の鉄格子が映り、これが幻想であることが明かされ、彼女の妄想を共に見ていたことが暗示される。映画の中でこの戦略の累積効果は、現実と幻想、正気と狂気の間の境界を打ちこわし、認識の本質への疑問を投げかけるものである。同様の効果が「映画見物記」にあるともいえる。川端は映画批評の仮面を被ることによって、事実の断言や映画についての意見ではなく、映画の知識の可能性そのものを揺るがす。

仮面は、『狂った一頁』の中で決定的な役割を果たしているが、川端の短編小説「笑わぬ男」でも同様である。この作品では、仮面を最後に登場させる映画を制作している脚本家を描いている。この物語の結びで、脚本家は病院に妻を見舞うが、そこでは彼の子ども達が妻に仮面を被らせる。妻が仮面を外すと、その顔と美しい仮面の対比が彼女の醜さを際立たせている。子ども達が脚本家に無理やり仮面を被せようと試みると彼は拒否し、醜さを見せたくない願望と仮面へのある種の怖れに気づく。脚本家は、「その恐ろしさが、これまで私の傍で絶えずやさしい微笑をしてゐた妻の顔は仮面ではなかつたらうか」[注9]という。私は、物語の中の仮面は映画のメタファとしての機能も果たしていると書いたことがある。[注10] この含意は、仮面に体現された映画の危険性が、現実を覆い隠す現実逃避という、必ず失敗に終わり現実をいっそう耐えがたいものにする行動からだけでなく、現実そのものを映像に変える能力からも来ているということである。川端は、記号と指示対象、主体と客体の間の境界を維持する主観や真の現実を映画がどのように覆すか気づいていたようである。「映画見物記」に戻ると、川端が映画の知識という仮面を問題にしているのは、単に映画理論が媒体への接近に失敗するからではなく、彼にとっての映画が、それが知る方法とそれが知られる方法の両方で、知識と認識論的な主体に疑問を投げかけるからであるといえる。

川端が相反する感情を抱いていることは、映画の利用に迷い、仮面を被るがまた外し、怖れながらその力に魅せられていたことから明らかである。彼自身を『狂った一頁』の脚本家[注11]あるいは「婚礼と葬礼」の脚本家として表現することで、優れた脚本に本質的な面で依存する映画に対する作家の支配力をしばしば描いている。さらに「笑わぬ男」、「婚礼と葬礼」、そして「『狂つた一頁』撮影日記」でさえ、いずれも作家が暗い創造を明るい瞬間（仮面、踊り子など）で覆い隠そうする努力について語っている。その方法は、結局失敗に終わることになるのだが。

おそらく「映画見物記」でさえ、そのような支配力を行使する、相反する努力なのである。映画の知識に疑念を示す場合でも、芸術から離れて非常線を張るような方法を用いる。川端が途中で、トーキーを芸術として書くことは、スポーツを芸術として論じるようとすることと同じくらい無益ではないかと考えているように。映画の知識への挑戦は、モダニストの創作のための新たな領土にすることでもあったが、「娯楽」であり「芸術」ではないとして、知識から分離して区切ることは、その挑戦を遠ざける手段でもある。これが「映画見物記」で川端に文士としての自分の立場を繰り返し述べさせているともいえる。他の多くの人々と同様に、彼もトーキーがサイレント映画芸術の業績を貶めているとして、「トオキイとなつて以来、映画は文学に寄与してゐたところのものを、大半失つてしまつた。改めて文学の裾にじゃれつき出した。」[注12]とこぼしている。しかしこの言明は、川端にとって映画が何であったのか——すなわち文学や著者の主体に挑戦するものというよりむしろ、文学に寄与するものであったこと――を吐露しているのかもしれない。十重田裕一は、川端と映画との出会いの収穫は、ひとつには文学を守るために対峙する敵を発見したことであると述べている[注13]が、これは正しい。しかし川端の言う、トーキーとなった映画が再び他の芸術の模倣に戻ったという不満は、媒体の特異性を卓越したものにした純映画劇運動の言説の繰り返しである。映画を通して川端が文学を再発見したことは、それ自体は映画の発見ではなく、むしろ映画を、挑戦者ではなく、媒体間の境界を補強する媒体として構築することであった。その境界は、文学の特異性と文学のモダニズムを映画のモダニズムから守れる程度に引き離す上で有効であった。これは、映画の知識の一つの形式であり、おそらく彼のその後の作品に影響を与えたものである。しかし、川端が視覚表現やモンタージュとして文学の中に映画を用いる場合、それは一つの映画の知識であり、映画による新たな認識の形式を称えるものであると同時に、その形式を限定することでもある。

私にとって、川端と映画の関係で魅了されることは、モダニストである川端がどのように映画を利用して新たな文学の形式を探索したかよりもむしろ、どのようにして彼が葛藤を抱えた人になったかの方である。すなわち、一方では映画的と文学的という異なるモダニズムの間でもがき、一方では既存様式の知識、主体性、芸術作品に対する映画の挑戦に鋭くも気づき、一方ではしばしば絶望的に、ときに空しくも、映画の狂気の上に仮面を被せようと試みる葛藤である。

注

(1) 拙論 *Visions of Japanese Modernity* (Berkeley: University of California Press, 2010) を参照。
(2)「映画入門」(『芝居とキネマ』二四号、一九二六年八月、九頁)。
(3) 拙論「映画の批評的な受容――日本映画評論小史」(藤木秀朗編『観客へのアプローチ』森話社、二〇一一年)を参照。
(4)「映画見物記」『川端康成全集』(以下KYZとする)(新潮社、一九八二年)二六巻、三〇二頁。

（5）「映画見物記」KYZ、二六巻、二九四頁。

（6）「映画見物記」KYZ、二六巻、三一五頁。

（7）「映画見物記」KYZ、二六巻、三一四頁。

（8）「映画見物記」KYZ、二六巻、三〇〇頁。

（9）「笑わぬ男」KYZ、一巻、二七〇頁。

（10）拙論 "Celluloid Masks: The Cinematic Image and the Image of Japan." *Iris* 16 (Spring 1993): 23-36; および *A Page of Madness: Cinema and Modernity in 1920s Japan* (Ann Arbor: Center for Japanese Studies, University of Michigan, 2008) を参照。

（11）別の場所で川端は脚本の締め切りに間に合わなかったと言及しているにもかかわらず、「映画入門」では自分の脚本による『狂つた一頁』が映画化された経過について大胆に語っている。例については「『狂つた一頁』撮影日記」KYZ、三三巻、一八～二四頁を参照。

（12）「映画見物記」KYZ、二六巻、三〇一頁。

（13）十重田裕一「『狂った一頁』の群像序説」（十重田裕一編『横断する映画と文学』森話社、二〇一一年、二三頁）。

参考文献

・Gerow, Aaron. "Celluloid Masks: The Cinematic Image and the Image of Japan." *Iris* 16 (Spring 1993): 23-36

・Gerow, Aaron. *A Page of Madness: Cinema and Modernity in 1920s Japan.* Ann Arbor: Center for Japanese Studies, University of Michigan, 2008.

・鄭香在「川端康成―川端文学における映画」（『國文学』、二〇〇八年一二月）

・十重田裕一「『狂った一頁』の群像序説」（十重田裕一編『横断する映画と文学』森話社、二〇一一年七月）

・十重田裕一「『浅草紅団』の新聞・挿絵・映画―川端康成の連載小説の方法」（『文学』、二〇一三年七月）

【付記】本原稿の日本語翻訳に際し、早稲田大学特定課題研究助成費「占領期の川端康成の文学的活動とメディア検閲」（課題番号：2014K-6045）の助成を受けた。

第II部

モダニズム再考

——その時代性と実験性

1

一九二〇年代のモダニズムと政治

川端、横光の比較から

スティーブン・ドッド Stephen Dodd

1 イントロダクション

本論文は、一九二〇年代の日本における文化的生活と政治的生活の関係について検証することを目的とする。文化的生活については、特にモダニズムの登場の観点から見る。議論の中心となるのは川端康成（一八九九～一九七二）の著作であるが、川端と同時代の作家である横光利一（一八九八～一九四七）の著作も扱う。このような比較は、同時代の全ての作家は共通の文化的・政治的ツァイトガイスト（時代精神）を持つものだが、異なるやり方で、つまり、より個人的、個別的なやり方で、その時代に反応する余地もあるという事実を際立たせてくれる点で有効である。まさにこの川端と横光の違いに焦点を当てることで、一九二〇年代の日本における文化的生活と政治的生活に対する川端の文筆による関わり方の独自性を浮き彫りにする。

周知のとおり川端と横光は新感覚派の創立メンバーであり、批評家からはモダニズム文学と結びつけられてきた。その名前が示しているように、新感覚派はモダニストの世界観を具現化するための手段として、「感覚」という概念に専ら関心を置いた。モダニズムと感覚の関係性を考察するために本論文で使用する川端のテキストは、一九二四年に発表された

『新進作家の新傾向解説』（以下『新進作家』という）という評論である。これを、横光利一が一九二五年に発表した『新感覚論　感覚活動と感覚的作物に対する非難への逆説』（以下『新感覚論』という）という評論と比較していく。

川端は一般的に社会的・政治的事柄に関心が薄かったと考えられているが、本論文では、彼の著作にも実は政治的な側面があったことを示し、一九二〇年代を通じて日本の全体的な政治的環境に独自の寄与を果たしたという結論へと繋げていく。まずは、その時代の政治的思潮に関するいくつかの一般的なコメントを見ることで、川端の文学に影響を与えた社会的・歴史的背景を把握する。

2　政治

政治の観点から見てみると、一九二四年は日本における文学の発展に大きく寄与した二種類の雑誌が創刊された年である。六月には、プロレタリア作家たちが『文芸戦線』への寄稿を始めた。これは、プロレタリア文学において最初の重要な雑誌である『種蒔く人』（一九二三年の関東大震災の影響もあり、わずか二年で廃刊）に後続するものである。二つ目は『文芸時代』である。一九二四年一〇月に創刊し、新感覚派の作家たちの主要な発表の場となった。

一九二〇年代は、プロレタリア文学と新感覚派が二大文学思想として現れた時代である。徳永直の『太陽のない街』（一九二九年）は、プロレタリア文学の作風をよく表している。一九一七年のロシア革命に端を発する時代の激変を鑑みれば、理想社会主義の気運が徳永のような作家を触発して、この種の作品を、つまり読者に革命意識を引き起こすという明確な政治目的をもって作り出された作品を書かせたことは、それほど驚くに値しない。

しかし、文学作品の中から政治についての言及を拾い集めることによって政治と文学の関連を考察することは全くもって合理的な方法ではあるが、必ずしも最も生産的な方法ではない。これは政治が、社会の中で競合するイデオロギーの観点や力関係のようなマクロのレベルだけでなく、市民や個人のレベルで存在する影響力のある人の実践なり理論のようなマイクロのレベルでも理解されうるが、より間接的で、おそらくより曖昧になってしまうという議論を考慮に入れると特に正しく思える。もしこの考えが正しいならば、政治的言説についての派手さはないがそれでもなお影響力を持つ形式が、文学を通じて明らかになるのである。

しかし、文学とより広範な世界との関係を理解しようとすることの複雑さを看過してはいけない。これは結局のところ本論文の主題でもあるのだが、確かに文学と政治の繋がりを見つけ出す方法はあるだろう。しかし、文学と文化の繋がりを考慮に入れることも重要なのである。そこで一度、この文化的側面、具体的には先に挙げた二人の作家とモダニズムの関係に話を移したいと思う。

3　モダニズム

学者間でモダニズムの定義が大きく異なる、ということについて調査するなら、一つの文献に当たるだけでは済まないだろう。はっきりと分かっていることは、カテゴリーとしてであっても、モダニズムの特異性についての統一見解は形成されておらず、根本的な疑問は解決されないまま今日に至っていることである。この用語自体は、一九世紀後半に起こったスペイン系アメリカ人文学の運動を表す言葉として、ニカラグア人詩人のルベン・ダリオによって作られたが、すぐに西洋社会に関する文化的活動を広く表す言葉として使われるようになった。実際に、モダニズムがヨーロッパや北米以外の文化に対して概念的に適用できる範囲についての問題は、最近の実りある知的論争、特にポストコロニアル研究の分野における論争を活性化させている。

ここでは、モダニズムのいわゆる「起源」について詳細に説明するつもりはないが、歴史家のハリー・ハルトゥーニアンによるコメントには言及しておきたい。なぜならば、日本におけるモダニズムの様式をイメージするのに有効なヒントとなるからだ。日本におけるモダニズムは、少なくともある部分は、日本独自の系譜に根ざしたものである。ハルトゥーニアンは、日本の近代性は西洋で作られたいわゆる「本物」の二番煎じと見なすべきではないと主張する。むしろ、その当時の日本で起こっていたのは、より大きな世界規模のプロセスの一部であり、ハルトゥーニアンの言葉を借りれば、近代性の「同時代的」な形なのである。彼は、モダニズムという現象は世界中、つまりヨーロッパやアメリカだけでなく、そこから遠く離れた日本でも、同時期に、自然発生的に起こったと主張する。▼注1 彼の主張に説得力があるのは、西洋に端を発する階級主義的な物の見方や、非西洋文化が常にそれによって判断されるある種の基準の代替というべきものを提示しているからである。しかし、本論文の主題とより直接的に関係があるのは、日本の近代性だけでなく、日本のモダニズムもまた、世界中の日本と同等の国で同時代に起こった現象として理解される可能性を提起している点である。

これはもちろん、日本におけるモダニズムが全く個別の状況で起こったと主張するためではない。日本の近代性が、西洋で起こった同種の発達と同じ状況下で起こっていたとすると、明治時代以来の日本と外国との密接な関係は、各国間の関係を形作った権力や支配の近代的なグローバルシステムに、日本が統合されていったことを意味する。同様に、日本におけるモダニズムも、国内と国外両方の文学や文化それぞれから同じくらいの影響を受けて生まれたと考えるのが最も適当だろう。それらは、日本の作家が近代世界に関わる方法を模索していく上で、大きな助けとなった。

川端や横光が作家として名を知られるようになってきた頃の政治や文化の力学についていくらか感覚をつかめてきたところで、彼らの評論を比較してみたいと思う。

4　revolution の二つの面

川端と横光の両者は、表現は違えど、revolutionary（革命的）と評されるような評論を書いた。しかし、彼らは revolution の二つの面を提示している。

revolution という言葉には様々な意味があるが、その中でも二つの意味が本論文と大きく関係している。まずはあまり知られていない方を見てみよう。科学の用語としては、円形のルートを通りスタート地点に戻ってくる手順や一連の移動を隠喩的に表す。例えばコペルニクスは、惑星が太陽の回りを回る動きを revolution（公転）と表現した。この revolution という語のあまり一般的ではない解釈が、川端の主張を牽引する大きな力になっていると考えられる。

『新進作家』における川端の主目的は、当時、頭角を現してきた作家たちについて論じることである。しかし、その理論的重要性の最たるものは、感覚そのものの機能を注意深く観察することで新感覚派の定義づけを試みたことにあった。いくつかの点で川端は、revolution を社会規範の完全な転覆という意味で使用しているように思われる。例えば、この随筆の冒頭部分から、「新しさ」こそが「新しい時代の文藝の王国へ入国」を許すと断言している。続いて川端は、プロレタリア作家たちは彼らの希求する小説のスタイル、すなわち、社会的生活と政治的生活に革命的な変化をもたらすために、欺まんに満ちたブルジョア階級の意識を打ち破ることができるスタイルを、生み出すことができたとは思えないと述べる。川端の考えでは、これはプロレタリア作家が文学表現についての根本的な問題、特に感覚という概念についての問題への対処に失敗したからである。川端が主張するように、「新しい表現なくして新しい内容はない。新しい感覚なくして新しい表現はない」のである（一七四頁）。こうしてみると川端が、新しく出現した作家群という看板を背負うのにふさわしいのは、先行する自然主義小説の誤った客観論を暴き、現実についての全く新しい解釈を発見した自分たち新感覚派のグループである、と考えたことは驚きではない。

川端の見解では、新感覚派の革新的な文学的アプローチの鍵は、まさに感覚への注意を高めることである。日本のモダニストが主観的世界と客観的世界の関係を再評価することで新しい境地を切り開いたということについての考えを具体的に説明するために、川端自身が提示した例を引用してみよう。

例へば、砂糖は甘い。従来の文藝では、この甘いと云ふことを、舌から一度頭に持つて行つて頭で「甘い」と書いた。ところが、今は舌で「甘い。」と書く。またこれまでは、眼と薔薇とを二つのものとして「私の眼は赤い薔薇を見た。」と書いたとすれば、新進作家は眼と薔薇とを一つにして、「私の眼が赤い薔薇だ。」と書く（一七五頁）

この一節の、そしてこの評論全体を通じての問題は、川端が自身の例に挙げたようなある種の宣言文を通じて、主観と客観の、仲介を挟まない直接的な関係がいかに達成されるかを、もっともらしく示そうとしていることである（言い換えれば、川端は「私がそれはそうだと言っているから、それはそうなのだ」と言っているに過ぎない）。

主観と客観の関係の本質に最も近づくのは、彼の言うところの「主観の絶対性を信仰すること」で生まれる「新しい喜び」を通じてである。この主観を自由に流動させることで、「自他一如となり、萬物一如となつて、天地萬物は全ての境界を失つて一つの精神に融和した一元の世界となる」と川端は主張する。（一七七頁）

この文学観は、歴史的な状況とは関係のない未分化の調和という神話に逃避している、という点で問題があり、川端が擁護する、因襲を打破する新しい世代のことをほとんど実証できていない。さらに危険なことに、川端は文芸批評家のフランク・カーモードが提唱した「虚構はその虚構性が意識されていないと常に神話へと堕落するおそれがある」という重要な特質に対してほとんど無関心なように思われる。▼注2 川端はこの特質を無視することによって、急進的な変化を称賛するというよりむしろ、時代を超越し、かつ複雑でない日本固有の文化の、一定の形を持たない精神を通じて、不変性の外観だけを掴もうとしている。この意味において、川端が支持した revolution の姿は、古いものを徹底的に転覆させ新しいものに置き換えるというよりも、現実が持つ本来の唯一性に対する、心地良い空想への懐古的な憧れなのである。

要するに川端は、始まりの地点、すなわち存在の最初の状態への回帰をもたらす願望として描かれる revolution の概念を述べているのである。それとは対照的に、横光の『新感覚論』は、より普遍的で即座に理解できる revolution の意味を提示した。すなわち、根源的な変化や、既存の社会機構や政治機構を暴力的に転覆させようとする力である。

二つの評論には類似点がある。横光は川端の作品を、自身の考える新感覚派についての終末論的な定義を提供する手段として感覚の概念を用いる際に引用している。しかし横光は川端とは違って、revolution が持つ、破滅をもたらしうる潜在的な力に光を当てることに情熱を注いだ。横光は、主観と客観の関係についての解釈の中で、感覚は彼の言うところの「自然の外相を剥奪し、物自体に躍り込む主観の直感的『触発物』」を通じて明らかになると主張している（七六頁）。

川端の評論と同様に、横光が使っている言葉を解読するのは容易ではない。一つには、言葉そのものが、文芸評論で通常使われる語彙をそのまま反映したものではないということがある。これは、現実へのより深い洞察を構築するという目的のもと、慣れ親しんでいる言葉の意味を意図的に破壊しようという、モダニストに触発された衝動を示している。一方、文化批評家のグレゴリー・ゴリーは、触発物というような表現が、当時の日本で広まっていた西洋の科学理論に対する、横光特有の気負いを明らかにすることを示唆した。アルバート・アインシュタインは一九二二年に日本を訪れた際、大変な関心を集め、また彼の提唱した時間と空間という一見全く別物と思える二つの概念の間にある相互依存性についての衝撃的な理論は、大衆の話題となった。▼注3 こうした状況の中、横光の評論は、主観と客観の間にあると思われていた絶対的な境界に、科学と同じくらい正確を期した文学の言語を用いて疑問を突きつけることで、この科学的なアプローチに応えようとしているようにも思える。

しかしながら、横光と川端の評論を本当の意味で違うものたらしめているのは、横光が感覚と滅亡を結びつけたことである。横光は、ブルジョア的な主観が、個別的で変化の余地のないものだと見なされるのは考えがたいことだと気付いた。主観とはむしろより流動的な機能を持つもの、つまり彼の言葉を借りれば(また不明瞭で専門的な言葉を使うことになるが)、「その物自体なる客体を認識する活動能力」と理解していた(七六頁)。さらに、主観が客観と出会った瞬間、その二つの暴力的な再構成が行われると示唆している。これは川端の、感覚は古い秩序を転覆させるための鍵であるという主張とははっきりと対照をなしている。横光は、感覚とは古いものが破壊されて残った破片から全く新しい世界が生まれるほどに強力な、致命的な爆発を引き起こす起爆装置のようなものであると主張することで、より議論を深めた。要約すると、横光は自分自身の思考における破滅的な論理を極限まで推し進めたが、それに比べて川端は、結局のところ神話という安住の地に逃げ込んだのである。

これらの評論を理解するのは容易ではない。しかし、どちらも知性や文学の潮流だけでなく、その時代の政治的風潮を取り込んでいると考えるのは、非常に有益と思われる。

5 結論

結論として、様々な作家の文学作品から政治とモダニズムの関係を探り出そうとするあらゆる試みは、乱暴な還元主義に陥る危険性なしで簡単には達成されないということを強く意識させられた。結局、フィクションの書き手は政治家ではない。両者の世界の見方は異なり、用いる言語はそれぞれ別の効果を生み出すことを目的としている。それでもなお、川端のような傑出した作家の、審美的かつ精神的な文学作品でも、それが生まれる社会における生活の経験に根ざしているのだと強く信じる。文学と社会政治的環境を安易に結びつけることは間違いなく避けるべきことではあるが、川端が提示した概念が、一九三〇年代初めに出現した日本浪漫派の内向きで保守的な論争を刺激した可能性が高いことを無視するのも、間違いなく避けるべきである。

文学と政治の関係をいかに慎重かつ有意義に議論するかは常に難しい問題である。アラン・タンスマンはそのことを、人工的に雨を降らせるために飛行機で雲に二酸化炭素を蒔くことに絡めた隠喩を通じて見事に表現してみせた。彼は、一九二〇〜三〇年代の日本の文学界の主要な作家たちが、間接的に、しかしそれでもなお効果的に、その時代の文化や政治の言説に寄与したやり方を「空気に美的な種を蒔いた」と例えた。[注4] 川端の著作もまた、その特徴でもある控えめな態度で、当時の政治的な問題へ関わる際に、どのように知性という雲に種を蒔いたかについて、本論文が幾ばくかの示唆を与えられたなら幸いである。

注

（1）Harootunian, Overcome by Modernity, p. xvi.
（2）Kermode, The Sense of an Ending, p. 39.
（3）Golley, When Our Eyes No Longer See, p. 60-61.
（4）Tansman, "Repose and Violence," p. 114.

参考文献

・Kermode, Frank. The Sense of an Ending: Studies in the Theory of Literature. Oxford: Oxford University Press, 1968.
・川端康成「新進作家の新傾向解説」『川端康成全集』三〇巻（新潮社、一九八二年六月、一七二〜一八三頁）。
・横光利一「新感覚論　感覚活動と感覚的作物に対する非難への逆説」『定本横光利一全集』一三巻（河出書房、一九八二年七月、七五〜八二頁）。
・Harootunian, H. D. Overcome by Modernity: History, Culture, and Community in Interwar Japan. Princeton: Princeton University Press, 2000.
・Tansman, Alan. "Images of Repose and Violence in Three Japanese Writers." Journal of Japanese Studies 28 (2002): 109-39.
・Golley, Gregory. When Our Eyes No Longer See: Realism, Science, and Ecology in Japanese Literary Modernism. Cambridge, Mass.: Harvard University Press, 2008.

【付記】本原稿の日本語翻訳に際し、早稲田大学特定課題研究助成費「占領期の川端康成の文学的活動とメディア検閲」（課題番号：2014K-6045）の助成を受けた。

2

東京――浅草の都市空間

「浅草紅団」の未完性

和田博文 Wada Hirobumi

1 浅草イメージの間テクスト性

川端康成「浅草紅団」の連載が『東京朝日新聞』で始まるのは一九二九年一二月、単行本が刊行されるのは一九三〇年一二月である。その間の一九三〇年三月には、東京市で帝都復興祭が催された。全市の約四三％を焼失してから六年半、東京の道路面積はロンドンやパリと同じレベルまで拡張され、橋梁・公園・学校・病院などが次々と建設された。浅草の隅田公園と橋梁が作り出すモダンな景観は、新生東京の象徴と見られている。

しかし一九三〇年前後に流布した浅草のイメージは、モダニティだけではない。「浅草紅団」には、添田唖蟬坊「浅草底流記」（『改造』一九二八年五月）の次のような一節が引用されている。「浅草は万人の浅草である。浅草には、あらゆるものが生のままはふりだされてゐる。人間のいろんな欲望が、裸のまま踊つてゐる。あらゆる階級、人種をごつた混ぜにした大きな流れ。明けても暮れても果しのない、底の知れない流れである」。添田の視線が捉えたのは大衆都市という性格で、それは「底流記」という書名に反映している。

浅草関係のエッセイを一冊にまとめた『浅草底流記』（近代生活社、一九三〇年一〇月）の「序」で、添田唖蟬坊はこんな

図1　川端康成『浅草紅団』（先進社、1930年12月）

図2　添田唖蝉坊『浅草底流記』普及版（倉持書館、1931年5月）

図3 前田一『続サラリーマン物語』（東洋経済出版部、1928年12月）

図4　稲田譲『浅草』（文明協会、1930年12月）

苦言を呈した。「浅草底流記」の後に前田一『続サラリーマン物語』（東洋経済出版部、一九二八年一二月）が出版されたが、「サラリーマンが浅草を散歩する一章悉く私の底流記からの抜き書である」と。サラリーマンは一九一〇年代に社会階層として成長した。前田はその「享楽的側面」（「自序」）をテーマに、夜の浅草を描いたが、出典を明記せずに、添田の文章を使用したのである。

他方、稲田譲は『浅草』（文明協会、一九三〇年一二月）で浅草の歴史をまとめ、同時代の浅草も描いている。「「浅草は東京の心臓であり、また人間の市場である。万民が共に楽しむ――日本一の盛り場である。従つてまた、歓楽の花の蔭に罪悪の匂ひが漂ふ、暗黒の街でもある。――しかし何よりも先づ浅草は浅草である。」と川端康成君が云つた」という一節が本には見られる。これは川端の「浅草」（『日本地理大系第三巻大東京篇』改造社、一九三〇年四月）の引用だが、添田唖蝉坊の言説の言い換えでもある。別の場所では、川端の名前を記載することも、「　」で引用と明示することもなく、稲田は自らの文章に川端の言説を織り込んでいる。

添田唖蝉坊・前田一・川端康成・稲田譲のテクスト間の関係は興味深い。著作権の問題として見ると、前田の本も稲田の本も不適切な箇所を含んでいる。しかし言説の流布という観点で見ると、間テクスト性の問題が浮上する。前田はサラリーマンの物語に、稲田は浅草の案内に、添田の言説を直接に、または川端経由で織り込んだ。「底の知れない流れ」という言説は、一九三〇年前後の「浅草」の特徴として流布していく。川端の「浅草紅団」は、その言説を小説化する試みだった。

図５　「浅草公園第六区街の上空より観音堂を望む」（『日本地理大系第三巻大東京篇』改造社、1930 年４月）

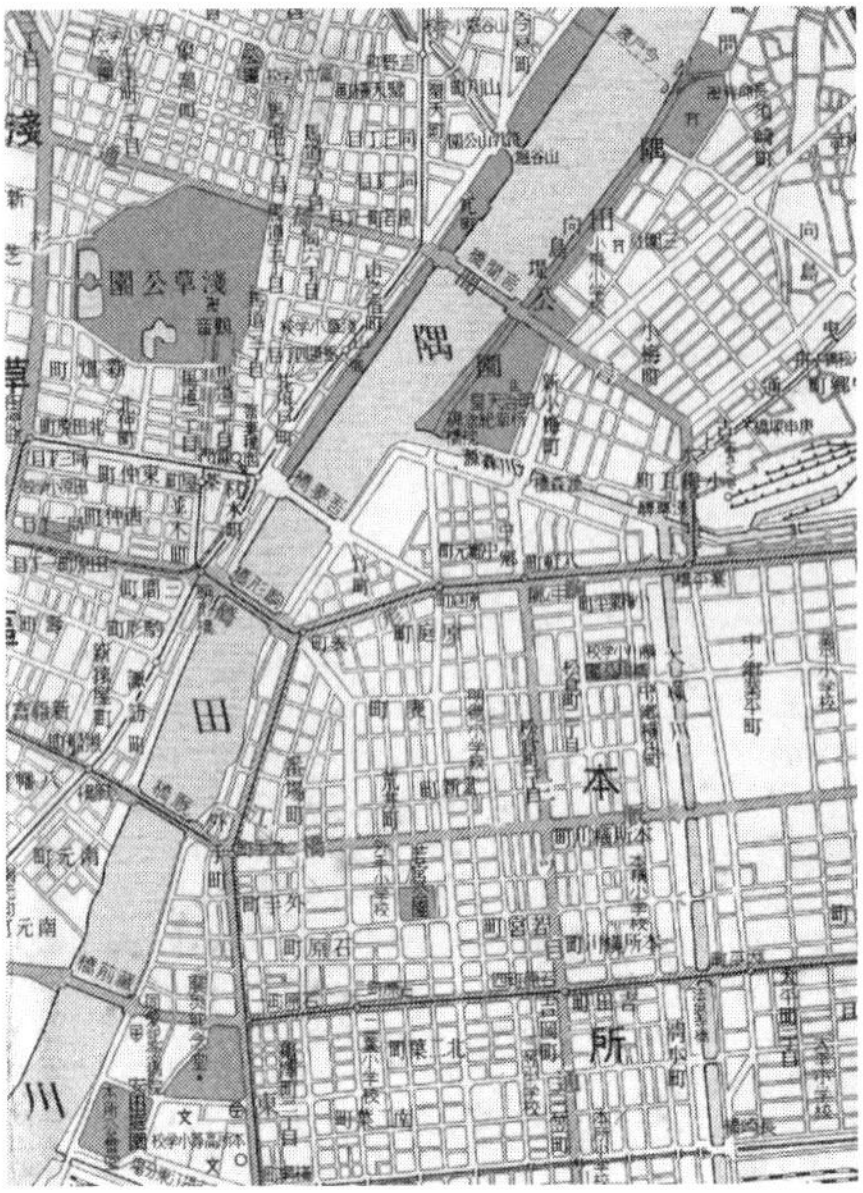

図６　「更新東京市全図」の浅草部分（『日本地理大系第三巻大東京篇』改造社、1930 年４月）

前田愛は『都市空間のなかの文学』（筑摩書房、一九八二年一二月）で、浅草には二つの中心があると述べている。一つは浅草寺と仲見世で、浅草公園七区の一区と二区に相当する。もう一つは興行街の六区である。ただ「浅草紅団」には、区別に都市空間を認識する記述はほとんど見られない。『日本地理大系第三巻大東京篇』に「浅草公園第六区街の上空より観音堂を望む」という写真が掲載されている。左上の白い建物は修理中の浅草寺の本堂（一区）で、その右の仁王門をくぐると仲見世（二区）に出る。観音堂から下手に四区があり、水族館と木馬館（旧・昆虫館）が見える。瓢箪池の手前で右手に曲がると、そこが映画・演劇・演芸などの興行で賑わう六区である。

浅草という言葉が一般的に意味するのは、行政区域としての浅草区ではない。七区に分かれる浅草公園である。ただ河岸の隅田公園に行って、浅草公園へ立ち寄らない人は少ないから、隅田公園も浅草に含まれる。復興した浅草公園にも、その周縁のモダンな隅田公園にも、「底の知れない流れ」は偏在する。添田唖蝉坊は『浅草底流記』に、「公園では俗にたゞ「山」といふ」「これ全く浮浪者の天地である」と記した。「山」は、狭い意味では浅草寺境内のことだが、広い意味では浅草公園を指している。そこでは聖と俗が入り混じり、光と闇が共存していた。川端康成が描こうとしたのは、可視的な浅草ではない。小説を書くことで形象化できるかもしれない、浅草の「底の知れない流れ」だった。

2 映画表現と言語表現の交通

東京帝国大学の学生だった一九二〇年代前半に、川端康成は映画に親しんでいる。また一九二六年には衣笠貞之助監督に誘われて、横光利一らと新感覚派映画連盟に参加し、「狂つた一頁」の脚本を手がけた。それらの体験は、川端の文体に影響を与えている。「「浅草紅団」続稿予告」(『文芸』一九三四年七月)で川端は、「場面もニユウス映画のやうに転換」するつもりだと記している。「浅草紅団」にも、映画のカメラワークを想起させる描写がときどき出てくる。

昭和三年二月復興局建造の言問橋は、明るく平かに広々と白い、近代風な甲板のやうだ。また都会の芥で淀んだ大川の上に、新しく健かな道を描いてゐるかのやうだ。

しかし、私が再びそれを渡つた時には、もう広告燈や街の灯が黒い水に落ちて、都会の哀愁が流れてゐた。公園工事中の浅草河岸の夕闇に、白い切石が浮び、荷馬の傍で焚火してゐる工夫達が、遠くに見えた。

橋の欄干から下をのぞくと、満潮の音がかすかに聞えて、大きいコンクリイトの橋脚につなぎ寄せた、三艘の荷船は夕飯だつた。

艫の七輪に飯の湯気が立つてゐる。手拭をかぶつた娘が櫃を抱いて、舷を渡つて来る。舳先には艪を斜めにして、赤い洗濯物が干してある。隣りの船は石油ランプの下で、さんまを焼いてゐる。

図7 『日本地理大系第三巻大東京篇』（改造社、1930年4月）収録の言問橋の写真

図8 「浅草地下鉄ビル」（『日本地理大系第三巻大東京篇』改造社、1930年4月）

言問橋～大川（隅田川）～浅草河岸と、「私」の歩行に伴って情景が変化していく。それはカメラがゆっくりと動いていく移動撮影を思わせる。カメラのレンズは遠景を捉えていたが、橋の欄干から荷船を俯瞰する場面で近景に変わる。対象をクローズ・アップすることで、「湯気」「娘」「洗濯物」「さんま」が次々と映し出される。それらは隅田川や橋梁の全体像から切り離され、画面の全体を覆うのである。

ただ言語表現と映像表現は異なる。それがよく分かるのは、浅草地下鉄ビルからのパノラマの描写である。図8の写真は、『日本地理大系第三巻大東京篇』に収録された浅草地下鉄ビルで、六階の上に尖塔が立っている。一九二九年竣工のこのビルは、復興後の浅草のランドマークになっていた。食券購入後にエレベーターで上がると、二階と三階は「禁酒食堂」で、四階・五階は「普通食堂」である。そこからは階段を上るようになっている。

図9 「浅草の地下鉄タワー上より駒形橋及び砂町の瓦斯タンクを望む」（『日本地理大系第三巻大東京篇』改造社、1930年4月）

塔の窓から、都市景観を俯瞰する場面が小説にある。東の窓からの景観は、「目の前に神谷酒場。その左下の東武鉄道浅草駅建設所は、板囲ひの空地。大川。吾妻橋——仮橋と銭高組の架橋工事。東武鉄道鉄橋工事。隅田公園——浅草河岸は工事中。その岸に石工場と小船の群、言問橋。向う岸——サツポロ・ビイル会社。錦糸堀駅。大島ガス・タンク。押上駅。隅田公園、小学校、工場地帯。大倉別荘。荒川放水路。筑波山は冬曇りにつつまれてゐる」と描写された。添田の『浅草底流記』には、「眼の前の神谷酒場。それから川を隔てた、サツポロビールの建物。吾妻橋、言問橋。隅田公園のフチのみどり。大島のガスタンク。遠い遠い筑波山」と書かれている。川端の小説のプレテクストの一つである。

川端康成の描写は、カメラのパノラマ撮影と類似しているようにも見える。しかしカメラが捉えた実際の映像と比べると、両者の本質的な差異は明らかである。『日本地理大系第三巻大東京篇』収載の写真（図9）は、地下鉄ビルの塔から駒形橋などを写している。この写真から分かるように、カメラは無選択にすべてを視野に収める。展望台には見るべき対象を指示する、表示板がよく設置されている。『浅草底流記』や「浅草紅団」の描写はそれに近い。言語は選択的な性格を有している。川端の小説に現れているのは、映画からの一方的な影響ではなく、映画表現と言語表現の交通である。

3　都市の断片と、同時代読者の心象地図

今日の読者から見ると不必要に思えるほど、「浅草紅団」には都市の断片が散りばめられている。たとえば劇場。小見出しをもつ全二四節のうち一七節と、七割の節に実際の劇場名が登場する。浅草の興行物三三館の大多数は、六区に集中していた。一九三〇年当時は映画が人気を集めている。日本映画と西洋映画はそれぞれ六館で上映し、なかでも松竹座と帝国館と富士館は、一三〇〇人を越える定員を誇っている。日曜祭日には二〇〇〇人以上を詰め込み、一日に五回上映していた。

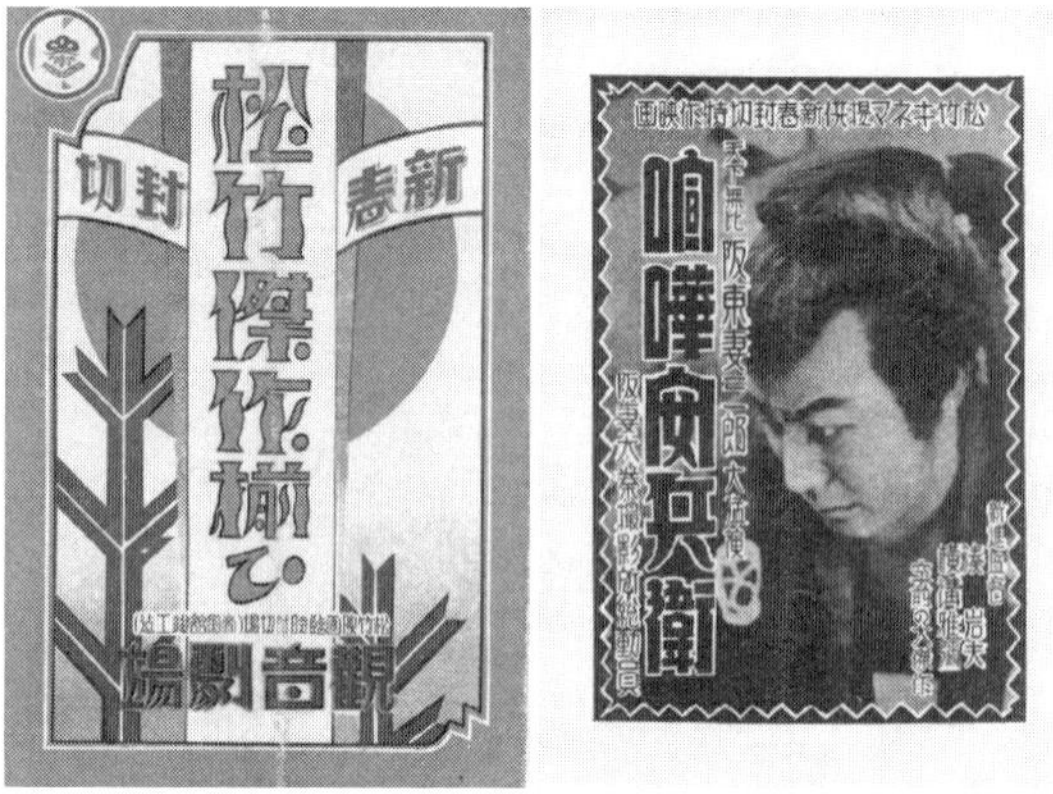

図 10　観音劇場のパンフレットの表紙と「喧嘩安兵衛」の宣伝（1929 年 1 月推定）

小説のなかでこれらの劇場は、ストーリーの展開に大切な役割を果す場合もある。たとえばカジノ・フォーリーで、弓子と男は対話している。しかしそれは例外的なケースである。多くの劇場は浅草の都市空間を構成する断片として、劇場名だけか、簡単な興行内容とセットで登場する。今日の読者に、それらはリアリティを喚起しない。しかし同時代の読者にとって、それらは浅草の心象地図を喚起する重要な記号だった。

小説にはこんな台詞が出てくる。「弓子さんときたら、男とチャンチャンバラバラ、ね、観音劇場の大看板ごらんになつた？（チャンバラ劇とヨラバ斬るぞの幕なし芝居）この文句の通りですわ」。図10は、一九二九年新春に発行された、観音劇場のパンフレット。表紙に「松竹映画臨時封切場（帝国舘竣工迄）」と書いてある。松竹映画は帝国館で封切られるが、同館の完成前は観音劇場が使

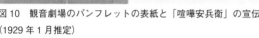

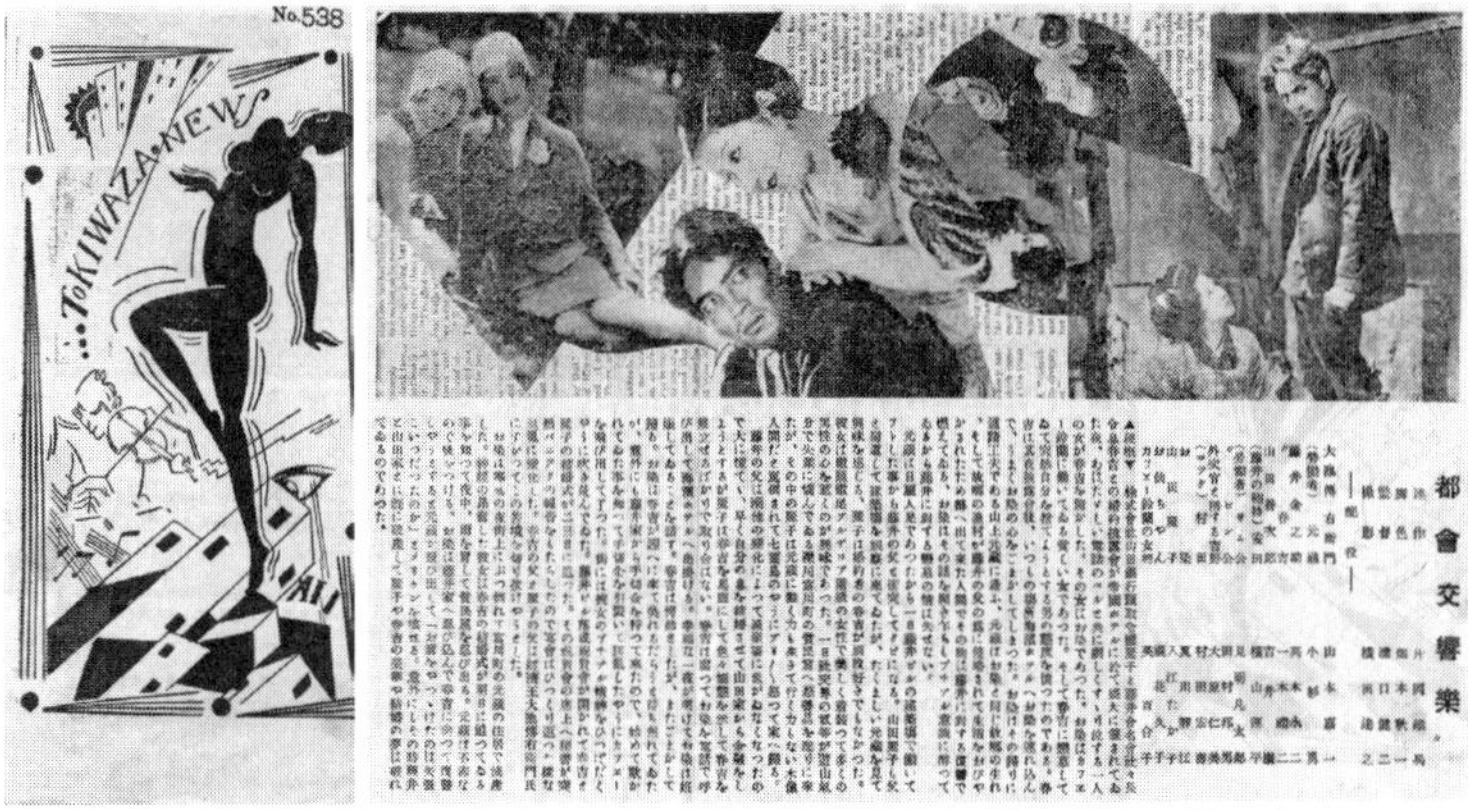

図11　常盤座の『TOKIWAZA NEWS』第538号の表紙と、「都会交響楽」の宣伝

われていた。このときは阪東妻三郎主演の「喧嘩安兵衛」などを上映している。見た映画は様々でも、この台詞から、観音劇場のチャンバラ映画の記憶を呼び戻した読者は少なくなかった。

春子と「私」の会話は、帝京座の舞台に及ぶ。時代は「平安の都の花盛り」で、光源氏や在原業平が登場する。彼らは一〇〇〇年前の衣裳を着ているが、ステッキを持ち、「都会交響楽」を歌って、ジャズ・ダンスを披露したという。「都会交響楽」は一九二九年一一月に日活が配給した、溝口健二監督の傾向映画である。浅草では日本館で最初の興行が行われた。図11は、『TOKIWAZA・NEWS』の第五三八号で、年月日の記載はないが、「都会交響楽」を上映している。

小説の「都会交響楽」への言及を読んで、帝京座の舞台や、日本館・常盤館での上映を思い出した読者もいただろう。しかし「都会交響楽」という記号が喚起するのは、舞台やフィルムという視覚的記憶だけではない。図12は、一九三〇年一月にビクター出版社が発行した「都会交響楽」の楽譜。西條八十が作詞した歌の二番は、最初に男が「おれはプロだよ　菜つ葉の服よ／重いハンマア　伊達には揮らぬ／やがてでかすぞ　おれの家」と歌い、次に女が「わたしやウェイトレス　日蔭の花よ／昼の日中は　凋れてねむり　月の光で目をさます」と返す。川端康成はその一節を小説に引用した。この箇所を読んで、聴覚的記憶を甦らせた読者も多くいただろう。

一九二九～一九三〇年は小唄映画が大流行していた。小説に織り込まれた流行歌は、「銀座小唄」「浪花小唄」のように

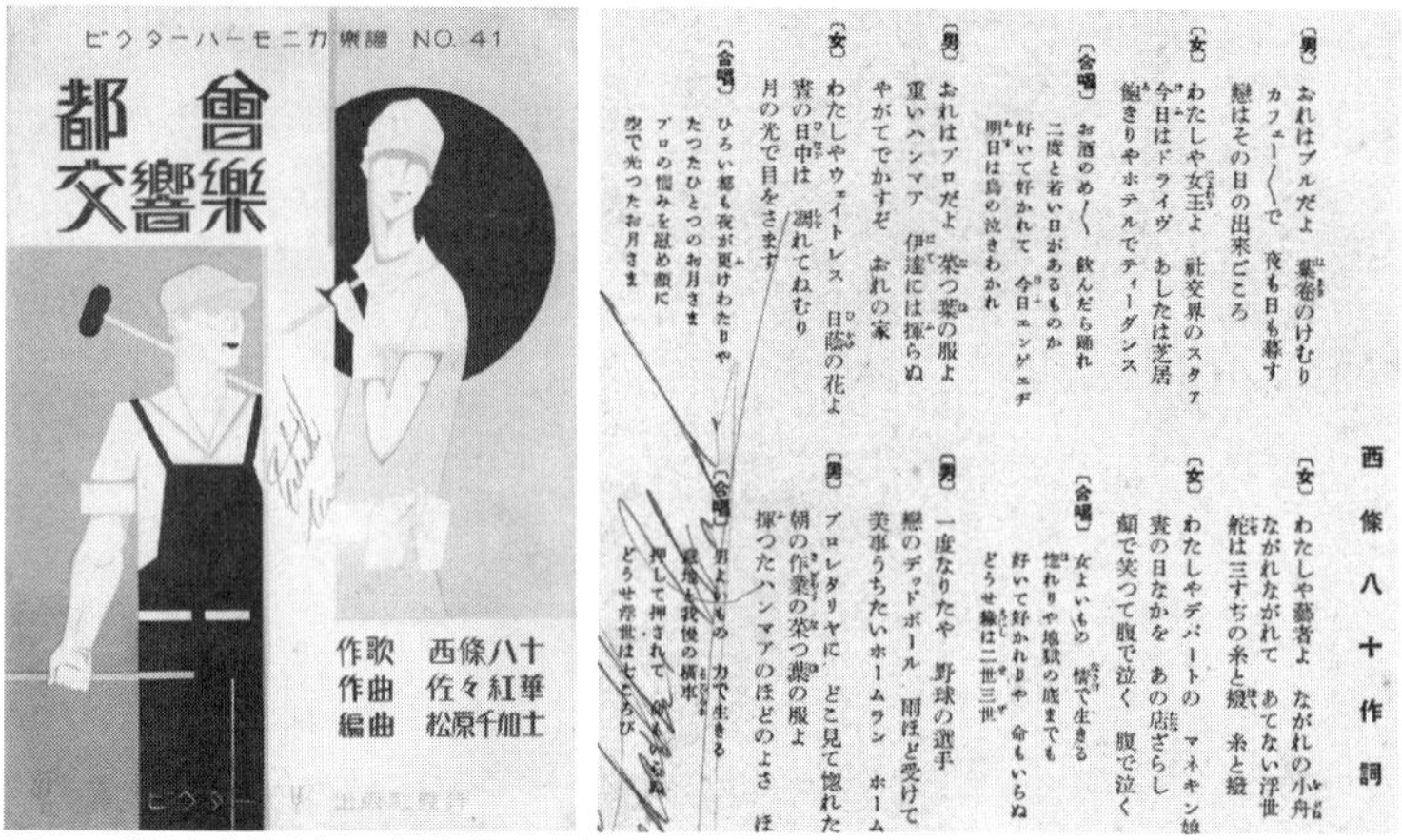

西條八十作詞

〔男〕おれはプルだよ　葉巻のけむり
カフェーくで　夜も日も暮す
戀はその日の出來ごころ

〔女〕わたしや女王よ　社交界のスタア
今日はドライヴ　あしたは芝居
飽きりやホテルでティーダンス

〔合唱〕お酒のめくく　飲んだら踊れ
二度と若い日があるものか
好いて好かれて　今日エンゲエヂ
明日は鳥の泣きわかれ

〔男〕おれはプロだよ　菜つ葉の服よ
重いハンマア　伊達《だて》には揮らぬ
やがてでかすぞ　おれの家

〔女〕わたしやウェイトレス　日蔭《ひかげ》の花よ
晝の日中は　潤れてねむり
月の光で目をさます

〔合唱〕ひろい都も夜が更けわたりや
たつたひとつのお月さま
プロの惱みを泌め顔に
空で光つたお月さま

〔女〕わたしや藝者よ　ながれの小舟
ながれながれて　あてない浮世
舵は三すぢの糸と撥　糸と撥

〔女〕わたしやデパートの　マネキン娘
晝の日なかを　あの店ざらし
顔で笑つて腹で泣く　腹で泣く

〔合唱〕女よいもの　情で生きる
惚れりや地獄の底までも
好いて好かれりや　命もいらぬ
どうせ縁は二世三世

〔男〕一度なりたや　野球の選手
戀のデッドボール　雨ほど受けて
美事うちたいホームラン　ホーム

〔男〕プロレタリヤに　どこ見て惚れた
朝の作業の菜つ葉の服よ
揮つたハンマアのほどのよさ　ほ

〔合唱〕男よいもの　力で生きる
[illegible]我慢の横車
押して押されて [illegible]
どうせ浮世は七ころび

図 12 「都会交響楽」の楽譜（1930 年 1 月、ビクター出版社）の表紙と、西條八十作詞の歌詞

図 13 「銀座小唄」の楽譜（1929 年 8 月、シンフォニー楽譜出版社、左）と、「浪花小唄」の楽譜（1929 年 6 月、ビクター出版社、右）

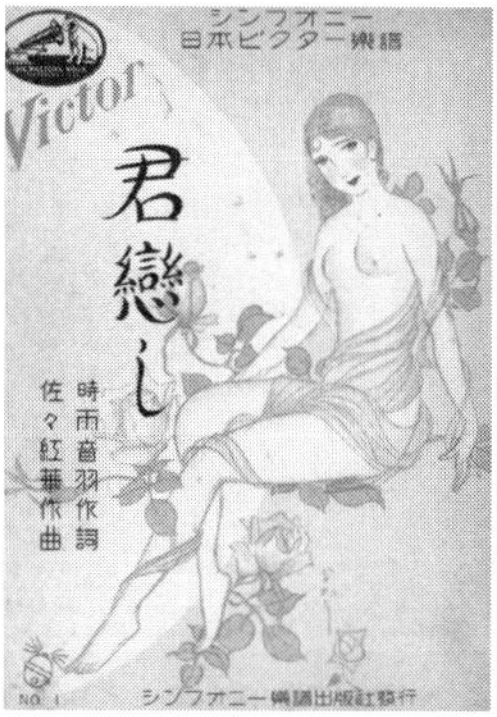

図 14 「君恋し」の楽譜（1929 年 3 月、シンフォニー楽譜出版社）の表紙

タイトルが明示されることが多い。しかし昆虫館でメリーゴーランドの木馬が回る曲のように、「君恋し、灯し火うすれて、／臙脂の紅帯、ゆるむも淋しや」と、歌詞（三番）だけが示されたケースもある。図14は、時雨音羽作詞・佐々紅華作曲「君恋し」（一九二九年三月、シンフォニー楽譜出版社）の楽譜。タイトルを書く必要がなかったのは、誰でも口ずさむことができたからである。二村定一の歌声は、街の隅々に流れていた。曲が大ヒットしたため一九二九年三月に、マキノ、松竹、森本、河合、日活の五社は、別々の小唄映画「君恋し」を公開する。東亜もその四ヵ月後に続いた。

川端康成が「浅草紅団」に散りばめた都市の断片は、劇場名や流行歌だけではない。地名はもちろん、実在する人物（画家・奇術師・女優・ダンサー・文学者……）の名前も散見される。夥しい固有名詞により、読者の脳裏には、浅草の心象地図が立ち上がる。断片がもたらすリアリティは、この小説に必要だった。なぜなら川端が向かおうとしていたのは、いくら書いても捉えられない、不可視の浅草の姿だったからである。

4　浅草の「底の知れない流れ」と小説の未完性

小説の新聞連載を始めた翌月に、川端康成は「浅草」（『読売新聞』一九三〇年一月一八日、二〇日）にこう記した。「「浅草通」の間にも、浅草は不可解だといふことが、通り相場となつてゐる。五年十年住んでみたところで、「到底現実の浅草、生きた浅草の真相を捉へる」ことは出来ないと云はれてゐる。それだけ生きてゐるのだ。流れてゐるのだ。入り乱れてゐるのだ。底が見えないのだ」と。「浅草通」とはサトウ・ハチロー、添田唖蝉坊、石角春之助を指している。

小説を構想する当初から、「底が見えない」という浅草観は、川端康成の視線を規定していた。「底」でうごめくのは、「浅草」（『日本地理大系第三巻大東京篇』）の言葉を借りるなら、「邪道の職業者、敗残者、失業者、不良少年少女、犯罪者――もう一つ下つて、世を捨てた浮浪人や、乞食」である。東京市社会局保護課調査掛は、一九三一年八月に行った調査結果を、『社会事業参考資料第一輯　浅草公園を中心とする無宿者の調査』（東京市社会局）にまとめている。浅草公園の調査総数は、男性が五八四人、女性が一八人で、合計六〇二人。三年前と比べて無宿者は二・五倍に増え、浮浪原因の六九％が失業だった。

図15『社会事業参考資料第一輯　浅草公園を中心とする無宿者の調査』（東京市社会局、1931年8月）

行政の調査は数値化されるから、「底」が可視化する印象を与える。添田唖蝉坊は『浅草底流記』に、東京市の一九二五年一〇月の「浮浪者調査」

の数値について、こう書いている。「浮浪者は一切面倒な交渉を持ちたがらない。小うるさい質問なんか以ての外だ。だから仮りに調査なんかある場合は、（中略）一時的に他へ逃げてゐる」「お役人のお目出度さは、自分等の慥へて来た数字を、後生大事に、割つたり、掛けたりして喜んでゐる」ことだと。数値が役人の「慥へ」たものなら、「底」は不可視のままである。川端康成の「底知れない暗い底」という言い方は、添田の認識の延長線上に出てくる。

図16　川端康成「浅草」（『日本地理大系第三巻　大東京篇』）の「小供の乞食」の写真

図17　石角春之助『浅草女裏譚』（文人社出版部、1930年7月）

弓子の物語は、可視の領域と不可視の領域を往還するように作られている。川端康成は石角春之助の本を、小説の情報源の一つにあげた。『浅草女裏譚』（文人社出版部、一九三〇年七月）にまとめられるエッセイを、川端は読んでいたと思われる。石角は約八一〇〇人の「浅草を特徴づける女」を、二三の「種別」に分類した。そこには約二〇〇〇人の「料理店カフヱー女中女給」から、一〇人内外の「乞食売笑婦」まで含まれている。ただ石角が分類した女性たちのアイデンティティは明瞭である。

対照的に弓子は、小説の冒頭で「断髪の美しい娘」として登場するが、すぐに男装姿に変わる。小説には「貸衣裳屋、兼変装屋」が出てくるが、「店が芝居や寄席の楽屋へも出入りするので、かつらからピストルまで、一切合財」揃うという。弓子はこの店の「マネキン・ガアル」と自称している。「貸衣裳屋、兼変装屋」は、浅草の都市空間を舞台とする、紅団員の演技を支えていた。

弓子は新聞連載が終了した段階で、小説から姿を消す。小説の続編が『新潮』と『改造』に発表される一九三〇年九月に、映画「浅草紅団」が封切りとなる。映画で弓子は、亜砒酸を口に含んで亡くなる。そのため川端康成は続編で、「春子に諸君を案内させよう。と言ふのは、先頃映画化された「浅草紅団」では、弓子が死んでしまつたことになつてゐる」と断るのである。しかし小説で弓子は死んだわけではない。小説の最後に「大島の油売りの娘」の姿で「私」の前に現れる。なぜ映画に合わせて、小説から弓子を失踪させることが可能だったのか。それはこの小説が不可視の「底知れない暗い底」に向かっていたからである。新聞連載が終了した一九三〇年三月に、「「紅団」とは何だかさつぱり分らず、「浅草前奏曲」とでも改題した方がいい」と、川端康成は「近作の誤算」(『近代生活』)に記した。しかしこの小説が「前奏曲」を脱することはついにない。それは川端を捉えていた「底知れない暗い底」という浅草観が、小説に未完性を付与していたからである。

参考文献

・東京市役所編『帝都復興祭志』(東京市役所、一九三二年三月)
・高橋真理「亜砒酸と望遠鏡——「浅草紅団」の方法——」(『日本文学』一九八九年四月)
・十重田裕一「「浅草紅団」の映画性——一九三〇年前後の言説空間——」(『日本文学』一九九四年一一月)
・一柳廣孝編『コレクション・モダン都市文化第一一巻　浅草の見世物・宗教性・エロス』(ゆまに書房、二〇〇五年一一月)
・鄭香在「川端康成——川端文学における映画」(『國文学』二〇〇八年一二月)

3 川端康成における心霊学とモダニズム

仁平政人 Nihei Masato

1 心霊学とモダニズムの結びつき

「笑ふべきかな僕の世界観はマルキシズム所か唯物論にすら至らず、心霊科学の霧にさまよふ」——これは川端康成の随筆「嘘と逆〈自己を語る〉」(『文学時代』、一九二九年一二月)の一節である。右で自嘲的に述べられるように、川端は、若い頃から「心霊学」にアイロニカルな視点を交えながらも深い関心を寄せ、特に戦前期に、その知識を用いた多くの小説を発表している。具体的には、「白い満月」(『新小説』、一九二五年一二月)をはじめ、一九二〇〜一九三〇年代の短篇に、西洋心霊学の文献・情報を直接的に取り入れたものが複数認められるだけでなく、最初の連載長篇小説『海の火祭』(『中外商業新報』、一九二七年八〜一二月)には心霊学への関心を持つ若者のグループが登場し、また「掌の小説」にも、テレパシーや遠隔透視といった心霊現象がしばしば自在に取り入れられている(「心中」、「屋上の金魚」、「霊柩車」など)。

確認すると、本論では「心霊学」という用語を、広い意味での「近代スピリチュアリズム」の総称として、科学的な心霊現象研究を基盤とし、心霊現象に関する哲学的な認識や、宗教的な認識を含み込むものをゆるやかに指示する概念として用いている。▼注(1) 近代スピリチュアリズムは、宗教が退潮する近代にあって不可視なもの・超現実世界をとらえようとする

御船千鶴子（1886-1911）

中河与一（1897-1994）

〈科学〉として、一九世紀中盤から二〇世紀前半にかけて欧米諸国に大きな影響を及ぼしている。特筆されるべきは、この動きが多くの学者や知識人を巻き込む現象であったことである。例えば、心霊現象の自然科学的な解明を目指したSPR（英国心霊研究協会、Society for Psychical Research）には、生理学者シャルル・リシェや物理学者オリヴァー・ロッジ、博物学者アルフレッド・ウォーレス、さらにはウィリアム・ジェームスやアンリ・ベルクソンのような哲学者など、著名な学者達が多く参加している。

この心霊学は、日本では一九一〇年前後から本格的に受容され、御船千鶴子をはじめ「千里眼」の持ち主とされる人物の登場と、彼らに対する多くの学者達の実験によって、「新しい科学」として一時期大きな脚光を浴びる。しかし、この霊能力の実験に物理学者達から否定的見解が示され、心霊学研究の中心であった心理学者・福来友吉が結果的に大学を追われるに及んで、科学としての信頼を一気に失うことになる。それ以後の一九二〇年代以降には、心霊学はむしろ思想的な関心のもとで翻訳・受容されることとなる。こうした状況と対応して、川端も、心霊学を一種の「科学」とは見なしつつも、それを素朴に信じることはなく、あくまで知的な物語として受け止めていったと見られる。

さて、川端の心霊学との関わりは、従来の研究では、その「孤児」としての生い立ちや幼児期の経験、あるいは交友関係といった伝記的事実との関連から理解されてきた。しかし、この問題は単なる川端の個人的な事情にとどまらない、より広い文脈からの位置づけを要すると考えられる。例えば、川端の友人で、「新感覚派」を代表する作家の一人である中河与一は、後年の文章で、「フラマリオン」の「霊界消息のやうなもの」が「時代の流行」とは無関係の「共通の愛読書」として、若い作家仲間のあいだで読まれていたと証言している（「川端康成と神秘主義」、『川端康成全集　第一巻』「月報」、新潮社、一九五九年一一月)。ここで中河が語るのは、心霊学に関わる書籍が、大正末期のモダニスト的な作家達に興味を持たれていたという事実である。このことを裏書きするように、例えば横光利一も、一九二五年の「園」から一九三三年の長編『雅歌』に至るまで、心霊学的な要素を数度にわたり作中に取り入れている。以上をふまえても、川端における心霊学の受容は、モダニズムという文脈との関わりで捉え直される必要があるだろう。

ここで、川端康成のモダニストとしてのありかたと、その心霊学との関連について、簡単に整理したい。川端は一九二三年頃から、「自然主義」に代表される旧来の文学を否定し、「新しい文芸」を生み出すことを主張するモダニストとして、本格的に作家活動を開始する。この川端の文学的立場の要点を、簡潔にまとめれば次のようになる。[注(2)] 第一に、人間が言語という制度を通して物事を認識し、思考している(ゆえに、人間はそれに束縛されている)ということを前提として、文学の役割を、新しい表現を生み出すことにより、人間の生に変化をもたらすことと位置づける。その上で、「新しい表現」を生み出すための方法的立場として、主客の分節化や概念による認識に先立つ、流動的な意識・感覚への接近を志向する。こうした態度は、近代合理主義を批判し、世界を一元的・流動的なものとして捉えようとする考え方――川端研究の領域では「万物一如・輪廻転生思想」[注(3)]と呼ばれる思想的態度――にもつながっている。

重要なのは、こうした川端のモダニスト的な立場と、その心霊学への関心とが結びついていると考えられることである。第一に、川端において心霊学は、空間・時間の制約を超えて働く人間の精神のありようを示し、また、世界を一元的・流動的に捉える認識に根拠を与える、科学的な「知」としてあったと言える。これは、川端テクストに示される心霊的事象や世界観に関わるだけでなく、通常の遠近法を解体し、距たった事柄をモンタージュ的に接続するような小説のスタイルとも対応している。また、精神分析学の自由連想法への注目をはじめ、理性に制御されることのない意識のありようを重視する彼の立場は、「自動筆記」をはじめとした霊能力者の活動への関心にも結びついていると見られる。もう一つ、別の角度で重要なのは、心霊学の言説が事実としての確証を欠いた、科学者による「まことしやかな」(「抒情歌」)物語だったという点である。このことにおいて、心霊学は、「西洋」的な認識を対象化して、それを相対化する別の物語を生み出す起点にもなったと見られる。ヘレン・ソードは、二〇世紀のモダニズム文学が、方法およびメタファーとして心霊学を広く受容していることを指摘するが（Helen Sword,Ghostwriting Modernism,Cornell UP,2002）、日本において心霊学をモダニズム的な方法として最も豊かに活用していったのが、川端の文学であったと言えよう。

2　フラマリオン受容と「白い満月」

以上は概括的な整理であるが、より具体的に川端と心霊学との交通についてみてみよう。本論で特に注目したいのは、フランスの心霊学者カミーユ・フラマリオンと川端との関わりである。フラマリオンは、一九世紀後半〜二〇世紀初頭のフランスを代表する天文学者・科学啓蒙家であるとともに、心霊研究に精力的に取り組んだ人物であり、一九二三年にはSPRの会長も務めている。彼の心霊研究は、オーギュスト・コント的な実証主義の拡張という立場のもとで、未知なる現象を厳密に科学的に解明しようとするものであった。日本でもフラマリオンの著作は、一九二三年頃から、心霊研究だけでなく天文学、科学小説まで含めて多くの著作が翻訳・紹介されており、当時にあっては高い知名度を持っていたと見られる。

川端がフラマリオンの心霊研究に触れた文章は幾つか見られるが、両者の関係が最も鮮明に示されるのは、先に挙げた短篇「白い満月」である。詳細な分析は行なわないが、「白い満月」は、肺病を患い温泉地に来た語り手「私」と、

カミーユ・フラマリオン（Camille Flammarion, 1842-1925）

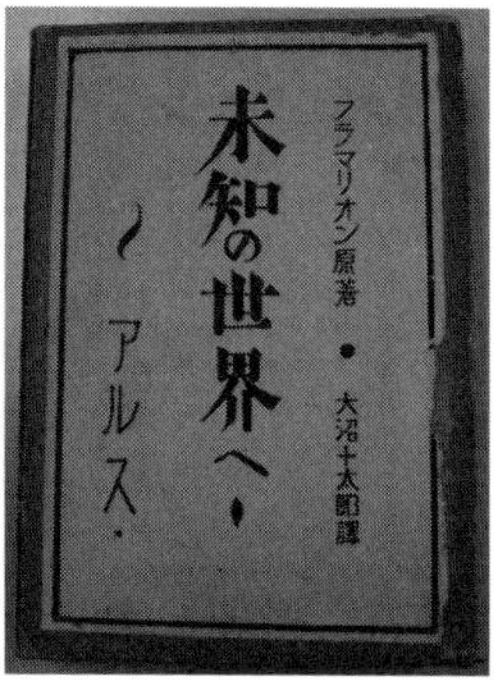

カミーユ・フラマリオン『未知の世界へ』（大沼十太郎訳、アルス、1924年4月）

不可思議な能力を持つ手伝いの少女・お夏との交流を一つの軸とする小説である。その序盤、「私」はお夏の能力を試す実験のように、手持ちの本を黙読する速度に合わせて、お夏にそのページを捲らせる。この箇所で主人公が読んでいる「翻訳書」が、フラマリオンの著書『未知の世界へ』（大沼十太郎訳、アルス、一九二四年四月）に他ならない。

そして私は手に持つてゐた翻訳書を読出した。

（かの電光の不可思議なる悪戯は、正にこの種の顕著な特性を示してゐる。或時は電光は人間を一片の藁の如く焼尽した。或時は手袋を其侭に、中の手だけを灰にしてしまつた。電光は爐の火のやうに鉄の鎖を溶解してしまふ。しかもまた、一方には持つてゐた銃には感電せずして、猟師を焼殺してしまつた。或時は皮膚を焼かずして耳環だけを溶かしてしまつた。（以下略）火薬庫に落雷して……）

その瞬間、彼女は頁をめくつた。私は同じ頁の行から行へ移るやうに気持ちよく次の頁を読んだ。

（爆裂は免れた。……）

右の引用部で注目したいのは、二人が読む頁が、人間の精神作用を「電光」の特異な性質と重ねて説明する箇所であることだ。人間の精神・霊魂と「電流」を重ねるような見方は、同時代の心霊学のパラダイムに対応するものであり、日本でも大正末から昭和にかけて、電気通信メディアの普及と並行して広まっている。こうした認識は、テレパシーを、電話を凌駕するような、空間的距離のみならず生／死の境界をも無化するコミュニケーション・メディアとして活用できるという夢想とも結びつくものであった。川端は、同時期の随筆「初秋山間の空想」（『文藝春秋』、一九二五年一一月）で、「電信電話」などの発達に触れながら、未来のコミュニケーションとして「生者と死者との交渉、死者と死者との交渉」を挙げるが、ここには、川端がテクノロジーと心霊学を結びつける想像力の圏域にいたことが確かに読み取れる。本論で踏み込むことは行わないが、このことは、川端の従来「東洋的」と見なされてきた一元的・流動的な世界観が、近代テクノロジーの想像力と様々な形で結びついていることを示唆してもいるだろう。「白い満月」において、お夏の「遠隔透視」と電信とが、遠い距離を隔てた出来事を伝達するものとして作中で並行的に描かれることは、このような文脈から理解できる。

ただし、「白い満月」でのフラマリオンの引用は、以上のような文脈と決定的な異質性も持っている。同作で引用されているのは、「電光」の作用が「不可思議」に多様な効果を持つことを引き合いに出して、精神作用が多様な現われ方をする理由を説明する箇所である。すなわちここでフラマリオンが語るのは、心霊的な精神作用が、意志により制御することも、また内面的な感情により意味づけることもできない、不確定に生起する現象としてあるということに他ならない。この引用とも対応するように、作中でお夏の特異な能力は、本人が意志的に制御することも、確定的に意味づけることもできない現象として提示されている（例えば、お夏が遠方に住む父の死を遠隔透視で目撃するという出来事の意味は、当事者であるお夏と、主人公、またその妹とにそれぞれ異なる形で理解され、最後まで確定されることはない）。このように、川端は科学的に「真理」を追求しようとするフラマリオンの言説の中から、心霊現象の不確定的で捉えがたい性格を示す箇所のみを取り出し、それを小説の手法へと拡張して活用しているのだと言うことができる。そしてそれは、以降の川端テクストにあっては、物語内容だけでなく小説の様式とも連関する形で、多様に変奏されていくのである。

3　「慰霊歌」と「抒情歌」

具体的な事例として、一九三二年に発表された二つの心霊小説に目を向けよう。

「慰霊歌」（『改造』、一九三二年一〇月）は、語り手が、恋人の霊媒的な若い女性・鈴子の家を訪れた場面を中心とし、彼女との奇妙な関わりや、「花子」という物質化した幽霊との遭遇という出来事が語られる小説である。作中では、テレパシーやポルターガイスト、霊の物質化、心霊写真といった心霊現象が大量に描かれるだけでなく、鈴子や花子を語る上で、エウサピア・パラディーノやミナ・クランドンといった著名な霊媒や、SPRの科学者の実験のエピソードが豊富に言及されている。しかしこのことは、同作が心霊学の言説をなぞり、反復していることを意味する訳ではない。作中に引用されるエピソードは、心霊現象の厳密な検証を志す科学者の態度や、「幽霊の指紋」の摂取など、多くが霊の実在性の証明に関わるものである。それに対して、語り手は、自らの体験に対して確定的な判断や意味づけをあくまで保留し、むしろその曖昧さ・不確かさを殊更に拡大するように物事を語っている。このような語りにあって、作中には多くの疑問・謎が提示されつつも、それらに答えが与えられることはない。

　こうした語り手の態度は、テクストのあり方とも結びついている。この小説は、不意の想起や連想を含意する言葉の多用とともに、飛躍や反転を多く含む流動的な語りによって形づくられている。そして重要なのは、作中に描かれる特異な現象が、しばしば表現・イメージの横滑り的な連鎖によって導き出されているとみられることである（一例のみ挙げれば、序盤において「鈴」のような声を持つ鳥の話題が続いた直後に、鈴子の家の「呼鈴」が押す者もなく鳴っていたということが示される）。すなわち、作中の日常性を超えた世界は、事象を厳密に把握し意味づけようとする心霊研究＝科学的言説とは対極的な、流動するエクリチュールの効果のようにして成立しているのである。以上のような特性とともに、生々しく魅力的な肉体を持つ幽霊との関わりという物語内容において、現実と非現実、存在と非在、生と死といった諸境界を揺さぶり、撹乱していくことにこそ、この小説の方向性はあるのだと言えるだろう。

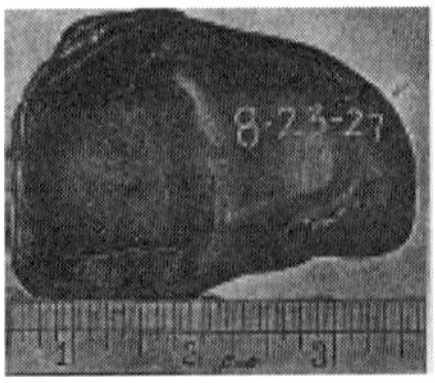

幽霊「ウォルター」が残したとされる指紋（橋本一径『指紋論』青土社、2011年11月）

A・クラックスと物質化した幽霊（浅野和三郎『心霊講座』嵩山房、1929年6月）

　こうした心霊学的モチーフが、より複雑に活用された小説として、川端初

期の代表作として名高い「抒情歌」（『中央公論』、一九三二年二月）を挙げることができる。▼注(4)

「抒情歌」は、今は亡きかつての恋人「あなた」に対して語りかける女性・龍江の独白から成る小説である。まずは本作と心霊学との関連を簡潔に見ておこう。第一に、語り手である龍江は、かつて「神童」とも呼ばれた霊能力の持ち主であり、しかし恋人に裏切られた後にその能力を失った者と設定されている。こうした設定と、死者に向けた語りという枠組みは、「死者との交信」という心霊学の中心的課題を想起させるものでもあるだろう。実際、作中で龍江は、代表的な「霊界通信」として知られていた、物理学者オリヴァー・ロッジの著作『レイモンド』を数多く引用しながら語りを進めている。だが、この小説で際立つのは、むしろ心霊学とは対極的な形で、死者に語りかける語り手のあり方である。すなわち、心霊学が基本的に、死後における魂の永続を前提に、生前と同一性を持つ死者との交信を現実的・科学的に追求するのに対し、龍江はあくまで「おとぎばなし」として、恋人が目の前の植物に生まれ変わっていると見立て、それに向けて「愛」を語ろうとする。別言すれば、龍江は虚構（「おとぎばなし」）の導入を通して、「あなた」への愛執を、「天地万物」に対する普遍的な愛へと転換しようとしているのだ。こうした龍江の態度は、心霊学などを引き合いに「西洋」の思想を現実的で人間中心主義的なものとして否定し、仏教の「輪廻転生説」を「豊かな幻想」「美しい抒情詩」として価値づける語りにもつながっている。

ただし、「抒情歌」はこうした龍枝の言葉を、「思想」として提示することを目的とした小説だと単純に言うことはできない。簡単に「抒情歌」の物語内容を確認すると、龍江はかつて、恋人とのテレパシー的な「心の一致」の体験を「愛のあかし」と見なし、二人の愛を揺るぎないものと確信していた。しかし、龍江が「あなた」のもとを離れていたわずか一月程のあいだに、彼は突如、彼女を捨てて別の女性と結婚してしまう。こうした理不尽な出来事と、その後の「あなた」の死により、龍江は「あなた」への怨みと、通信の断絶の不可解さに、強く心をとらわれていく。龍江の語りは、こうした心の苦しみ・痛みを回避し、「あなた」および世界との一体性を想像的に回復させようとする言語行為としての性格を持つのである。

だが、こうした龍江の試みは、作中で成功を収めることはない。本作の語りは、「意識の流れ」手法との関連も指摘される、心に浮ぶままに語るような連想性を特質としている。その点で、龍江の語りは、かつて恋人に送られた、自動筆記的な「愛のあかし」の手紙と類比することができるだろう。しかし、問題は、意志的に制御されることのない彼女の連想的な言葉が、自らの語ろうとする「抒情詩」をしばしば裏切ってしまうということである。例えば、龍枝は仏教の「輪廻転生」説を「一番美しい愛の抒情詩」としながら、少し後にはその現世的・倫理的な性格に「けがれ」を見出し、むしろギリシャ神話の「転生」の朗らかさに心を寄せていく。また自身も、後半では自らが語るような「さとり」とはほど遠い、「あなた」への執着をさらけ出してしまう（実際、「魂が何か目に見えぬ波か流れかのやうに、どこにいらつしやるか知れない死人のあなたのところへ通つてゆくやうにと、激しく念じ」る龍江の姿は、心霊学的な「通信」にこそ重なるものだ）。このように本作は、心霊学というコードの多様な活用を通して、虚構により生を変容させようとする試みと、その破綻という経緯を形象化しているのである。

4　終わりに

以上見てきたように、川端は、心霊学という近代の特異な知を受容し、批評的に読みかえることを通して、小説の方法として多様に活用していった。それは、常識的世界像を異化する表現・想像力の基点となるとともに、一面では「西洋近代」の批判を通して「東洋」を価値付けるような語りを導き、そして他方では、そうした固定的な語りそのものを解体するような、流動的で断片的な様式にも接続している。こうした多様なあり方が、川端におけるモダニズム的な試みの多面性を照らし出していることは多言を要さないだろう。そして川端の心霊学との関係は、戦前の一時期にとどまらず、実在の「幽霊話」を作中に取り入れ、「言葉」と「現実」をめぐる思考を展開した短篇「無言」（一九五三年）などから、遺作となった長編『たんぽぽ』（一九六四〜六八年）にいたるまで、戦後の川端文学にも形を変えて連続している。心霊学という問題は、以上の意味で、川端文学の総体を二〇世紀のモダニズム文学史の中で捉え直すための、有効な視角にもなりうるのである。

注

（1）以上の定義は、一柳廣孝『〈こっくりさん〉と〈千里眼〉 日本近代と心霊学』（講談社、一九九四年八月）参照。日本の心霊学に関しては、一柳氏の一連の研究から多くの示唆を得ている。

（2）詳細は拙著『川端康成の方法——二〇世紀モダニズムと「日本」言説の構成』（東北大学出版会、二〇一一年九月）第一部第一章を参照。

（3）羽鳥徹哉「川端康成と万物一如・輪廻転生思想」（『作家川端の基底』教育出版センター、一九七九年一月）

（4）「抒情歌」については、拙著『川端康成の方法——二〇世紀モダニズムと「日本」言説の構成』第二部第二章で論じた。以降の分析は、上記の拙論と一部内容が重なる。

参考文献

・羽鳥徹哉「川端康成と心霊学」（『作家川端の基底』教育出版センター、一九七九年一月）
・一柳廣孝「霊界からの声」（吉田司雄他『妊娠するロボット　1920年代の科学と幻想』（春風社、二〇〇二年一一月）所収）
・稲垣直樹『フランス〈心霊科学〉考　宗教と科学のフロンティア』（人文書院、二〇〇七年九月）
・須藤宏明・高根沢紀子編『川端康成作品論集成　第三巻　禽獣・抒情歌』（おうふう、二〇一〇年三月）
・東雅夫「川端康成——心霊と性愛に憑かれたまま」（『文学の極意は怪談である——文豪怪談の世界』筑摩書房、二〇一二年三月）

4

モダニズムと身体

川端康成『雪国』における旅の意味を中心に

李征

小説『雪国』は三回の旅について書いている。その旅の目的は、「無為徒食」の主人公島村が「自然と自身に対する真面目さも失いがちなので、それを呼び戻すには山がいいと、よく一人で山歩きをする」ことにあるという。そこで、主人公が前後合わせて三回の旅で、その「真面目さ」を「呼び戻した」のかを問題にすると同時に、その「真面目さ」とはいったいどういうことなのか、またそれがもしほんとうに「呼び戻」されたとしたら、どのような形で呼び戻されたのかということをも問わなければならない。

ただし、上記のような問題を追及すればするほど、『雪国』における旅はどうしても尋常の旅として解釈しきれないところがあると気づいた。一九二〇年代、新感覚派主将の一人として歩み出した川端康成は、『雪国』の執筆に至っても、モダニズムの課題を忘れたことはなかった。そのことを視野に入れて『雪国』を改めて読み返すと、そこには明らかに身体と風景との葛藤が認められる。

小説に見る風景はたんなる「情」を誘う「景」というよりも、登場人物の身体をもかたちづくるものである。たとえば、第三回目の旅の、織子の描写がそれである。温泉村で織子は「縮」を作る。「雪のなかで糸をつくり、雪のなかで織り、雪の水に洗い、雪の上に晒す。績みはじめてから織り終るまで、すべては雪のなかであった。雪ありて縮あり、雪は縮の親というべしと、昔の人も本に書いている」と川端は記している。そこには、村里の女性の身体と「縮」との、興味深い関係性が認められる。女は生命を「縮」に浸透させるが、「縮」は女を織子の女にする。似たような関係性は、島村の旅にも現われている。そのためであろうか、織子の縮づくりに、島村は強烈な共鳴を寄せる。

以下では、『雪国』にみる身体の描写を中心に、作家川端康成がいかにモダニズムの問題を身体の問題に置き換えて、新感覚派の集大成をなしとげたかを考察してみる。旅は前後、三回で終わりにする。これはけっして偶然なことではないと思う。東洋モダニズムの美学は、三回の旅にみる身体の脱域によってこそ定着になるからである。

1 「書物」と身体

小説の描写によれば、島村は東京の下町育ちで、子供の時から歌舞伎芝居に馴染んでいた。本人は一通りのことを極めないと気がすまない性質なので、学生の頃から踊の「古い記録を漁ったり、家元を訪ね歩いたりして、やがては日本踊の新人とも知り合い、研究や批評めいた文章まで書くようになった」という。ところが「日本踊の伝統の眠りにも新しい試みのひとりよがりにも、当然なまなましい不満を覚えて、もうこの上は自分が実際運動のなかへ身を投じていくほかないという気持にかりたてられ、日本踊の若手からも誘いかけられた時に、彼はふいと西洋舞踊に鞍替えしてしまった」。この叙述から、島村が第一回目の旅をする前に、すでに身体の脱域を始めたことが分かる。

日本踊は全く見ぬようになった。その代りに西洋舞踊の書物と写真を集め、ポスタアやプログラムのたぐいまで苦労して外国から手に入れた。異国と未知とへの好奇心ばかりでは決してなかった。ここに新しく見つけた喜びは、目の当たり西洋人の踊を見ることが出来ないというところにあった。

もともと日本舞踊に熱中している島村は、急に日本舞踊から西洋舞踊へ転向した。注意すべきは、西洋舞踊といっても、日本舞踊のような生の身体でするものではなく、書物上のもの、写真上のものである。現実の身体から、記号の身体への転向と言うべきである。小説の中で、島村の身の上話はきわめて希薄だが、この箇所だけはクローズアップされている。その理由はほぼ予想される。雪国の旅の前のことでありながら、駒子との出会いと密接につながっている。また、初回に限らず、三回の旅全体にも何らかの形でリンクしている。駒子と出会う前にすでに持っていたこのような「転向」の体験が、いかに駒子との付き合いに浸透し、新しい身体の脱域を引き起こすのかは、次のような箇所を見るとよく分かる。

西洋の印刷物を頼りに西洋舞踊について書くほど安楽なことはなかった。見ない舞踊などこの世ならぬ話である。これほど机上の空論はなく、天国の詩である。研究とは名づけても勝手気儘な想像で、舞踊家の生きた肉体が踊る芸術を鑑賞するのではなく、西洋の言葉や写真から浮ぶ彼自身の空想が踊る幻影を鑑賞しているのだった。

傍線を引いたところは小説の全体を理解する際に、一つのポイントとなる。「天国の詩」とは、小説の最後に現われる天の河の壮麗ささえ思わせる。川端によって形作られた東洋のモダニズムの具体的な様相は、まさに身体の脱域によって示されている。その脱域はまず日常の身体から、舞踊の身体へ、さらに言語あるいは写真の身体へと変わっていく。「見ぬ恋にあこがれるようなもの」である。こうした脱域の連鎖によって、島村は、「自分が生きていないかのような呵責がつのった」とさえ感じる。脱域後の無重力状態というほかない。日本舞踊から脱域はしたが、それを完全に捨てるわけではない。第一回目の旅で島村は、その知識により西洋舞踊から女性駒子の身体へと脱域する。

そういう彼の日本踊などの話が、女を彼に親しませる助けとなったのは、その知識が久しぶりで現実に役立ったともいうべきありさまだったけれども、やはり島村は知らず識らずのうちに女を西洋舞踊払いにしていたのかもしれない。

島村は西洋舞踊を駒子の身体にリンクして、自分自身の脱域をはかる。西洋舞踊としての駒子の身体は、紙上の身体とも考えられる。絶えず脱域していく身体が、どこまでとどまるかは、小説の中心的なテーマとなるが、リンクさせられた身体は、たえず相互関連しながらエネルギーを蓄積し、現実のものを想像のものに変えていく。注意すべきは、この第一回目の旅の描写には、第二回目の旅の色も染まっていた。つまり、第二回目の体験（時間）は第一回目の旅の体験（時間）に挿入されたということである。その箇所を引用しておく。

むろんここにも島村の夕景色の鏡はあったであろう。今の身の上が曖昧な女の後腐れを嫌うばかりでなく、夕暮れの汽車の窓ガラスに写る女の顔のように非現実的な見方をしていたのかもしれない。彼の西洋舞踊興味にしてもそうだった。

この箇所の描写に出た「ここにも」とは、第一回目の旅で、駒子に出会った場面をいう。しかし、その場面には第二回目の旅でしかみられない「夕景色の鏡」がダブっている。第二回目の旅で第一回目のことを回想しているから、その書き方は当たり前であると解釈してもできるが、それより、三回の旅を貫く身体の脱域を強調するのであるとも考えられる。昔の体験に目下の経験を刷り込む書き方である。ともかくも雪国ではじめて出会った駒子の身体は、「夕暮れの汽車の窓ガラスに写る女の顔」にもつながる以上、「非現実的」なもの、新らしい「喜び」も、駒子の身体に固着するわけはない。身体の脱域ともいうべき「喜び」は現実の身体にまつわりつきながら、想像の身体を求めて脱域するのである。

これまでの研究においていろいろと議論された「徒労」という言葉の解釈も、必ずしも仏教の意味には限らない。むしろ直接、身体性の問題として見たほうが分かりやすい。たしかに駒子は島村に情熱を注ぐ。しかし、その情熱は、島村が持っている情熱とは最初からすでにずれている。島村は駒子の身体を西洋舞踊として扱う以上、決して拒絶するわけではない。陶酔しているとすら言える。ただし、その陶酔はとうてい愛情とか結婚とかの世俗的な考え方につながらない。むしろ、陶酔すれば陶酔するほど、ますます紙上の身体へと変わっていく。そこには身体の脱域によってもたらされた神秘がある。「見ぬ恋にあこがれるようなもの」である。「徒労」としかいえない。

2 「鏡像」と身体

これまで見てきたように、島村が二度目の旅をするのは、駒子の清潔な身体あるいは奇妙な身の上話を求めるというよりも、自分自身の脱域によるのである。西洋舞踊としての駒子の身体と、汽車の窓に映る葉子の身体は、島村のさらなる脱域を表出する。この場合、駒子の身体は完全に捨てることなく、脱域の地層のようなものになっている。駒子の身体があるからこそ、窓に写る葉子の身体の魅力が増すことになる。また、書物としての身体は、より複雑な鏡像としての身体へと変貌していく。窓のガラスは、脱域のいくつかの線が交差する場（空間）となっている。

鏡の底には夕景色が流れていて、つまり写るものと写す鏡とが、映画の二重写しのように動くのだった。登場人物と背景とはなんのかかわりもないのだった。しかも人物は透明のはかなさで、風景は夕闇のおぼろな流れで、その二つが融け合いながらこの世ならぬ象徴の世界を描いていた。殊に娘の顔のただなかに野山のともし火がともった時には、島村はなんともいえぬ美しさに胸がふるえたほどだった。

この段落の内容を脱域の視座からみれば、「鏡」からは駒子の身体としての意味合いが読み取れる。それを媒介にウチとソトの両方から脱域の線が交差する。ソトの線は「夕景色」であり、ウチの線は女の顔の写しである。鏡は内部と外部の遮断でありながらも、両方を連結している。だから、「映画の二重写し」の効果が出てくる。内部の女性の身体と外部の風景との間に、「なんのかかわりもないのだった」が、ガラスの「透明のはかなさ」がなければ、「その二つが融け合いながらこの世ならぬ象徴の世界を描いていた」ことも考えられない。それがあってこそ、「娘の顔のただなかに野山のともし火がともった」景観がみえ、「なんともいえぬ美しさ」に島村の胸がふるえたのである。

鏡像としての娘の身体はガラスを媒介にソトの風景に脱域し、またソトの風景も同じような媒介で娘の身体に脱域している。相互の脱域は、ガラスを媒介とする身体があってこそ実現できる。むろん、ガラスに写るのは実在の身体ではなく、駒子の身体が脱域した結果である。ガラスに写る身体にしても、書物としての身体（文字、写真）にしても、ともに想象の身体である。ただし、静止した書物の身体と比べてみれば、鏡像としての身体は動的なものである。この「夕暮の鏡」の生成は、映画の誕生とも密接に関わっている。島村の想像の快楽はこの新しい脱域の線、映画の介入によって倍増している。考えてみれば、映画の介入によって、駒子の身体も元来の状態にとどまれず、脱域しなければならない。

もう三時間も前のこと、島村は退屈まぎれに左手の人差指をいろいろに動かして眺めては、結局この指だけが、これから会いに行く女をなまなましく覚えている、はっきり思い出そうとあせればあせるほど、つかみどころなくぼやけていく記憶の頼りなさのうちに、この指だけは女の触感で今も濡れていて、自分を遠くの女へ引き寄せるかのようだと、不思議に思いながら、鼻につけて匂いを嗅いでみたりしていたが、ふとその指で窓ガラスに線を引くと、そこに女の片目がはっきり浮き出たのだった。彼は驚いて声をあげそうになった。しかしそれは彼が心を遠くへやっていたからのことで、気がついてみればなんでもない、向こう側の座席の女が写ったのだった。外は夕闇がおりているし、汽車のなかは明かりがついている。それで窓ガラスが鏡になる。けれども、スチイムの温みでガラスがすっかり水蒸気に濡れているから、指で拭くまでその鏡はなかったのだった。

「夕暮の鏡」についての論議が多かったが、ここでは、いくつかの新しい読みの可能性を提示しておく。一つは「夕暮の鏡」の構造であり、そこには、現実の身体と書物の身体、「在場」(その場にいる)の身体と「欠場」の身体との類似構造が見える。また複数の構造が畳みこまれている。もう一つは現実の身体がいかに想像の身体へ変容するかということである。最初は肉体の身体、その後は書物の身体、今度は鏡の身体。三者は同一のものでありながら、表現の様相はまったく違う。生成のプロセスが見える。つまり、島村が見た鏡の写しは、たんに鏡の写しに終わらない。それには当然、現実の身体、書物の身体の影が落としている。「夕暮の鏡」は現実の身体から書物の身体へ、さらには鏡の身体へと脱域する場としか言えない。脱域の線が自身のエネルギーをもって前へ進む。また、第一回目、第二回目にとどまらず、第三回目をも目指して進んでいくと予想できる。

注意すべきは、このような脱域は類似構造をとっていながらも決して重複したものではない。第二回目の様相を見ると、そのことがよく分かる。ここで脱域を主導するものとして、目以外に、手も加わる。とりわけ指とガラスとの相関性において、明らかにその特徴が読み取れる。もともと書物の紙としての駒子の身体は、ガラスの鏡に変容する。ガラスは紙の代用品として、紙の特徴を有する一方で、さらにその透明性と写し機能を持つことで、紙よりもっと高いレベルの脱域を支える。と同時に、島村の指の機能も忘れてはならない。「夕暮の鏡」の鑑賞は、その指を離れると、成り立たない。「鼻につけて匂いを嗅いでみたり」することはそれを提示している。このような意味で、指は脱域の起爆剤のようなものともいってよい。汽車の窓ガラスがあれば、必ず脱域を引き起こすわけではない。第一回目に、全然、窓ガラスの役割に触れていないのは冬の寒さによる「スチイムの温み」などの条件が欠けているからである。それで指を視覚の運動に介入しようとしても実現できない。

指で覚えている女と眼にともし火をつけていた女との間に、何があるのかなにが起きるのか、島村はなぜかそれが心のどこかで見えるような気持ちもする。まだ夕景色の鏡から醒め切らぬせいだろうか。あの夕景色の流れは、さては時の流れの象徴であったかと、彼はふとそんなことを呟いた。

指の感触が覚えている女と、ガラスに写した女、「欠場」の身体と「在場」の身体の相関性が提示される。いや、第二回目の旅で出会った葉子という女性は、「在場」といっても「欠場」と同様である。なぜなら島村の目は、その身体を見つめているというよりも、多くの場合、鏡に写した「眼にともし火をつけていた女」を見ているからである。鏡は「在場」の葉子を「欠場」にして、その影だけが鏡に残されている。ガラスはここであたかも駒子の身体のように扱われる。その身体にはさらに、もう一人の女性、葉子の顔が重なる。ガラスの身体が果たした役割は、現実の身体がどうしてもできないことである。ガラスによって、触る領域から見る領域に移り、二人の女性は重なっていた。想像の身体は二つの領域、触ることと見つめることの両方に跨がる。島村は、このような想像の最高の境地を、半ば夢（「醒め切らない」）の状態として受け止める。

生成はいつも無意識のうちに起こる。指はガラスを擦って、脱域を引き起こす。女の眼は「在場」の身体から脱域してガラスに写る。その鏡像を見てびっくりした島村の記憶も、遠くのところで自分を待っているもう一人の女に脱域しては目の前のガラスに戻る。ソトの風景すらこの生成の運動に介入した。透明なガラスは、普通の鏡ではない。こちらのイメージだけ写るわけではない。さらにソトの風景をも誘って、その脱域の運動に入る。当然、暖房も一つの物理的な線として介入してくる。曇ったガラス、その曇りを擦った指、擦ったところに写る眼、こうした一連の脱域運動を主導するのは、もちろん無意識に動いた指である。その指の擦り動作がなければ鏡はないも同然である。

　このように、快楽は鏡像を脱域の場にしてどんどん膨らむ。過去から現在へ、回想から目撃へと生成する。すでに指摘したように、この鏡像は第二回目に限らず、第一回目の叙述にも限定修飾として用いられる。現在の経験が過去への逆浸透ともいうべく、時間はここで空間へと転換した。このような複層の脱域は、明確な起源がない。それが三回の雪国の旅よりずっと前からもはや始まったことだけいえる。島村の体験を借りて、作者川端康成が自分自身の脱域を語ったのである。起源も終点もはっきりしない。ただその爆発のような脱域の過程を記す。それこそ、日本のモダニズムの「事件」となる。事件というのは、いつも予想がつかない時点ではじまり、また予想がつかないところで終わる。起点と終点よりももっと重要なのは、脱域の過程である。

3　「天の河」と身体

　窓ガラスでの脱域はどこへ向かっていくのか、どこで収束するのか、ということは問題である。そもそも、脱域運動だから、終点などないはずだが、あえて終点を指定するなら、この終点はおそらく身体の特性に関わってしかとらえられなかろう。死亡こそ、身体の脱域の終着なのである。小説のなかの第三回目の旅行はまさにこの方向を提示する。島村にとって、第三回目の旅は、前二回の旅の超越と分かっていても、それをどのように超越するかは、必ずしもはっきりしない。その時点で把握できるのは、身体の脱域は身体に起因し、また身体を相関物として展開することである。だからこの第三回目の旅は、第二回目と同じように、駒子に知らせずに雪国に着いたのである。その理由はおそらく駒子と友情以上の関係を持ちたくないことにある。島村にとって駒子のことを好きでないとかではなく、その友情の境を越えると、身体の脱域は止まることを恐れているのである。ガラスの身体から紙上へ、紙上から肉体への後退に等しいからである。

いずれにせよ、生成は阻むことなく来る。それは島村を第三回目の旅に駆り立てる力でもある。女は最初、書物の身体として美しい。ガラスの鏡像として美しい。ただし、このような美しさは触ることも直視することもできない。時には、駒子の身体はむしろ脱域の場に変わって、そこで葉子の身体が浮かび上がる。つまり、駒子を捨てることもできない理由は、その身体がガラスの役割を果たすからである。ガラスがないと、鏡もない。さらに、葉子の写しもない。ガラスは指で触ることが出来る。現実の駒子の身体も同じである。これに対して、葉子の身体はあくまでも見るものにとどまる。いったん触ってみても、それはもう一つの駒子の身体となるにちがいない。また、直視も出来ないので、駒子を見ることによって葉子を見ることとしか出来ない。このような脱域の複雑な構造は、現実の島村と駒子、葉子との関係に等しい。表面的に見れば、ガラスを触るのだが、具体的な触りが想像の触りに連結する。その想像の駒子の身体には、さらに葉子の想像の身体が重なる。身体はたえず脱域していく。二重の脱域、多重の触りである。

たちまち島村は頬から鳥肌立ちそうに涼しくなって、腹まで澄み通って来た。たわいなく空にされた頭のなかいっぱいに、三味線の音が鳴り渡った。全く彼は驚いてしまったと言うよりも叩きのめされてしまったのである。敬虔の念に打たれた、悔恨の思いに洗われた。自分はただもう無力であって、駒子の力に思いのまま押し流されるのを快いと身を捨てて浮ぶよりしかたがなかった。

これは第三回目の旅で、駒子の演奏を聞く場面である。三味線の『勧進帳』である。身体の脱域は今度、聴覚を中心にして展開されていく。「鳥肌立ちそうに涼しくなって」きた頬、「澄み通って来た」腹、「たわいなく空にされた」頭。三味線を聴いているうちに、島村の身体はもう、さっきの身体ではなくなった。この身体の脱域に伴って、心は「敬虔の念に打たれ」て、「悔恨の思いに洗われ」ている。三味線の音が渦巻きのようになって、三島の身体をその勢いに巻き込む。「ただもう無力であって、駒子の力に思いのまま押し流される」。それでも、その脱域から「快」さを感じて、「身を捨てて浮ぶよりしかたがなかった」。島村の身体が感じた「涼しさ」はむろん、駒子の「涼しさ」からとったエネルギーである。と同時に、「あついひとところ」もあった。島村は、その「涼しさ」を受け取ったが、その「あつい」ところは拒否した。「こんな愛着は一枚の縮ほどの確かな形を残しもしないだろう」ということが、その理由である。

第三回目の旅でみた葉子の身体も大きく変わっているようだ。第二回目の時と比べて、何より変わっているのは、身体の「在場」と「欠場」の変化であった。汽車の鏡像の場面を除けば、葉子の「在場」がいつも駒子の同時「在場」によって見守られる。ただ一回だけ、島村と葉子と二人だけの「在場」の機会が巡った。ここで指摘しておきたいのは、この機会は、けっして駒子の眼を避けて作った機会ではないことである。むしろ、駒子がわざと提供してくれたように見える。というのは、駒子が島村のところに来て言う話を、わざわざ紙に書いて葉子を使う。だからそのときの「在場」は、駒子が監督となって演出したようなものである。興味深いのは、次のような描写であった。

島村は少し恥ずかしそうに苦笑して、

「どうもありがとう。手伝いに来てるの?」

「ええ」と、うなずくはずみに、葉子はあの刺すように美しい目で、島村をちらっと見た。島村はなにか狼狽した。

島村を狼狽させたのは、「刺すように美しい」葉子の眼であった。ここで用いられた「刺す」という動詞は、明らかに身体に関わっている。その眼と向き合って、島村の身体の脱域が起こった。葉子を直視できない。似たような体験は、第二回目の旅で汽車のなかですでに味わった。これまで葉子を幾度も見かけてきたが、この娘がなにごともなくこうして彼の前に坐っているのは初めてで、そのことがかえって島村を「妙に不安」にさせた。なぜなら、「彼女の真剣過ぎる素振りは、いつも異常な事件の真中にいるという風に見える」からであった。

葉子は今に体まで顫えて来そうに見えた。危険な輝きが迫って来るような顔から島村は目をそらせて笑いながら、

「早く東京へ帰った方がいいかもしれないんだけれどもね」

と言う。葉子はやはり駒子と異なる。何よりも触ることの出来ない存在であった。ともかく葉子と二人だけになって、身体が脱域していく。島村は、葉子に「奇怪な魅力を感じる」。それは駒子といるときに、想像の方向へ脱域するのと同じように、このとき葉子といると、「どうしてかかえって、駒子に対する愛情が荒々しく燃えて来るようであった」。「為体の知れない娘と駆落ちのように帰ってしまうことは、駒子への激しい謝罪の方法であるか」とまで思い、「またなにかしら刑罰のようでもあった」と思うようになる。

葉子と一緒に駆け落ちすることが、どうして駒子への「謝罪」あるいは「刑罰」になるのか。「謝罪」は駒子にすまないという意味である。駒子の感情に応えられないからである。これに対して、「刑罰」とは、自分自身への誡めである。直視も触ることもできない葉子を、直視できて触れるようになることは、島村が自分の想像、自分の夢を捨てることと同じ意味である。もともと紙上の葉子、鏡像としての葉子を現実の身体に脱域すると、駒子は自分の位置を失って島村の「刑罰」になってしまう。だから、葉子が出た後、「葉子の殺した蛾を捨てようとして窓をあける」のである。

葉子の「在場」が、駒子の「欠場」で保障されるのは、やや異常である。まして、このような葉子の「在場」は、駒子が自分の「欠場」でわざわざ作ったのである。それにしても、島村は葉子との間に何もなかった。駒子を憚るというより、葉子の「刺す」ような視線、「危険」で「清涼」な声などで形成した境線を超えることを危惧する。いったん超えると、

想像の身体をただちに失う。葉子に触ると、葉子の身体はただちに駒子の身体に変わってしまう。ここまで来ると、島村に問わなければならない問題は、脱域の終点がどこなのかということである。天の河という風景の意味はこの背景において提示される。つまり、身体の脱域の最後の帰着場所というのである。

ああ、天の河と、島村も振り仰いだとたんに、天の河のなかへ体がふうと浮き上がってゆくようだった。天の河の明るさが島村を掬い上げそうに近かった。旅の芭蕉の荒海の上に見たのは、このようにあざやかな天の河の大きさであったか。裸の天の河は夜の大地を素肌で巻こうとして、すぐそこに降りて来ている。恐ろしいなまめかしさだ。島村は自分の小さい影が地上から逆に天の河へ写っていそうに感じた。天の河にいっぱいの星が一つ一つ見えるばかりでなく、ところどころ光雲の銀砂子も一粒一粒見えるほど澄み渡り、しかも天の河の底なしの深さが視線を吸い込んで行った。

天の河！島村がそれを見て自分の身体の新しい脱域が始まった。体が浮かび上がる。星の光に掬い上げられる。想象は天の河を脱域の場としてさらに進んでいく。天の河はその脱域をいくらでも収斂できる。紙上の脱域、鏡像の脱域、すべてこの天の河で展開された脱域の重複というより、それへの旅である。天の河は旅の目的であり、その終着である。このようなすべての旅を収納できるような終極の想像の中で、終極の自由を迎えることになる。時間の線、歴史の線、芭蕉のイメージとなって今の身体の脱域に介入する。芭蕉がかつて見た天の河は今のこれと同じである。裸の天の河、抱擁できるように見えても抱擁できない。天の河は触ることが出来ない。ただ見る対象である。「天の河の底なしの深さ」に自分の視線が吸い込まれて行くことで、島村の眼と天の河に密着して、見るための必要な距離が徹底的に失われる。想象はここまで来て、最大の自由を獲得する。これ以上もはや見ることはない。視線なんかもいらない。ただ想像だけ残っている。

視線は天の河と共にある。両者はもう一体化している。眼が眼自身を見るようである。

火災で、「火の子は天の河のなかにひろがり散って」いく。島村も「天の河へ掬い上げられてゆくようだった」。「煙が天の河を流れるのと逆に天の河がさあっと流れ下りて来た。屋根を外れたポンプの水先が揺れて、水煙となって薄白いのも、天の河が映るかのようだった」。炎は新らしく添えた脱域の線として入ってくる。紙上から始まった身体の脱域は、鏡像の脱域などを経て天の河という場にいたって、終極の形で終わる。その終極の脱域空間に似合うのは、死亡しかない。葉子は空中に浮かぶ。繭倉の二階から堕ちる。島村は「どきっとしたけれども、とっさに危険も恐怖も感じなかった」。

> 非現実的な世界の幻影のようだった。硬直していた体が空中に放り落されて柔軟になり、しかし、人形じみた無抵抗さ、命の通っていない自由さで、生も死も休止したような姿だった。島村に閃いた不安と言えば、水平に伸びた女の体で頭の方が下になりはしないか、腰が膝が曲りはしないかということだった。そうなりそうなけはいは見えたが、水平のまま落ちた。

葉子の身体は今度、脱域の線となる。「非現実的な世界」とは「幻影」のようであり、想像のようでもあった。「命」すら「通っていない自由さ」。「生も死も休止したような姿」。その「人形じみた無抵抗」な身体から、島村はやはりなぜか「死は感じなかった」。それは葉子の「内生命が変形する、その移り目のようなものを感じた」からであった。身体の脱域はここまで、とうとう紙上、鏡像を超えて、天の河での脱域に突進した。その際、島村の頭にはこの前、駒子に会いに来る汽車の中で見た、「葉子の顔のただなかに野山のともし火がともった時のさま」が浮かんだ。島村は胸が顫えて、「一瞬に駒子との年月が照し出されたようだった」。

小説の末尾で、駒子は地面に堕ちた葉子を抱いた。この場面はあたかも汽車のなかでの鏡像をあらためて上演するものだ。ガラスとしての駒子の身体に、鏡の写しとしての葉子が重なっている。夜空の天の河は、ソトのともし火の置き換えである。汽車の鏡像から天の河の鏡像へと。「夕暮の鏡」から「天の河の鏡」。ガラスと写しはぴったり密着している。両者を剥がすことはできない。無数の線、無数の脱域の線。紙上の身体、鏡像の身体はこのように、天の河の身体へと変わっていく。脱域はこれからも続くけれども、天の河という場を越えることはおそらくできないだろう。ここで最高の想像、最終の脱域に向かう。それを終えるには、死亡という径しかない。遥かなる天の河は、身体のすべての可能性、触覚も視覚も聴覚も消してしまう。触る駒子と見る葉子との間にもう区別はない。茫茫たる天の河に消えていくのはただ想像としての純粋の美。閃いてすぐ消える流星のような美である。

『雪国』は「天国の詩」である。作者川端康成は一九二〇年代に、『狂つた一頁』で機械と都市の感受性を切り開いて、横光利一とともに日本のモダニズムの旗を掲げた。その時期から『雪国』にいたって、比喩などの言葉の表層から、心理へと移行する横光利一と違って、川端は『雪国』において身体の脱域を緻密に描いて、鏡像を中心とした脱域の様相を提示した。この表現様式は、西洋のモダニズムから啓示を受けたのだが、その基盤は日本の伝統的な風土であったといってよい。日本の近代都市の感受性をもって、モダニズムの意味を深めたのである。

参考文献

・片岡良一『近代日本の作家と作品』(岩波書店、一九四八年三月)
・長谷川泉『川端康成論考　増補版』(明治書院、一九六九年六月)
・平山三男・森本穫編『注釈 遺稿「雪国抄」・「住吉」連作』(林道舎、一九八四年一〇月)
・紅野敏郎編『新感覚派の文学世界』(名著刊行会、一九八二年一一月)
・李明喜『川端康成文学研究―『雪国』の歴史的成立とその生成方法―』(名古屋大学博士論文、二〇一三年六月)

第III部

問題としての伝統

——言語・身体・ジェンダー

1 川端康成の文章観・国語観・古典観

『新文章読本』と文学史の系譜づくり

鈴木登美 Suzuki Tomi

1 はじめに——川端康成の文章論と戦後の再出発

本稿で私は、敗戦後の新たな文学・文化環境のなかで表された川端の文章観・国語観・古典観について、一九五〇年に刊行された『新文章読本』を中心に考えてみたい。▼注(1)

一九四五年八月の敗戦後、川端は、鎌倉在住の作家仲間とはじめた鎌倉文庫（この年五月に貸本屋として開店、九月に出版社として再発足）の出版活動に積極的に携わるが、一九四七年末には新感覚派時代からの盟友横光利一を、翌春には川端・横光の恩人であった菊池寛を失う。横光没後直ちに、川端は編集委員として横光の全集刊行（全二三巻、改造社）を開始し、続いて生誕五〇年記念の意味をこめて刊行が開始された川端全集（全一六巻、新潮社、一九五四年完結）に自ら全巻の解説（のち『独影自命』）を書いて、自分の作家活動を振返っている。この間、一九四九年五月には『千羽鶴』（単行本一九五二年刊）、同九月には『山の音』（単行本一九五四年刊）といった戦後の代表的名作の連載が開始され、『新文章読本』出版の前後から、戦後の川端の旺盛な創作活動が始まっている。

東京帝大在学中の一九二二年から二〇年間にわたって文芸時評を執筆した川端は、一九二二年から一九三四年にかけて一連の文章論も発表しており、同時代の日本の小説にとっての「現代口語文」の革新を一貫して説いていた。これら一連の文章論の足跡は『新文章読本』にも明らかで、実際本書には、以前の川端の文章論のいくつもが数行から数段落にわたってコラージュのように引用されている。▼注(2) しかしまた、『新文章読本』には敗戦後の執筆時における固有の状況が刻まれており、全体として、川端が戦後の転換期に自らの文章観・小説観を振返りながら、大正・昭和の作家たちの文章の具体例に即しつつ、これまでの文学的道筋を見直し、画定していったさまが読み取れる。

一九五四年刊の新潮文庫版巻末で伊藤整は、「[川端]氏の文学論いな芸談としてのこの書は、珍しく進んで書いた積極的な気配の強いものである」と解説するが、『新文章読本』は、戦前刊行の『小説の研究』(一九三六年刊、伊藤整編集・代筆)や『小説の構成』(一九四一年刊)と同じく、代筆(代作)の疑念もある。しかし、戦後の積極的な再出発期に川端自身が自らの名をもって刊行し、新潮文庫版がその後長く版を重ねて普及したのち、現行の『川端康成全集』第三二巻(一九八二年刊)にも収録されていることなど思い合わせると、『新文章読本』を作家川端康成による文章論の集成として論じることができると考える。▼注(3)

2 『新文章読本』と歴史の感覚

> 文芸学上の細かい表現論は暫く問題外として、単に日本文、言ひかへると一国の国語、一国の国文として現代文を眺めてみれば、今日私の不満は大きい。/語彙に於ても、文字に於ても、文法に於ても、現代語は更に多く改革の余地を残すと思はれる。
>
> 最近の、新仮名遣ひの問題、漢字制限の問題もその間に政治的な一種の強ひるものがなければ、容易に否定も肯定も出来ないであらう。(中略)/新しい時代の新しい精神は、新しい文章によつてしか表現されぬ。私自身は、耳でき

いても解る文章に近づかうと、小さな努力はしてきたつもりである。（『新文章読本』第二章二。／は原文における段落を示す。傍線は鈴木による。[注(4)]以下同様）

川端は、同様の主張を一九二五年の文章論以来繰り返してきたが、下線の部分には、戦後の状況が直接触れられている。一九四六年一一月に「現代かなづかい」と「当用漢字表」が内閣訓示・同告示として交付され、制度化されたことである。仮名づかい及び漢字制限についての論議は明治の組織的「国語」政策開始以来ずっと続いていたが、敗戦後、一九四六年三月にマッカーサーの特使として来日した米国教育使節団による日本語のローマ字化勧告を契機として、「国民のほとんどすべてが誤りなく読み書きできる国語」という考え方によって、表音主義に基づく仮名づかいと漢字制限が実施された。爾来、さまざまな批判が相次いだにもかかわらず、新聞・雑誌などのマスコミや教科書を通して定着していくこととなる。川端自身は、若いころから一貫して仮名づかいの表音化と漢字制限に賛同しており、戦前の文章論にはそれが積極的に述べられていたが、敗戦直後突然の制度化には戸惑いも見られる。[注(5)]

『新文章読本』にはもう一点、この時期あらためて文章論を促したと思われる契機が触れられている。戦後新世代の作家たちの文章に接しての、あらたな文章変化の意識である。川端は、近代小説と文章の口語化の歴史を簡単に振返り、日本の近代小説の確立はいわゆる言文一致体の創設、すなわち「話すように書く」文章上の口語の創設であったこと、自然主義文学を通って志賀直哉や武者小路実篤らの大正作家の文学において言文一致の口語体が近代小説の文章として成立すると、一面この言文一致体に関する疑問も生じて、「新たなる文語体の要求」ともいえるものが起こり、この要求は新感覚派の発生と共に、「書くやうに書く」ことのはげしい苦闘へとつづいたことを説明する。[注(6)]そして突然、戦後文学の現状に言及するのである。

新感覚派以後の文章の変貌については、あとでのべよう。しかし、かつて新感覚派が、新しい文章創立へとはげしく叫んだよりも更にはげしい風が今日吹く。戦後文学の人々は、いまその努力をそこに集中してゐるのではあるまいか。（第二章二）

「戦後新人の文章」にたいする所感は、さらに次のように述べられる。「一度、日常性に引きよせられた小説の文章は、いま再び、文章体として日常性を否定し、口語体をはなれ……新しい文語体を生むのであろうか。」「戦後新人の文章をみれば、その中には、はつきり新しい文語体創造の歩みとみられるものがある。いままで、われわれの文章を支へて来たさまざまなものの代りに、この人々は観念を置くのであらうか。外国語翻訳文体が、その人々の新しい手本なのであらうか。」（第三章二）

ここで興味深いのは、川端が続けて、「そしてこうした一つの試みは、かつてわれわれがさうであつたやうに、正しく一つの「言葉の戦ひ」なのだ。われわれの先人もさうであり、われわれもさうであつた」と述べて、この違和感にたいして、「口語体」「文語体」という対比を軸として、今日の状況を自分たちの歩んできた道との関係で把握しようとしていることである。

「われわれ」というのは、だれよりも川端自身と横光をさしている。実際、すぐ続けて、横光が一九三一年に刊行した『書方草紙』の「序」で「主として国語との不逞極る血戦時代から、マルキシズムとの格闘時代を経て、国語への服従時代の今にいたるまで、……」（傍点は鈴木。以下同様）と記した言葉が引かれ、「横光氏ほど「国語との不逞極る血戦」をした作家はあまり例をみない」といって、川端は横光の終生の「苦闘」を証言する。そして、横光のいう「服従」は、「屈服」でも「安住」でもなく、むしろ一つの「完成」の暗示ではないか、「国語との「血戦」から「服従」への道は、すぐれた文章を持つ作家の宿命なのかも知れない」、と述べるのである。（ちなみに、一九五四年刊行以来八〇年代まで三〇刷以上版を重ねて普及した新潮文庫版『新文章読本』では、引用中傍点で示した「国語」を含め、この節から次節にかけて「国語」を「口語」とした重大な誤植が九箇所ある。この決定的な誤植が長い間看過されてきたこと自体、川端・横光にとっての「国語」と「口語」の密接な関係を象徴するようでたいへん興味深い。[注(7)]

戦争と敗戦に続く大きな変動の中、新進作家時代からの盟友・ライヴァルであった横光の死、そして戦後新世代の作家の文章にたいする違和感などを契機として、川端は、自分たちの歩んで来た道を、歴史の変遷の感覚のなかで捉え直そうとしている。とくに、戦後の文学状況が、一九二〇年代以来の国語・国字改革論議の中で共に創作活動を展開した横光と、現在の自らの立ち位置について、ひとつの歴史叙述を促したように思われる。そして、『新文章読本』というタイトルにも窺えるように、このプロセスにおいて、一九三四年の『文章読本』刊行前後から戦後この時代まで、現役の作家として川端にとって最も気になる存在となっていたと思われる谷崎潤一郎の創作活動と文章論こそが、戦後の川端にあらたな文学的指針と自覚を与えたのではないだろうか。

3　横光利一の文章変遷史と川端の「国語」観

十重田裕一氏が指摘されたように、一八九八年生まれの横光と一八九九年生まれの川端はともに、「標準語」の確立をめざした近代国語政策のもと、表音式による口語の標準語教育を導入した第一次国定教科書で育った最初の世代にあたり、また、彼らの新進作家としての活動は、一九二一年から三一年にかけて臨時国語調査会によって推進された国語・国字の急進的な改革運動のなかで展開されている。[注(8)] この改革運動は、漢字節減、振仮名の仮名遣いを発音式に改めるなど、「書き言葉」を簡略化して「話し言葉」化することをめざしたもので、ジャーナリズムの拡大、教育の大衆化、さらに、ラジオ放送の開始（一九二五年三月）や電話の普及といった一九二〇年代の社会現象と深くかかわっていた。

『新文章読本』も引用するように、横光は、「文藝時代派の表現的態度」は「「話すやうに書く」ではなくして、「書くやうに書く」」であるとして、「文学が文字を使用しなければならぬ以上は、「話すやうに書く」ことよりも、「書くやうに書かれねばならぬ」」、と当時の国語・国字改革推進論議に疑義を呈する自らの文章観をあらわし、「新感覚派の人々のポエヂは「「書くやうに書かれた」ポエヂであつて、新しき文語体とも云ふべきポエヂである」（「文藝時評」、『文藝春秋』一九二八年一二月）と述べた。横光はまた、「日本の文学は象形文字を使用するとすれば、殊に、独特の形式論が発生すべき筈である」と、「聴覚より視覚を根本とした日本独特の形式論」の必要を説いている（「文藝時評」、『読売新聞』一九二九年三月一五日）。

一方、「国語」や「口語」についての川端の発言は、横光の姿勢とは大きく異なっていた。一九二五年一〇月発表の文章論（「現代作家の文章を論ず」）は、「現代語に於ける「文語」と「口語」、すなわち「リツン・ランゲイジ」と「スポオクン・ランゲイジ」の間の距離をもつともつと短くしなければならない」、「目で文字を読まないでも耳で聞いただけで意味の分る文章、または一音も柔げずにロオマ字にそのまま書き移すことの出来る文章、さうした文章こそ望ましいものだと思つている」、と以後『新文章読本』まで繰り返される文章観を表明している。

一九三〇年二月発表の文章論（「現代日本文章論」）では、「進歩を愛する僕は、国語調査会の新仮名遣ひも、漢字制限も、実行して差支へないと思ふ」と、論議を呼んでいた国語・国字改革にも直接言及し、「やはり国語問題の難関は、漢字にあるにちがひない。失敬だが例を引かう。僕は横光利一氏の文章の力を愛する。（中略）横光氏の力はいろいろに分析される。が、その一つは漢字の音にある。僕は彼によつて新しく生かされた、この音も愛する。しかし、そこに多少の疑問を持つ」、と横光の文章における漢字の使い方への違和感も口にしている。そして、「僕は近代の文章の一つの流れを、リツン・ランゲイヂからスポオクン・ランゲイヂだと思つてゐる。（中略）一言で云へば、音読して意味の通じる文章を、僕は理想としてゐるのだ」と、書き言葉の「話し言葉」化への志向を明らかにし、「新感覚派以後いはゆる芸術派の新作家の文体は、スポオクン・ランゲイヂを離れつつある」が、「僕はこれを新しいリツン・ランゲイヂと見て、古いリツン・ランゲイヂから区別する」、「新しいスポオクン・ランゲイヂを導くべきリツン・ランゲイヂだと信じる」といって、新感覚派の「新しい文語体」創造への志向をも、新たな「スポオクン・ランゲイヂ」・「口語」への志向と結びつけようとしている。『文藝時代』創刊（一九二四年一〇月）以前、若き川端はその最初期の文章論（一九二三年一一月「新文章論」）の中で、その年「日輪」や「蠅」で文壇に認められた新進作家としての横光の才能を認めながらも、横光の文章は「一種の翻訳文に似てゐる」、「現代の「口語」（話される言語《スポオクン・ランゲイジ》）を遠く離れて、如何にも文語（書かれた言語《リツン・ランゲイジ》）らしい文語だ」と、この「新しい文語」にアンビヴァレントな反応を示していた。『新文章読本』での戦後の新しい作家の文章にたいする違和感の表明には、そのときの口調と響き合うところがある。

『新文章読本』（第五章）で川端は、「文章の近代的表現の苦闘」の体現として、初期の作品から最後の作となった「微笑」までそれぞれ一節を引きながら、横光の文章の休みない変貌を振返る。▼注(9)「新感覚派以前」の作品「芋と指環」の書出しは、「志賀直哉氏の簡素な文脈を曳いて、更にそれにスピイドと新しい息吹を盛つた」「新感覚派の胎動」が感じられる文章と評され、「国語との格闘がはじまつた」「新感覚派時代」の「皮膚」などから「心理の流れを捕へ」た「機械」を経て、「新感覚派時代の言葉の氾濫を克服して」「簡素化」されていく道程が、『紋章』に見出されている。そして、『旅愁』執筆中から「極く静かにではあるが、氏の文章はまた昔にかへりはじめてゐたやうである」、と川端は横光の文章の変遷をたどって、最後の作品となった「微笑」に、「もはや一点ゆるがせぬ、文章と作者との合一」を見る。「この文章は作者の命を受けついで生きるやうに、高く浄く、そして完全である」——横光の達成にオマージュが捧げられ、「そのまま現代文章の変遷史」であったとする横光終生の文章変遷史に、「文章というものの在り方の一つの宿命」の「暗示」を川端は指摘する。

この点と関連して、戦前の川端の文章論ではつねに現在・未来が問題となっていたのにたいし、「日に新たな文章の道は、戦争以後はその特徴が殊に著しいようで、しかしそこに流れる一つのものは案外不変なものではなかろうか」と始まる『新文章読本』では、現在進行中の文章の変貌について、不易流行の意識が打ち出されていることも注目をひく。

4 谷崎潤一郎『文章読本』と川端の文章観

さて、川端の以前の文章論においては、「口語」／「文語」という対比は、何よりも現代の小説の文章をめぐっての、「スポオクン・ランゲイヂ」と「リツン・ランゲイヂ」との対比概念だったのにたいして、『新文章読本』の要にあたる第三章で川端は、古典文学の文章にも言及し、古典の文章はすべていわゆる文語文で書かれているが、その中にも「和文調（「土佐日記」「源氏物語」のようなもの）」と「漢文調（軍記物にみられる）」との二種類があることを指摘する。

和文調が早く滅びたのにたいし漢文調が長く命を保ったこと、そして、漢文調の文語体は「つい昨日まで我々の日常生活の周辺にも存在してゐた。一時、あらゆるさうした文章の口語化が叫ばれ、事実その方面におもむくかに見えながら、長い戦乱のさ中に、その芽も枯れ、漢文調の流れに立つ文語文は再び隆盛に赴いたやうであつた。戦乱の中にあっては、権力者の権威を守るべく、それが適当であつたためか。ともあれ、あらゆる公式文書も口語化した現在に於てもまた昨日の風は残るのである」、と戦前から戦中・戦後現在にいたる文章と国語政策の趨勢にたいする歴史的・批判的視点が導入されている。

現代の文章を古典文から続く漢文調と和文調との対比において論ずる視点は、川端自身言及するように、谷崎の『文章読本』に拠っている。谷崎の『文章読本』は一九三四年に刊行されたが、その主な論点は、一九二九年一一月発表の評論「現代口語文の欠点について」以来、一連の創作実践を通じて展開されたものであった。

「現代口語文の欠点について」で谷崎は、今日の標準語としての「現代口語文・言文一致体」は、それに拠っていると言われる本来の東京の口語とは異なった、明治の中期以降作り上げられた人工的な言葉であると批判し、もう少し実際の口語に近く、「日本語の特長」を生かしたあらたな現代文を開拓することを提起した。谷崎はここで、言文一致体といわれる今日の標準的現代口語文は、西洋語を模範として、欧文脈を漢語を使って吸収した一種の翻訳文体であると指摘する。欧文脈を吸収して確立した「今日のわれ〳〵の口語文に於ても、真に日本的なる和文の文脈こそすたれてしまつたが、漢文口調が未だに潜勢力を保つてゐる」、「新しい熟語を使ひさへすれば新しい思想家であるかのやうに見せかけることが出来たので、此の弊害は今でも全く終息したとは云ひ難い」と述べ、「私は、漢字制限よりもローマ字採用よりも、何よりも先づ用語の矯正と、「新しい言葉の作り方」の改良とが急務であると思ふ」、と当時の国語・国字改革論議にも言及して、暗に、漢字制限やローマ字採用を積極的に支持した川端の立場にもコメントを加えていた。▼注(10)

「今日の翻訳体を改めて」、日本語の「本来の伝統的な語法を復活しさへしたら、ずゐぶん細かい心の働きや物の動きを表現することが…出来る」、「古い語法も活用の方法次第では却って非常に新しくなる」、と谷崎は「和文の云ひ廻し」の積極的な応用を提案したが、その興味の原点は、当時紹介されつつあったジェームズ・ジョイスら二〇世紀の「意識の流れ」系の新しい小説の文体的特徴への注目とも繋がっていた。そして、「現代口語文の欠点について」から『文章読本』にいたる五年の間に谷崎は、関東大震災後移住した関西のことばと風土へのエクゾティックな興味と相俟って、大阪弁の女性の独白を劇化した『卍』に続き、『吉野葛』『盲目物語』『蘆刈』『春琴抄』など、「古典回帰の時代の作品」といわれる一連の創作において、言文一致を異化し、重層的な語り、錯綜する引用、幾重にも重なる複数の時間や歴史の層、文章の聴覚的な効果と視覚的な効果などを駆使した、モダニスト的小説文体の実験を一作一作繰り広げたのだった。

川端が一九二九年の谷崎の文章論にも注目していたことは明らかだが（一九三〇年二月「現代日本文章論」）、ちょうど同じころ、横光は「機械」（一九三〇年九月）、川端は「水晶幻想」（一九三一年一月）というように、ともに意識の流れの表現を志向した小説を発表しており、この当時の谷崎、川端、横光の創作活動が文体的関心をともにしていたことも興味深い。▼注(11) しかし、『雪国』創作中の昭和一〇年代にも、古典讃美の潮流、とくに記紀歌謡や万葉集讃美、そして「東洋」や「日本」の伝統讃美の潮流にたいして、川端がきわめて懐疑的な感想を表していることも注目に値する。▼注(12)

さて、『新文章読本』において川端は、戦後現在の口語体について、「外来語の粗雑な翻訳や、新造語の乱用がいかに今日の文章を、口語化の悲願から遠くへだてているか」、自分は「ローマ字によつて小説を書く志さえもつている。しかしそれには、われわれの単語からしてまず改変せねばならぬであらう」と、あたかも谷崎の「現代口語文の欠点について」を響かせるような口調で、現在の口語体への不満をもらしている。戦後の文章表現、翻訳新語の氾濫の中での「口語の乱脈」にたいする感慨が、谷崎の文章論への川端の注目をあらたなものにしたかのようだ。

そして、川端が若いときから支持していた漢字制限が敗戦直後に実施されたことについても、「漢文体の否定、漢字の制限は新しい今日の文章には必要ではあるが」、今日の文章はそのために視覚的効果を全く忘却している、現代の口語文は視覚と音律に対して余りにも無策である、という感慨をもらし、文章における「字面と音調」、「視覚的効果」と「音楽的効果」という「感覚的要素」の重要性を強調した谷崎の『文章読本』に強く賛同する。さらに、日本語の文章が漢字と仮名とを併用する限り、文語体に「芽ばえ、そこに大成した、音感的効果と視覚的効果」は今日も考えなければならない、とこれまでになく川端が「文語体」にも積極的な関心を示していることも注目をひく。

とはいえ、『新文章読本』でも川端の関心は、「現在の小説文章、若しくは新しい小説の文章」にある。谷崎の『文章読本』に依拠つつ、「芸術的文章」と「実用的文章」の区別、差別を認めないとして、文章の第一条件は「簡潔」「平明」ということであり、「よき文章とは、月並の修飾多い、いわゆる美文でない」、「美文と名文を区別することが、あるいはこの私の小論の使命かも知れぬ」と川端は力説する。同時に、「文章の真諦は「分らせる」ことにあるといっても、そこには自ら一つの限度がある」、「本来国語は頗る語彙に乏しい。「国語の語彙の乏しさは、漢字の国字としての使用による。また一面、無口、謙譲の国民性の反映である」、「日本語もまた、そうした国民性を反映して、簡素の一方余情に向かって発展して来たのではあるまいか」と、これも谷崎の口調ほぼそのままに、「日本語の従来の長所は説明であるよりも、むしろ象徴であった」ことを強調するのである。

「現代口語文の欠点について」で谷崎は、「日本語の表現の美しさは、十のものを七つしか云はないところ、言葉が陰影に富んでゐるところ、半分だけ物を云つて後は想像に任せようとするところにあ」ると述べたが、『文章読本』ではさらに、「声・音調の美」「余情」「含蓄」を「日本語・国語」の「特長」として強調している。そして、『文章読本』のむすびで、「此の読本は始めから終りまで、殆ど含蓄の一事を説いている」のだといってよいと述べて、具体的には、「饒舌を慎むこと」「余りはつきりさせようとせぬこと」「意味のつながりに間隙を置くこと」が肝要であると説いたのだった。

「概して大正期以後の作家の物は、一つ〳〵のセンテンスが短」く、「「る」止め「た」止めが頻出」する。「「た」止めの文章は歯切れがよく、爽快、新鮮、剛健と云つたやうなものには適するが、繊細なもの、優婉なもの、暗示的なもの、象徴的なものを云ひ現はさうとするには、決してふさはしい文体ではない」といって、「現代口語文の欠点について」で「和文の云ひ廻し」に現代小説にとっての新鮮な可能性を指摘した谷崎は、『文章読本』ではさらに、古典作品や近現代の作家たちを、「和文のやさしさを伝へてゐる」「和文調・和文系」（泉鏡花、上田敏、里見弴、久保田万太郎、宇野浩二等）と、「漢文のカツチリした味を伝へてゐる」「漢文調・漢文系」（夏目漱石、志賀直哉、菊池寛等）とに大別し、この二つの系統は、簡単にいえば、「源氏物語派」と「非源氏物語派」だとして、谷崎自身は、「先づ源氏物語派の方」であると位置づけてみせた。

一方、川端は一九二五年の文章論（「現代作家の文章を論ず」）で、「短いセンテンスの効果」として、武者小路、菊池の文章に「素朴感、明確性、圧迫感」を、また他の一つとして、志賀直哉、久保田万太郎、小川未明、横光の文章に「陰影、余韻、暗示の豊かさ」を指摘し、とりわけ志賀の文章について、「「個文《センテンス》と個文の距離の空間」「個文と個文との連結点」に無限の妙味と含蓄を湛へてゐる。従つて、作品を一個の独立した人格視した時に、読者の心の中での成長力と浸潤性に富んでゐる。――陰影、余韻、暗示、審美的表現に於てこれらより雄弁なものもない」と絶賛していた。対するに、若い頃から熱心に読んでいた谷崎作品をめぐる川端の文芸時評はつねにアンビヴァレントで、（『蓼喰ふ虫』や『春琴抄』を賞賛しながらも）谷崎は説明的な「詳悉法」の作家で、「饒舌」「冗長」「通俗」であると評している。『新文章読本』でも川端は、鏡花、秋声、武者小路、志賀、里見、菊池、そして横光の文章を賞賛し、谷崎は長いセンテンスの「詳悉法」の作家と位置づけて、「気韻生動の境地」は、「徳田秋声、鏡花、葛西善蔵、志賀、横光」にしかないとする。

川端の『新文章読本』は、戦後現在の時点にたって、谷崎の『文章読本』から改めて大きなインスピレーションを受け、その文章論の枠組みに強く依拠すると同時に、川端が若いときから抱いていた谷崎へのアンビヴァレンスにひとつのかたちを与え、それとの関係で現在の自らの立ち位置を捉えようとしているように読める。すなわち、谷崎が指摘した「含蓄」「余韻」「陰影」といった「日本語の長所」を生かした現代文は、長い饒舌なセンテンスの谷崎の文章ではなく、簡潔で短い志賀の文章、そして川端自身の文章であると、自らの方向性を文学史のなかに定位しようとしているように読めるのである。（『新文章読本』が言及する作家のほとんどは、谷崎を除いてはすでに死亡あるいは活動を停止している。ちなみに、一九四七年に再建された日本ペンクラブで第三代会長に就任した志賀直哉の後を継いで、川端は一九四八年六月、第四代会長に選出されている。）

5　戦後の川端と『源氏物語』

一九四七年一〇月発表の随想「哀愁」で、川端は、戦争中に「湖月抄本源氏物語」を読み、「源氏」と「同じこころの流れにただよい、そこに一切を忘れた」経験を記した。同年発表の「わが愛する文章」では、「更級日記」からの抜粋に解説として、「私も少年のころ「源氏物語」を読んだことがあつて、この「更級日記」にはなつかしさを感じる。…「源氏物語」など、「更級日記」の少女が溺れた文学は私の文学にもゆりかごの歌の一つとなつたやうである。文章を書く私の底にいつも聞えている調べともなつたやうである」と、「幼い」ころの「源氏」音読を作家としての自らの通奏低音として追想する。さらに、一九四八年五月刊の『川端康成全集』第一巻解説（「独影自命」一）では、「私は中学生のころ平安朝のものを声出して読み、一高生のころ日本ロオマ字会にちよつと顔出しした、その影響は深いとみえて、漢語をつとめて避け、やまとことばに惹かれ、耳で聞いて分る国語といふ考へは始終離れなかつた。…文部省の漢字制限や現代仮名づかひの趣旨に私が反対でないのも、むしろそのためである」と、一九二〇年代からの自らの文章観の原点が「少年時」の平安朝文学の音読体験にあることを示唆する。そして、一九四八年末には、「浮舟」と題して、ストーリーの展開を凝縮した宇治十帖のダイジェストを発表し、全集第一五巻の解説（「千羽鶴」「山の音」所収、一九五三年二月刊）で、「いつか私も私の「源氏物語」を書いてみたいとねがつてゐる」とその抱負を表明している。

『新文章読本』の「まへがき」冒頭でも川端は、少年時代、意味もわからないまま「源氏物語」や「枕草子」を音読して「言葉の響や文章の調を読んでゐた」体験が「私の文章に最も多く影響してゐるらしい。その少年の日の歌の調は、今も尚、ものを書く時の私の心に聞えて来る」、と「古い私の文章の一節」（一九三二年三月岩波『文学』掲載の「文章雑感」）を引いて、「少年時代」の原体験に自分の「文章の秘密」のルーツがあることを強調する。一九二〇年夏、二一歳の川端の読書記録には、「源氏」を読み始め、「胡蝶」巻くらいまで読み進めたことが記されているが、一九二四年三月提出の大学卒業論文「日本小説史小論」における川端の『源氏物語』への言及は、近代における平安朝文学研究の草分けである藤岡作太郎をなぞったもので、優等生的な一般的記述を超えるものではない。しかし、戦後『源氏物語』への憧憬を募らせた川端の創作には、「浮舟」のほかにも、母恋いのモチーフを扱った「反橋三部作」（一九四八年一〇月「反橋」、一九四九年一月「しぐれ」、一九四九年四月「住吉」）をはじめ『千羽鶴』や『山の音』にも、川端にとっての『源氏物語』の響きを感じることができる。▼注(13)

戦後まもなく、占領軍の指揮下、文部省は戦後教育の目的は平和国家の建設であると宣言し、戦闘行為や軍国主義的イデオロギーを連想させる教材は教科書からすべて排除された。こうした中、『源氏物語』は、新しい平和国家の世界的な文化遺産としてあらためてカノン化され、一九五〇年代初頭には映画化も含めた源氏ブームが起きる。しかし、戦後繰り広げられる川端の源氏ならびに古典への関心と旺盛な創作活動は、何よりも、東京下町生まれの谷崎が大震災後移住した関西で展開したいわゆる「古典回帰」の作品につづいて、『源氏』現代語訳を刊行し、さらに戦中から戦後にかけて、阪神間を舞台とした風俗小説の一大傑作『細雪』を執筆、完成した、弛まぬ創作活動から大きなインスピレーションと方向性を与えられたように思われる。

明治中期以来の「国語」政策や「古典」教育の変遷にかんして世代と言語体験を異にした谷崎と川端が、戦後この時期から一九六五年の谷崎の死にいたるまで繰り広げた豊饒な競作にはあらためて目を見張らされる。そして、作家としての資質が大きく異なる両者の作品は、一九五〇年代半ばから相次いで英語その他の諸言語に翻訳されて日本国外にも紹介され、一九六八年に川端はノーベル文学賞を受賞することになる。(一九五〇年代半ばから日本の近・現代文学の翻訳・紹介が盛んになるが、とりわけ、一九五七年以降、谷崎・川端とならんで、三島由紀夫の作品が相次いで翻訳出版される。)占領期を経て冷戦体制のなか高度成長期に向かい、戦後日本の文学は、拡大する出版・メディア産業ならびに翻訳や文化のグローバルな地政学の磁場で、個々の作家の思惑を超えて展開するが、本稿では、断片的で空隙の多い自らのテクストの意味や解釈を積極的に読者に委ねた川端が、敗戦後の画期、自らの文章の読者・引用者として、同時代の作家との関係において文学史の系譜づくりに参与しながら、あらたな創作の方向性を探っていった一面を考察した。

注

(1) 一九四九年二月から鎌倉文庫の雑誌『文藝往来』に「新文章講座」として六回にわたって断続連載されたのち、一九五〇年一一月にあかね書房から単行本として刊行。一九五二年には創元文庫に、一九五四年には角川文庫と新潮文庫に収められ、新潮文庫版は以来版を重ねた。一九八二年刊の『川端康成全集』第三二巻に収録。二〇〇七年、他三つの文章論とともにタチバナ教養文庫に収録(川端香男里氏解説)。

(2)『新文章読本』に引用順に(引用符なしにほとんど複写に近いものを含め)挙げると、一九三二年三月「文章雑感」(のち「文章について」と改題)、一九四一年『小説の構成』「序」、一九二三年一一月「新文章論」、一九二五年一〇月「現代作家の文章を論ず」(のち「現代作家の文章」と改題）、一九三〇年二月「現代日本文章論」（のち「走馬燈的文章論」と改題））、一九四一年『小説の構成』第十五章「小説の文章」、一九二二年一一月「現代作家を論ず」からの一節がそれぞれ複数回あらわれる。なお、このうち「現代作家の文章」「走馬灯的文章論」「文章について」は伊藤整の編集により『小説の研究』（一九三六年）中の「文章論」に収められている。

（3）川端の代作問題については、曽根博義「川端康成『小説の研究』の代作者」（『遡河』一九八九年一月）ならびに渥美孝子「川端康成と伊藤整」（『川端文学の世界』四、田村充正他編、一九九九年）参照。今回のパリ川端シンポジウムで紅野謙介氏は、『小説の構成』は瀬沼茂樹による代作であることを、伊藤整から川端宛の手紙（一九四〇年一〇月四日『川端康成全集』補巻二、一三〇頁）によって指摘された（本書「「代作」と文学の共同性」）。丸谷才一『文章読本』（一九七七年）は「川端の『新文章読本』は代作と言はれてゐる」と述べているが、この件にかんする具体的な指摘・研究は管見の限り見当たらない。『新文章読本』の大部分は、川端の以前の文章論を引用・編集した代筆とも考えられるが、川端自身の加筆に違いない箇所もあり、川端が初版出版に際して全体に目を通したことは確かではないかと思われる。

（4）以下、川端の文章からの引用は、断りのない限り『川端康成全集』（全三五巻、補巻二、新潮社、一九八〇―八四年）による（ただし漢字は新漢字使用）。

（5）『新文章読本』自体、雑誌初出は旧かな旧漢字となっていたが、単行本初版ならびに新潮文庫版は（編集者により）現代かなづかい新漢字に改められている。

（6）この近代小説文章史叙述（第一章四、第二章二）は、引用箇所も含めて『小説の構成』第十五章「小説の文章」をほぼそのまま踏襲している。

（7）この誤植は雑誌初出ではなくあかね書房初版に由来するものだが、初版での他の誤植は新潮文庫版で訂正されてもいる。この重大な誤植は、一九六二年に平凡社から出された世界教養全集一四所収の「新文章読本」（解説 河上徹太郎、底本の記録なし）にもそのまま受け継がれており、一九八二年刊の『川端康成全集』第三二巻ではじめて正された。

（8）十重田裕一、「横光利一の「言語観」――その同時代的背景をめぐって――」（『川端文学への視界』川端文学研究一九八九、一九九〇年五月）、「横光利一にとって「国語」とは何か」（『昭和文学研究』第四一集、二〇〇〇年九月）、『「名作」は創られる――川端康成とその作品』（二〇〇九年）。

（9）一九五四年河出書房刊の伊藤整編『文章読本』（諸家の文章論からなる「理論篇」と漱石、鴎外から戦後の丹羽文雄、野間宏、大岡昇平まで一三人の小説の文章を作家や批評家が評論した「鑑賞篇」からなる）は、川端『新文章読本』第一章二を「文章とその時代」として、谷崎「現代口語文の欠点について」を「日本語の長所と欠点」として「理論篇」に収め、『新文章読本』第五章そのままを川端康成「横光利一の文章」として「鑑賞篇」に収めている（「鑑賞篇」で伊藤整自身は谷崎と野間宏の文章を評している）。

（10）引用は『谷崎潤一郎全集』第二〇巻（中央公論社、一九八二年）による。以下、『文章読本』からの引用は同全集第二一巻（一九八三年）による。

（11）ちなみに、このころの谷崎の文章についての川端の文芸時評はつねにアンビヴァレントである。『新文章読本』の「まへがき」でも引用されている一九三二年の文章論（一九三二年三月「文章雑感」）でも川端は、「横光氏は、「機械」から後の「国語への服従時代の今」も、一見昨今の谷崎潤一郎氏の文体と似てゐるやうで、やはり根がいちじるしくちがふのである。彼自ら「服従」とはいへ、その言葉が現すほどの安住は、今もないのである」といって、横光や自分と谷崎の文体的志向を区別している。

（12）「今日の私達が日本の古典を、特にその小説を、改めて探ることによつて、この後の日本の小説道を誘ひ得るか。私は先ず悲観説である。古典の味は今日けっして甘くはない。その甘さも、ふと目ざむれば、自らの悪血を飲む苦さである」、「わが国の古典の価値づけに対しても、私の今日の眼は修正したい多くを見る。また極端な例を取れば、記紀歌謡や万葉集を私達は自信ありげに語るが、その歌はれた時代の生活や、語感からの遠きを省れば、怪しむべきことである。いつの世も、現代といふものは過去の藝術に対して暴戻極まるものである」（一九三六年三月「本に拠る感想」）。「一口に東洋といひ、日本といつても、インドと支那と昔の文学はよほどちがふであらうし、日本でも上代と王朝と、戦国と江戸とでは、その差が著しいやうである」、「私なども日本や東洋を改めて知り、自分の行手も見たいと思ふ者であるが、しかしわが伝統の埋滅を嘆く心よりも、西洋文化の移入の未熟を悲しむ心の方が、まだ遥かに強い」（一九三六年八月「文藝行路」）。

（13）川端と『源氏物語』については、田村充正「川端と『源氏物語』」（『川端文学の世界　四』、一九九九年）、伊吹和子『川端康成　瞳の伝説』（ＰＨＰ研究所、一九九七年）参照。

（附）戦後川端・谷崎関連略年表

一九四六年六月　谷崎　『細雪』上巻刊行
一九四七年二月　谷崎　『細雪』中巻刊行
一九四七年一〇月　川端　「続雪国」発表
一九四八年五月　川端　『川端康成全集』（全一六巻）刊行開始（一九五四年四月完結）
一九四八年六月　川端　志賀直哉のあとを受け、ペングラブ会長に選出される（一九六五年一〇月辞任）
一九四八年一〇月　川端　「浮舟」（原題「浮舟の君」）発表
一九四八年一〇月　川端　「反橋」（原題「手紙」）、一九四九年一月「しぐれ」、一九四九年四月「住吉」（原題「住吉物語」）発表
一九四八年一二月　谷崎　『細雪』下巻刊行
一九四八年一二月　川端　完結版『雪国』刊行
一九四九年二月～一〇月　川端　「新文章講座」六回にわたって断続連載
一九四九年一一月～一九五〇年二月　谷崎　『少将滋幹の母』連載
一九四九年五月～一九五一年一〇月　川端　『千羽鶴』連載
一九四九年九月～一九五四年四月　川端　『山の音』連載
一九五〇年一一月　川端　『新文章読本』刊行
一九五一年五月～一九五四年一二月　谷崎　『潤一郎新訳源氏物語』（全一二巻）刊行
（川端による推薦文「日本の作家としての運命」一九五一年五月）
一九五四年一月～一二月　川端　『みづうみ』連載

一九五五年四月～一九五六年三月　**谷崎**　『幼少時代』連載
一九五六年一月～一二月　**谷崎**　『鍵』連載
一九五五年一月　**川端**「伊豆の踊子」英訳 "The Izu Dancer" (by E.G. Seidensticker, *Atlantic Monthly*) 掲載
一九五五年一月　**川端**「ほくろの手紙」英訳 "The Mole" (by E.G. Seidensticker, *Japan Quarterly*) 掲載
一九五五年　**谷崎**『蓼喰ふ虫』英訳 *Some Prefer Nettles* (by E.G. Seidensticker, Knopf) 刊行
一九五六年　**川端**『雪国』英訳 *Snow Country* (by E.G. Seidensticker, C.E Tuttle) 刊行
一九五七年　**谷崎**『細雪』英訳 *The Makioka Sisters* (by E.G. Seidensticker, Knopf) 刊行
一九五七年九月　**川端**　国際ペンクラブ東京大会（東京・京都にて）に尽力
一九五七年一二月　**谷崎**『谷崎潤一郎全集』（新書判全三〇巻）刊行開始（一九五九年七月完結）
一九五八年　**川端**『千羽鶴』英訳 *Thousand Cranes* (by E.G. Seidensticker, Knopf) 刊行
一九五八年二月　**川端**　国際ペンクラブ副会長に選出される
一九五九年一〇月　**谷崎**『夢の浮橋』発表
一九六〇年一月～一九六一年一一月　**川端**『眠れる美女』連載
一九六一年一月～一九六四年三月　**川端**『美しさと悲しみと』連載
一九六一年一〇月～一九六二年一月　**川端**『古都』連載
一九六一年一一月～一九六二年五月　**谷崎**『瘋癲老人日記』連載
一九六二年一〇月～一九六三年三月　**谷崎**『台所太平記』連載
一九六三年八月～一九六四年一月　**川端**「片腕」断続連載
一九六四年六月～一九六八年一〇月　**川端**『タンポポ』連載

一九六四年四月　**川端**　書き下ろし原稿により、NHK連続テレビ小説『たまゆら』放送開始
一九六四年一一月〜一九六五年一〇月　**谷崎**　『新々訳源氏物語』（全一〇巻別巻一）刊行
（川端による推薦文「よみがへつた世界的古典」一九六四年一一月）
一九六五年七月　**谷崎**　逝去（川端、日本ペンクラブ会長として弔辞を読む）
一九六五年九月　**谷崎**　絶筆「にくまれ口」、「七十九歳の春」掲載
一九六八年一二月　**川端**　ノーベル文学賞受賞、記念講演「美しい日本の私―その序説」
一九七二年四月　**川端**　ガス自殺

参考文献

・川端康成『新文章読本』（新潮文庫版）（新潮社、一九五四年。その後三〇年にわたって増刷を重ねた）
・『川端康成全集』全三五巻、補巻二（新潮社、一九八〇―八四年）
・Sakai, Cécile. *Kawabata, le clair-obscur: essai sur une écriture de l'ambiguïté*. Paris: Presses universitaires de France, 2001.
・谷崎潤一郎「現代口語文の欠点について」『谷崎潤一郎全集』第二〇巻（中央公論社、一九八二年）
・谷崎潤一郎「文章読本」『谷崎潤一郎全集』第二一巻（中央公論社、一九八三年）
・十重田裕一「横光利一にとって「国語」とは何か」（『昭和文学研究』第四一集、二〇〇〇年九月）

2

聞こえざる響き

『山の音』におけるナラションと撞着法

ジョルジョ・アミトラーノ Giorgio Amitrano

平中悠一／訳

『山の音』は混乱と不安のシーンで始まる。六十二歳の信吾は、半年ばかり奉公し五日前に暇を取った女中の顔も名前も上手く思い出せない。自分の記憶が不確かになっているのに気づき、恐怖の影にとらわれるのを感じる。単なるとるに足らない一時的な失念と考えることもできるだろうに、信吾は深みへと沈潜する。「信吾は失はれてゆく人生を感じるかのやうであつた。[注(1)]」これは複数のエピソードの最初のものでしかなく、記憶の喪失だけでなく、より広く、自分の身の回りに起こることに対する理解力の喪失に直面することになる。即ち、外的現実に対するコントロールの喪失だ。

信吾にとって第二のショックは夏のある夜、山の音を聞いた時に起こる。最初は海の音、あるいはまた幻聴かと思うが、遂に山の底から起こる音を聞いたと認めるしかない。「魔が通りかかつて山を鳴らして行つたかのやうであつた。[注(2)]」山の音と死は彼の中で即座に結びつく。「死期を告知されたのではないかと寒けがした。[注(3)]」川端が老いを主題とした他の作品(「十六歳の日記」、『眠れる美女』)と同様、高齢は死に隣接する。ここに論理的飛躍、信吾の推論におけるひとつの省略法を見ることもできるだろう。その音と死は直ちに結びつけられる。どうして死の観念はほとんど自動的な反応として信吾に訪れるのだろうか？ その音を聞いたのは初めてだったというのに、すぐさま彼は、彼以外のみんなにはまったく聞こえない音を知覚する能力は自分が異なる次元に入ったことを示すのではないか、と疑う。ある種の死への前段階、彼岸の凍える気温に順化するためのスペースだ。信吾がその音を聞く時、彼の中でついえるのは、不死性の幻想だ。「山の音」という表現は「沈黙の声」と同様の撞着語法であり、山の音はいわば不可聴性にはめ込まれた音だ。ストーリー（ナラティヴ）はこの沈黙の核から展開する。いや、伝播する、といいたいところかもしれない。出来事、記憶、夢、内省は、あたかも音波のように広がっていく。

信吾の物語がまず何より死への準備の物語であったとしても、その進展の間に彼自身、そして彼をとりまく人々について、多くを学ぶ物語でもある。実際、記憶の喪失や山の音のエピソードは彼に死への近接性の自覚を生じさせるのみならず、発展のはじまりを印づけてもいる。小説中に多くのアクションはなく、主人公の冒険は優れて内面的であるが、発見と出会いを通じてしだいに世界に対する知覚の放棄へと導かれる一方、それとは異なる新たなヴィジョンが過去という灰の中から生まれてくる。この小説に現れる多数の死の記号が同じだけ多くの誕生の記号と平衡しているとすれば、それは偶然ではない。信吾のもつ独特の不安定さ、敗北感が明らかになる一方、他方では根本的に危機にある家族の問題に直面することを可能とする明晰性が増していく、この両者の間にたいへん興味深い矛盾がある。これが第二の撞着で、その上に小説は構築される。

知られる通り、教養小説とは教育または習得の小説で、そこでは若い主人公が一連の経験を通し世界における自己の意識の確立、いい換えれば成熟に至る。しかし老人の発展のプロセスを描いた小説を定義するカテゴリーはまったく存在しない。それはあるいは老年についてのストーリー（ナラティヴ）が多くないためか、あるいは我々がそこに見馴れているのは耄碌の危機でこそあれ、スピリチュアルな成長の約束や、存在のより素晴らしい在り方の発見などではないからかもしれない。奇妙なことに『山の音』は教養小説と多くの共通性を持つ。信吾のストーリーと本来の習得の小説の間の最も大きな違いは、若い主人公は多様な初体験に直面し（初恋、初めての死別、初めての失望）、それは人生へのイニシエーションの物語であるのに対し、信吾は一連の最後の経験に立ち向かう（最後の恋、最後の喜び）というところにある。『山の音』は長い告別の話であると同時に、個人や家族の崩壊に対する戦いに勝利するクロニクルでもある。

その著書 *Kawabata, le clair-obscur* で坂井セシルは『山の音』の精巧に練られ、テクストを通じちりばめられた躊躇の表現の頻繁さを指摘する。「まさに不明瞭さの美学とでもいうべきものを目指した特有のプロセスをここにおいて論ずることができるほどであり、形式的にはそれは人物の混乱を反映している」▼注(4)。信吾は懐疑にさいなまれる。戦争と敗北が日本にもたらした数々の変化のうち最大の衝撃のひとつは、儒教的根元を深層に持つ社会にとって、伝統的家族の危機であり、それに結果的に伴う父親の権威に対する問い直しだった。信吾の判断はもはや議論の余地のないものではなく、彼に彼らの直面する問題を解決する能力がないことを家族のめいめいみんなが非難する。

信吾と妻の保子には子どもが二人いる。長男修一は両親の家に妻・菊子と住んでおり、子どもはいない。修一の姉、房子も結婚しており、その夫相原と暮らし、娘が二人いる。修一と房子、このそれぞれの結婚は、どちらも不幸なものだった。戦争で変わって帰ってきた修一は、美しく感受性の強いその若妻も、愛人も、愛することができないようだ。彼女たちを冷たく扱い、なんの優しさもない。房子の結婚はまたさらに惨めで、その状況は痛ましい。麻薬中毒で違法取引に加担する夫との争いはしだいに耐えがたいものとなり、何度かの空しい和解の試みの末、夫婦は完全に別れてしまう。

西洋における川端は、しばしば美学至上主義の作家として説明されてきた。美のカルトの師、ならびに日本の伝統への宗教的なまでの崇敬の象徴として。このまやかしのイマージュは恐らく海外での初期の翻訳の表面的な読解によるもので、その小説の中に描かれる伝統的オブジェ一式（着物、茶道具等）の過大評価だ。あるいはまたおそらく一九六八年のノーベル文学賞受賞時の、スピーチの中、そしてその衣服の選択で、川端により示された自己東洋化の態度によるものだろう。この唯美的イマージュは、作品の現実と強烈な対照をなす。そこでは川端は、最もつましい、しかし同時に最もあからさまで容赦ない人間存在の姿に直面することをも、決してためらうことがなかった。

川端の長篇の中でも『山の音』は恐らくこの唯美主義という世評に最も反するものだろう。もちろんページにつれ現れるまばゆい美しさを否定することは当然不可能だろう。自然描写と信吾の内声のつながりのなかに読むものを抗いがたく魅了するほとんど催眠術的力がある。だがこの美は、自己指示的であったり純粋に装飾的なものであるどころか、川端にとってその詩的感受性を現実に、また反対に、現実を詩的感受性に、統合するため不可欠だった。この融合的関係によって、川端はその種のもののうちにおいてもユニークな詩的リアリズムのかたちを構築する。『山の音』の中には具象物と言表できないものとの間の分かつことのできない結びつきがある。この二元性はナラションの中でくりかえされ、構造的要素として作品の一貫性や一体性に大きく貢献するモチーフとなる。イマージュの美と信吾の内省の深さはこの小説の様相をかたち作るもので、日常的・現実的な事物の単なる反射やこだまではない。

この詩と現実の間の相互作用の最初の例のひとつは、信吾が帰宅途中に魚屋の前に立ち止まり、さざえを見ながらいくつかそれを買うことにする、という場面だ。いくつほしいかと問う魚屋に、短い躊躇の後あまり深く考えることなく彼は三つくれ、と答える。「亭主と息子二人が、さざえに包丁の尖を突つ込んで、身をこじ出す［…］水道の蛇口で洗つてから、手早く切つてゐる［…］」▼注(5) それから魚屋は刻んだ身を集め、三つのさざえの殻へ再び注ぎ込む。その情景を注視しながら、彼は奇妙な考えに打たれる。「三つの貝の身が入りまざつて、それぞれの貝の身が元通りの貝殻にはかへらないだらう［…］」注(6) この思考が鋭利な針のように日常に穴を穿つ。何か修復不可能なものの到来を暗示しつつ。これはあるいは信吾がナラションの流れの中で決意する離別の、最初の予兆だろう。彼ら夫婦と息子夫婦の間の離別。修一と菊子の結婚を救うには独立させることが不可欠だと理解するのだが、それを実行するには信吾は義理の娘を遠ざけねばならない。彼が深く、父親的な愛情以上の愛で愛する娘を。辛い個人的な内省から生まれるこの決断は、信吾に新民法においても規定された家父長的モデルの終わりを自らの家のただ中で経験させる。「戦後の法律が、親子よりも夫婦を単位にすることに改まつたのはもつともだと、信吾は思つた。」注(7)

魚屋をあとにし、家族は四人だというのに三つのさざえを買ったことに信吾は気づき、漠然とした悲しみの感覚に襲われる。彼自身、どうして自分が息子を省いたのか判らない。菊子に対する思いやりからなのか。夕食に帰らないだろう修一の不在を強調しないように。あるいはさらにはっきりしないほかの理由のためなのか。その後、夕食に菊子はふたつだけさざえを出す。信吾は驚き、どうして三つ目を出さなかったのか、と訊く。菊子は彼が保子と分けると思ったと答える。足りない数のさざえが引きおこしたかもしれない気まずさを菊子が解消したその簡単さに、信吾は感嘆させられる。だがこの展開の繊細さの判らない保子は不用意に、どうして四つ買わなかったのか、と信吾に訊ねる。彼らの息子の不在をかくして明らかにしながら。

晩、家への帰り道、年取った男が買った貝、これ以上に平凡な何があるだろう？しかし幾分些細なこのエピソードは川端にとって長い内的モノローグの出発点で、そこで信吾は菊子に関し、自由に思考を走らせる。彼が思い出すのは、修一との結婚後、菊子が家に入ってきた日のことで、その時信吾は「菊子が肩を動かすともなく美しく動かすのに気づいた。明らかに新しい媚態を感じた。」注(8) 彼女の額の小さな傷や細い躰、その肌の白さを思いほろりとする。そしてここで菊子のイマージュは突然、信吾が若き日、あこがれた保子の姉のそれと溶けあう。その後、夜、目覚めた信吾は、菊子の話す声を聞き、その時それが前とは違うという印象を持つ。彼女は修一の愛人については何も知らない、そしてそれでもそのもうひとりの女の何かが菊子に達し——何とは知れないが——それを感じたのだと直感する。「その女から菊子に波打ち寄せて来たものはなんだらう。」▼注(9) またしても、聞こえざる響き、である。夢うつつに信吾はさざえを思い出し、呟く。「さざえ一個で、親がわびた形か。」▼注(10) ひとつの小さなサイクルが終結する。このエピソードは、この長篇全体の構造をミニチュア化したものを内包してる、ということもできる。読者はここに、具象物と崇高なものを組み合わせる川端の錬金術を見る。つまり、具体的なものから混乱が生まれ、その混乱からひとつの魂の状態が生まれ、今度はその魂の状態が、信吾の想像力を燃え上がらせナラションを始動させる、という具合だ。最後にはさざえへの回帰によって、エピソードはその始まったところで閉じられる。現実世界の最も慎ましく本質的な要素とともに。

『雪国』と同様『山の音』には複雑で遅々とした執筆過程があった。一九四九年、雑誌に第一章が掲載されてから、一九五四年の十六章からなる作品の完全版の出版まで5年が経っていた。この間連続的な章がさまざまな雑誌に掲載されるのと平行し、この小説の少なくとも四つの未完のヴァージョンが発表され、その全てが異なる数の章を持っていた。さらに複雑なことに、まだ未完であるうちに、この小説の映画版も成瀬によって撮影された。だが『山の音』の決定稿はそんな苦心の創作の跡を一切見せることはない。完璧に成し遂げられた、成熟した作品としてのすがたを見せる。全ての文学的経験と、作者の実存的経験は、完全に代謝されコントロールされている。川端の昆虫学者的視点さえ、予想外の甘美さを持つものとなった。危機にある家族の人生の乾いた、綿密な解剖となったかもしれないものは、実際には家族というミクロコスモスの人間性に満ちた驚くべき研究となる。一般にはほとんど川端的特性とは見なされていないこの人間性が、恐らく人物の葛藤や悲劇とコントラストをなす静謐さを『山の音』に与えている。そしてページごとさらにます、この胸を衝くような美しさを。その美しさの向こうに、人生が繰り広げられる。単調だが、そこには無限に近い変化もある。この虚飾のない見事な本は、信吾の声をかき消す皿を洗う水の音で締めくくられる。フェード・アウトのエンディングのように、我々は彼とその家族の人生が、彼らの姿、ひとつに溶けあった彼らの声が、日々の暮らしの音の中に紛れていくのをただ見送るのだ。

注

（1）『川端康成全集』（全三五巻、補巻二）、新潮社、1980-1984、第一二巻 ,p. 245 (KYZ-12-245)
（2）KYZ-12-248.
（3）KYZ-12-248.
（4）Cécile Sakai, *Kawabata, le clair-obscure – Essais sur une écriture de l'ambiguïté*, Paris, Presses Universitaires de France, 2001.
（5）KYZ-12-252
（6）KYZ-12-253
（7）KYZ-12-381
（8）KYZ-12-256
（9）KYZ-12-258
（10）KYZ-12-258

参考文献

・『川端康成全集』全三五巻、補巻二（新潮社、一九八〇—一九八四年、第一二巻）
・長谷川泉・鶴田欣也編『「山の音」の分析研究』（南窓社、一九八〇年一二月）
・橘正典『異域からの旅人—川端康成論』（河出書房新社、一九八一年一一月）
・Cécile Sakai, *Kawabata, le clair-obscure – Essais sur une écriture de l'ambiguïté*, Paris, Presses Universitaires de France, 2001.
・田村充正編『川端康成作品論集成　第八巻「山の音」』（おうふう、二〇一三年一一月）

3

川端康成「山の音」と小津安二郎監督『晩春』の詩学における〈日本〉

田村充正 Tamura Mitsumasa

三年前の二〇一一年三月一一日、東日本を襲った地震と津波そして東京電力福島第一原子力発電所の事故によって、日本という国は深い喪失を体験した。この喪失感はおよそ七〇年前、第二次世界大戦の無条件降伏による敗戦のそれを想起させる。当時、日本という国が世界から消滅しかねない事態に陥ったとき、川端康成と小津安二郎という二人の作家は、日本を舞台にどのような作品を創造したのだろうか。

一九六八年に日本人として初めてノーベル文学賞を受賞した川端康成と、一昨年の二〇一二年に英国映画協会による調査で世界映画史上第一位の作品に選ばれた『東京物語』の監督小津安二郎は、海外ではもっともよく知られた日本人芸術家と云える。

生まれ年が四歳しか離れていないこの二人は、川端康成は「雪国」の雑誌発表を始めた一九三五年（昭和一〇年）に、小津安二郎は『東京物語』を制作する前年の一九五二年（昭和二七年）に、それぞれ鎌倉に転居してからは、同じ市内に在住する芸術家として交流があったことはこれまであまり言及されていない。小説と映画という異なる芸術ジャンルのあいだで、それぞれの創作が影響を与えあったという具体的な痕跡は現在明らかになってはいないが、昭和の同時代を生きた優れた芸術家が、互いの存在と作品を意識していたことは、残された日記や批評、座談会などの資料で確認することができる。

例えば、一九三七年（昭和一二年）年三月一日の小津の日記には「この日　会社にて試写　川端康成　林房雄見る」の記述があり、その二日後に『淑女は何を忘れたか』が封切られる。川端はこの小津作品についての映画評を「現代風俗の楽しい戯画」という題名で三月六日付けの報知新聞に発表する。川端はここで「その寡作な厳密も、日本の名匠のそれ」であると映画監督としての小津を高く評価しながら、この作品の「西洋風に尖鋭な感覚が、和風の絵に現れ」る点、「これまでの喜劇を一歩出ようとする」「快いタッチ」「組合せの巧みさ」を讃えている。

あるいは逆に、一九五六年（昭和三一年）一月二三日の川端の日記の中に小津の名前が登場し、同じ鎌倉に住む芸術家同士の交流の様子が窺える。この日の夜、川端は東京築地の料亭新喜楽から中村光夫と横須賀線で鎌倉に戻り、鎌倉市民座の試写会で小津監督の『早春』を見た後、誘われて里見弴の家を訪ね、そこで小津安二郎、池部良、大佛次郎らと午前三時まで過ごしている。

昭和の初めには新感覚派映画連盟の一員として横光利一たちと前衛的な映画の製作に関わったほど映画という芸術に造詣の深かった川端であれば、小津監督のサイレント時代の初期作品から最晩年の『秋刀魚の味』に至るまでの作品をどのように評価していたかという課題は、今後公開される資料によって詳らかにされる日が来るのかも知れない。

したがって本稿で試みたいのは、そうした影響関係の精緻な実証とは異なる、小説と映画のジャンルを超えた対比研究である。川端康成と小津安二郎という芸術家が、それぞれの芸術ジャンルの中で、敗戦後まもない〈日本〉をどのように描いたかという問題を、同じ時空間を舞台とした作品、川端康成「山の音」と小津安二郎監督『晩春』を比較しながら、そこに通底する優れた芸術性に焦点を合わせて考察することが本稿の目的である。

1　終戦からまもない鎌倉

「山の音」という小説は、一九四九年（昭和二四年）雑誌「改造文芸」の九月号からその連載が始まり、一九五四年（昭和二九年）四月に完結する。物語は終戦からまもない鎌倉を舞台に、尾形信吾を主人公とする家族の一年四ヶ月の日々が描かれる。川端にしては珍しく、戦後の社会事象がその作品の中に具体的に取り込まれており、第六章「冬の桜」の冒頭で「今年から満で数へることに改まつた」と、満年齢を使用する法律が施行された年一九五〇年（昭和二五年）が物語内の時間であることが示され、それでは第一章「山の音」は前年の一九四九年（昭和二四年）が想定されているのかと思うと、「冬の桜」と同じ年の四月の出来事として第九章「春の鐘」では「花時の鎌倉は仏都七百年祭で、寺の鐘が一日ぢゆう鳴つてゐた。」と一九五二年（昭和二七年）（鎌倉仏都七百年祭）の時事が描かれている。したがって厳密な年月が想定されているわけではなく、「終戦からまもない」という時代が背景になっていることがわかる。

一方、小津安二郎監督の『晩春』も一九四九年（昭和二四年）の九月に公開されている。鎌倉に住む大学教授の父曾宮周吉（笠智衆）が婚期を逃しかけている一人娘紀子（原節子）を嫁がせるまでの家庭劇で、具体的な年月は提示されていないが、終戦からまもないことは脚本から確認できる。ただ松竹大谷図書館に所蔵されている『晩春』の準備稿と完成稿を照らし合わせてみると、準備稿で父の友人の小野寺譲（三島雅夫）が紀子に「やっぱり戦争中海軍なんかで仂かされたのが祟ったんだね」と語りかける台詞が、完成稿では「やっぱり戦争中無理に仂かされたのが祟ったんだね」となっていたり、京都を訪れた周吉の「東京にはこんなとこありませんよ　焼跡ばかりで――」という準備稿の台詞が、完成稿では「東京にはこんなとこありませんよ　ほこりっぽくて」と修正されていて、それぞれ「海軍」「焼跡」という戦争、戦後を意識させる言葉が完成稿では削除されている。このように『晩春』では戦争の傷あとは拭い去られ、復活する日本の文化や日常生活の新たな息づきが描かれる。

『晩春』冒頭には、周吉と紀子が鎌倉駅から横須賀線に乗って東京へ向かう場面が車窓に据えられたカメラで躍動的に映像化されるのだが、この同じ時空間をモデルとする「山の音」の尾形信吾も、息子修一とあるいはその嫁の菊子と横須賀線に乗って、鎌倉から東京へ通う毎日を送っている。

2　日常生活の美と神秘

さて「山の音」も『晩春』も、終戦後まもない鎌倉に暮らす家族の日常生活がその主題となっているのだが、それはそれぞれどのように描かれているのだろうか。

「山の音」の家族構成は四人、年をまたいで満六二歳になる尾形信吾と、一つ年上の妻保子、戦地帰りの長男修一とまだ二〇歳代前半の妻菊子である。この四人家族に起きる出来事はといえば、一緒に「勧進帳」の映画を観にいったり、台風で停電したり、長女の房子が出戻ってきたり、床下で野良犬が子供を産んだり、友人の葬式に出かけたり、とごく日常的な毎日のそれに他ならない。唯一の重大な〈事件〉は、菊子の妊娠中絶であるが、その場面は作品の中には描かれないので、表面的には毎日が淡々と過ぎていく。しかしその中絶の原因となっているのは修一の愛人である戦争未亡人絹子の存在で、冒頭に描かれる進駐軍相手の娘に象徴されるように、戦争の傷跡は信吾の家族の日常生活にも影を落としている。

「山の音」はこのように戦後まもない家族の日常生活が精緻に写実されていく物語であり、常識的な規範と健全な判断力が支配する社会生活が描かれる物語なのであるが、主人公の信吾はこうした日常生活の中に美と神秘を見いだす。例えば「蟬の羽」の章で信吾は庭の萩の葉の裏ばかりを飛ぶ蝶を見て、「萩の向うになにか小さな世界があるかのやうに」感じたり、「山の音」の章でも月夜の庭で「木の葉から木の葉へ夜露の落ちるらしい音」を聞いたりする。

信吾が知覚している蝶が舞い飛ぶ萩の向こうの「なにか小さな世界」とはいったい何のことなのだろうか。私たちが人間社会の規範と慣習の中で日常生活を送るこの世界の中に、あるいはこの世界の他に、それとは別の「なにか小さな世界」があるのだろうか。あるいは、「木の葉から木の葉へ夜露の落ちるらしい音」というのは本当に聞こえるのか。高速度カメラで木の葉を接写しながら雫の落ちる効果音をつけた映像を見るならともかく、廊下で雨戸につかまっている信吾の耳に、風も吹いていない庭で、木の葉から木の葉へ落ちる夜露の音が聞こえるものなのか。しかし信吾にはそうした世界の存在が感じられ、科学的に説明することが困難な音が耳にとどく。

「美の存在と発見」とは川端が晩年に書いた随筆であるが、信吾は日常生活に潜む美を知覚する登場人物として描かれる。またロシア・フォルマリストたちは、私たちが毎日繰り返すことによってその認識が自動化している日常生活を、優れた芸術作品は奇妙なものに見せ、人が生きているということの生々しい感覚の回復とその意味の再考を促すと説いている。私たちの目には見えないものが存在し、聞こえている音は幻聴に過ぎないのではないか。人は人がつくりあげた社会という組織の中に組み込まれてその役割を毎日忠実に果たしながらも、昆虫や植物と異なることのない生物として、社会を超えた自然や宇宙の中に生きていることの神秘を、「山の音」という作品は尾形信吾の知覚をとおして垣間見させてくれる。

小津作品に描かれる日常を観ていて感じられるのもこの奇妙さである。

『晩春』は北鎌倉駅の風景からはじまり、隣接する円覚寺で催される月例の茶会の模様が描かれ、もう一度境内の庭が映し出されて、曾宮家の場面に移る。その整然としたショットの流れと左右対称の構図が小津映画の美しさをつくり出しているのだが、日常生活の断面が見せるそのあまりの均整にはなにか奇妙さを禁じ得ない。私たちの日常はこれほど幾何学的に構成されてはいない。出来事そのものは、無人の駅ホームも、お寺での茶会も、書斎での原稿書きも、奇妙であるどころか、驚くべきことは何ひとつない、ごくありふれた情景なのだが、その見慣れたはずの日常生活のあまりに秩序立った美しさに、私たちは自らの毎日をもう一度振り返る。

3 韻律としての映像

小津の作品には映像の〈韻律〉がある。〈韻律〉とは本来、詩行の初めや終わりに同じ母音を反復する韻と、詩行の音節数や単語のアクセントの位置の統一と変化によってつくられる律動を意味する言葉であるが、『晩春』は図像の反復という視覚的押韻と、ショットの時間的長さの規則性によってつくられるリズムによって、その詩的特質を形成している。

小津の作品間では題材も繰り返され、変奏される。娘の結婚によって父親が一人になるという『晩春』の主題は、『秋日和』（昭和三五年）では母と娘の関係に置き換えられ、京都旅行が伊香保旅行に変奏されながら繰り返されることはたびたび指摘されているが、『晩春』という作品の題材構成を子細に検証すると、①小野寺譲（五五歳・京大教授）／きく（三八歳・後妻）②服部昌一（三五歳・助手）／婚約者（紀子の女学校の三年後輩）③曾宮周吉（五六歳・東大教授）／三輪秋子（三八歳）④佐竹熊太郎（三五歳・日東化成勤務）／曾宮紀子（二七歳）、というこの四つの結婚話が物語を動かす力になっていることがわかる。このうち服部の婚約者は（婚礼）写真のみ、紀子の結婚相手は氏名のみで、曾宮周吉は秋子とは結婚しない。また紀子の女学校の同窓生北川アヤは（健吉と）結婚したものの離婚し、今はステノグラファーとして働いている。ここで題材となった結婚は、「不潔」と評価されたり、仮のお見合いだったり、婚礼写真の姿だけだったり、呼び名が検討される氏名だけだったり、あるいは「とっても嫌い」と否定されたりしながら反復され、様々に変奏されながら物語を展開させていく。

そして実はここにはもうひとつ、父周吉と娘紀子の近親相姦による結婚、という第五の忌むべき結婚話が物語の奥底に秘められていることもすでに先行研究で議論されている。京都の宿で床を並べて寝る二人の映像と、「このままお父さんといたいの」「お父さんが好きなの。お父さんとこうしていることが、あたしには一番しあわせなの」という紀子の直接的な実父への告白は、「お父さまにやさしくしていただいて、いつしよにゐたいんですの。」「お父さまとゐるのが好きなんですわ」という「山の音」の菊子の義父への言葉を想起させるのだが、たしかに『晩春』という物語を深層で動かす力

（図像資料）

■小津安二郎監督『晩春』における韻律としての映像

□同一構図による押韻

帰宅１（scene10）　紀子

外出（scene57）　紀子

帰宅２（scene32）　周吉

帰宅４（scene70）　紀子

帰宅３（scene54）　紀子

帰宅５（scene101）　周吉

になっている。

こうした物語内容における題材のレヴェルでの反復と変奏は、映像そのものの反復と変奏に重なり、作品全体のリズムを生み出している。

周吉と紀子の家の全体像や玄関の正面像が示されないまま、(図像資料に示した)ここに反復される五つの帰宅のショット(帰宅1—5)と一つの外出のショット(外出)は、その構図の同一性によって映像作品の中で視覚的脚韻を踏む役割を果たしている。(帰宅1)は冒頭茶会から帰宅する紀子、(帰宅2)は妹まさから紀子の婿候補に弟子の服部はどうかと提案されて帰宅する周吉、(帰宅3)は叔母まさから父の再婚話を聞かされて帰宅する紀子、(外出)はこのすぐあとの場面で家を飛び出す紀子、(帰宅4)は友人アヤの家から怒って帰宅する紀子で、父の再婚を受容するに至り、(帰宅5)は紀子の婚礼のあと寂しげに帰宅する周吉である。このようにこの反復される帰宅ショットの説明は、そのまま『晩春』という物語内容の説明になるのだが、それは同時にこの構図の反復が基軸となって物語展開のリズムを形成していることも意味している。

4 「山の音」の詩的構造

こうした詩的特質は「山の音」にも窺える。

(表資料にまとめたように)「山の音」という小説では、〈夢を見る〉という題材が八回繰り返される。それは第二章にあたる「蝉の羽」(二回)、第五章「島の夢」、第八章「夜の声」、第一二章「傷の後」(二回)、第一四章「蚊の群」、第一五章「蛇の卵」の八回で、冒頭と中盤と結末の作品全体にわたって繰り返され、この夢が息子の嫁である菊子への抑圧された欲望から深層におけるその肯定へ、死の恐怖からその静かな受容へ、という主人公信吾の内面の変化を物語り、作品全体の流れをつくりだす力になっている。

表資料■川端康成「山の音」における題材と素材の反復

題材	反復される章
聞こえる／聞こえない	（第一章）　「山の音」〈山の音〉が信吾に聞こえる （第一章）　「山の音」「お父さま、西瓜西瓜」と呼ぶ菊子の声は聞こえない （第四章）　「栗の実」保子の秋の花をめぐる発言は「聞えやしない」 （第六章）　「冬の桜」「信吾さあん」と呼ぶ保子の姉の声が聞こえる （第一六章）「秋の魚」「瀬戸物を洗ふ音で聞こえないやうだつた。」
夢を見る	（第二章）　「蝉の羽」（二回）／（第五章）「島の夢」 （第八章）　「夜の声」／（第一二章）「傷の後」（二回） （第一四章）「蚊の群」／（第一五章）「蛇の卵」
能面をつける	（第五章）　「島の夢」英子／（第九章）「春の鐘」菊子
見舞いに行く	（第八章）　「夜の声」菊子／（第一五章）「蛇の卵」信吾
妊娠する	（第五章）　「島の夢」野良犬テル （第一〇章）「鳥の家」菊子 （第一三章）「雨の中」絹子
素材	反復される章
青酸加里	（第一章）　「山の音」芸者と大工の心中未遂話 （第一五章）「蛇の卵」肝臓癌の同期生を見舞う会話
風呂敷	（第二章）　「蝉の羽」房子が荷物をまとめて戻ってきたときの「風呂敷」 （第二章）　「蝉の羽」保子の嫁入りのときの風呂敷 （第四章）　「栗の実」保子の姉の形見としての風呂敷
もみじ	（第三章）　「雲の炎」風呂敷に包まれていたもみじの盆栽 （第一六章）「秋の魚」信吾と修一が乗る横須賀線の車内に運び込まれるもみじの枝
蝉	（第一章）　「山の音」／（第二章）　「蝉の羽」
公孫樹	（第四章）　「栗の実」／（第一一章）「都の苑」
蓮の実	（第一〇章）「鳥の家」／（第一五章）「蛇の卵」

そもそもこの物語は〈山の音〉が信吾に聞こえるという問題から出発しながら、「お父さま、西瓜西瓜」（「山の音」）と呼ぶ菊子の声は聞こえなかったり、保子の秋の花をめぐる発言も「聞えやしない」（「栗の実」）と否定されながら、「信吾さあん」と呼ぶ保子の姉の声は「ゆめうつつ」（「冬の桜」）に聞こえ、最後は「瀬戸物を洗ふ音で聞こえないやうだつた。」（「秋の魚」）の一文で閉じられる。〈聞こえる／聞こえない〉という題材は老いと死という主題のなかで反復されながら、冒頭と結末で対称的に呼応する。第一章「山の音」で、芸者と大工の心中未遂話の中に登場する「青酸加里」という素材は、最終章を前にした第一五章「蛇の卵」において、肝臓癌の同期生を見舞う会話の中にもあらわれ、房子が荷物をまとめて戻ってきたときの「風呂敷」（「蝉の羽」）は、保子の嫁入りのときの風呂敷、さらに保子の姉の形見としての風呂敷（「栗の実」）として新たな意味を獲得していく。またこの風呂敷に包まれていた「もみじの盆栽」（「雲の炎」）は、最終章「秋の魚」で信

吾と修一が乗る横須賀線の車内に運び込まれるもみじの枝となって有機的な符号をみせる。

韻を踏むという詩の技法は、その音の同一性によって異なる二つの単語を結びつけるのだが、それは意味のレヴェルにおける関係にも影響を与え、それが詩語の多義性、象徴性を生み出す。小説「山の音」では、ここに言及した「青酸加里」「風呂敷」「もみじ」のほか、「蝉」(「山の音」/「蝉の羽」)、「公孫樹」(「栗の実」/「都の苑」)、「蓮の実」(「鳥の家」/「蛇の卵」)といった素材レヴェルのほか、〈能面をつける〉(「島の夢」英子/「春の鐘」菊子)、〈見舞いに行く〉(「夜の声」菊子/「蛇の卵」信吾)、〈妊娠する〉(「鳥の家」菊子/「雨の中」絹子)など題材のレヴェルにおける反復も顕著で、それらすべてが「山の音」という作品全体の中で照応しながら交響する。

「雪国」の不規則な生成過程を思うと意外なのだが、この「山の音」は「八月の十日前」からはじまり、「十月の朝」で終わる一年四ヶ月、つまり一六ヶ月の物語で、それは「山の音」が全一六章からなっている点に呼応し(雑誌初出時においては一七章であったものが初刊に際して改められた)、信吾の喪失を物語るかのような五節、四節、三節と等比級数的に一節ずつ減っていく冒頭三章の構成は、信吾が経過した時間の中で逆に獲得したものを物語るかのように、末尾の三章では三節、四節、五節と一節ずつ増えながら、冒頭と結末の形式上の詩的照応を形成している。

このように「山の音」と『晩春』は、戦後まもない荒廃の中で復活しつつある〈日本〉の日常生活の中に潜む美を発見する試みであり、それをそれぞれのジャンルの詩的様式の中で具現化した作品であると考えられる。

参考文献

- 川端文学研究会編『世界の中の川端文学』(おうふう、一九九九年一一月)
- デヴィッド・ボードウェル『小津安二郎 映画の詩学』(杉山昭夫訳、青土社、二〇〇三年七月)
- 今泉容子『映画の文法 日本映画のショット分析』(彩流社、二〇〇四年二月)

・ジェニファー・ヴァン・シル『映画表現の教科書　名シーンに学ぶ決定的テクニック100』（吉田俊太郎訳、フィルムアート社、二〇一二年六月）
・田村充正編『川端康成作品論集成　第八巻「山の音」』（おうふう、二〇一三年一一月）

【付記】本稿は「川端康成「山の音」と小津安二郎監督『晩春』――小説と映画のあいだ――」（『川端文学への視界28』銀の鈴社、二〇一三年六月）をパリ国際シンポジウム発表に際して新たに書き改めた論考である。

4 「初老の男」の想像力

『山の音』のジェンダー編成

金井景子 Kanai Keiko

1 しゃべり続ける男としての信吾

今日、改めて『山の音』を読み返して気付くのは、この作品の主人公である信吾が夢想家であると同時に、冗談好きであり、周囲の人々との会話を勉めて楽しむ人物であるということである。

たとえば夏の日、活力のあるひまわりに触発された信吾は、嫁の菊子に、首を胴から外して修繕に出し、その間、胴体は一週間でもぐっすり眠るという空想を語る。また元日の朝、息子の修一から頭髪が白くなったことを指摘され、「わたしらの年になると、一日でぐつと白髪がふえる」と言い、見ているうちに白くなるからと頭を突き出して、息子・嫁・妻の視線を釘付けにする。乳が痒いと言い出しては、娘の房子から「還暦を過ぎて、お乳がかゆいなんて、ばかにしてるわ」と嗤われたりもしている。

読者であるわたしたちは、全編に散りばめられたこうした信吾の軽口や冗談の背後に、初老の男である信吾の疲労や厭世感、老いや死への強迫観念、それらと表裏一体を成す退行や回春願望が在ることに気付く。しかし、本論ではその手前にあるもの——彼のおしゃべりが、誰にどのように繰り出されているか、また彼が自虐的なジョークすら口に出来ずに失語状態に陥ったり、不躾な対応をせざるを得ない場面はどのようなものであるかに着目し分析することで、『山の音』に描き出された複雑なジェンダー編成を明らかにしたい。それは、『山の音』が「川端康成のその他の代表作に比べて社会性を強く持っている作品」（譚晶華▼注1）と評される、その「社会性」の内実に迫る試みになると考えるからである。

2 言葉敵《ことばがたき》としての女たち

『山の音』に登場する女性たちは、すでに死者である「保子の姉」を除いて、家の内側にいる者も外側にいる者も、信吾からのコミュニケーションに応じ、自らを語ることばを持っている。

全編を通じて信吾が軽口を叩き合う話し相手として不動の地位に在るのは、妻の保子である。作品の幕開け早々、いびきをかいて、信吾に「はっきり手を出して妻の体に触れるのは、もういびきをとめる時くらゐか」と落胆を与える彼女であるが、「おやおや」といった口調がすぐさま信吾に転移するくらいに、近しく共振する存在でもある。両者のコミュニケーションに一役買っているのは、尾形家に朝夕届けられる新聞である。保子は新聞に目を通して、心に留った記事を音読する習慣があり、それを聞かされる信吾がボケたりつっこんだりして、時事ネタをめぐる夫婦漫才のようなやりとりが展開されるのである。なかでも興味深い掛け合いは、心中した老夫婦の遺書が夫によってのみ書かれていたという記事をめぐるものである。「細君の遺書はないか」と問う信吾に、きょとんとした保子は、自身の場合を問われて、私もいまさら書き残すことはないと返答しつつも、一人で死ぬときは別と留保し、「死なうと考へもしないし、死にさうもないばあさんの、のんきな声だね」と評されている。

遠からぬ死の予兆のごとき「山の音」に怯える信吾にとって、人生最大の悔恨は、美しい「保子の姉」と結ばれなかったことである。その執着心は、嫁の菊子を「保子の姉」の形代として捉え、彼女が人工中絶した赤子に、「保子の姉」の美が宿っていたのではないかと夢想するに至っている。そのことを、信吾は社会に対して書き遺しはしないであろうが、語り手は読者に向かって余すところ無く開示している。『山の音』という作品は、書き遺されることも語り継がれることもなくやがては消える、市井に生きる「初老の男」の心残りを、彼に寄り添う語りによって形象化している。

翻って、保子に眼を向けると、彼女もまた「保子の姉の夫」つまり義兄を慕い、姉の死後には後妻になることを願った過去があった。保子は、姉の婚家に行き、遺児の世話をするなど献身的に働いたのだが、義兄はその本心を見て見ぬ振りをして利用し、自身は盛んに遊んだのである。信吾の眼に「屈辱的」と映った保子の「犠牲的な奉仕」は「ていのいい女中代わり」と評されている。

『山の音』において「女中」の果たす役割——厳密に言えば、「女中」の不在が果たす役割は大きい。保子は義兄に対して、家事・育児といった家内労働の手腕をアピールしたが、結果的には無賃の「女中」としてしか扱われず、そのことは当人の保子以上に、保子を娶った男・信吾の脳裏に深く刻まれている。信吾の義兄へのコンプレックスは、義兄が輝くほどの美貌の持ち主であったということに加えて、義兄にとって「女中代わり」でしかなかった保子を正式な妻にしたことにも起因しているだろう。

また、信吾が菊子と交流する機会が増え、距離を縮めることになったのも、「女中がゐなくなつてからは、菊子が朝起きて働いている」ということばに集約されるように、「女中」の不在が作用している。お茶の用意や新聞の受け渡し、細々とした身の回りの世話と、信吾と菊子との接点は、「女中」の不在によって飛躍的に増えたのである。

しかしながら、名前を思い出せない「女中」と菊子とが決定的に異なるのは、茶道を基盤とした花鳥風月についての教養を程よく滲ませ、息のあった相方を務める点である。秋の鮎についての蘊蓄に明らかなように、信吾は日常を日本の伝統に裏打ちされた季節感で彩ることを無上の喜びとする趣味人であり、その点で菊子は、世代は異なるながらも、打てば響く恰好の言葉敵であった。

信吾の言葉敵として忘れてはならないのが、会社の事務員・英子である。「軽便な娘」という評言に象徴されているように、信吾は英子を部屋付きにして重宝しつつも、一貫して軽んじる。その理由として作中には、彼女が信吾の友人の娘の紹介状といった、縁とも呼べないようなものを頼りにして、働き口を求めて登場したことが挙げられている。保子が英子を「半未亡人」と呼んでいることから推察すると、英子は許婚者あるいは恋人を戦争で失い、自活するために使えそうなコネクションを利用しただけなのだが、信吾は、こうしたなりふりを構わないやり方に違和感を感じている。その一方で、物怖じしない英子のキャラクターに加えて、紹介者に対して配慮がいらない（社会的な影響力のある男同士の間の黙約から自由である）という気安さから、作中に幾度か出て来る芸者たちに対するのと同様の、あけすけな冗談に興じている。その冗談の延長上に、英子をダンスホールに誘うという座興があり、ダンスホールの先に修一の愛人である絹子宅へと道案内をさせる悪のりが用意されている。信吾の巧みさは、好奇心が旺盛で古い倫理観からは自由であることをアピールする英子に対して、物わかりの良い上司のちょっとした逸脱を装って、息子との正面からの対決を避け、不祥事の処理に利用しようとしたところにある。

絹子の家を突き止めるまでは、むしろ、信吾が英子をリードして煽る展開であったが、面白いのは、辞職の決心をして尾形家に年始に現れて以後は、英子が攻勢に転じているところである。英子の「自由意志で決心した」「ご恩返し」は、結果的に信吾を絹子の友人・池田や絹子に対面させ、彼女ら戦争未亡人たちの言い分を存分に聞かせることになる。信吾は、英子の設定した池田との会見では、修一夫婦と別居する提案をされて引き下がり、絹子との対面では小切手を手渡したほかはなす術も無かったのである。英子に振り当てられた役割は当初、修一の愛人未満の存在であったが、やがては修一の秘密を信吾にリークする内通者となり、会社を辞めて池田や絹子が勤める洋裁店の店員になって後は、戦争未亡人同志のシスターフッドの体現者、そして最終的には、男性に苦しめられている女性という括りで絹子と菊子の双方に共感する活動家へと変貌して行く。「英子の変化は戦争の半未亡人である英子が、自由で自立していく証」（金恵妍▼注2）という指摘は妥当であると同時に、彼女の変貌は、敗戦の負の遺産の継承者として、後ろ盾も無く賃労働の市場に参入して軽んじられていた存在が、戦後の家父長の男性ジェンダーに揺さぶりをかけるトリックスターへと化ける過程でもあった。

それは、自身を戦前の家父長制の犠牲者と位置づけて、家長である信吾の責任を問う房子にも言えることだろう。「「優生思想」の反逆者」（石川巧▼注3）としての房子は、尾形家に居場所が無いことを痛感し、父・信吾に経済的な保護ではなく、自身への投資を提案している。房子が出店の業種として、化粧品店、文房具屋に並列して、飲み屋を挙げたのに対して、菊子がすぐさま、「お姉さまにもお出来になりますわ。女はみんな水商売が出来ますもの」「お姉さまがなされば、私だってお手つだいさせていただくわ」と同意したことは、尾形家の「夕飯の場」を沈黙させる力を持っていた。それまでは中絶問題のときですら、菊子に語りかけることを止めなかった信吾が、いなすことも笑いに転ずることも諭すこともせず、その心中を代弁し続けて来た語り手も言を慎んでいる。ここでは、戦前までの家庭内の素人の女性と家庭外の玄人の女性の線引きは、無効化されている。信吾は、尾形家の次世代の女たち——かつて自らが相手を決めて嫁がせた娘と、また見合う家から娶った嫁とが、ことばの上とはいえ、家を守る良妻賢母として生きることを内破しているのを目の当たりにすることとなるのである。

3　特別な稽古の始まり

戦後、戦争に行かなかった男たちが、復員して来た男たちに対して、聞きたいが聞けなかったことがある。それを、父・信吾は息子の修一に聞いている。

信吾は不意に言つた。

「お前戦争で人を殺したかね。」

「さあ？　ボクの機関銃の玉にあたつたら、死んだでせう。しかし、機関銃は僕が射つてゐたものぢやないと言へるな。」

修一はいやな顔をして、そつぽを向いた。

ここで修一は「機関銃は僕が射つてゐたものぢやない」という評言で、彼に機関銃を撃たせていた者の存在に言及している。しかしながら、問いかけたはずの信吾は沈黙する。

また、修一が信吾に向かって、今も新たな戦争が追いかけて来るかもしれないし、前の戦争が亡霊のように追いかけて来るかもしれないと語った際にも、話題を転じて受け止めることをしなかった。この二度にわたる信吾の去なしについて、ジョルジョ・アミトラーノは修一の後ろにある戦争の「地獄の深さ」を指摘し、「信吾は息子の世界に入るための貴重な機会を逃した」[注4]と看破しているが、ここではなぜ、ことばを繰り出して息子の世界に入れなかったのかについて考えてみる。

白髪を抜き続けて精神に異常を来した鳥山、あるいは温泉場で若い女と心中した水田は、いずれも信吾の大学の同期であった。彼等の消息は、折々集う同期会で「笑ひ話」として消費される。彼ら六十代の初老の男たちが老いやそれに伴う女性関係の枯渇（あるいはそれへの抵抗としての艶福）を敢えて笑おうとするのは、身近になりだした老いや死への緊張を回避しようとする、人間の生存の上で重要な動作としての「緊張緩和の笑い」（志水彰）[注5]である。この同期会で話題になった笑い話として、もう一つ見逃せないのが、信吾が菊子に語って聞かせた「お迎え」をめぐる冗談である。死んで閻魔大王の面前に引き出されたら、「われわれ部分品に罪はございません、と言はうといふ落ちになつた」というのである。信吾はかつての書生言葉で喋り散らす同期会を「老醜の一種」と相対化しつつも、一貫して彼らと付き合い続け、その価値観や行動原理においてホモソーシャルな同調圧力を受けている。このわれわれ部分品に罪はないというジョークは、後に登場する友人の、渡辺華山の絵をめぐる次のような感慨――華山の鳥の面魂がきつくて嫌だと言う信吾に対して返したことばと響き合う。

「さうか。僕は戦争中、よくこの烏を見て、なにくそつと思つてゐたんだ。なにくそ烏だ。静かなところもあるがね。しかし君。華山のやうなことで切腹しなければならないとすると、僕らはなんべん切腹しなければならないかしれないよ。時代だね。」

友人は明らかに、時代の波に抗しきれずに流されていた自分たちの世代の罪を、華山のそれと比して万死に値するものと認識している。個々人のレベルでは深い自責を抱えながら、集団化するとき「部分品」に罪は無いというニヒルな笑いへと転化する、戦争に行かなかった男たちの心理が描き出されているのである。切腹に関しては、菊子との対話の中で、利休忌に利休が切腹した刀が出品されたことへの言及もある。権力に屈せず切腹の道を選んだ老人の存在を喚起することで、韜晦でしか自身を語ることができない、戦後のエリート層のかかえる闇を示唆している。

戦争に向き合おうとするとき、自身を語るナラティブを形成できない信吾は、戦争の傷痕を抱えて苦しむ修一、そして池田や絹子に向き合うことができない。なお言えば、戦争に囚われて他人を傷つけることに麻痺してしまった彼らに対して、中絶という手段で拒否した菊子を理解することもできないのである。信吾の修一を諫める「お前は菊子の魂を殺した。取り返しがつかないぞ」という叱責は、修一を絶句させる効力を持たないし、「女じゃないか。お前の女房じゃないか。お前の出方ひとつで、やさしいいたはりで、菊子はよろこんで産むにちがひないんだ。女の問題は別にしてね」という見立ては菊子を落胆させるに違いないのである。

作品内の歴史的な時間が、満年齢使用に関する法律（「年齢のとなえ方に関する法律」）の公布（一九四九年五月二四日）および施行（一九四五年一月一日）を踏まえ、「満年齢の採用によるずれが信吾の年齢の数え方に生じ、その一年余りの時間が、数の上では虚の時間、ふいの裂け目とでも言うべきものとして信吾に与えられ」「興奮して語る信吾だけが、数のずれに意味を与えることができるのであり、その恩恵を受けた」（高橋真理）▼注6という指摘を踏まえれば、彼の「虚の時間」の「恩恵」とは、「自分は誰のしあわせにも役立たなかつた」と気付きながらも、能面や絵画といった骨董に悠久の時の流れを見出し、巡り来る季節の風物に循環する時の流れを感得して、来るべき死を受け入れるための、特別な稽古を自覚的に始められたということであった。

作品の終り、信吾は家族に信州への紅葉狩りを提案する。提案早々、息子と娘とが留守番を買って出る不人気な企画ではあるが、紅葉の中に菊子を置き、「保子の姉」を想起することで拓ける局面に信吾の心は躍り、出立前に房子への出資問題を片付ける約束をする。この、家族が久々に言いたいことを言い合った団欒の中で、信吾は「子供を腹に持つて、沼津に小さい洋裁店を開いた」絹子を思い出している。初老の男・信吾の想像力は、枯れることなく強かに作動する兆しを見せて、フィナーレを迎えているのである。

注

（1）譚晶華「「山の音」の創作への再認識」（「日本研究」18号、一九九八年九月）
（2）金恵妍「『山の音』に描かれている女性たち――菊子の両面性を含めて――」（「日本文学研究」第39号、二〇〇四年一月）
（3）石川巧「房子――川端康成『山の音』――」（「叙説」第5号、二〇〇三年一月）
（4）ジョルジョ・アミトラーノ『『山の音』こわれゆく家族』（みすず書房、二〇〇七年）
（5）志水彰『笑い／その異常と正常』（勁草書房、二〇〇〇年）
（6）高橋真理「「山の音」その他――「禁」の構造、「虚」の時間――」（「明星大学研究紀要」第9号、二〇〇一年三月）

5

身体と実験

川端文学における不具者の美学

イルメラ・日地谷＝キルシュネライト
Irmela Hijiya-Kirschnereit

初めて作品を読んで以来、私は川端康成の文学に困惑し、魅了されてきた。読み返す度に、新しい読み方ができるように感じられるのだが、それは間違いなく、川端の文学的資質によるものだと思う。その資質をぜひ把握したいと私は強く願うが、いったいそれはどのようにしたら可能になるのだろう？

川端的とみなされている主要概念の一つに、「美」ないしは「美しい」がある。そこで、その概念の意味構造に対する私なりの観察をもって話を始めよう。川端自身、初期から晩年にいたるまでそんなシグナルを送り続け、タイトルなどでもその語彙を多用しているからだ。川端文学において「美」とは、一貫して「純粋」「きれい」「清潔」に結びつけられており、それが最も顕著なのが、「純粋な乙女」である。純粋な乙女はしばしば、他の「美しい」女性たちと同様、美しい環境の中に溶け込み、あるいはその中から立ち現れ、人間と自然の境界を曖昧にするものとして理解される。有名な短編「伊豆の踊子」（一九二六年）に登場する少女などは、彼の多くの作品に現れるこうした人物の原型と考えることができる。そこで目を引くのは、「美」というものが、例えば醜い通俗的風景や環境などといったものの反対概念としてだけでなく、身体的な「美」としても表現されるその頻度である。川端の文学において美しい健全なキャラクターは、嫌悪感、反感、腐敗、死の予兆などを想起させる、身体的欠陥や病気あるいは障害を抱える人物と対置される。この組み合わせは、先に述べた「伊豆の踊子」においてすでに現れており、物語の冒頭、語り手である主人公は、伊豆の美しい風景の中を歩く途中、雨を避けて立ち寄った茶屋で、病を患った老人の陰惨な姿に遭遇する。これは、若い娘の「美しく調和した」印象によって生まれた高揚感に対する、衝撃的なカウンターバランスとなっている。たびたび見られるこのようなコントラストに対する反応は、それを「キアロスクーロ・明暗法」パターンに分類するというものだろう。つまり美術史で学んだように、明暗のコントラストを強調することで、キャラクターや場面の対比を際立たせてドラマチックな効果を生み出し、読者に与える効果を強めているのである。さらに、理想的な若く美しい人物のコントラストとして「陰」や「負」を加えることで、作品には深みといったものが加わり、受け手側がより複雑な印象を受けることになる、そう推測することもできる。しかし傷や障害を抱えた身体に川端が頻繁に言及するという事実から、さらに学べることがあるのだろうか？　そうした身体は、美化された川端の世界に緊迫と断絶のダイナミズムを生み出すと思えるが、私は次のような疑問をそこに投げかけて、そのダイナミズム的効果を追ってみたい。

そこではどのような種類の障害が見られ、それらは程度によって分類されているのか？　ジェンダーによる特異性はあるか？　こうした緊迫や断絶はどのように体系づけられ、どのように区分（意味的、生物学的、道徳的、政治的など）されるのか？　障害を持つ身体という負のイメージを通じて、語りやその他の機能にどのような貢献がなされているか？　この裏面とも言うべき「もうひとつ」の川端の美的宇宙を追究することで現れるものが、彼の文学を理解するために、補完的あるいは選択的手段として何らかの貢献をなしているのか？　あるいは、川端的文学世界のイメージを支配していると思われる、全体論的美学への挑戦としての「負の身体」という、隠された詩的表現を発見することも可能なのだろうか？

一般的に言って、川端が描く美しい主人公たちの描写は、かなり曖昧である。多くの場合示唆に頼ることで、例えば伝統的に装った、自然や季節と調和した優雅な人物のイメージが作り上げられる。詳細な身体の描写はむしろ少なく、ほとんどがかなり標準化された特徴に限定されている。ほっそりした体、黒髪、白い肌、卵形の小さな顔などである。「美」の場合は、明確な描写よりも示唆に頼る傾向が強いのに対し、醜さ、疾患、腐敗といった否定的側面では、川端はしばしばより具体的なアプローチを見せる。意味論的に言えば、川端特有の「美」、「清潔」、「純粋」、「若さ」などは、「醜さ」、「疾患」、「腐敗」と対比され、ハレ、ケ、ケガレという伝統的システムとの相関関係を呼び起こす。周知のように、この民間信仰は聖なるものであるハレと、世俗的なもの、すなわち日常的な常態であるケの二重性を仮定しており、これが広い意味での異常事態、とりわけ災害、病気、怪我、死などの不浄・ケガレによって混迷することで、三重の枠組み▼注(1)が形作られる。Emiko Ohnuki-Tierney は「ハレの理想的な状態は、不浄の負の力を清め治める儀式を通じて成し遂げられる」(一七二頁)と書いている。ちなみに、「禊・ミソギ」、つまり浄化を必要とする伝統的思考におけるこの古い層も、多くの川端作品において繰り返し語られているが、そこにはすでに述べた「伊豆の踊子」や「山の音」も含まれている。ということは、美の崇拝を「禊」、つまり浄化の儀式の隠れた一形態と見なすこともできるのだろうか？

1　純粋の要素と美の逆説

純粋が道徳的・倫理的あるいは哲学的な含意だけでなく、衛生的なものであることも明らかであり、さらには社会的階級や経済的要素をも含んでいる。と言うのも、川端の語りの世界においては、上流・中流階級など裕福な環境の方が、容易に「純粋」を実践できるからだ。例として一九五〇〜五一年の新聞小説「舞姫」を取り上げてみよう。物語の主人公は、波子という優美な女性だ。恵まれた家庭に生まれ、かつてバレリーナだった彼女は、学者である夫の矢木と子供たち（バレリーナである娘の品子と息子）を、結婚から二十年以上にわたって支え続けてきた。この物語の背景にあるのは、戦後の日本史である。可燃性の材料が欠しかった戦時中、矢木は木製のビール箱をこわして風呂の落としぶたを手作りする。矢木は贅沢な「お嬢さん」である妻が、こうした実際的な問題について無知なことをあざけるのだが、ふたりが結婚した直後のこのエピソードは、波子が湯に浮いた落としぶたに対して感じた汚らしいという嫌悪感と、身分の低い家庭環境のため波子の家族に結婚を反対された（四四五頁）[注(2)]、より実際的な矢木との対比を示している。「清潔」や「純粋」などという心地よい感情は、裕福な環境の方がはるかに手に入れやすいのである。しかし戦争の影響でかつて裕福だった家庭も徐々に経済的に困窮し、相互不信と裏切りの兆しが強まり家族が離ればなれになっていった時代、道徳的要素としての純粋と無垢も解体されていくのだろうか？　物語の脇筋から読み取れるように、必ずしもそうではない。波子のかつてのバレー仲間である、友子を例に取ってみよう。彼女は愛する男とその病弱な子供たちの生計を援助するため、ストリップ劇場で働くことを決心し、バレエという優雅な世界を去る。ここでは、ろくでもない恋人とその肉親のために自らを犠牲にする友子の道義性と上流階級、美しいバレエ（西洋的ではあるが！）と醜くいかがわしい下層社会的ストリップ劇場という、典型的な明暗のコントラストが交差している。

「舞姫」では、品子という波子の娘を通して、自己実現のための自己犠牲というはるかに分かりやすいケースも示される。品子のバレリーナとしての将来には明るい展望が開けているのだが、品子は、母の昔のダンスパートナーであった香山を密かに愛している。香山にいったい何があったのかは知らされないが、彼は踊りの世界を離れ、波子がまるで魚のように自由に泳ぎ回っている上品な世界に背を向ける。作品に香山が直接姿を現すことはないが、話が香山におよぶと、バレーのマネージャーであり一家の友人でもある沼田は、香山を軽蔑的に「廃人」と呼ぶ。世間から退いた香山のような世捨て人に関わるべきではないと、その場にいない品子の名を意味ありげに挙げつつ、沼田は波子に言う（三〇七頁）。小説の最後、裏切りが連続し、多くの混乱と川端のプロットに典型的な反復効果を経て、品子はかつてのバレエダンサーで落伍者でもある香山に会うために列車に乗り込む。列車の中で傷痍軍人がとげとげしい演説口調で寄附を求め、「金属の足音を立てながら」彼女の横を通る。白衣から出た片手も「金（かね）の」（五〇〇頁）骨だった。列車の車掌が、寄附は禁じられているため、傷痍軍人に寄附をしないで欲しいと乗客に告げる。品子がその列車を降り、香山が暮らしているという伊東駅への電車を待つところで、作品は終わっている。

語り手によるコメントのないこの短い最終エピソードは、秘密の恋人へと向かう途中の、品子のおののきの予兆とも考えられるが、私たちには彼女の感情が報われるのかどうか分からず、ふたりの関係の本質について何も知らないまま取り残される。戦後日本における富裕と窮乏の不穏なコントラスト、「廃人」と作中で呼ばれる避けるべき者と、優雅な上流階級を捨てる将来を嘱望される若く美しいバレリーナ、これらは実に強烈な配置である。この配置はしかし、他の作品における数多くの似たような組み合わせの反復でもある。この物語の中に美を見いだせるとするならば、ひとつは乙女の無垢と純粋の感覚の中に、ふたつめは、慈母のように病人や廃人のために仕えようとする若い女性の中にある。言い換えれば、彼女の美しさと純粋には、さげすまれた人々や汚された人々との相互作用が必要なのであり、それは美的というよりも、道徳的特質である自己犠牲として具現化する。

「美しい！」と題された一九二七年の小説でも、私たちは物語の重点を美的スタンスに見出したいのだが、しかしこの小説のどこに「美しさ」を見出せるだろうか？「美しい！」は、豊かな実業家である有田と、骨形成不全症をもって生まれた栄一という息子の物語だ。栄一は動物の身体のイメージで描写される「頭をぐらりぐらり振りつつ、骨の抜けた蛙のやうな格好」（二一五頁）▼注(3)の少年であり、子供たちから「こんにゃく人形」あるいは「蛸のお化け」（二一六頁）とからかわれている。息子がいじめられるのを哀れんだ有田は、ある貧しい温泉地に息子のための家を建てることで、土地の恩人として村人たちから感謝され、息子がそこで安らかに暮らせることを願う。しかし、その後間もなく息子は死んでしまう。実業家は、脚に障害を持つ少女が息子と交流していたが、彼女が息子の墓参りに行き事故で死んだことを知る。実業家は「二人の醜い片輪者」である息子と少女を一緒に埋葬することに決め（二二一頁）、その場所に「美しい少年と美しい少女共に眠る」（二二一頁）と書かれた墓石を置く。

しかし、二〇一三年に再発見されたこのテキストに対する新聞、雑誌、インターネットブログなどの一般的な評価が、孤独な弱者への共感と、この墓碑銘で盛り上げられる、無垢でロマンチックな恋愛の美しさといったモチーフを強調し、孤児という川端の背景や、愛情深い自分の父親への憧れが物語の自伝的背景となっている可能性を示唆しているにもかかわらず、物語はここで終わってはいない。物語は、息子の死に対する村人たちの冷酷な反応と、歯ぎしりして呪いの言葉を吐く父親の姿へと続くのだ。「そんなことは百も千も分かつてゐるのだ。」（一二一頁）と激怒する父親は、自分の財政投資が無駄であったことを顧みて、復讐を宣言する。彼が正確に何を「敵」と見なしているかはっきりしないのだが、寄附金に恩を感じなかった村人たちは、彼が怒りを抱く「社会の黒い雲」（一二一頁）の一部なのだろう。物語は、実業家の父親が、墓石の文章を繰り返しつぶやくことで終わる。「美しい少年と美しい少女共に眠る――これが俺の最後の嘘なんだ。」

もう一度問おう。私たちはこの小説のどこに、「美しさ」というものを見いだせるのだろうか？　肉体的に美しい人々の物語でないことは明らかだ――ふたりの若者たちはあからさまに「醜い片輪者」と表現されているのだから。ふたりを理想化する墓碑銘を「最後の嘘」にしようという父親の決意は、もちろん様々に解釈できる。テキストの最終章は、身体障害を抱える少年と少女の美化された物語に対するある種のフレームとして機能し、「美しい」という作品のタイトルをまるでパラドックスのように見せている。この言葉を発する人物の行為が、慈悲や愛情ではなく、利己的な投資から発したものであることが、最後に彼自身によって明かされるからだ。

川端は二年後の一九二九年に出版された「美しき墓」において、この物語の別バージョンを書いている。そのバージョンでは、物語にいっそう意地の悪いひねりが効かされており、障害のある息子を持った会社社長である母親が、足を引きずる少女の松葉杖をわざと蹴り飛ばし、彼女を殺してしまうのだ。語りの重点は、体の不自由なふたりの若者のおとぎ話のようなロマンスよりも、無情な村人たちを含めた、大人の邪悪な世界の醜さと陰謀に置かれている。最後に母親は「一切の慈善と温情との仮装を拭い捨て、一筋の戦へ乗り出していった」（九〇頁）。▼注（4）しかし彼女は、「哀れな子供」のために大理石の墓石を建て、安らかに眠る美しいカップルのために「ただひとつの美しい伝説」(九〇頁)とその墓石に刻む。

このふたつの物語は、愛というモチーフによって美化された障害のある哀れな人生と、その親が果たす狡猾で悪意のある役割という両面に焦点を当て、もつれあった「美」と「醜」、「聖」と「卑俗」を私たちに突きつける。醜さ、疾患、犯罪への興味などという点において、一九二〇年代から三〇年代のモダニズムを背景にした「エログロ」を連想させるかのように二つの物語は、川端の「ニヒリズム」と、「禽獣」(一九三三年)のような作品においても見られた、人間社会への嫌悪の[illegible]としても読めるかもしれないが、他方、このふたつの物語における語りのスタンスを、冷笑的と表現することもでき[illegible]ろう。しかし、この分類がどの程度まで受け入れられるかは疑問である。川端の圧倒的な唯美主義的イメージが作品の受容に影響を与え、テキストに存在するざらつきや矛盾などを取り除いてしまうからだ。

主要な問題に戻ろう。私たちの出発点は、川端文学における美しい人々というものが、主に「若さ」「純粋」「健全」などに結びつけられると思えるにもかかわらず、川端の文学世界には身体的欠陥がたびたび登場するという観察だった。そこではいったいどのような身体障害が観察され、それがどのように表現されており、それらを程度の差によって分類することが可能だろうか?

2 身体障害と静かな諦めの美

川端の文章では、もちろん様々な語彙素が使用されるが、その一部は現在の言語体制において差別語に分類されるものでもある。興味深いことに、先天的な軽いあるいは重い欠陥であろうと、疾患、事故、戦争など後天的なものであろうと、それらを表す言葉が頻繁に使用されているが、最も多く見られるのは、「片輪」または「廃人」といった語彙素である。どちらも「役立たず」「身障者」を表すかなり強烈な表現で、社会の「のけ者」という含みを持っている。不自由な身体という表現もあるが、これは現在の「ポリティカリー・コレクト」的な言語使用に該当する。手短に次の例を考えてみよう。掌の小説である「笹舟」（一九五〇年）で読者は、一つのシーンを目にする。自宅の庭であき子という若い女が、四歳か五歳くらいの男の子の子守をしており、男の子は夢中になって笹の葉の船で遊んでいる。男の子の母親（あき子の婚約者の母親でもある）は、家の中にいてあき子の父親と話をしている。あき子は小児麻痺の後遺症で軽い身体障害を持っており、左足の踵を地面につけることができない。「（踵は）小さく柔らかいままだった。左足の甲が高く出た。縄跳びや遠足は出来なかった。」重い障害ではないが、世間はそんな体の不自由▼注(5)をも問題にするはずだ。あき子は婚約後しばらくの間、懸命に練習をして何とかこのハンディーを補おうとするが、鼻緒ずれになり失敗する。あき子にとって、この婚約は思いがけないものだった。ずっと以前から、「一生ひとりで静かに暮すつもりだった」からだ。やがて母親が家の中から現れ男の子の手を握ると、子守をしていたあき子に手短に礼を言う。その瞬間、あき子は家の中で何があったかを直感的に悟る。

「さよなら。」と子供はあっさり言った。

あき子は婚約者が戦死したため、婚約が破談になったのだと考える。「びっこ」と結婚しようという相手の申し出は、「戦争中の感傷だったろう」（四六八頁）

あき子は家には入らず、隣に建築中の家を見に行く。作品はこのシーンで終わっている。あき子は直観によって、知るべきことのすべてを知ったのだ。事実を前にして、彼女は空虚に響くだけの慰めの言葉には一切頼らない。この力強い物語において読者が目にするのは、自分の運命に深く関わっている話し合いから、あき子本人が閉め出されているという屈辱的な事実と、本質的に因習的な環境だけではない。私たちは、感傷性を一切省いた淡々としたあき子の運命の扱われ方と、彼女の視点から即物的に語られるその描写に、深く心をえぐられるのである。

ハンディキャップの重さとは相対的なものであるが、これらの物語の多くで、ハンディキャップを持つ主人公たちが、自らの役割に対する社会の冷酷で差別的な見解を受け入れているように見えるのは、注目に値する。しかし、それは賢明な諦めなのだろうか？　この冷静さや落ち着きが、「諦めの良さ」を当然であるとして受け入れている読者に、肯定的・調和的な印象を与えるのだろうか？

3　目に見える障害と目に見えない障害

障害とは本来、軽い傷、重い障害、長期の病などの連続体として現れるものであるが、もちろん、この分類にはある種の明確な差異がある。その差異とは、目に見えるものと目に見えないものとに関わっている。川端のヒロインの中には、普段は衣服で隠れている場所にほくろや痣のある人物がいるが、それを知っているのは、家族、恋人、親しい人々など、ごくせまい範囲に限られる。噂になる場合もあるだろうが、一般的に主人公たちは秘密を明かす相手をある程度コントロールできている。こうしたバリエーションの中で最も有名な例は、小説「千羽鶴」（一九五二年）に登場する狡猾なお茶の師匠、栗本ちか子だろう。彼女の醜く黒い痣は左の乳房の半分を覆っているが、それは着物で隠されており、小説の中で頻繁かつ戦略的に言及されるため、小説の男性主人公である三谷菊治の強迫観念を反映するある種のライトモチーフとなっている。菊治は父親の情婦だったちか子に操られていると感じており、この痣は恐るべき性的連想を持つだけでなく、プロット全体を通じて、この中年で力強い未婚の女の、暗く、狡猾で、悪魔的な側面と見なされるものを象徴してもいる。彼女は、三島由紀夫の作品の狡猾な中年の登場人物を連想させるが、三島の作品でそのような女性は、未婚の醜い存在として描かれることが多い。ただしその「醜さ」は、身体的特徴というよりも、金歯などのディテールに由来する。三島が一九五八～五九年に発表した小説「鏡子の家」に登場する秋田清美は、数多いこの種の女たちを代表する存在であろう。あるいは円地文子が描く中年および初老の女たちを考えてもよい。彼女たちは大いなる策略家で、魔女の雰囲気さえ漂わせている。一九五八年の小説「女面」の美しい女流歌人、栂尾三恵子はその好例である。この円地のヒロイン自身は何の障害も持っていないのだが、彼女は知的ハンディキャップのある美しい自分の娘を、自らの策略の道具に利用するのである。
「千羽鶴」におけるように、いくつかの川端のテキストでは、身体的欠陥が暗く破壊的な心理状態に影響を与えるという意味で、外見と内面の間に明確な相関関係が見られる。ちか子の痣は彼女の悪を象徴しており、彼女は邪悪で道徳的に堕落した人間という役割を担っている。外見と内面の相関関係の、広範で体系的な記号化は、例えば初期の掌の小説、一九二五年の「人間の足音」におけるように、いささか人工的に見える場合もある。しかし心理学的にも興味深い「ほくろの手紙」[▼注(6)]（一九四〇年）のように、川端が複雑な布置を採用している例もある。この作品は、妻から夫への手紙という形を取っている。妻の小夜子は、右肩のほくろに対する夫と彼女自身の態度の変化を通して、ふたりの結婚生活において高まりつつある緊張について述べる。夫婦間で高まる緊張の原因は、寝床の中で密かにほくろをいじるという小夜子の癖に根ざしており、ほくろそのものではないのだが、この彼女の仕草はきっかけに過ぎず、不和の本当の原因ではない。それでも小夜子は、断固として医者にほくろを取ってもらおうとせず、むしろ夫のそんな提案に抗議する。小夜子にとってこの状況は、かたわの娘は扉を閉じた部屋のように新鮮（一一二頁）という言い回しと比較できるものなのだ。注目すべきは、この言い回しの性的なニュアンスと、「新鮮」と「純」「純粋」の意味的な近さだ。ほくろのように、日常生活では着物で隠せるような見えない傷を、強烈な表現と関連付けることで、ハンディキャップのスペクトル的な連続性が裏付けられている。これは「笹舟」における、あき子の足のハンディキャップでも同様だった。

この複雑に紡がれた心理ドラマには、もう一つのエピソードがあり、目に見えるものと見えないものと同様に、男性と女性を対比させることで、問題に興味深い示唆を与えている。夢の中で、小夜子は軋轢の「解決法」を見つけるのだ。夢でも悪い癖が出て背中のほくろに触ってしまい、夫と言い争うのだが、触れるとほくろは苦もなく取れ、それを彼女は黒豆の皮のように指でつまむ。「たいへんだだをこねた」（七〇頁）彼女は、取れた自分のほくろを、夫の鼻の横にあるほくろの袋に入れてくれとねだる。目が覚めるとひどい疲れを感じるが、心が軽くなっており、涙で枕が濡れている。小さいが目で見えるほどの男のほくろは、話題にのぼることもなく、ましてや問題になどならない（七〇頁）。頑固ながらも愛らしい、この妻の手紙をどのように読んだとしても、最後にはジェンダーの問題を考えざるを得なくなってしまうだろう。

4　ジェンダーを反映した障害とジェンダーを反映した理解

参考例内の力学における、ジェンダーの非対称性は顕著である。病身の男性の場合、思いやりのある女性がいつも周りにいる。女性登場人物の障害は、そもそも痣であれほくろであれ引きずった足であれ、概してはるかに軽く、自分で自分の面倒を見ることができる。そのため、対人関係における心理効果と複雑な力学によって、物語の重点が置かれることとなる。言うまでもなく、川端は自作内では既存の社会規範を再現しており、戦前・戦後の日本社会における両性の働きの範囲から逸脱することはない。手足を切断されたり外見を損なわれた、あるいは身体介助に頼る女性について書いても、興味深い話が生まれないと言う人がいるかもしれない。それでも驚くべきことは、ジェンダーとはまったく無関係に、名を挙げて障害を扱う際の、ほとんど異常なほどの冷静さである。そのような現実的アプローチは、作品内の美の余韻や繊細さの喚起（以前観察したような自然と身体の美の融合）などに対して、くっきりとしたコントラストをなしている。もちろんこれらの作品には、目に見える社会批判的、倫理的、人道主義的スタンスなどは存在しない。いや、それとも存在するのだろうか？　石川巧は、「美しい！」と「美しき墓」というふたつの物語の詳細な分析において、川端の初期のテキストでは明らかに、同時代の「プロレタリア文学」的な資本家による労働者搾取、および、人々への虐げや差別に対する批判などから刺激を受けていたと主張している。▼注(7)　同時代の文学や思想的な流れから刺激を受けるのは、ある意味では当然かもしれないが、それでも、川端の美しく健全な人物と病や障害を抱えた人物の、かなり頻繁かつ明確な対比は、「人道主義的」あるいは「社会批判的」な関心が動機ではなく、何よりも、対比や美しさの強調という物語の枠組みに根ざしたものであるという考えには、十分説得力があると思われる。それによって、全体の調和と美の感覚に苦い隠し味が加わり、読者を困惑させ、テキストを問い直させる効果がある。美や調和の保証とは、虚ろなものなのだろうか？　読者はしばしば、自己中心的で甘やかされた、吸血鬼的特徴を持った唯美主義者ともいうべき、象徴的な男性主人公に立ち向かわなければならない。そのような男性は最初、女たちが放っている「若々しさ」や「無垢な生命力」に魅了され、女たちを大切にする。言ってみればその男は、それらを食べて女から活力の素を吸い上げているのだ。しかし、彼との接触によって女の「無垢」が破壊されると、男は躊躇なく女を切り捨てる、そうRoy Starrsは述べていた。▼注(8)川端の女嫌い、彼のニヒリズムを指摘した者もいる。そして「美しい！」と「美しき墓」で見たように、私たちはそれらの物語から、強い冷笑的感覚を感じ取らずにはいられない。それによって、何重にもゆがめられた美の概念（身体障害を持つ若者の親の堕落した意図）を示すという、作家の狙いであったのだろう。まるで作家川端が、読者を使って実験をしているようなものだ。このような多義性に対する苛立ちは、読者に何をもたらすのだろうか？　こうして疑問は、内容レベルから受容レベルへとシフトする。

5　身体と実験

「実験」という概念が容易に思い浮かぶ背景には、超現実的あるいはマジックリアリズム的な特徴を持つ数々の川端作品がある。小説「片腕」もそのひとつであり、特に興味深い例と言えるだろう。ここで川端は、男性主人公の「吸血鬼的」態度を極限にまで高める実験をしているかのようだ。そこでは、エロチックな対象物としての、切断されたと見なすこともできる身体の一部分が登場するからだ。物語の冒頭、すでにおなじみの純粋で犠牲的な若い女が、語り手でもある主人公のために自分の片腕を取り外し、その男と腕との会話が始まる場面から、テキストには性的でエロチックな暗示があふれている。言うまでもなく、腕は換喩的に相手の女を表している。彼女の腕を愛撫しながら独白する語り手は、この腕ほど安らかに自分に添い寝した女はいなかったことを気ずく。そして彼は、恍惚の交わりと、安らかに添い寝するだけの充実感の、どちらの関係がより満たされるものかについて思いを巡らせ、あらゆる布置と融合の可能性を心に描く。やがてふたりの腕を交換することで、女の「清純」な血が男の「汚獨」された血と入れ替わる。こうした特徴的な男性・女性の布置、汚濁と清純の二項対立、川端流「救済の弁証法」、「叙情主義や一元論的超越とせめぎ合う、利己主義、疎外感、ニヒリズム」(Starrs, p.117)——などは、すでに川端の読者にはおなじみのものである。一方、身体から切り離された腕とは完全に機能を失ったものであり、それは、身体の完全性に対する陵辱でもあることを思い起こしてみよう。詳細で官能的な腕の描写で喚起される語り手の幻想(語りのレベルで実際のエロチック行為を反映している)は、それが完全で健全な女の体を想起させ、もう一度その腕の換喩機能を強調するという意味で、代理的なものなのだ。つまり女の身体の部分は、エロチックな幻想への引き金として十分に機能していることになる。身体の断片であるこの腕は、病的な執着を持つ利己的主体に従属せざるをえない客体であると同時に、横暴な一人称の語り手の中に内省プロセスの始動を強いる、隠れた行為者でもあるのだ。

川端の作品では、ある種の物体が、人間よりもきめ細かに描写される傾向があるのだが、それは「片腕」に登場する物体としての腕にぴたりと当てはまる。同様に、千羽鶴で描かれる茶碗の美しさは、その質感と繊細な色彩の陰影などによって、作品に登場するどんな人物よりもはるかに鮮やかに生き生きと描かれている。さらに作者は、物体と人間の境界を曖昧にする。例えば千羽鶴の主人公である菊治は、太田夫人が茶碗のような美的な「傑作」であるため、彼女の中には一切「汚濁」というものがないのだと結論づける。(Starrs, p.144) 人格というものの評価が、人間以上の存在感と力を持つ物体に対してしても行われる容易さが、人間というよりむしろ物体化された女性がもたらすどちらかといえば下劣な効果に対して、敏感な読者たちが苛立つ原因なのかもしれない。

女性の物体化は、川端の小説「眠れる美女」(一九六〇〜六一年)において極限に達する。私が用いる「実験」という概念は、ここでよりいっそう具体的な意味を持つことになる。この作品は、一人の老人が自らに残された性的能力と幻想を、薬物で完全に無抵抗かつ無防備な状態にされた若い女たちに対して試みるという、ソフトポルノグラフィーすれすれの、女性侮蔑とも取れる作品であることを隠そうとせず、私自身を含めた多くの読者に嫌悪の感情さえ起こさせてきた。しかしここでは、設定全体の実験的性質を指摘するにとどめる。薬物で眠らされ一切の個的反応を封じられた作品内の女たちは、生物というよりも物体あるいは物に近い。彼女たちは執着の対象である物体として、つまりこれまで見てきた腕や茶碗と同じように、詳細かつ慎重に描かれている。しかし主人公の執拗な観察を通すことで、やがて女たちは独自の性格と「物」としての力を獲得し、それが主人公の中に強烈な内省を引き起こしていく。私たちがそこで目にするのは、主体／客体関係の交錯状態である。この問題はBirgit Grieseckeによる鋭い分析の表題にある通り、戦後日本の三つの物語を「詳細な実験」として取り上げた研究からも学び取れる。Grieseckeは力の布置を、「眠れる美女」を含む三つの戦後小説に登場する眠る女たち（女たちが眠る場所を彼女は日本の「睡眠実験室」と名付けた）とともに扱い、共通要素として、欲望、睡眠、剥奪、支配力、そう特定していた。▼注(9)この「実験」において特筆すべき点は、それが完璧な力や支配についてのものではなく、むしろ睡眠者たち、つまり物体化された人々が、この試みに進んで貢献していることを見いだしたときの驚き、不快、当惑についてのものだという事実だ。著者川端が持つ特別に洗練された表現の力により、読者はその特殊な効果、すなわち、眠っている「物体」が、それにもかかわらず、実験者の裏をかくことに気付くのだ。▼注(10)

完全には支配または利用できないという、実験システムにおける「物」のこの次元こそが、川端のテキストの一見過激な布置に、新たな光を投げかけるのである。老人の歪んだ性的妄想という表面上の印象をはるかに超えて、眠れる美女という作品は、主人公による徹底的な自己探求の場であることが理解されるからだ。この実験では、主体の視線がやがて反転し、自分自身へと向けられる。つまり読者は、ここでも川端流の逆説と直面することになるのである。

6 逆説と挑発の美学に向けて

障害を持つ身体の幻影が、美と調和のイメージの中に織り込まれ排除されながらも、同時に美と調和の本質的瞬間として機能するのとまったく同じように、後期の語りの極端かつ実験的な男性／女性の布置における視線の力は、徹底的に男性の主体へと向け直されている。この動きは読者を新たな困惑の渦へと投げ込み、その後、読者自身の中に自己探求の試みを発動させることになる。川端作品を読むということは、言い換えれば、常に読者の側における一種の自己実験でもあり、読者はCécile Sakaiがいみじくも川端の「両義性の体系」と呼んだものに、自ら立ち向かわなければならない。しかし彼の作品を読み、読み返すということは、彼が作り出した小説世界に対する異なる視点の探求でもあり、読者はやがて、自己認識の過程を通して十分に報われる。川端康成の、無限にきらめく美的宇宙と向き合う自分の限界を相対化し、それを広げていくことになるからだ。

注

（1）波平恵美子『ケガレの構造』（青土社、一九八四年）、Emiko Ohnuki-Tierney: *The Monkey as Mirror: Symbolic Transformations in Japanese History and Ritual*. Princeton: Princeton University Press 1987, pp.141-142 より引用。
（2）「舞姫」『川端康成全集』第一〇巻（新潮社、一九八〇年）。
（3）「美しい！」『中央公論』（二〇一三年八月号、一一四—一二一頁）。
（4）「美しき墓」『川端康成全集』第三巻（新潮社、一九八〇年、七九—九〇頁）。
（5）「笹舟」『川端康成全集』第一巻（新潮社、一九八一年、四六七—四六九頁、この部分は四六八頁）。
（6）「ほくろの手紙」『川端康成全集』第七巻（新潮社、一九八一年、五七—七六頁）。

（7）石川巧「「美しい！」から「美しき墓」へ――川端康成における方法的転回」『立教大学大学院日本文学論叢』13号（二〇一三年一〇月、七一―一〇二頁、この部分は八三頁）。 http://ci.nii.ac.jp/naid/120005350934（二〇一四年八月一〇日検索）

（8）Roy Starrs: *Soundings in Time : The Fictive Art of Yasunari Kawabata*. Richmond: Curzon Press 1998.

（9）Birgit Griesecke: Intime Experimente: Unterwegs in japanischen Schlaflaboren mit Ariyoshi, Tanizaki und Kawabata. In: NOAG 75. 2005. H. 1-2, pp. 7-36.

（10）Griesecke, pp. 35-36.

参考文献

・波平恵美子『ケガレの構造』（青土社、一九八四年三月）

・Emiko Ohnuki-Tierney: *The Monkey as Mirror: Symbolic Transformations in Japanese History and Ritual*. Princeton University Press 1987.

・Cécile Sakai: *Kawabata le clair-obscur – Essai sur une écriture de l'ambiguïté*. Presses Universitaires de France, 2001.

・Birgit Griesecke: Intime Experimente: Unterwegs in japanischen Schlaflaboren mit Ariyoshi, Tanizaki und Kawabata. In: *Nachrichten der Gesellschaft für Natur- und Völkerkunde Ostasiens* (NOAG) 75. 2005.

・石川巧「「美しい！」から「美しき墓」へ――川端康成における方法的転回」（『立教大学大学院日本文学論叢』13号、二〇一三年一〇月）

【付記】本原稿の日本語翻訳に際し、早稲田大学特定課題研究助成費「占領期の川端康成の文学的活動とメディア検閲」（課題番号：2014K-6045）の助成を受けた。

第IV部

文学の政治学

1 「代作」と文学の共同性

紅野謙介
Kono Kensuke

1 「代作」という現象

菊池さんの「不壊《ふえ》の白珠《しらたま》」、あれは僕が書いたのです。「受難華《じゅなんげ》」は横光（利一）君です。話をひろげすぎて、困りましてね、菊池さんのところへ行くと、あっさりまとめてくれるんですよ……

これは、文芸編集者の木村徳三の回想に出てくる川端康成の発言である。木村は元改造社社員で雑誌『文芸』の編集者、菊池はもちろん菊池寛のことである。川端が戦後、久米正雄、小林秀雄、高見順らとともに出版社「鎌倉文庫」を始めたとき、木村に編集の実務を依頼したのである。以後、木村は雑誌『人間』の編集長をつとめるなど、「鎌倉文庫」の出版活動を実質的に担った。それほど川端の信頼の篤い編集者の回想であっただけにこの話は否定しがたい。

川端康成の「代作」問題については、これまでにも曾根博義、福田淳子、平山城児氏らの研究があり、菊池寛との関係については菊池の秘書であり、「代作」も行った佐藤碧子『人間・菊池寛』（新潮社、一九六一年三月）や『瀧の音　懐旧の川端康成』（白川書院、一九八〇年一二月）などの証言もある。傍証には事欠かない。

「不壊の白珠」というテクストは、一九二〇年代にベストセラー作家となり、雑誌『文藝春秋』を創刊する菊池寛が『東京朝日新聞』『大阪朝日新聞』（一九二九年四月〜九月）に連載した新聞小説である。誠実でしとやかな姉と活発なモダンガールの妹が同じ男性をめぐってくりひろげる三角関係のメロドラマである。同年に松竹キネマで清水宏監督によって映画化されてもいる。

このときの川端の発言によれば、「不壊の白珠」は川端が下書きを書き、行きづまると菊池寛のもとで「まとめ」る作業が行われた。もちろん、初めてではなかった。福田によれば、それ以前の菊池寛『慈悲心鳥《じひしんちょう》』（『母の友』一九二一〜二二年）も川端と菊池の連携が行われた小説だという。生計を立てるため川端は菊池寛に金策を依頼し、「代作」を引き受けた。

「代作」は許されるべきではないとする考え方がある。その背景には、芸術におけるオリジナリティの絶対的尊重がある。書かれたテクストの言葉はその署名者である人物と直結し、作家のアイデンティティとともに著作権をめぐる考え方がそこに成立する。西欧を起源とする近代芸術の思考形式では、誰にも書かれたことのない新しい表現を目指し、たえず「前衛」であることを重視する。誰かべつの書き手が著したテクストを、すでに一定の権威を確立した著名な作家の名前で発表することなど詐欺に等しい。

しかし、同じ倫理観は日本では徹底されることはなかった。明治中期に活躍し、多くの恋愛メロドラマを成功させた尾崎紅葉は、ときにみずからの弟子たちに小説を書かせ、自分との共著というかたちで発表し、ときに自分の名前だけで発表したこともあった。この紅葉門下に育った徳田秋声も、その主要な傑作は秋声みずからの筆であったが、地方新聞などに連載された多くの長篇小説、ときに東京の大手の文芸雑誌に出した短篇小説において「代作」を取り入れた。書いたのは売れない同年配の知人・友人たちであった。

夏目漱石でさえ、彼の元を訪ねてきた無名の青年が自分の原稿を買ってほしいと頼み込んだとき、自分は「代作」はやらないがと断った上で、秋声に紹介の労をとった。つまり、漱石が「代作」を斡旋したのである。それほど秋声の「代作」

は半公然と作家たちに知られていた。また無名作家たちが生活のために自分から「代作」を売り込むケースもあったのである。漱石の紹介を受けた秋声は、結局、その小説を自分との共作のようにして『大阪朝日新聞』に堂々と連載した。

もちろん、当時としても「代作」は褒められる行為ではなかった。著名作家の代作を暴くゴシップ記事が出ていることからもそれはうかがわれる。いくつもの雅号、筆名をもち、代々の名前を喜んで継承した江戸戯作者たちと共通する「封建的」な風習の残滓であり、一掃されるべき非近代的な現象だと判断されたのである。しかし、非難したものは姿を消し、秋声や川端は長く生き残った。西欧近代的な価値観を建前としつつ、少なくとも日本の近代文学は「代作」のような現象を、無名の作家志望の青年男女を支援する方策であるとともに著名作家たちの職業的方便のひとつ、つまり、おおっぴらには語れない内部の「事情」として許容したのである。では、それは後進性の現れだけなのだろうか。

2　このテクストは誰が書いたのか

川端が第一創作集『感情装飾』（金星堂）を出すのは一九二六年である。翌二七年に第二創作集『伊豆の踊子』（同）を出し、新進作家として認知される。しかし、まだ短篇小説が大半で、発表本数も多くない。家産のない川端にとって、職業作家としての自立は困難であった。「海の火祭」を『中外商業新報』（一九二七年八〜一二月）という新聞に連載し、初の長篇小説に挑戦してみるが、満足のいく出来栄えではなかった。「伊豆の踊子」の映画化とその大ヒットは一九三三年まで待たなければならない。それまでの川端はまだ作家として頭角を現した程度の存在であった。知名度があがり、収入も増えるのは、一九二九年暮れの「浅草紅団」連載以降、一九三一年の結婚前後とみた方がいい。

とすると、菊池寛の名前で発表された長篇小説を通して、川端が大手新聞の連載小説に挑み、難渋しながら小説の作法を学んでいったという背景説明としては合点がいく。川端は菊池寛にその才気を評価されて、横光とともにはやばやと『文藝春秋』創刊同人に迎えられた。横光、川端ら新進作家たちによる同人雑誌『文藝時代』刊行について、菊池寛からの自立が指摘されたりもするが、まさにそうした菊池の庇護と支援、そうであるからこその自立を目指す胎動が一九二一年から一九二九年頃まで続いていたと見るべきではないか。

しかし、そうなると「不壊の白珠」を書いたのはいったい誰だと言えばいいのだろう。横光の「代作」だという「受難華」にいたっては、いっそう混迷が深まる。「受難華」は女性雑誌の『婦女界』（一九二五年三月〜二六年一二月）に連載された長篇小説で、こちらも当時、媒体に合わせて菊池寛に期待された、三人のモダンガールと都市風俗を描き分けた恋愛メロドラマである。ところが、この小説が横光利一の「代作」だとすると、菊池寛自身が「自分の初期の長編小説の中では上作で、今でも読み返しても、はずかしいと思ふところはない」（『半自叙伝』、『文藝春秋』一九二八年五月〜二九年一二月）と述べているのが解せないことになる。小林秀雄も「菊池寛論」（『中央公論』一九三七年一月）のなかで、「受難華」を菊池寛の「思直卿行状記」（『中央公論』一九一八年九月）よりも見事であると評価した。

もちろん、「代作」かどうかは確定的ではない。しかし、もし、「不壊の白珠」のときのように横光が下書きを書き、菊池が手を入れていくという協働作業があったとすれば、そしてそれによって菊池の自負するような小説が生まれたとすればどうなるか。小林秀雄から前田愛にいたる「受難華」評価の流れは、改めて「横光利一＋菊池寛」という複数の作者によるテクストとしてもう一度、再検討されなければならないだろう。

3　編集者としての作家

「代作」という手段を、川端みずからも使うようになるのは、多くの原稿依頼が来るようになる一九三〇年代以降のことである。木村徳三は、「僕の名で出ている「小説入門」、あれは伊藤（整）君が書いたものです。伊藤君、お金に困っていたようでした……」という川端の言葉をやはり記録している。

川端に「小説入門」というタイトルの本はなく、これは『小説の研究』（新思想芸術叢書、第一書房、一九三六年八月）を指している。この評論集は好評で版を重ね、六年後には増補改訂版（一九四二年四月）まで出た、その「序文」において、川端は自分のエッセイを収めた第三部は「伊藤整君の編輯」によるとしたあとで、小説の理論と個別作家論を収めた第一部・第二部も「篤学鋭達の同君の助力がなければ、成し得なかつた」と記している。

実際、『川端康成全集』補巻第二巻（新潮社、一九八四年）に収録された伊藤整の川端宛書簡には、『小説の研究』初版の出た一九三六年八月初め、第一書房の単行本タイトルが「小説の研究」に改められたこと、四〇〇〇部の発行で印税四〇〇円は二〇〇円ずつわける方式であることなどが細かく書かれている。明らかに「代作」の内幕である。この本の編集担当は、第一書房にいた春山行夫で、書簡にも春山とのやりとりが出ている。モダニズム詩人として活躍する一方、雑誌『詩と詩論』（厚生閣）『セルパン』（第一書房）の編集者として活躍した春山は、川端、伊藤とも交遊が深かった。つまり、この「代作」が出版社に隠れた行為ではなく、出版社・編集者も参加しての協働作業だったことが分かる。伊藤の書簡（一九四〇年一〇月四日付）を見ていくと、同じく川端の名で出された『小説の構成』（三笠書房、一九四一年八月）についても「代作」の依頼を受け、にもかかわらず書くことができないためにさらに下請けを探したと伝えている。「若しあれが本になるやうなことがございましたら、執筆者が瀬沼（茂樹、引用者注）君であること、御記憶頂ければと存じます」とある。こうして代作者の系譜にのち近代文学研究者として知られる瀬沼茂樹の名が加わることになる。

川端康成の名で発表された少女小説「乙女の港」（『少女の友』一九三七年六月～三八年三月、実業之日本社、一九三八年四月）にもまた、異なる書き手がいた。一九三九年に「乗合馬車」などで第八回芥川賞を受賞した中里恒子である。一九八九年、神奈川県立近代文学館で開催される「中里恒子展」の準備の過程で、中里の手になる「乙女の港」草稿二〇枚が発見された。川端作「乙女の港」は明らかにこの草稿を踏まえて書かれたことが判明したのである。

もちろん、その前から「乙女の港」については「代作」が推測されていた。中里恒子の川端宛書簡（一九三七年九月一八日付）で、中里は「乙女の港お言ば（言葉）通り注意いたしませう。どんな風に書いても、うまくなほして下さる こんなわがままな考へ方が私にあるからかもしれません」と書いている。明らかに中里恒子が草稿を書き、そこに川端が手を入れ注文をつけ、さらに中里が修正を加えていることが分かる。このあとの書簡によれば、中里恒子は『少女の友』に続けて連載した「花日記」（一九三八〜三九年）も実質的に執筆していた。

これは稀有なケースなのだろうか。そうではないだろう。ここまで例が多くなれば、川端が菊池寛に教わり、徳田秋声のような年長作家たちを見習うことを通して、身につけた技法だと言えよう。このとき作者の名は単数でありながら、複数形になる。むしろ、著者名として「代表」するひとりは、複数の作者の言葉をアレンジし、編集する機能だと言っても差し支えない。では、それはいわゆる「文壇」で作家として生きる処世術に過ぎなかったのか。無名の作家たちを収奪しているのであれば、そうとも言える。しかし、ここで菊池寛にしろ、川端康成にしろ、文学が産業化するなかで彼らを利用していただけではない。伊藤整や中里恒子の書簡が明らかにしているように、彼らはその支援を受けて生計を成り立たせた。また一方で中里のように小説家としてのトレーニングを受けた。もちろん、そこに否応なく「文壇」的な権力関係が成立することは確かだが、やがて彼らは自立した作家・批評家として川端と肩を並べることになる。川端においても、異なる書き手の下書きを読み、そこに加筆修正を加えることを通して、新しい素材、文体、構成を目の当たりにすることになった。他者の言葉と自分の言葉が混じり合い、新たな言葉が生み出されていく瞬間を「代作」は体験させたのである。

4 自分で自分を編集する

川端康成が一九三〇年頃から四〇年代にかけて、各新聞雑誌などで文芸時評を担当したこともよく知られている。毎月、多くの文芸雑誌を読み、月旦する労苦を、批評家でない作家の川端がなぜやり続けたか。「文壇」の差配役たらんとしたといった批判は当たらない。その結果、川端は林芙美子、山川彌千枝、岡本かの子、北条民雄、豊田正子など、当時の「文壇」内にとどまらぬ多くの書き手を発掘した。「文壇」の内部と外部を切り分け、外部を内部に持ち込むことで、結局、内部の活性化に寄与したという批判もあるが、仮にそうだとしても、川端は書き手がハンセン病患者であるか、一〇歳の貧しい少女であるかを問わず、徹底してテクストの言葉だけに向き合った。北条のケースはときとして発表に際して川端が手を加えたこともあった。

「代作」をめぐる問題を、「作者とは何か」という問いに差し向けてみよう。一般的に「代作」は他者の生産物をあたかも自分の生産物であるかのように取り繕う行為である。しかし、ここで例に挙げている菊池や川端の「代作」は他者の言葉をベースにしながらも、それに加筆修正を加え、他者の言葉とも自分の言葉ともいいがたい独自な言説を生み出すことを指す。とするならば、それは果たして他者と自分のあいだでのみ起こることなのか。

ここで川端康成の最初の小説「十六歳の日記」(『文藝春秋』一九二五年八、九月)を考えてみよう。この小説は、冒頭に「――作者言ふ。括弧の中は二十七歳の時書き加えた説明です――。」とある。表題のとおり、一九一四年五月、死期をさまよっていた祖父を看病していたときの一六歳の日記が元になっていて、それから一一年後、一九二五年に日記が発見され、編集された。新たな加筆部分は(　)の記号で挿入されていて、さらに「あとがき」が付いている。この「あとがき」には日記発見の経緯が書かれるが、次のような一節もそこに出て来る。「ところが私がこの日記を発見した時に、最も不思議に感じたのは、ここに書かれた日々のやうな生活を、私が微塵も記憶してゐないといふことだつた」。つまり、日記に書かれている「私」、日記を書く「私」、編集する「私」のあいだに連続性はないということだ。断絶する「私」の記憶を前にして、言葉に書き記された「私」の生活を、「私」はあらためて編集し、加筆しながらひとつのテクストとして織り上げていく。ここには一六歳の日記を「代作」の草稿として受け入れながら、新たなテクストを作る作家の創作行為がある。

しかも、実は完成稿は成立しない。この小説を、一九四八年の新潮社版全集第二巻に収める際、川端は新たな「あとがき」を追加し、さらにまた一九五九年の全集第一巻のときに「あとがきの二」を加えた。それは単純な「あとがき」の追加にとどまらず、新たに発見された日記の追補であり、この小説の風景を変えていく加筆となっている。つまり、この小説は、一九一四年の日記をもとに、一九二五年、一九四八年、一九五九年の三回にわたって書き直され、再編集されたことになる。こうしたテクストの生成過程は、テクストの同一性をたえず揺るがせる。同一であるべき作者が時間的に変化し、複数の作者へと変貌する。こうして元のテクストはたえず書き加えられるべき下書きとなり、その終わりなき行程が始まるのである。

戦後、川端五〇歳のときの長編「少年」(『人間』一九四八年五月〜四九年三月、さらに加筆がその後なされた)もまた、川端による祖父の手紙の代筆、自身の日記、「伊豆の思い出」をめぐるエッセイ、「伊豆の踊子」まで、数多くのテクストが引用のコラージュをほどこされている。その方法論は川端康成において連続していた。

菊池寛にとっては、代作は新人たちに対する小説のトレーニングであり、膨大な注文をこなしていくための職業作家の方便という意味が強かったかもしれない。しかし、川端康成にとって果たしてそれは同じことだったろうか。「乙女の港」をめぐる中里恒子とのやりとりは、すでに草稿と現行テクストとの検証によって、さまざまな修正過程があることが指摘されている。それは単純な「代作」ではもちろんなく、また簡単に「まとめ」る作業でもなかっただろう。しかし、目の前にあるテクストに触発されながら、その上にくりかえし新たな筆を加え、重ね書きしていく行為そのものに、作者は創作の快楽を見出していたのではないか。「雪国」そのものが、多くの短篇連作から構成され、複雑な形成過程をたどることはよく知られているとおりである。「山の音」や「千羽鶴」のような長篇小説を構築する一方、川端はたえずテクストを更新し、いったん時間的断絶をへた上で、また更新するという創作スタイルを維持した。そこにもかすかに重ね書きの残響がある。

もちろん、「十六歳の日記」の方法もまた虚構という可能性も否定はできない。過去のテクストの引用をあえて作り出すこともありうる。みずからに対して「代作／編集」すること。逆に言えば、川端康成とはそうした「代作」の美学的方法化を編み出した作家だということになる。

作家としての地位を確立しないかぎり、職業としての文学は成り立たない。川端康成はそれを知っていた。「文壇人」として目の前の文学を蘇生させるために、外部からさまざま異質な言葉を導入した。それが新人の発掘につながり、一部にはともに代作に携わり、あるいは手を加え、作家として自立できるように促したのである。同時に自分自身の言葉もふくめ、いったんそれを何の背景もない「他者の言葉」としてとらえ、そこに新たな斧鉞《ふえつ》を加え、重ね書きしていくことを川端は繰り広げた。それらの一連の作業をひとまず、ひとつの起源に還元しえない言葉の断片に対する、非連続な愛情と言っておきたい。

こうして川端康成の「代作」問題とは、オリジナリティの概念そのものを問い返し、作者の複数性をめぐる思考へとつながる回路を示していたのである。

参考文献

・木村徳三『文芸編集者　その跫音』（ＴＢＳブリタニカ、一九八二年六月）
・曾根博義「川端康成『小説の研究』の代作者」（『遡河』一九八九年八月）、「代作の怖さ」（『海燕』一九八九年九月）
・福田淳子「菊池寛『慈悲心鳥』と川端康成――代作問題をめぐって」（『文芸空間』一九九二年四月）、「川端康成における文学活動始動期の考察――菊池寛との関係から」（『解釈と鑑賞』二〇一〇年六月）
・平山城児『川端康成　余白を埋める』（研文出版、二〇〇三年六月）
・中嶋展子「川端康成『乙女の港』論―「魔法」から「愛」へ―中里恒子草稿との比較から」（『岡山大学大学院社会文化科学研究科紀要』二〇一〇年三月）

2

占領期日本の検閲と川端康成の創作

「過去」「生命の樹」「舞姫」を中心に

十重田裕一
Toeda Hirokazu

1　二つの検閲下の創作活動

川端康成（一八九九〜一九七二年）の作家としての活動期は、一九一〇年代後半から六八年（昭和四三）の日本における最初のノーベル文学賞受賞を経て、七二年（昭和四七）の死去に至るまで約半世紀に及ぶ。彼の活動の時期は、第一次世界大戦・ロシア革命・関東大震災・第二次世界大戦・アメリカによる占領・東西冷戦、そして高度経済成長など、日本国内外の激動と変化の時代と重なり合う。この間の川端の活動は、日本国内外の状況を鏡に映し出すように見える。

本稿で照明を当てるのは、アメリカによる占領期日本の言論統制下における川端の創作についてである。川端が作家として活動していた第二次世界大戦前・戦中には、日本の内務省による検閲があり、戦後にはGHQ／SCAP（General Headquarters／Supreme Commander for the Allied Powers　連合国軍最高司令官総司令部）による検閲があった。川端もまた、好むと好まざるとにかかわらず、この言論統制とかかわりを持つ。戦前・戦中の内務省検閲下における、出版社の伏字による自主規制との関連についても興味深いが[注1]、本稿で取り上げるのは、川端と占領期のGHQ／SCAP検閲についてである。[注2]

2　占領と戦争を描く「過去」「生命の樹」への事前検閲

最初に、GHQ／SCAP検閲の特色について確認をしておきたい。第二次世界大戦後、出版法（一八九三年公布）・新聞紙法（一九〇九年公布）が廃止されるのはいずれも一九四九年（昭和二四）であるが、四五年（昭和二〇）九月には事実上失効する。これに代わって、一九四五年（昭和二〇）秋から、CCD（Civil Censorship Detachment　民間検閲局）による検閲が終了する一九四九年（昭和二四）まで、GHQ／SCAPが日本のメディアを規制していた。占領の期間は、サンフランシスコ講和条約の発効する一九五二年（昭和二七）四月まで続く。

出版以前に検閲を行う事前検閲では、出版物の刊行以前に校正刷を当局に提出し、検閲官がCCDの三一項目に及ぶ検閲指針「掲載禁止・削除理由の類型」（Categories of Suppressions and Deletions）に即してチェックを行い、掲載不許可（suppress）、一部削除（deleted）、許可（pass）、留保（hold）などの判断を下した。当時、日本のメディアに対しては民間検閲局の検閲指針は公開されておらず、各メディアは一九四五年（昭和二〇）九月一九日付で公にされたプレスコード（Press Code for Japan）を参照しながら対策を講じていた。一九四五年（昭和二〇）から四九年（昭和二四）まで実施されたGHQ／SCAPの検閲は、新聞・雑誌・書物・放送・映画などのマスメディアだけでなく、郵便・電話・電信など個人のメッセージをやりとりするメディアに至るまで規制対象としていたのである。

こうしたGHQ／SCAPの言論統制下において、川端の小説もまた修正を求められた。アメリカ軍の検閲が開始されてまもない事前検閲の時期には、GHQ／SCAPによる修正要求のあった川端の小説が散見される。たとえば、事前検閲の時代に発表された「過去」（『文藝春秋』第二四巻四号、一九四六年六月）[注3]と「生命の樹」（『婦人文庫』第一巻三号、一九四六年七月）は、GHQ／SCAPによる検閲にしたがい、書き換えがなされた小説である。

戦後の鎌倉を舞台とする「過去」は、男女の再会を契機に戦前の過去の出来事が甦ってくる物語内容をもつ小説である。

占領になってまもない時期の鎌倉で、進駐軍についての描写に対する削除要求が見られる。「ジイプに乗つたりアメリカ兵を抱いたりしてゐる女は、無論まだ見られなかつた」をはじめとする数箇所が、「占領軍将兵と日本人との親密な関係描写」（fraternization）という理由から「一部削除」の対象となっているのである。▼注4

一方、「生命の樹」は、特攻隊や沖縄戦に言及しながら戦争を描いた短編小説として重要な位置を占める。啓子という女性の視線を通じて、生死を分けた二人の特攻隊員と彼女との交流、そして彼らへの揺れる想いが、戦前と戦後、過去と現在が交錯しながら描かれている。この小説は、「国家主義的プロパガンダ」（nationalistic propaganda）という理由から「一部削除」の要求を受けた。校正刷の段階で修正が施されたのは以下の表現である（図1）。

それは特攻隊員の死といふ、特別の死であつた。
一里四方ほどの土地、一萬か二萬の人々が、その死を中心に動いてゐた、死であつた。その時は、国の運命もその死にかかつてゐたかのやうな、死であつた。

「過去」「生命の樹」は、題材やテーマは異なるが、戦中の過去を回想する形式をとっている点で共通性が見られる。また、この二つの小説は、戦前・戦中から断絶した現在を描くのではなく、過去から現在に至る連続性のもとに創作されている点も通底している。その際、当然書かれるであろう、占領期日本の進駐軍と戦中の特攻隊や沖縄戦に関する言及や表現に対してGHQ／SCAPから修正要求がなされているのである。

ほぼ同時に発表された「過去」「生命の樹」は、いずれもGHQ／SCAPの事前検閲による修正要求を受け入れざるを得なかった点で共通しているが、その理由は異なっている。この二つの小説は、占領と戦争を描いている点で、GHQ／SCAPのメディア規制の対象となる典型的な表現であった。一方、川端からすれば、現在進行中の占領と最近まで

「どうもをかしいね。死ぬやうな氣が、なにもせんぢやないか。星がたんと光つてやがら。」

「さうよ、さうよ。」と、私は追ひすがるやうに言つた。胸がふるへた。

いいことよ、ちつとも御遠慮なさらないで、手荒く亂暴なさいよ、とでも言ひたいのが、私の「さうよ、さうよ。」といふ聲だつたらしい。私は抱きすくめられるのを待つてゐたやうだつた。

悲しみに突き刺された私の胸に、なぜまた突然あやしい喜びが突き上つて來たのだらうか。

しかし、植木さんは私の涙にも私の聲にも、お氣づきにならなかつた。

氣がつかぬふりをなさつたのかもしれない。後々、私はよくその時のことを思ひ出すが、星の見納めだといふおつしやり方には、私への愛がこもつてゐたと思へてならない。

植木さんは、未練がおありになつたわけではない。私もまた、死なないでほしいと、お引きとめしたい氣は起さなかつた。

特攻隊員である植木さんには、死は定まつたことだつた。特攻隊の基地の水交社にゐた私は、その死を信じてゐた。[redacted]の死[redacted]

強ひられた死、作られた死、演じられた死ではあつたらうが、ほ

図１　「生命の樹」。「一部削除」の要求を受ける。
（メリーランド大学図書館ゴードン W. プランゲ文庫蔵）

行われていた戦争について表現したいと考えることは当然のことであっただろう。この時期の川端が表現したい対象と、GHQ／SCAPが公にさせたくなかった表現とのせめぎあいが、「過去」「生命の樹」における検閲の痕跡からはうかがえる。そして、川端の小説に対する「一部削除」の要求は、まだ事前検閲が行われていた一九四六年（昭和二一）中頃に集中し、その後は、GHQ／SCAPから修正を要求されるケースは見られなくなるのである。

3　事後検閲の時期における「舞姫」とメディア規制の力学

GHQ／SCAPのメディア規制が時間や経済の観点から見て、より効果的になるのは、事後検閲においてである。一九四八年（昭和二三）に入ると、新聞・雑誌・単行本の多くは、事前検閲から事後検閲に推移していく。事後検閲になると、記者や編集者の判断にかかる責任が重くなり、メディアによる対応の差異が見られるようになる。検閲を過剰に意識することで、危険を回避し安全策をとるべく、自主規制が強くなる場合も出てくる。これから述べていくように、川端の小説についても、事後検閲の時期に、メディアの自主規制によって書き換えを行ったケースがある。▼注5

アメリカによる占領が終わりに近づいた時期に連載された、川端の長編小説「舞姫」に対する修正要求は、この時期の日本の言論統制について考えるうえで重要な事例となる。「舞姫」は、国文学者の夫とバレエ教室主宰の妻、バレリーナを目指す娘と大学生の息子からなる家族の崩壊を、朝鮮戦争を背景に描いた小説である。一九五〇年（昭和二五）一二月一二日から翌年の三月三一日にかけて『朝日新聞』朝刊に連載され、単行本は同年七月に朝日新聞社から刊行された。「舞姫」の連載の第二九回が、新聞社の自主規制によって書き換えを要求されたのである。そのいきさつについては、当時、朝日新聞社学芸部に勤務し、川端の担当であった澤野久雄の証言がある。▼注6

澤野によれば、「舞姫」の第二九回の連載分に見られる官能的な描写が猥褻な表現にあたり、▼注7朝日新聞に掲載するには難しいという判断が編集局次長によって下されたという。これを不服とした澤野は、当該箇所はあくまで芸術的な文章であると確信し、編集局長に相談する。判断を保留した局長は論説委員と話し合い、川端に書き直しを依頼することを澤野に告げた。澤野が論説委員にその論拠を確認したところ、「マッカーサーの声明」が出ようとする時期に重なるというのが、不掲載の理由であった。これは、一九五一年（昭和二六）が講和の年になるとの希望を述べた、マッカーサーの年頭の「声明」を指す。この「声明」は、同年一月一日に、『朝日新聞』を含む新聞各紙によって報じられた。そして、マッカーサーの希望どおり、サンフランシスコ講和条約はこの年の九月八日に調印されることになる。つまり、川端の小説への介入は、こうした占領軍の動向を意識した新聞社の自主規制による修正の要求であった。澤野は辞職を覚悟のうえで、川端に書き換えを申し入れたところ、約三〇分の熟慮ののち提案を受け入れたという。限られた時間のなかで原稿を書き直し、一九五一年（昭和二六）一月一〇日の『朝日新聞』朝刊に第二九回の原稿は無事に掲載された（図2）。川端は、内容を大幅に変えることなく、指摘を受けた表現の一部を抽象化しながら改稿しているように見える。

ここで確認しておきたいのは、川端が「舞姫」を連載していた時期には、『朝日新聞』を含む多くの新聞や雑誌では事後検閲になっていたという事実である。「舞姫」が連載される二年前の一九四八年（昭和二三）の時点で、『朝日新聞』を含む多くの新聞は、すでに事前検閲から事後検閲に移行していた。したがって、ここで想定されているのは、GHQ／SCAPに前もって校正刷を提出する事前検閲ではなく、新聞刊行後に当局で確認が行われる事後検閲である。つまり、事後検閲を想定し、発行停止あるいは厳重注意になりそうな箇所に対して、メディア自身による自主規制が行われていたのである。

「舞姫」をめぐる自主規制で興味深いのは、以下に述べる二点である。

一点目は、すでに事前検閲が終了して時間が経っていたにもかかわらず、なぜ朝日新聞社が検閲に対して過剰な反応をしたかである。この点については、GHQ／SCAP検閲と朝日新聞社とのかかわりから、その理由がわかってくる。

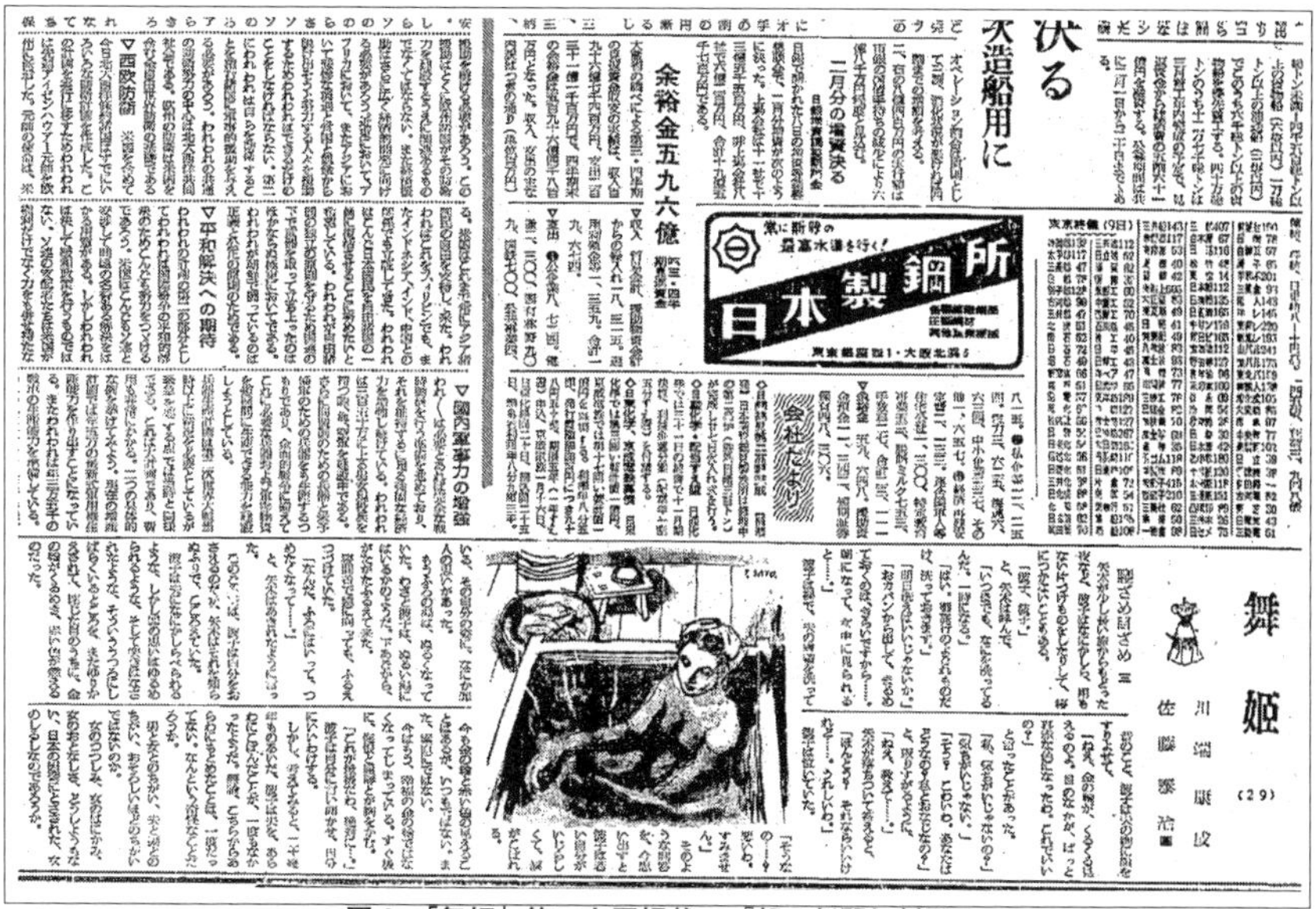

図2 「舞姫」第二九回掲載の『朝日新聞』紙面。

澤野の回想からは、朝日新聞社がGHQ／SCAPとマッカーサーを強く意識していたことがうかがえる。その背景には、この時期の同社ではそうせざるを得ない事情があった。戦後すぐに発行停止になった『朝日新聞』では、山本武利氏[注8]が指摘しているように、GHQ／SCAP検閲に十分に配慮した編集が事前検閲の時代から行われていた。澤野の証言からも、「舞姫」第二九回掲載の可否をめぐって、編集局長と論説委員がマッカーサーについて言及しており、当時の朝日新聞社内では、GHQ／SCAPを強く意識していた様子がうかがえる。

二点目は、官能的な描写に関する自主規制を行おうとしていたと澤野が回想している点である。「舞姫」の削除された箇所は、民主化ならびに人間性の解放を肯定的、積極的に押し進めていたGHQ／SCAPによるメディア規制の対象になるものとは考えにくい。GHQ／SCAPが官能的な描写については厳しく規制することがあまりなかったことから、ここで意識されていたのは、別の言論統制であったように思われてくる。すなわち、「猥褻ノ文書、図画其他ノ物ヲ頒布若クハ販売シ又ハ公然之ヲ陳列シタル者」に対する懲役または罰金の処分を記した、刑法一七五条の「猥褻物頒布罪」である。一九〇七年（明治四〇）に制定されたこの法律は四七年（昭和二二）に改定され、以前よりも厳しい処罰が課されることになる。そして、戦前・戦中の内務省による検閲の記憶がまだ生々しい時期であることを考えると、刑法一七五条に「風俗壊乱」による規制を重ねて見ていたことも想起されてくる。

紅野謙介氏が、[注9]D・H・ロレンス『チャタレイ夫人の恋人』の伊藤整訳（小山書店、上巻・一九五〇年四月、下巻・同年五月）に言及しながら指摘しているように、一九五〇年前後には警視庁による「猥褻文書」の摘発が相次ぎ、世論やGHQ／SCAPの抗議により撤回するケースが見られた。占領期の後半になると、警視庁とGHQ／SCAPのように異なるメディア規制によるせめぎあいがあったが、「舞姫」の場合もこうした動向と少なからずかかわりがあるように見える。[注10]

澤野の回想からは、官能的な描写に対する懸念とGHQ／SCAPへの配慮が共存し、過剰に反応していく新聞社の様子が伝わってくる。刑法一七五条とGHQ／SCAP検閲を意識した、二重の拘束による自主規制が行われていたことがうかがえる。ここに新聞社による意図的な情報操作が介在していたか否かは詳らかではないが、少なくとも、占領期アメリカによる検閲と日本の刑法の検閲が交錯し、その二重の拘束のもとで対応をせざるを得ない当時の新聞社の困惑や混乱が、「舞姫」をめぐる一連の出来事から明らかとなるのである。

4　占領下の出版活動

川端の小説家としての態度は、検閲を意識して自主規制するのではなく、あくまでも表現したいことを書き、修正要求があった場合にはそれに応じて書き換えるというものであった。本稿で例としてあげた「過去」「生命の樹」「舞姫」からは、川端のそのような態度が確認できる。川端は、GHQ／SCAPの言論統制に迎合して自主規制するのでもなく、検閲による修正要求に対しては現実に即した対応をしていた。ここからは、戦前・戦中、そして、日本国憲法第二一条第一項の「表現の自由」が保証されるに至っても、かたちを変えながら言論統制が常にありつづけることを、川端が現実的に受けとめていたことがうかがえる。

そのような川端の対応は、創作を発表すると同時に、鎌倉文庫の経営に携わっていたこととかかわるのかもしれない。鎌倉文庫は、戦中に鎌倉在住の作家たちが共同出資し貸本屋を経営したことに端を発し、戦後、川端が久米正雄・高見順・中山義秀らとともに設立した出版社である。作家であると同時に、雑誌や書籍を編集、出版する側にもあった川端は、発売禁止処分とならないような現実的な対応をする立場に否応なく晒されていた。占領期の川端は、創作物の発表と同時に、鎌倉文庫の経営に携わることで、異なる二つの立場からアメリカ軍の検閲に直面することになったのである。

一方、これまで述べてきた川端と占領期検閲の事例からは、GHQ/SCAPの検閲がそれだけで機能していたのではなく、戦前の内務省の検閲、あるいは刑法による規制などが表現を生み出す現場において錯綜し、その時々の政治的動向を背景に、異なる言論統制が交錯しながらメディアに強い作用を与えていたことが明らかとなった。そして、言論統制の明確な基準が示されない状況下にあっては、各人の経験や推測によって検閲を内面化するメディア自身による自主規制が「表現の自由」を抑圧することを、「舞姫」の事例が如実に指し示しているのである。

注

(1) セシル・坂井「検閲、自己検閲の連続性—川端康成の作品において」(鈴木登美他編『検閲・メディア・文学—江戸から戦後まで』新曜社、二〇一二年三月、一一〇〜一一八頁)に、内務省の検閲時代における伏字と創作をめぐる分析がある。

(2) 十重田裕一『「名作」はつくられる—川端康成とその作品』(NHK出版、二〇〇九年七月、一四〇〜一四三頁)、同「内務省とGHQ/SCAPの検閲と文学—一九二〇—四〇年代日本のメディア規制と表現の葛藤」(前掲『検閲・メディア・文学—江戸から戦後まで』八八〜一〇一頁)で、川端の雑誌掲載作品と検閲について考察している。また、李聖傑『川端康成の「魔界」に関する研究—その生成を中心に――』（早稲田大学出版部、二〇一四年三月、一一一～一二八頁）には、占領期の検閲と川端の作品との関連について言及がある。

（3）横手一彦『被占領下の文学に関する基礎的研究　資料編』（武蔵野書房、一九九五年一〇月、二三～二四頁）のなかで「過去」に関する検閲資料が提示されている。

（4）「過去」と同じ時に発表された「座談会　結婚と道徳」（『婦人文庫』第一巻二号、一九四六年六月）における川端の発言も、この小説の場合と同様に、「占領軍将兵と日本人との親密な関係描写」（fraternization）という理由によって、「一部削除」の対象となった。

（5）メリーランド大学プランゲ文庫所蔵の『川端康成全集 第二巻』（新潮社、一九四八年八月）に収録された「死者の書」（『文藝春秋』第六巻五号、一九二八年五月）に該当する箇所には、GHQ／SCAPの検察官による書き込みが見られる。この書物の扉に「1 disapproval P.290」と青鉛筆で書かれ、「朝鮮人」について言及した箇所に線が引かれ、そこに「disapproved」と記されている。刊行時期から考えて、この不承認の指示は事後検閲によるものである。当該箇所に対して、実際に修正が加えられたか否かは現段階では確認されていないものの、日本近代文学館所蔵『川端康成全集 第二巻』の当該箇所を確認したところ、プランゲ文庫所蔵版と変わりなく、修正された痕跡は見られなかった。他に、『美しい旅』（実業之日本社、一九四六年一二月）がプランゲ文庫に所蔵されていたが、特に修正を要求する記述は認められない。

（6）澤野久雄「失われた四枚」『川端康成全集 第一巻』「月報」（新潮社、一九五九年一一月、六～八頁）、同「舞姫誕生」『川端康成点描――この美しい日本の人』（実業之日本社、一九七二年一〇月、二五三～三〇四頁）。なお、「舞姫」第二九回の書き換えについては、『川端康成全集 第一〇巻』「解題」（新潮社、一九八〇年四月、五〇七～五〇九頁）にも言及がある。

（7）澤野『川端康成点描――この美しい日本の人』には、書き換える以前の第二九回の原稿が示されている（二五六～二五八頁）。書き換える以前と以後の文章を比較すると、川端が直接的な描写を回避し、もとの重要な表現を残しながら書き直していることがうかがえる。

（8）山本武利『占領期メディア分析』（法政大学出版局、一九九六年三月、三一一～三二七頁）。占領期の朝日新聞の動向は、今西光男『占領期の朝日新聞と戦争責任―村山長挙と緒方竹虎』（朝日新聞社、二〇〇八年三月）、朝日新聞「検証・昭和報道」取材班『新聞と「昭和」』（朝日新聞出版、二〇一〇年六月）などに詳しい。

（9）紅野謙介「チャタレイ裁判と検閲制度の変容―伊藤整の闘争とその帰趨」（『第三回　日韓検閲国際会議報告集　検閲の転移と変容―敗戦／解放期の文学とメディア』二〇一一年七月二三日、三七～四七頁）。

（10）小谷野敦『川端康成伝—双面の人』（中央公論新社、二〇一三年五月、三九四〜三九八頁）に、「舞姫」の書き換えと伊藤整訳『チャタレイ夫人の恋人』との関連について指摘がある。

参考文献

・山本武利『GHQの検閲・諜報・宣伝工作』（岩波書店、二〇一三年七月）
・Cécile Sakai, *Kawabata, le clair-obscur*（Presses Universitaires de France 増補改訂版、二〇一四年一月）
・福永文夫『日本占領史 1945-1952』（中央公論新社、二〇一四年一二月）
・日高昭二『占領空間のなかの文学 痕跡・寓意・差異』（岩波書店、二〇一五年一月）
・小谷野敦・深澤晴美『川端康成詳細年譜』（勉誠出版、二〇一六年八月）

【付記】本稿は、JSPS科学研究費補助金（基盤研究C）「20世紀前期日本近代文学における内務省・GHQ検閲の比較研究の国際的展開」（課題番号15K02274）の成果の一部です。メリーランド大学図書館ゴードン・W・プランゲ文庫所蔵資料の許諾を得るにあたり、室長の巽由佳子氏のご協力を賜りました。また、校正ならびに図版掲載にあたって、尾崎名津子氏（早稲田大学客員主任研究員）のご助力をいただきました。記して謝意を表したいと思います。

3

冷戦時代における日本主義と非同盟の可能性

『美しい日本の私』再考察

マイケル・ボーダッシュ Michael K. Bourdaghs

川端は日本人小説家初のノーベル賞受賞者であるにもかかわらず、この数十年間、英語圏の学者による川端論は他の作家の研究に比べるとかなり少ない。数少ない最近の川端論は主に二つの傾向を辿っている。一つは『浅草紅団』や映画『狂った一頁』のシナリオなど、若い川端のモダニズム的な作品に焦点を与える傾向、もう一つは『雪国』や『千羽鶴』のような作品を取り扱い、オリエンタリズムやファシズム美学などとの繋がりを指摘しながら批判的な立場を取る傾向である。ノーベル賞で評価された川端の壮年時代から晩年にかけての傑作は現在その株が大幅に下がった感がある。

このような傾向の源はある程度川端文学そのものに遡ることができる。しかし、同時に読者の我々の中にもその原因を探す必要があると思う。ポストコロニアル、国家国民論、フェミニズムなどの影響によって、地域学としての日本学に自己反省的な傾向が導入され、大切な役割を果たしてきた。しかし、それらの批評そのものに新しい限界がきている可能性もある。特に川端に関して言えば、現在の英語圏の日本文学研究者にはただ無視される対象となっているか、あるいはあまりにも都合の良い批判の的になってしまっている。いずれにしてもあまり生産的な立場だとは言いがたい。

ここで問題意識の提供として、川端文学を読み直すために新しい枠組みを実験的につくってみたいと思う。それは、今まで主に戦後文学として取り扱われてきた川端文学を、戦後文学としてでなく、冷戦文学として読み直してみる試みである。そうすることによってもっと生産的な川端論が生まれるのではないだろうか。

例えば、ノーベル賞の受賞記念講演「美しい日本の私」をとりあげてみよう。壮年から晩年にかけての川端によく見られる要素がこの講演に出ている。例えば、個人的レベルでも国民的レベルでも過去と現在を重ねる形で古典文学がよく使われている。道元や良寛、一休の歌が体現した、歴史を超える「日本美術の特質」を頌する記念講演は、今日英語圏の大学の授業では主に批判の対象になっている。つまり、学部生でもそのオリエンタリズム的なイデオロギー性を簡単に暴けるパンチバッグとして利用されているとも言えよう。その唯美主義的な文章の裏に戦争時代の文化的ナショナリズムの痕跡、つまり日本の帝国主義やファシズムを美しく塗り隠す美学の痕跡がはっきり見えるからである。

しかし、今この作品を戦後文学としてではなく、冷戦文学として読み直してみると、ちょっと違った歴史的な前後が見えてくると思う。冷戦時代には、川端文学は日本や北米、西欧でだけ読まれたのではなく、当時の言い方を借りれば、第二世界と第三世界でも読まれていた。冷戦文学の作家として川端を考え直すことは、同時代に存在した複数の川端論を視野に入れることを意味する。つまり、一九五〇、六〇、七〇年代に第一世界の川端と第二世界の川端、そして第三世界に存在していた川端をそれぞれ追求しなければならない。冷戦文学として川端を読み直すことによって、もっと複雑で様々な意義に富むイメージを作ることができ、もっと面白く彼の作品を読む立場を築くことができるかもしれない。

1　第一世界のサイデンステッカーと川端

まず第一世界、特に英語圏における川端文学の歴史を辿ってみよう。川端が多くの英語圏の読者の前に初めて現れたのは『アトランティック』誌の一九五五年一月号であった。「現代の日本」という特集にエドワード・サイデンステッカーによる「伊豆の踊子」の英訳が載った。S・ハリソン・ワトソンが指摘しているように、これは当時の『アトランティッ

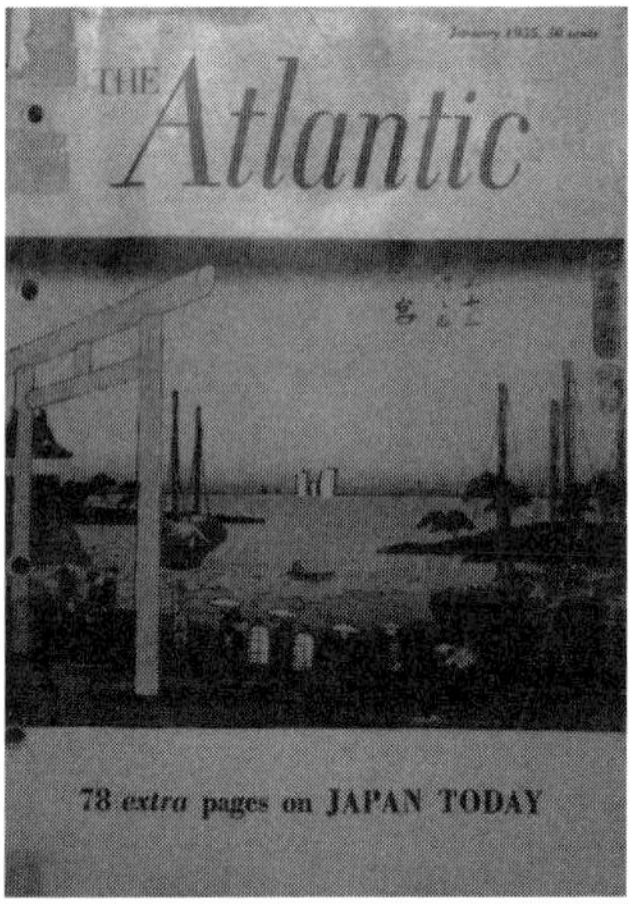

『アトランティック』誌
1955年1月号

サイデンステッカーの『雪国』
の英訳

ク』誌の様々な国の文化を紹介する特集シリーズの中の一つで、そのスポンサーは「インターカルチュラル・パブリケーション」というNPOであった。そしてインターカルチュラル・パブリケーションのスポンサーは、冷戦時代のアメリカ文化外交の立役者の一つであるフォード財団であった。フォード財団の理事会には合衆国の政府関係者が多く、例えばそのメンバーの中に将来中央情報局長になるウィリアム・ケーシーがいた。

ところで、同じ『アトランティック』誌の日本特集にサイデンステッカーは近代日本文学の「保守的な伝統」を描く短い論文も掲載している。その中で、サイデンステッカーは川端の「伝統主義」を高く評価し、その伝統主義が抵抗する相手は自然主義ではなく、第一次世界大戦後に日本文学を侵略しそうになっていたプロレタリア文学運動だと論じている。サイデンステッカーによると、他の現代日本の小説家は多くの場合小説と政治的宣伝とを混乱しているが、川端は違い、非政治的で現在の社会問題に無関心だということだ。

サイデンステッカーの『雪国』の英訳は五六年にユネスコと国際ペングラブの支援のもとで出版された。そしてその三年後、サイデンステッカーの『千羽鶴』の英訳も現れた。周知のように、六八年にサイデンステッカーは川端とともにストックホルムでのノーベル賞の授賞式に参加し、授賞記念講演「美しい日本の私」の英訳も引き受けていた。彼はまさに川端にとって冷戦時代の英語圏の読者への窓口という役割を果たしたといえよう。

多くの学者が既に指摘しているように、当時サイデンステッカーらが英語圏に広めた川端文学のイメージは米国の冷戦時代のイデオロギー的な政策とそれらに協力していたアジア学とぴったりマッチしていた。そのイメージによると、日本の文化は本質的に反共産党的なもので、穏やかな美学的な世界観に基づいており、階級闘争ではなく調和に社会秩序の根拠が置かれているものであった。そのような特質のため、日本は優等生的な存在になり、つまり西欧以外の世界にとって革命によらない近代化の手本になるような位置に立たせられた。いわば、川端文学は中国やベトナムと違って暴力的な紛争の道をたどらずに近代化することができた日本の象徴であった。

フォード財団や連邦政府などが支持していた冷戦時代の地域学に貢献した学者はサイデンステッカーのほかにも多くいた。しかし、サイデンステッカーは他の当時の学者と違って、米国の中央情報局から経済的な支援を受けていた。一九五九年ごろから一九六二年ごろまで、彼は文化自由会議という、中央情報局が秘密に組織したNPOの東京リエゾンとして、月に$250の報酬を得ていた。パリにあった文化自由会議の本部と、反共的活動に協力する日本人や日本の組織との間の橋渡しという仕事であった。当時の文化自由会議は世界中で国際会議をよく開催し、その幾つかは東京でも行われた。そして月刊誌『エンカウンター』のような出版物も出していた。

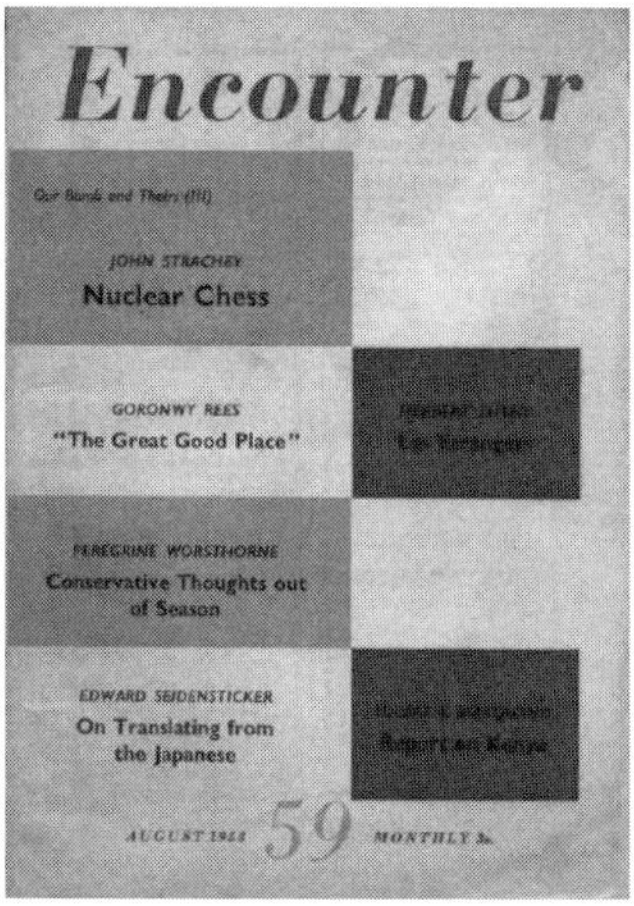

月刊誌『エンカウンター』

五〇年代にサイデンステッカーはよく翻訳や記事をこの『エンカウンター』誌に出版している。文化自由会議と中央情報局との関係は六七年ごろまで秘密であったが、サイデンステッカー自身は彼が文化自由会議に勤めていた当時、すでにその関係を知っていたと彼の自伝に書いている。「ただし、CIAの金が入っていようがいまいが、それほどの大問題であるとは、私には実は思えないのだが。」(『流れ行く日々・サイデンステッカー自伝』一五五頁)

サイデンステッカーはその自伝の中で自分は冷戦の思想戦争に自らの意

志で飛び込んだと書いている。間違いなく彼は心底社会主義を嫌っており、日米の政治的・文化的な交流を支持したかったのである。冷戦時代の川端を理解するために、まず我々は第一世界の反共主義運動がソ連との思想戦争の中で、彼の文学をどう利用し、その中にその運動が必要とした日本文化のイメージをどう読み取ったかということを追及しなければならない。ある意味で、六八年のノーベル賞受賞はこの第一世界版の川端文学の頂点であったと言えるだろう。

2　鉄のカーテンの向こう側

続いて冷戦時代のソ連圏、いわゆる第二世界の場合を考察する。鉄のカーテンの向こう側から川端文学はどう見えたのであろうか。

ノーベル賞受賞前後のロシア語での川端文学の受容について、シカゴ大学のロシア文学の専門家オルガ・ソロヴィエヴァ氏が調べてくれた。彼女によると六八年以前はソ連で川端はほとんど知られていなかったようである。例えばロシア語への翻訳から言えば、六一年に現代日本文学の翻訳集に入っていた短編の「弓浦市」が唯一のロシア語で出版されていた翻訳である。ノーベル賞以前は川端の名前はほんの数回しかソ連の出版界に現れていない。例えば『外国文学』誌に五五年にイチカワ・ジュンイチという評論家が書いたものがある。これは、冷戦時代の政治的状況との関係を通して日本文学の傾向を紹介するもので、その中で松川事件の裁判への抗議声明書に川端がサインしたと指摘されている。同じ『外国文学』誌で一九五九年にI・リヴォファという学者が現代日本文学を紹介する論文を出しており、その中では純文学の提唱者として川端の名前が出ているそうである。

六八年以降は事情が変わってくる。七一年にキム・レーホが編集した川端文学の代表作のロシア語翻訳集が出版された。ノーベル賞受賞記念講演の翻訳も入っていた。同じく七一年に、その翻訳集の書評に、B・ヴァクロフという人が川端文学を取りあげて、特にそれがアメリカからの文化帝国主義や資本主義の悪影響に対して日本の文化的伝統を守ろうとしている面で高く評価する。平和主義を唱える理想主義者として、川端をソ連の価値観を共にする作家として紹介したのだ。

同じく七一年に、ノーベル賞受賞記念講演のロシア語翻訳者であるタチヤーナ・グリゴーリエワが「川端康成を読む」という論文を『外国文学』誌に載せた。グリゴーリエワはサイデンステッカーの記念講演の英訳を、川端の思想を屈折してアメリカ化してしまうものとし、日本の文化的な特殊性を塗りつぶしてしまう西欧中心的なものだとして厳しく批判し、日本人がその英訳を読んだら、意味なさない出鱈目の誤訳としか見えないとまで主張している。グリゴーリエワによると、日本文化とは仏教と深く関わりを持つもので、個人とその周りの世界とは乖離されていない状況が重要で、さらにこの伝統を平等主義などの思想と関連づけるものとして論じている。彼女はナショナルな伝統を体現する川端のイメージを作り、彼を政治的にも文化的にも国際交流に大切な役割を満たす作家として紹介する。そして川端文学は西と東の間の架け橋であるロシアにとって特別な意義を持っていると論じている。

七一年の翻訳集の編集者キム・レーホも川端論を書いている。川端の履歴を客観的に辿りながら、キムは川端文学に比較的批判的な立場を取る。ノーベル賞受賞記念講演についてはあまりにも耽美主義的な川端文学は社会問題のいわゆる科学的な起源を見逃すと主張する。しかし、川端の伝統主義的な美学を三島由紀夫と比較する部分では川端の平和主義を評価している。

川端の死後、ロシア語の評論や翻訳がさらに増えてきた。最初のロシア語での単行本の川端論は七八年に出版され、現在川端は近代日本文学の代表的な作家の一人として認められているそうである。ところで、八八年に川端康成学会（当時は川端文学研究会）がキム・レーホやタチヤーナ・グリゴーリエワなどのソ連の研究者を日本に招いて、国際シンポジウムを催した。ソ連における川端の受容などを論じるシンポジウムの記録は学会機関誌年報の『川端文学への視界』の第四号・第五号（共に九〇年）に掲載されている。

以上は冷戦時代の共産圏における川端文学受容の一部を見ただけであるので、第二世界における川端文学の位置をさらによく理解するためにはロシア語だけではなく、数多くの東ヨーロッパやアジアの言語の場合も調査する必要がある。しかし、この限られたサンプルから言えるのは、冷戦時代において、少なくとも数人の社会主義圏の学者が努力して、川端文学を第二世界の読者にも有意義的な、有用なものにしようとしていたということである。そして、興味深いのはサイデンステッカーなどの第一世界の学者が広めた川端論への反論としてその活動を追及していたということである。冷戦の思想戦争において、川端文学は一つの衝突の場になっていたといえるだろう。

3 川端と第三世界

最後に第三世界に伝わった川端のイメージについて考察する。第三世界のことや日本も参加した五五年のバンドンで行われたアジア・アフリカ会議、そしてそこから生まれた「非同盟運動」に対して、川端自身がどのぐらい興味を持っていたかはよく知らないが、当時日本ペンクラブの会長であった川端は六一年に東京で行われたアジア・アフリカ作家会議の臨時大会には参加しなかったようである(日本代表は石川達三や中野重治、亀井勝一郎ほか)。しかし非同盟運動に席を置いていた第三世界の作家や学者たちは川端文学に興味を示していた。ノーベル賞が発表された後、アジア・アフリカ作家会議の機関紙『United Asia: International Magazine of Afro-Asian Affairs』がその六八年一一・一二月号の表紙に川端を載せている。カバーストーリーで川端の履歴を辿りながら、特に日本の文化的な伝統へのつながりを重視している。「彼の文体は日本語の特有の美やニュアンスを完璧に生かしており、その手法は『源氏物語』や「俳句」に体現されている日本文学の伝統に根づいている。川端文学は現代日本文学の中でもっとも日本らしいものとしてみなされている。」("Yasunari Kawabata" 三九一頁)

この言葉は第一世界の川端文学の読者や学者が唱えた文化伝統主義と似通っている。しかし、冷戦時代の環境でナショナルな文化的伝統を勧めるという行為は第一世界と第三世界ではかなり違う意味を持っていた。政治的な独立への第一歩として、反植民地主義的なナショナリストは文化の伝統そのものに国民の精神的な独立の鍵を見つけた。こういう国民文化観は冷戦時代においてしばしばフランツ・ファノンなどに批判されていたが、それにもかかわらず多くの第三世界の作家や読者にとって、魅力的なものであった。

例えば、川端が受賞した十四年後に同じくノーベル賞を受賞した、コロンビア人の小説家、ガブリエル・ガルシア＝マルケスはこのような川端を好んだようである。ガルシア＝マルケスは米国の文化帝国主義の猛烈な批判者で、熱心な社会主義者として冷戦時代の国際主義の文学界で活躍したが、彼にとって川端の晩年の中篇小説「眠れる美女」は特別な意味をもっていたようである。彼は「眠れる美女」に基づいた幾つかの作品を執筆していて、その中でも特に二〇〇四年の中編小説「わが悲しき娼婦たちの思い出」が注意を引く。九十歳の男性と若い娼婦の関係を描くこの小説は個人的でエロチックな面に焦点をあたえる作品だが、主人公の長い人生を省みるところは必然的に冷戦時代の歴史を一個人の立場から物語られている。こういう冷戦時代の個人史のような物語を書く時、ガルシア＝マルケスは意図的に川端の作品から物語の枠組みを借りたということは無意味ではないだろう。この小説のエピグラフは「眠れる美女」からの引用文で、川端の影響を明確に示している。

より明らかに川端文学と冷戦の関係を示す作品もある。レバノン人のラシード・アル＝ダイフの一九九四年の小説『Dear Mr Kawabata』（拝啓、川端様）は書簡体小説になっているが、この作品の一人称の語り手は川端が既に死んでいるということを知っているが、それでも直接川端に向かって語る。川端は自分に同情してくれる読者だというイメージを持っているからである。自分の半生を語りながら、語り手がソ連崩壊後の自分の絶望感を分析する。少年時代彼がレバノンで社会主義の闘士になったこと、そして自分の政治活動や思想がどんどん自分の家族や故郷の価値観と対立していく過程を描くものであるが、その想像された読者である川端に、アラブ語の美や自分の文化的伝統を細かく説明する場面がよく出る。語り手は自分の言いたいことをよく理解してくれる存在として直接川端に声をかけているのだ。

「そして、貴方が書いた『名人』という小説を読んだとき、胸を締め付けられるほどその年寄りの名人に同情しました。彼の碁の打ち方に日本の知恵とその優雅な（つまり、古来の）歴史を見つけるのが好きでした。（中略）貴方と同様にある平凡な出来事を描くことを通して時代の雰囲気（つまり近代とそれに伴う脅迫と挑戦）と土地の人（つまり伝統）との対立を描く小説を書きたっかたのです。」（八頁、ボーダッシュ訳、以下同様）

西欧人がレバノン文化を見る時のエキゾチシズムを批判する語り手は、第一世界の第三世界への見方を不思議がる。「ところで、川端様、なぜ西欧のマスコミが我々をまるで人種の変わった種類として描いたのでしょうか。なぜこんなに悪意に満ちているのか、なぜこんなに盲目なのか。彼らこそ敢えて原爆まで手に入れて自分を守ろうとするような人々なのに。日本にいた貴方は我々をどう見ていましたか。」（一三八頁）

ラシード・アル＝ダイフの作品は複雑かつ曖昧で、深いアイロニーも表す。しかし、はっきり言えるのは、レバノン人の伝統文化が要請することと、近代や革命が要請することとの矛盾にもがく第三世界の知識人を理解できる人として、川端を想像していることである。川端からの返事がほしいという、不可能なリクエストで小説は閉じる。もちろん、我々は川端が返事を書くとしたら、何を書くか知るよしもない。一方で六七年に川端は中国の文化大革命における文学人への迫害を批判し、中国政府に対して文学の政治的イデオロギーからの自由を求める共同声明にサインした。しかし、もう一方では、五八年の事件もある。その年に米国の中央情報局が密かに支持していた作家、ボリス・パステルナークがノーベル賞を受賞するが、ソ連政府はそれが共産党にとって侮辱的であるという理由でパステルナークに受賞辞退をさせた。その際、自由文化会議とサイデンステッカーが川端と日本ペンクラブにかなりプレッシャーをかけて、ソ連の行動を非難する声明を発表することを望んだ。しかし、川端はサイデンステッカーの要望を拒否して、協力を拒んだ。サイデンステッカーはその自伝の中でこの時代の川端を次のように描いている。「一見、中立の立場を取っているように見えたけれども、しかし当時のあの状況下では、中立でいるということは、つまり、敵の肩を持つことにしかならないように思えた。」(『流れ行く日々・サイデンステッカー自伝』一三八頁)そして、同じく五八年に自由文化会議が日本でその思想を広めるために新しい日本語の雑誌を計画していた時、その企画者が協力してくれそうだと思っていた日本人の作家や知識人のリストを用意した(シカゴ大学付属図書館所蔵)。百人以上の文人の名前、例えば平林たい子や西脇順三郎、福田恒存、小宮豊隆と竹山道雄の名前が出ている。しかし、川端の名前はそのリストに入っていない。これはサイデンステッカーが言う川端の「中立」性を現すのかもしれないが、当時の第三世界の読者はこれを見ていたら「非同盟」と認識したのではないだろうか。

少なくても英語圏では、ほぼ神話になっている川端のイメージを乗り越え、冷戦時代の歴史的な状況の中で彼の作品がどのように世界中に広められ、どのように世界中の読者に読まれていたかということを追及する必要があると思う。そのためここでは冷戦時代に伝わった三つの川端のイメージを区別した。目的はそれによって彼の文学の問題的な面をより有効に批判するためであるが、それと同時に川端文学の意義を現在に生かすためでもある。

参考文献

- Rashid Al-Daif, *Dear Mr Kawabata*, trans. Paul Starkey (London: Quartet Books, 1999)
- ガブリエル・ガルシア=マルケス『わが悲しき娼婦たちの思い出』(木村榮一訳、新潮社、二〇〇六年九月)
- E.G.サイデンステッカー『流れゆく日々・サイデンステッカー自伝』(安西徹雄訳、時事通信出版局、二〇〇四年七月)
- S. Harrison Watson, "Ideological Transformation by Translation: 'Izu no Odoriko,'" *Comparative Literature Studies* 28:3 (1991), 310-321.
- "Yasunari Kawabata," *United Asia: International Magazine of Afro-Asian Affairs* 20:6 (November/December 1968), 357-360.

第V部

川端康成原作映画への
アプローチ

『伊豆の踊子』映画化の諸相

四方田犬彦 Inuhiko Yomota

1

一九二六年という年は、川端康成にとってきわめて重要な年である。少なくとも映画研究家であるわたしにとっては、そう思われる。この年、彼は横光利一とともに衣笠貞之助の新感覚派映画連盟に名を連ね、『狂つた一頁』の脚本に参加した。精神病院に監禁されている狂女とその夫を主人公とするこのフィルムは、極端な明暗法《キアロスクーロ》と執拗なオーヴァラップ、ディゾルフ、さらに大胆なモンタージュによって狂気と監禁状態を描き、日本映画におけるドイツ表現主義美学の優れた達成であった。

だが、それればかりではなかった。この年は川端にとって、『伊豆の踊子』なる短編が発表された年でもあった。みずからの体験に取材したこの作品は、その後、現在にいたるまで繰り返し映画化され、原作者に予想外の名声を与えることになる。作品の舞台となった伊豆半島は、やがて東京から「踊り子号」なる列車が走る一大観光地へと変貌し、作者を国民作家へと仕立てあげた。一般観客から理解されないままに終わった『狂つた一頁』の実験の後、映画界から遠ざかっていた川端は、こうして思いもよらぬ形で映画界に引き戻されることになった。彼はこの一篇をもって大衆娯楽としての映画産業に大きく貢献し、日本人の新派的想像力をみごとに更新せしめた。というわけで一九二六年とは、川端が前衛美学とメロドラマという、一見相反する領域において、大きな映画的貢献を果たした年となったのである。

『伊豆の踊子』を最初に映画化したのは「小市民映画」路線を掲げていた松竹蒲田で、一九三三年のことである。監督は五所平之助、主演は田中絹代である。これは典型的な新派舞台の映画版であり、ヒロインの踊子は一高生との別れぎわに、さながら濡れ場の舞台中継であるかのように長々と科白を語り、字幕がそれを冗長に追い駆ける。世界の大方ではすでに映画は音声をともなうようになっていたが、日本ではまだ例外的に活動弁士が生き延びていた。『伊豆の踊子』は多くの弁士にとって、最後の光芒ともいうべきフィルムの一本となった。

それ以来、『伊豆の踊子』は現在にいたるまで、都合六回にわたって映画化がなされている。ユゴーの『レ・ミゼラブル』やブロンテの『嵐が丘』には及ぶまでもないが、日本近代文学のなかでは、鏡花の『婦系図』や谷崎潤一郎の『春琴抄』を抜いて、堂々一位の回数である。一九五四年には松竹が、当時のアイドル歌手、美空ひばりを起用して、二度目の映画化を手掛けている。監督は野村芳太郎。松竹にとってこの純情庶民メロ路線はよほど社風に合っていたのだろう、一九六〇年にも川頭義郎監督、鰐淵晴子主演で、三度目の映画化までがなされている。こうなると競争相手の日活も負けてはいない。一九六三年には西河克己が清純派ナンバーワンの吉永小百合を主役にして監督する。一九六七年には東宝が恩地日出夫監督、内藤洋子主演でそれに続く。東宝はさらに一九七四年にもホリプロと組んで、山口百恵主演でリメイクを試みる。ここで監督として起用されたのが、かつて日活で小百合を撮った西河克己であった。わたしが知るかぎり、『伊豆の踊子』のもっとも新しい脚色は、一九九〇年代に入って三村晴彦が小田茜と萩原聖人を起用して撮ったTVヴァージョンである。田中絹代から美空ひばり、吉永小百合、山口百恵と、時代時代のアイドル女優や歌手が競うようにして踊り子を演じ、それを通して女優としての神話を確立してゆく。おそらく原作者である川端康成には想像もできなかった事態であろうが、『伊豆の踊子』という短編はこうして日本映画史に、国民女優を次々と産み出してゆく不思議な物語を提供するようになった。

2

シネマトグラフはその誕生の当初から、小説やオペラ、大衆演劇の脚色によって支えられてきた。というより本来的に創出すべき固有のものを何ひとつ持たないこの光学装置は、外部にある既成の表象ジャンルから物語を借り受けることによって、存続を果たしてきたというべきである。アンドレ・バザンが『映画とは何か』（岩波文庫、二〇一五年）のなかで指摘しているように、映画とは本質的に「不純な映画」un cinéma impur なのだ。映画とはここに映画に固有の問題として、原作と脚色の比較という問題が浮かび上がってくる。あるフィルムを全体として評価する場合、その美徳のどこまでが原作者に帰属し、どこからが監督のものであるかという評価基準の問題が、そこには微妙に絡んでいる。

多くの一般的観客は（文学研究家を含め）、一本のフィルムを判断する基準として原作への忠実さを持ち出す。ブレッソンの『優しい女』はドストエフスキーの世界を故意に単純化しているとか、若尾文子には三島由紀夫の崇高な雰囲気を再現することはできないといった口吻が、こうした素朴な基準に基づいて発せられる。こうした発言はしばしば道徳的なものとして言表されるのが特徴。だが映画批評家は原作への忠実さという観念に対し、つねに距離をもって接する人種である。黒澤明の『白痴』はドストエフスキーである以前に、まず『姿三四郎』の監督に帰属する作品であり、パゾリーニの『デカメロン』において重要なのは必ずしもボッカッチョではなく、むしろ同じ監督が手がけた『アポロンの地獄』や『奇跡の丘』である。

原作と脚色との間の優劣関係は、とりわけポストモダン状況にあってすべてのテクストが水平軸において等価であるという宣言がなされてしまうと、時代遅れのものとし廃棄されることになった。テクストは隣接する別のテクストとの間にフラットな網状組織を築き上げるばかりで、そのどれかが特権的に優れているわけでも、別のテクストに屈従しているわけでもないという論理である。もっとも本稿ではこうした抽象理論の妥当性に深入りすることはやめることにしよう。とりあえず以下のことだけを確認しておくに留めたい。すなわち映画における脚色という作業は、もしそれを例えるならば、ある言語で執筆された文学作品を別の言語に翻訳する作業に匹敵するものであり、もっとも幸福なる場合には原テクストに潜在的に埋もれている要素をより肯定的に導きだし、創造的に発展させる作業である。それはふたたびバザンの言葉を借りるならば、原作を杓子定規に写し取ることではなく、「原作に対する敬意が絶えず創造的に働くこと」によって「このうえもない忠実さに到達」することである。原作と脚色との関係は、従来無邪気に信じられていたような垂直的な上下関係に拠るものではなく、隣接するテクストどうしの対等な関係である。以上の認識を前提として、川端康成の『伊豆の踊子』の映画化について、具体的に論じておくことにしたい。

3

五所平之助による最初の映画化では、原作と比べて踊り子の設定が大きく変えられている。栄吉と薫は温泉旅館の息子と娘であり、薫には帝大出身の婚約者がいるという設定がなされている。薫と婚約者は温泉宿を継ぐ予定であるが、ただひとつ、栄吉の不品行が心配の種である。主人公の「私」はこうした状況を知って薫への恋情を諦め、下田から船に乗ることになる。この五所ヴァージョンが隠蔽しているのは二人の兄妹が旅芸人であり、定住民とは異なる世界観のもとに生きているという原作の設定である。

野村芳太郎による第二作でも、兄妹が地元の温泉宿に生まれ育ったという設定は踏襲されている。美空ひばりの演じる薫は、早く大人になって東京に行きたいと、子供らしく語る、おませな少女にすぎない。とはいうものの、川頭義郎の第三作以上に原作からかけ離れたものは存在しない。そこでは物語の中心は鰐淵晴子演じる薫とその母親との関係であり、主人公と薫の実らぬ恋は添え物でしかない。西河克己による二度の映画化については後でより詳しく触れることにして、第五作目にあたる恩地日出夫ヴァージョンについていうならば、川端の別の作品『温泉宿』から借りて来られた人物が新たに加わり、主人公と薫の別離は下田から松崎へと、舞台に変更が加えられている。

こうした四本のフィルムは、いずれにしても川端が原作短編のなかで暗示していた主題、すなわち非定住民にして賤業に携わる踊り子と、将来を嘱望されている一高生の間の、社会階層の絶望的な差異といった主題から目を背け、より希薄で凡庸なメロドラマに向かおうとする姿勢において共通している。一九五〇年代から六〇年代という、日本映画が大衆娯楽の産業として黄金時代を迎えていた時期に、松竹と東宝という巨大な映画会社を支配していた「小市民」イデオロギーが、そこには明確に姿を見せている。

4

『伊豆の踊子』の脚色史を論じる上でもっとも興味深いのは、第四作目と六作目、主演女優でいうならば吉永小百合と山口百恵のヴァージョンである。両者はともに西河克己という、どちらかといえば安定した職人芸で知られる映画監督の手によるフィルムである。だが、監督が同じであるにもかかわらず、対照的なメッセージをもった作品に仕上がっている。二本のフィルムは同じ原作を素材としていても、まったく異なった視座のもとに物語に脚色を施し、まったく異なった結論に達している。

そうした違いの原因を探求してみると、日活と東宝／ホリプロという製作会社の違い、二人の女優が携えている資質の違い、一九六〇年代中期と七〇年代中期という時代状況の違いなど、さまざまな事実が浮かび上がってくる。だがそこに、監督としての西河の探求の深化が窺われることは言を俟たない。二本のフィルムを簡単に「小百合版」「百恵版」と呼ぶことにして、比較を試みてみよう。

小百合版の基調となるのは、青春時代をめぐる甘やかなノスタルジアである。このフィルムでは枠物語の形が採用されていて、冒頭では宇野重吉演じる老いた大学教授が、夏休み直前の講義を終えたとき、学生である浜田光夫から婚約者だといって、ダンサーの吉永小百合を紹介されるという挿話が冒頭に置かれている。小百合は派手なマンボズボンにスカーフという、いかにも当世風の明朗な格好で、無邪気に青春を謳歌している。しかしこの「ダンサー」という一語が契機となって、老教授の回想が開始される。それは彼が半世紀前に伊豆半島で体験した、踊り子との儚い邂逅の物語である。やがて回想が終ったとき、老教授は戦後になり、社会が民主主義のもとに根底的に変化したことに気付かされる。映画のなかの時間はみごとに完結し、ノスタルジアと喪失感が入り混じった感傷のうちにフィルムは幕を閉じる。

百恵版の冒頭はまったく異なっている。ノスタルジアもなければ感傷もない。フィルムはいきなり両手に握られた四つ竹が振り上げられるアップのショットから始まる。四つ竹とは四つの竹片を組み合わせて打ち鳴らす、きわめて素朴なパーカッションであり、沖浦話光の『竹の民族誌』（岩波書店、一九九一年）によれば、中世の簓《ささら》を起源として、近代にいたるまで「乞児《こつじ》」と呼ばれた賤民の芸能で用いられてきた。百恵版ではその四つ竹を冒頭に登場させることで、フィルムの主題が被差別民の芸能に深く関わっていることを暗示している。

続いて映像は山口百恵扮する薫が酔客たちを前に踊っている姿、それを座敷から少し離れた薄暗い階段の中途に座り込んで眺めている主人公（三浦友和）の姿へと移り、一瞬ではあるが百恵が友和と目を合わせる瞬間を捕らえる。この二人の空間的配置のなかに、彼らの社会的階層と自己認識が端的に表現されている。階段の中段に腰を下ろしている友和は、自分が社会的にも心理的にも宙吊りで未決定な状況にあることを、その位置において示している。彼は旅芸人である百恵からも宴席の酔客からも適度な距離を保ってはいるが、逆にいえば旅芸人に心惹かれながらも、彼らに接近することに逡巡している。

西河克己は『伊豆の踊子』を百恵を主演に新しく映画化するにあたって、自作の小百合版を含め、それまで『踊子』が提示してきたハッピーエンドに対し違和感を表明した。彼はもとより旅芸人の一座が幸福な家庭像を体現していることに、深い疑問を抱いていた。幼少時を東京は大森海岸の花柳界で過ごした西河は、小料理屋やカフェーの軒先を辿り、粗末ななりで四つ竹を鳴らしながら悲しげな唄を歌う少女や、その後ろで三味線を弾いている、白粉焼けした年増女といった光景を見馴れていた。また川端があるエッセイのなかで、栄吉のモデルとなる人物が梅毒に犯され、一座の者たちがきわめて不衛生で汚穢に満ちた存在であると記していることにも気付いていた。こうした体験と認識が西河をして、楽天的な青春映画を撮らせることを躊躇させていたことは想像に難くない（西河克己『「伊豆の踊子」物語』フィルムアート社、一九九四年）。だが差別をめぐる表象は同じ西河作品でも、小百合版と百恵版では、微妙に脚色のあり方が異なっている。いささか細部に拘ることになるが、一、二の例を挙げておこう。

物語の冒頭で、主人公と一座を接近させる契機となる、ある村の入り口に掲げられた高札をめぐるエピソードを比較してみよう。西川以前の監督はそれを、田舎の素朴な風物詩として描くばかりであった。だが西河は一座がこの高札を越えて村に入るとき、たちまち子供たちから差別的なからかいをうける場面を逃さなかった。小百合版では、踊り子が此の突然の騒動に脅えた、寄る辺ない表情を見せるショットが強調されている。主人公の高橋英樹は、ただ事態を遠くから眺めているばかりだ。だが百恵版ではこの事件がより執拗に描かれている。三浦友和演じる主人公はすでにそれに先立って茶屋で旅芸人一座の面々と知り合っており、茶屋の老婆から「どこで寝るともわからぬ」あの一向とは関わりにならぬようにと忠告を受けている。もっともそれでも一座と並んで歩いていくと、突然に百恵が彼から離れ、脇道を行こうとする仕種を見せる。不審に思って前を眺めると、そこには高札がある。小百合はこれまで差別を体験したことのない少女としてこの理不尽な処置に当惑し、大きな不安に見舞われる。だが百恵は、もの心ついたときからこうした扱いに馴れているといった風に、冷静に自分の宿命を受け入れ、自分たち賤民の生きる世界の壮絶さを、何も知らぬ友和にむかって無言で示してみせる。彼女は今さら何にも驚かない。ただひたすらに道を急ぐばかりだ。小百合版の観客はヒロインの肩越しに初めて差別の何たるかを垣間見、小百合と同じように不安と当惑に襲われ、やがてそれは彼女への同情と同一化へと向かう。百恵版では観客は友和と同様、百恵が若くして人生全般に対して抱くにいたった断念を前に当惑し、踊り子に心理的に同一化することをのっけから拒絶されてしまう。観客はその分だけ、友和の演じる「わたし」に身を重ねて、物語世界へと導かれることになる。

小百合を特徴づけているのは、人懐っこさ、屈託のなさであり、一途の率直さである。彼女の子供っぽさと性的な未成熟は、かの有名な入浴シーンの直後に、彼女が温泉場の子供たちとジャンケン遊びをしているショットがモンタージュされていることからも明確に提示されている。小百合には暗いところがないというより、そもそも影がない。彼女が踊子を演じるとき強調されているのは、たまたま不遇な境遇に生まれた少女が、にもかかわらず生来の明朗さを失わず、健気に生きて行こうという共感的な姿勢である。

それに対して百恵の表情と一挙一動には、何か運命的なるものへの断念、あるいは諦念が強く感じられる。人間はけっして平等でも自由でもない。そうした幻想を信じて生きるよりも、救いのない現実を耐え忍ぶ術を学ぶべきだ。彼女は健気で息せききっているが、それは小百合のように生きることの悦びゆえにではなく、生活のために義務付けられた動作という印象が強い。小百合は口を大きく開かず、眼をくしゃくしゃとさせて笑う。その笑いは溌剌とした生の綻びである。一方、百恵が笑うとき、彼女は口を横に大きく広げ、歯を見せながら目を細める。だが次の瞬間、彼女はただちに笑いをやめ、無表情に戻る。百恵の笑いとは抑圧され去勢された笑いであって、小百合の天真爛漫な無防備さとは対照的である。

　端的にいおう。小百合が影のない女優であるとすれば、百恵は影そのものの中から這い出てきた女優なのだ。監督の西河は二人の資質の違いを、職業的な直感から見抜いていた。製作会社から百恵という女優を宛がわれたとき、彼は幼いころに生地の花柳界で見聞きしてきた、女乞食同然の卑賤な生を強いられた少女芸人の記憶に応えるために、小百合とはまったく別の踊子を描いてみせようと決意したのだろう。小百合の演じる薫は一六歳で、文字を読むことができるという設定であった。これは六〇年代中頃に日活青春路線の主たる観客であった少女たちとほぼ同年齢で、ほぼ同じリテラシーを持つという意味である。だが百恵を前にした西河は、改めて踊子の年齢を原作と同じ一四歳に引き戻し、彼女が識字教育を受ける機会をもっていなかったことを強調した。百恵はそれでも物語世界への情熱を押さえきれず、商人宿で顔馴染の鳥屋に講談本を朗読してくれるようにと執拗にせがむ。彼女はその代償として鳥屋に尻を愛撫されなければならないのだが、にもかかわらず知的好奇心の方を選ぶ。西河はこうした傷ましい少女の姿を、感傷を交えず、ある畏怖感のもとに距離をもって描いている。この朗読の場面は、彼女がやがて自分の身体を性的な文脈におきながら生計を立てていくであろうことを暗示している。

5

小百合版が製作されたのは、日本映画が大衆娯楽の王様としてまだ君臨していた、一九六〇年代前半のことであった。撮影所においてスターシステムはきわめて強固であったし、スターは映画を通してまずスターの輝きを獲得することになっていた。日本社会は高度成長のさなかにあり、戦前の五所平之助のように、踊り子の物語を同時代のメロドラマとして描くことは不可能になっていた。西河はフィルムの全体を枠物語とし、冒頭と結末部に老教授の回想を配することで、全体をノスタルジアの衣装で包むという脚色を行なった。かつては理不尽な身分差別があり、人はそれゆえに別離を強いられたものであった。そう回想することは、翻って現在の戦後民主主義社会を謳歌することでもある。吉永小百合以上にそれを体現できる女優がいるだろうか。

百恵版が製作された一九七〇年代中頃には、映画の威光はもはや半ば過去のものとなっていた。撮影所体制は危機に瀕し、スターの活動場所はすでに撮影所から離れ、TVへと移っていた。西河はわずか二二日でこのフィルムを撮りあげることを求められたが、そのうちわずか七日しか百恵を借り受けることが許されなかった。彼女が伊豆に滞在したのはわずか一泊だけであり、残余のショットはすべて代役を用いて撮影された。西河はこの恐るべき悪条件のなかで、もはや戦後民主主義への楽天的な信頼が成立しなくなった時代に生きる少女を描いてみせようと決意した。山口百恵という新人女優がこのフィルムのなかで果たした役割の大きさには、文字通り驚異的なものがある。彼女はこの作品を通して国民女優への道を歩みだしたが、それ以上に、より苛酷で陰鬱な七〇年代、いうなれば「鉛の歳月」を代表する女優としての身体をスクリーンに提示したのだ。次々と製作されてきた『伊豆の踊子』映画のなかで百恵版がとりわけ重要なのは、それが原作にもっとも忠実であるからではない。原作の根底に潜在的に横たわっていた差別という主題を明確に露わにし、川端康成の文学の深層構造に垂直に探求の眼差しを向けているからである。

川端康成原作映画事典

志村三代子 *Miyoko Shimura*

■紹介映画一覧

番号	作品名	監督	公開年
1	**狂った一頁**	衣笠貞之助	一九二六年
2	**浅草紅団**	高見貞衛	一九三〇年
3	**恋の花咲く　伊豆の踊子**	五所平之助	一九三三年
4	**水中心中**	勝浦仙太郎	一九三四年
5	**乙女ごゝろ三人姉妹**	成瀬己喜男	一九三五年
6	**舞姫の暦**	佐々木康	一九三五年
7	**有りがとうさん**	清水宏	一九三六年
8	**女性開眼**	沼波功雄	一九三九年
9	**舞姫**	成瀬己喜男	一九五一年
10	**めし**	成瀬己喜男	一九五一年
11	**浅草紅団**	久松静児	一九五二年
12	**千羽鶴**	吉村公三郎	一九五二年
13	**浅草物語**	島耕二	一九五三年
14	**山の音**	成瀬己喜男	一九五四年
15	**伊豆の踊子**	野村芳太郎	一九五四年
16	**母の初恋**	久松静児	一九五四年
17	**川のある下町の話**	衣笠貞之助	一九五五年
18	**虹いくたび**	島耕二	一九五六年
19	**東京の人**	西河克己	一九五六年
20	**雪国**	豊田四郎	一九五七年
21	**女であること**	川島雄三	一九五八年

［凡例］

・川端康成作品を原作とする映画全41作に、川端が監修した『めし』（林芙美子原作）を加えた計42作品を公開年順に並べたものである。なお、遺漏があるかもしれないことをお断りしておく。

・映画の公開年月日、製作／配給、監督、脚本／脚色、主な出演者、解説、にて新字体で表記、構成した。

・海外製作の公開年月日は、本国と日本のものを並記した。

・資料を提供いただいた福田淳子氏に厚く御礼申し上げます。

［参考文献］（映画雑誌は省略した）

・新藤兼人『千羽鶴　シナリオ』（一九五三年、三笠書房）
・西河克己『「伊豆の踊子」物語』（一九九四年、フィルムアート社）
・山本喜久男『日本映画における外国映画の影響―比較映画史研究』（一九九七年、早稲田大学出版部）
・増村保造著・藤井浩明監修『映画監督 増村保造の世界―「映像のマエストロ」映画との格闘の記録 1947－1986』（一九九九年、ワイズ出版）
・川端康成、三島由紀夫『川端康成・三島由紀夫往復書簡』（二〇〇〇年、新潮社）
・蓮實重彦・山根貞男編『成瀬巳喜男の世界へ』（二〇〇五年、筑摩書房）
・四方田犬彦編『女優山口百恵』（二〇〇六年、ワイズ出版）
・羽鳥俊哉監修『川端康成―蒐められた日本の美（別冊太陽 日本のこころ一五七）』（二〇〇九年、平凡社）
・岡田茉莉子『女優　岡田茉莉子』（二〇〇九年、文藝春秋）
・十重田裕一『〈名作〉はつくられる――川端康成とその作品』（二〇〇九年、NHK出版）
・十重田裕一編『横断する映画と文学』（二〇一一年、森話社）
・立花珠樹『岩下志麻という人生　いつまでも輝く、妥協はしない』（二〇一二年、共同通信社）
・中村三春編『映画と文学 交響する想像力』（二〇一六年、森話社）

22	**風のある道**	西河克己	一九五九年
23	**伊豆の踊子**	川頭義郎	一九六〇年
24	**古都**	中村登	一九六三年
25	**伊豆の踊子**	西河克己	一九六三年
26	**美しさと哀しみと**	篠田正浩	一九六五年
27	**雪国**	大庭秀雄	一九六五年
28	**女のみづうみ**	吉田喜重	一九六六年
29	**伊豆の踊子**	恩地日出夫	一九六七年
30	**眠れる美女**	吉村公三郎	一九六八年
31	**日も月も**	中村登	一九六九年
32	**千羽鶴**	増村保造	一九六九年
33	**伊豆の踊子**	西河克己	一九七四年
34	**古都**	市川崑	一九八〇年
35	**美しさと哀しみと**	ジョイ・フルーリー	一九八五年
36	**オディールの夏**	クロード・ミレール	一九九四年
37	**眠れる美女**	横山博人	一九九五年
38	**眠れる美女**	ヴァディム・グロウナ	二〇〇六年
39	**夕映え少女**	オムニバス	二〇〇八年
	（1）イタリアの歌	山田咲	二〇〇八年
	（2）むすめごころ	瀬田なつき	二〇〇八年
	（3）浅草の姉妹	吉田雄一郎	二〇〇八年
	（4）夕映え少女	船曳真珠	二〇〇八年
40	**掌の小説**	オムニバス	二〇一〇年
	第一話　笑わぬ男	三宅伸行	二〇一〇年
	第二話　有難う	岸本司	二〇一〇年
	第三話　日本人アンナ	坪川拓史	二〇一〇年
	第四話　不死	高橋雄弥	二〇一〇年
41	**スリーピング・ビューティ ―禁断の悦び―**	ジュリア・リー	二〇一一年
42	**古都**	Yuki Saito	二〇一六年

1『狂った一頁』

公開年：一九二六年九月二四日
製作／配給：新感覚派映画連盟 ナショナルフィルムアート 衣笠映画連盟
監督：衣笠貞之助
脚本／脚色：犬塚稔／沢田晩紅
主な出演者：井上正夫、中川芳江、飯島綾子、根本弘、関操

川端康成は、一九三〇年六月に書かれたエッセイ「文学と映画」のなかで、次のように述べている。「文学が映画に学ぶ。文学者は映画のテクニイクを学びながら、言葉のテクニイクがカメラのテクニイクと全くちがうことを発見するところに、文学者の生命が成り立つのである。でなければ、学ぶなんて意味をなさないはずだ。映画に学ぶことは、結局言葉と戦うことに外ならない。戦うことは、言葉を生むことである」。このエッセイに遡ること九年前の一九二六年、横光利一、川端康成を中心とした新感覚派映画連盟が、「文芸的な映画」ではなく、「映画的な映画」を重視する芸術的立場を表明、新しい映画作りを目指していた映画監督の衣笠貞之助に演出を依頼し、協同で

映画製作を志した。雑誌『映画時代』創刊号（一九二六年七月号）にシナリオを発表するが、当初は、修道院を舞台とした「狂へる聖」あるいは「狂へる聖地」というタイトルで構想されていた。撮影は松竹下加茂撮影所が協力、ライトが八台しかないため、少しでも明るくしようと油煙でセットの壁をぼかしたが、二万円（当時の天井の値段は六十銭）もの製作費を要したという。本作は、洋画専門館として知られる新宿の武蔵野館で封切られ、横光利一が提案したという全篇無字幕を貫いたその前衛性が、当時の批評も概ね好評であったが、興行的には失敗した。

　本作の主人公は、ある精神病院に用務員として勤務する老人（井上正夫）である。かつては船員だったこの老人は、家族を顧みなかったために、孤立した妻が絶望し、子供とともに入水自殺をはかる。しかし、子供だけを死なせてしまい、助かった妻は精神を病み、病院に入院してしまった。長い航海から帰った夫は妻の心中未遂と入院を知り、自分の罪を償うべく、その病院の用務員となって病んだ妻を見守る日々を送っている……。

　極端に短いカットからはじまるこの作品は、フラッシュバック、クロースアップ、多重露光など、様々な映画の技法が駆使されることによって、独特の映像のリズムが生成されている。光と影のコントラストが強調された画面は、ロベルト・ヴィーネの『カリガリ博士』（一九一九）、フリードリッヒ・ヴィルヘルム・ムルナウの『最後の人』（一九二四）の影響が顕著であり、とりわけ全篇無字幕の『最後の人』（ラストシーンで一か所だけ字幕が入る）の冒頭で、激しい雨の降る暗い場面と雨合羽をまとったホテルのドアーマンは、『狂った一頁』の冒頭で雷雨が降りしきる画面と病院の前に佇む雨合羽をはおった老人を想起させる。

　『狂った一頁』の映画製作にかかわった川端は、映像と言語それぞれの表現の特性に改めて関心を持った。たとえば、「笑わぬ男」（一九二七年初出）は、脳病院をモチーフにした映画の脚本を執筆する男が主人公であり、川端が『狂った一頁』のシナリオ執筆に参加した経験に基づくものである。「笑わぬ男」では、ラストシーンで狂人たちに笑いのお面を用意するが、『狂った一頁』のラストシーン近くで、同じく用務員が狂人たちに笑いのお面を被せており、ここに小説と映画の豊かな共振が見られる。

2『浅草紅団』

公開年：一九三〇年九月五日
製作／配給：帝国キネマ演芸
監督：高見貞衛
脚本：前田孤泉
主な出演者：小宮一晃、徳川良子、葉山三千子、若葉肇

　当時の文化人の多くが外国映画を好んで鑑賞したのに対し、川端康成は、「映画を見るのはいつも浅草である。従って場所柄日本映画を見ることが、文学者仲間などでは、最も多い方であろう。私は常に自国人によって不当に辱められ、軽んじられ続けている、祖国の芸術の見方である」と主張し、日本映画を擁護する姿勢を明らかにしている。「映画のいはゆる「丸の内の客」ではなく「浅草の客」」を自称する川端にとって、青年期に過ごした浅草と映画は分かちがたく結びついていたのである。

　「―作者イフ。コノ小説ノ進ムニ従ツテ、紅団員ハジメ浅草公園内外ニ巣食フ人達ニ、イカナル迷惑ヲ及ボスヤモ計リガタイ。シカシ、アクマデ小説トシテ、コレヲ許サレヨ。―」からはじまる「浅草紅団」は、

語り手の「私」が、浅草の路地裏で遭遇した美しい少女・弓子を介して出会った不良少女たちに誘われながら都市を彷徨し、一方の読者は「私」に導かれながら、浅草の街を追体験するように構成された都市小説である。その映画化である本作は、小説が中断されているあいだに、製作・公開された。映画版の主人公・弓子は、ラストで死を迎えており、本作の存在は、川端の「浅草紅団」のなかの「浅草赤帯会」で、「―ここで私は、春子に諸君を案内させよう。と言ふのは、先頃映画化された「浅草紅団」では、弓子が死んでしまったことになってゐるのだ。彼女が紅丸の上で口に銜《ふく》んだのは、〇・〇〇〇五の亜砒酸丸六粒だったのだが」と言及されている。

弓子を演じた帝キネの看板スターの徳川良子は、「線の細さ、感じの弱さが気になったが、達者さは褒めていい」と好評であった。しかし、映画『浅草紅団』の主人公・弓子の姉が赤木に騙されて発狂し、姉の復讐を誓った弓子もまた赤木を愛してしまったことから、隅田川の舟の中で毒をあおって死んでしまう内容に、当時の映画批評ですら、「余りにもお芝居」と感じたようである。「各シーンには相当の苦心があり、よき味を持つ所もある」と本作の長所を認めながらも、「脚色に少々文句がある。尤もこれは映画を面白く、即ち精々物語中心にしようとした所からその苦衷は察するが、只友人としてもテンポがない。じっくりと芝居を語る映画になった浅草という大東京のカンカにうごめく人達というよりは人物が大芝居がかりな、謂わば月並み的なものになってしまった」と指摘している。「映画「浅草紅団」として、レビュウ・シインのインチキさ等を笑って過ごすべきだろう」という言葉通り、本作は、原作が描いた浅草特有の毒々しさや猥雑さをうまく移植できなかったようである。

3『恋の花咲く　伊豆の踊子』

公開年：一九三三年二月一日
製作／配給：松竹
監督：五所平之助
脚本：伏見晃
主な出演者：田中絹代、大日方伝、河村黎吉、小林十九二、若水順子

『伊豆の踊子』は、川端康成作品の中でも群を抜いてリメイクの回数が多く、一九三三年にはじめて映画化されてから一九七四年の山口百恵主演作まで六回もの映画化がなされている。「忠臣蔵」、「四谷怪談」などの特定の時代劇のリメイクを除けば、日本映画史上類を見ない製作本数である。

五所平之助は、一九二七年に「伊豆の踊子」が金星堂より上梓されたときから、その抒情性に惹かれ、松竹に対して映画化を提案したが、内容があまりに淡白でドラマ的要素が少ないことから映画化が見送られた。その後、五所は、一九三一年に日本最初の国産トーキー映画『マダムと女房』を成功させ、田中絹代主演の「伊豆の踊子」の映画化がようやく実現することになった。

この記念すべき第一作は、サイレント映画として撮影されているが、本作の製作当時、トーキーの技術が未熟であり、ダビング処理の方法なども不十分であったため、短いカットを重ねることができず、五所平之助の持ち味である抒情的な映画感覚を生かすことができなかったからだといわれている。伊豆だけではなく、信州の別所や和田峠にもロケーションが行われた本作は、正月映画として多額のロケ費用がかけら

れ、同じく田中が主演した『花嫁の寝言』で約一か月撮影が中断したのを含めておよそ半年の撮影期間が費やされた。一一月中旬に撮影が開始されたが、寒天の野外シーンが多いなか、可憐さと出湯の雰囲気を表現するために、踊子に扮した田中は、素袷を裾短く着なければならなかった。

　本作の舞台は、湯川楼のある温泉場（前後の関係から、湯ヶ島と想定される）で原作のように旅をして歩く一行の姿はあまり描写されず、いわゆる「道中もの」のパターンを採っていない。『伊豆の踊子』を一九六三年と七四年に二度演出し、『「伊豆の踊子」物語』を著した映画監督の西河克己によれば、本作は「ある温泉郷での家族的因果物語」に学生と踊子の「巷の別れ」という旅情を付加する構成が取られている。原作と本作の主な相違点は、栄吉、薫の兄妹は、原作では甲府の出身だが、本作では、温泉旅館・旧「湯川楼」の息子であり、新しい「湯川楼」の跡取り息子（東京帝大出身の二枚目）という役を新たに設定することで、薫の将来の安定した生活を保証し、ハッピーエンドを予感させる物語に変更されたことである。学生（水原）が下田で別れることになる理由は、踊子・薫に対する失恋が原因であり（原作では旅費が足りなかったため）、鉱山技師の久保田（河村黎吉）という悪役を登場させ、当時の温泉場の社会的背景に触れている。

　この映画を見た川端康成の感想は、「映画化は、原作に対する批評の一つの形である。原作の気分を写すことだけはつとめたと五所平之助も脚色者の伏見晃氏も力説していた。それでいいのではあるまいか。いたづらに原作の筋を忠実に追ったために、映画製作者が感興をしばられ、反って原作の匂いや的を失うよりは、その方がいいのではあるまいか」というものだった。原作では十六歳の踊子を二十三歳の田中絹代が演じているが、川端は、踊子に扮した田中絹代について「似ているはずもないが、田中絹代はよかった。殊に半纏をひっかけて肩のいかった後姿がよかった。いかにも楽し気に親身に演じていたことも、私を喜ばせた」と述べている。田中も後年、「いまでも忘れられない好きな作品」と語っている。

4 『水中心中』

公開年：一九三四年一一月八日
製作／配給：松竹
監督：勝浦仙太郎
脚本：陶山密
主な出演者：若水絹子、御影公子、日下部章、日守新一、徳大寺伸

三味線の師匠・杵屋鶴次郎（徳大寺伸）と東京の請負師・紺野の愛人であった温泉場の芸者お葉（若水絹子）の心中未遂により、鶴次郎は婦女誘拐罪に問われ、お葉とも引き離される。湯治に来ていた浅草六区のレビューの踊子・紀美子（御影公子）、学生の杉村（日下部章）、村田（日守新一）は、宿の番頭から事件の顛末を聞き、紀美子は意に介さなかったが、杉村は同情する。お葉を迎えに来たにもかかわらず、芸者を呼んでどんちゃん騒ぎをする紺野から逃れようとしたお葉と友人の雪若（大塚君代）が、宿で杉村と出会い、杉村はお葉の姿に強い印象を残す。時が経ち、鶴次郎が、紀美子がいるレビュー劇場の地方として入座する。紀美子は、一向に仲が進展しない杉村を挑発するかのように、鶴次郎に接近、二人の仲睦まじい姿を見た杉村は意気消沈する。一方、友人の村田は、水上でお葉が勤めるバーに杉村を誘う。杉村は、変わり果てた彼女

を憐れむ気持ちがいつしか愛情に変わり、鶴次郎がすっかり紀美子に入れあげた今、お葉の気持ちも杉村に傾いていった。相思相愛となった杉村とお葉だが、紀美子が再び杉村に横恋慕し、ショックを受けたお葉は、水上に帰ってしまう。杉村は水上に赴きお葉を説得するが、またもや杉村を追いかけて来た紀美子がお葉を追い詰める。部屋を飛び出したお葉を川べりでようやく探した杉村は、お葉との心中を決意する。お葉を心配する雪若、杉村を探す紀美子が連れだって川べりに行くが、紀美子は杉村がかぶっていた帽子を崖の茂みで見つけ、雪若が止めるのも聞かずに、危険な断崖を下る。だが帽子に触れようとした瞬間、足元の土砂が崩れ落ち、紀美子の姿は見えなくなってしまった。

5『乙女ごゝろ三人姉妹』

公開年：一九三五年三月一日
製作／配給：P.C.L.映画製作所
監督：成瀬己喜男
脚色：成瀬己喜男
主な出演者：堤真佐子、梅園竜子、細川ちか子、大川平八郎、滝沢修

お染（堤真佐子）は、妹弟子たちとともに、浅草界隈のカフェで門付芸人として過酷な日々を送っていた。師匠である母親は、芸事の作法に厳しいばかりか子供たちに愛情を示さなかった。冷酷な母親を嫌悪し、二年前に楽士の小杉（滝沢修）とともに出奔した長女のおれん（細川ちか子）が浅草に帰って来るが、小杉の病を機に、彼の故郷へ戻るという。おれんは汽車代を賄うために、昔の不良仲間が恐喝する相手の呼び出し役を引き受けてしまう。ところが、その恐喝相手は、レビューのダンサーで三女の千枝子（梅園竜子）の恋人・青山（大川平八郎）であった。カフェの二階でおれんが青山を呼び出し、その後不良たちに恐喝されるさまを目撃したお染は、止めようとその部屋に入るが、青山の代わりに刺されてしまう。お染は、おれんと上野駅で千枝子と見送ることを約束していたため、青山に伝言し、傷を負ったまま上野駅へと向かう。お染は、顔色が悪いと心配するおれんに心配かけまいと作り笑いを浮かべながら、おれんと小杉を見送った後、構内のベンチで力尽きたようにうずくまってしまう。

「浅草の姉妹」の映画化作品である本作は、性格が異なる三人姉妹の哀感を抒情性豊かに描いた下町人情ものの佳品として知られており、成瀬己喜男最初のトーキー作品でもある。冒頭から浅草寺界隈の喧騒が様々な角度から撮られるなか、門付芸人の主人公・お染が現れるその自然な様子が、「何気ない風に見せる」と称賛された。とりわけ、お染の妹弟子にあたる門付芸人がカフェで「歌わせてちょうだい」とお願いするも、女給に拒否され、大音量のレコードをかけて嫌がらせをされる場面では、トーキーの特長を生かした残酷さが表現されている。一方、お染が海辺で飴パンを食べているところを写真家に撮られ、口もとにパン屑がついていたことに写真を撮られた後に気付く場面では、台詞がなくサイレントで演出されており、「現在無声映画で現われている自分のものはトーキーになっても未だ盛り上げて行き度いと思っています」と語っていた成瀬の意志が明確に示されている。

成瀬己喜男は、一九五五年の『浮雲』を頂点として、七本もの林芙美子原作の映画化を手がけ、戦後は、豊田四郎とともに東宝文芸映画路線の基幹としてあげられる監督だが、戦前の出世作は本作であり、「東宝文芸路線は実にここから始まったといっ

てよい記念すべき作品」と評された。川端康成もまた、『乙女ご、ろ三人姉妹』を見た感想を次のように語っている。「文芸作品の映画化とは、その形骸を写すのではなく、その生命を映画的に伸ばすのであると、云うまでもない。ちがいを知ればまた一方、文学に糧を求むる心も深くなるであろう。映画の「三人姉妹」を見て、私が第一に感じたのは、原作一つに限らず、その他の私の浅草小説までを、成瀬氏が実によく読みこなしてくれたことであった」。

6『舞姫の暦』

公開年：一九三五年六月二九日
製作／配給：松竹
監督：佐々木康
脚本：柳井隆雄
主な出演者：本郷秀雄、水島光代、奈良真養、新井淳、香取千代子、上山草人

地方出身の若い恋人たちが、芸術家を目指して一念発起し上京するが、失敗、地方に舞い戻り再び田舎で生きていく決意をする物語。

ある村の郵便局の事務員・国男（本郷秀雄）は、画家を目指して一念発起し、恋人の弓子（水島光代）と上京、村長の紹介で赤木画伯を訪ねる。しかし、二人が恋人同士であることを知った画伯は、画業への道がきわめて厳しいことを説き、帰郷を促す。東京での生活を諦めきれない二人は、古帽子屋の二階に間借りし新生活をはじめるが、国男の就職はなかなか決まらず、弓子は生活のために仕方なく劇場の案内係となる。ある日、弓子が劇場の廊下で戯れに踊っているところを、劇作家で舞踊団を統率している竹友啓一に見初められ、舞踊団にスカウトされる。芸術家気質の国男は、この話を喜び、弓子を妹と偽って竹友の申し出を受け、弓子は竹友邸に寄宿し猛稽古に励むことになる。国男は、人形の顔描きという内職を続けながら「故郷の踊り」を絵画展に出品するが、落選。弓子は竹友舞踊団の公演で踊り、大成功を収めるが、公演後の祝杯で前後不覚になるほど酔わされ、竹友に暴行されてしまう。その後、国男は、画家になる夢を諦め故郷に戻り郵便局で働いていた。村祭の夜、国男は、弓子とかつて愛情を確かめあった思い出の丘に行くと、そこに悄然と佇む弓子がいた。弓子は国男にすべてを告白するが、国男は「二人とも都会の魔術にかかっていた」とそれを許し、弓子を抱き寄せた。

この作品は、「淡々とした、寧ろ坦々としすぎたセンチメンタル映画。添物としては手頃」と評されたが、その原因は、アクションの誇張にあったようである。たとえば、女性の哀しみの表現（「ヨヨとばかりに男の膝に泣き伏すというようなワザとらしさ」）、男女がひかれあっている様子（「ママごとの如き恋の姿を見せるといえば直ぐ小川のほとりで水をひっかけ合ったりさせる」）などが陳腐な表現として受け取られたからである。本作は、サウンド版であるにもかかわらず、太鼓の音声が、どの場面でも同じであり、場面場面に応じた音声処理の工夫が見られないことが指摘されている。また、主演の本郷秀雄と水島光代は、当時の松竹蒲田が売り出そうとしたコンビであったが、「いささか前途を暗く感じさせた」と不評であった。

7『有りがとうさん』

公開年：一九三六年二月二七日
製作／配給：松竹大船
監督／脚本：清水宏
主な出演者：上原謙、桑野通子、築地まゆみ、

二葉かほる、石山隆嗣

映画評論家の岸松雄は、清水宏について「まことに自然を愛する映画作家である。間がな隙がな旅をする。旅に見たさまざまな人生のすがたが清水宏の映画の眼を肥やす」「清水宏が旅を愛する理由の一つは、たしかにそれによって流転しつづける幾つもの人生の接触面をとらえることができるからにあるだろう」「人生流転の寂しさを知りながら、その温床から脱け出ようとしない彼である。旅があるところ流転の寂しさを身につけた女を見出す。旅の女芸人―『浮草娘旅風俗』（一九二九年）という題名の作品を作ったこともあった。川端康成はこの題名を場末の常設館の朽ちた看板の中にしげしげと眺めたという」と述べている。川端康成が観たであろう『浮草娘旅風俗』は、女芸人の姉妹が主人公で、恋多き姉がある村で男に恋されるが、その男が恋から醒めて許嫁を迎えることになり、姉妹は寂しく村を去っていく、監督の清水宏が自ら原作も手掛けた作品である。映画史家の山本喜久男によると、『浮草娘旅風俗』のような旅の女芸人を主人公にした映画が影響を受けたものの一つが、「伊豆の踊子」であり、『有りがとうさん』は、伊豆を愛した清水が五年もの構想を経て川端の掌編小説「有難う」を換骨奪胎した作品である。

『有りがとうさん』は、下田とみられる場所から湯ケ野、天城峠を経て修善寺に至る約八〇キロの天城街道の定期バスを舞台に、客に「ありがとう」といって感謝することから「有りがとうさん」とよばれた定期乗合バスの運転手（上原謙）が、さまざまな人々の悲喜こもごもの出来事を目撃するなか、終点に着く前に開業するための貯金をはたいて東京に身売りに行く娘（築地まゆみ）を救う決心をする物語である。

川端は、「私の短編の映画原作としての物足りなさは、作を貫く大きい生活の感動の乏しさである。私一個ではない。今日の文学の殆ど全体への不満である。映画が原作や脚本に窮乏しているのも、根本はこの点にある」とエッセイのなかで述べているが、『有りがとうさん』は、文芸映画の欠点の一つとされる「作を貫く大きい生活の感動の乏しさ」を見事に克服している。『有りがとうさん』では、すべての場面がロケーションで撮影されており、主人公「有りがとうさん」を演じた上原謙が自らバスを運転した。また、スクリーン・プロセスが一切使用されず、アフレコで録音されたため、公開当時は俳優の発声については批判があったものの、清水は「恐ろしく器用な監督」と驚嘆された。本作は、劇的な情況の変化が極度に乏しいが、子ども、農民、旅芸人、冠婚葬祭に赴く人々、産婦人科医などの様々な人物が行きかい、山の稜線、滝、温泉宿、といった沿道の風物を捉えていく。乗合バスの乗客たちも、髭面の頑固で好色な紳士、金の発掘で一攫千金を夢見る男、行商人など千差万別であるが、その中でも娘を売らねばならない母親のエピソードを中心に、黒襟の女（桑野通子）が、淪落の女ゆえの哀しみを垣間見せる。流浪の朝鮮人労働者の一団に対する清水の関心は、同年の『自由の天地』、一九四〇年のドキュメンタリー『京城』、日本人の子どもと朝鮮人の子どもとの交流を描いた『ともだち』へと接続されていく。道中、旅の芸人が別の芸人に伝言を頼むが、その別の芸人の名前が「かおる」であることから『伊豆の踊子』の「薫」の影響をうかがわせる。

8『女性開眼』

公開年：一九三九年六月一日
製作／配給：新興キネマ
監督：沼波功雄
脚本：村上徳三郎
主な出演者：高山広子、草島競子、歌川八重子、清水将夫、平井岐代子

圓城寺禮子（高山広子）と盲目の初枝（草島競子）は、高原で知り合い、互いにひかれ合う。初枝は、母親のお島（歌川八重子）が、日陰の身であったため、代議士であった父親が入院する病院でも冷遇された。だが、偶然、初枝は禮子の弟と知り合った縁で禮子に再会し、圓城寺家の計らいで父親の葬儀に出席することが叶い、開眼手術を受けて光を取り戻す。一方、禮子は若き科学者有田（新田実）に思いを寄せているにもかかわらず、圓城寺家の再興を口実に矢島伯爵（清水将夫）からの求婚を受けなければならなかった。ところが、矢島は、初枝にも食指を動かしてお島の過去を調べ上げ、卑劣な手段で初枝に迫ろうとしたが、それを知ったお島は、初枝をかばって伯爵もろとも崖底に落下する。かつて矢島から有田へ故意に伝えられた言葉により、初枝と異父姉妹であったという事実を知った禮子は、瀕死の床にあるお島を見舞い、有田を慕う初枝と有田を結ばせることを誓うのだった……。

この作品は、「脚色者も監督者も、何よりのねらいは二人の娘に対する母の苦しさと犠牲とによる活動的な、悲劇的な安価な興奮と感傷にあったらしく、前半、お島が初枝と東京に出て来るまではまだしも見られたが、それ以後終わりにかけては例の如き新興風な処理によって川端康成を片付けてしまった」と批評された。「例の如き新興風な処理」とは、松竹の子会社である新興キネマが得意とした、過度にメロドラマティックな演出で女性観客の紅涙を絞らせる演出を指す。主役の禮子に扮した高山広子は、新興キネマの時代劇の看板スターであったが、「セリフも感心せず、演技としても現代映画向きでない」とミスキャストを指摘されてしまった。

9『舞姫』

公開年：一九五一年八月一七日
製作／配給：東宝
監督：成瀬己喜男
脚本：新藤兼人
主な出演者：山村聡、高峰三枝子、片山明彦、岡田茉莉子、二本柳寛

二人の子供を持ち、舞踊研究所を経営する波子（高峰三枝子）は、考古学者の夫（山村聡）と長年心を通わすことができず、竹原（二本柳寛）に惹かれている。そのような家庭の不和は子どもたちにも影を落とし、息子の高男（片山明彦）は父親、バレリーナとなった娘の品子（岡田茉莉子）は、母親を慕っている。波子は、家計の工面に困っていたが、夫はそれを分かっていながら家族に内緒の貯金をしていた。その事実を知った波子は、竹原と関西へ旅に出ることを決意する。だが、高男から夫の病気の知らせを受け自宅に戻り、夫の寂しそうな後ろ姿を見るうちに竹原との逃避行を断念してしまう。

「川端康成の小説が映画化されるのは実に久しぶりである」といわれたように、本作は、一九三九年の『女性開眼』以来、十二年ぶりの映画化作品となる。十六年前に『乙女ごころ三人姉妹』を演出し、名声を高めた成瀬己喜男も「人生の哀感と倦怠を描くに独自な感覚を見せた成瀬己喜男

が、寡作ながら一作ごとに往年の生気をとりもどしつつある今日、東宝の古巣にもどってこの原作に取り組むのは注目される」と期待されたが、波子と夫が衝突し、波子が憤然と家出する場面などに「部分的にはみがきのかかった演出」といわれたものの、「場面が互いに相殺し合って、全体は生き生きとした映画の表現を失う」「新藤兼人と成瀬己喜男は苦心して細かな表現をねらっているけれど、それでも結局は人物の気持が十分にのみこめない」と、心理描写の不足を指摘された。成瀬己喜男のスランプからの復活は、次作の『めし』（一九五一年）に持ち越されることになる。

成瀬映画初出演の高峰三枝子は、スター女優が母親役に挑戦することでも話題になり、また、往年のスター・岡田時彦の遺児である岡田茉莉子は、東宝の演劇研究所に入所わずか二十日足らずで『舞姫』の品子役に抜擢された。原作者の川端康成との初顔合わせの際、川端は、「岡田時彦は、名優でしたね。あなたも素晴らしい女優さんになりますよ」と映画初出演の岡田を気遣い、そのように話しかけたという。当時十八歳であった岡田茉莉子の新鮮な魅力と素直な演技は成瀬が求めていた娘役に最適であり、岡田茉莉子は、その後も『夫婦』（一九五三）、『浮雲』（一九五五）、『流れる』（一九五六）などの成瀬作品に出演している。

本作は、谷桃子バレエ団が出演するバレエ映画の側面を持っており、劇中では、「レ・シルフィード」（フィナーレの「華麗なる大円舞曲」）、「パガニーニの幻想」（主役の少女役を谷桃子自身が踊り、バレエ技法で最も難しいとされている「フェッテ」が採りいれられている）「白鳥の湖」（第二幕　オデットと王子のグラン・アダージオ）が上演される。三演目ともこの時期頻繁に上演されていた重要なレパートリーであり、当時の日本を代表するバレエ団の踊りの記録映像としても貴重な作品である。

10『めし』

公開年：一九五一年一一月二三日
製作／配給：東宝
監督：成瀬己喜男
脚本：田中澄江、井手俊郎
主な出演者：原節子、上原謙、島崎雪子、進藤英太郎、滝花久子

結婚五年を経て倦怠期を迎えた初之輔（上原謙）と三千代（原節子）は、大阪に引っ越しして二年が経つが、台所事情は芳しくなく、そこに東京から縁談が気に入らない姪の里子（島崎雪子）が居候し、夫婦のあいだに波風が立ち始める。大阪での生活に疲れた三千代は、初之輔と血のつながらない里子の関係を怪しみ、里子を東京に連れ帰って、自分自身も東京で一からやり直すことで、初之輔との大阪での生活に見切りをつけようとする。だが、戦争未亡人の旧友の苦しい生活を目の当たりにし、東京から初之輔が迎えに来ることで、結局、三千代は初之輔とともに大阪へ戻っていく。

「朝日新聞」に連載されていた「めし」が、原作者の林芙美子の急逝により絶筆（百五十回の予定が九十七回で途絶）となり、映画化にあたって川端康成が監修を担当した。川端は、「映画作者が林芙美子氏を弔う心もこめて、未完の絶筆に忠実であろうとした「めし」の成功は、私たちも期待している。原作は人間の機微をうかがって、夫婦や世間を巧みに描いている、浅くはない。映画の成功も、成瀬己喜男監督の、この機微の生かせ方によるのだろう」（「めし」の映画化）と記している。この言葉通り、川端が選んだ林芙美子の言葉（「無限な宇宙の広さのなかに人

間の哀れな営々としたいとなみが私はたまらなく好きなのだ」）と、林の自筆のサインの後にはじまる本作は、戦中から戦後にかけて不振が続いていた成瀬巳喜男の復活を印づける作品であるとともに、『夫婦』（一九五三）、『妻』（一九五三）、『驟雨』（一九五六）へと続く戦後の「夫婦もの」の最初の作品となった。原節子の東宝専属第一回出演作品でもある。

原作は、三千代が帰京してから一週間以上が過ぎ、三千代の従妹で銀行員の一夫（二本柳寛）と里子の接近を匂わせるエピソードで終わるが、本作では、未完の部分も大胆な飛躍をすることなく、「これほど忠実な脚色はまれではないか」「いづれにしろ、原作者の構想でも、三千代は先づ無事に、大阪の夫の家へもどるのが、本筋であっただろう」という川端の言葉通りの想定された結末で終わっている。もっとも本作は、三千代が原作にはない米をめぐる動作（里子が同居することにより米の量を心配し、米を計り、米を研ぐ）を反復させることで、原作以上に「めし」というタイトルに関するこだわりがうかがえる。

川端は、「三千代の性格は演じにくいが、原節子はよさそうである。初之輔の役は上原謙にとって、一つの試みかもしれない」と述べているが、原作の三千代は「均斉のとれた容姿で、眼鼻立ちのはっきりした、顔だち」であり、初之輔もまた「眉目秀麗」であることから、原、上原ともに適役であった。特に、原節子は、甲斐性のない夫に対する忿懣、豊かな生活を送る旧友への羨望、里子の奔放な振るまいに対する苛立ちといった様々な負の感情を高ぶらせ、遂に「毎日毎日、台所をして、この家のまわりだけで動いている人生が、たまらない」という原作の三千代の焦燥感に至るまでの過程を感情豊かに演じており、小津安二郎作品の原節子のイメージだけではない、新たな一面を見せている。

11『浅草紅団』

公開年：一九五二年一月三日
製作／配給：大映
監督：久松静児
脚本：成沢昌茂
主な出演者：京マチ子、乙羽信子、齋藤紫香、岡譲二、杉狂児、根上淳

浅草フォーリーズの踊子・鮎川マキ（乙羽信子）は、愛人の島吉（根上淳）に浅草の顔役で興行師の中根（岡譲二）からの借金の交渉役を依頼し、彼はそれを引き受けるが、マキが目当ての中根は、島吉を乾分に命じて脅し、浅草から放逐しようとした。ところが、島吉は反対にその一人を殺害してしまい、「必ず迎えに来る」とマキに言い残して浅草を去った。一年後、浅草に戻った島吉は、田舎娘（京マチ子）を救ったが、実はこの娘は、女剣劇の紅龍子で中根の養女であったことから、島吉をおびき出す役目を担っていた。だが、島吉の人柄に惹かれた龍子は、逆に島吉を救い、ほどなくしてマキと龍子は異母姉妹であることが分かる。

浅草の古い盛り場を舞台にした本作の物語は、「何度も何度も見たりよんだりしたことのある映画であり、ストーリーである」と言われ、当時ですら物語が予測可能な展開であるとみなされていた。批評も「久松静児の演出も、破綻は示さないが、どこにも輝きがない」「京マチ子の女剣劇と乙羽信子の歌と踊りが売り物の通俗メロドラマ。川端文学のヘンリンをも期待するのは野暮の骨頂」と辛口の批評に終始することになる。だが、「二度と見られぬ京マチ子

の女剣劇七変化！」と書かれた当時の宣伝ポスターの文面通り、本作で注目されたのは、女剣劇を演じた京マチ子の見事な演技である。当時の批評は、「国定忠治まがいのマタタビ姿から、若衆、芸者、町娘といろいろ姿を変えてのチャンバラぶりは想像以上のうまさで、最近時代劇に出演している各社の現代劇スターたちのおよびもつかぬ出来である。殺陣に馴れないせいもあって、間のもち方とキマらない欠点も多少みえるが、まずこれだけ出来れば剣劇スターとして合格である」と京マチ子の実力を認めつつも、一方で、大映のトップスターを「見世物代りに使う会社の安易な商魂」と映画会社の姿勢に苦言を呈してもいる。

12『千羽鶴』

公開年：一九五三年一月一五日
製作／配給：大映
監督：吉村公三郎
脚本：新藤兼人
主な出演者：木暮実千代、乙羽信子、杉村春子、森雅之、木村三津子

「千羽鶴」は、主人公の記憶と連想の往還が複雑な文体で書かれていることから、「映画化が困難」といわれていたが、一九五三年と六九年に二度映画化された。両作の脚本を手がけた新藤兼人によると、劇的展開が乏しい「千羽鶴」を脚色するにあたって、ストーリーの展開の中に人間心理を描くことに注力した結果、映画『千羽鶴』は、原作の主人公・三谷菊治ではなく、女優を中心にした映画の体裁が採られることになった。

本作では、菊治の父の女性関係は、戦争中の暗い救いのない気持ちのはけ口から女性を求め、さらに菊治と太田夫人の関係も映画の観客層を考慮したことから、単なる恋愛感情だけにとどめたという。一九五三年版では、菊治の母は、菊治の幼少期に亡くなったため、菊治の父と太田夫人の不倫はそれほど問題にはならず、太田夫人の娘・文子と菊治は互いに惹かれつつも、性的関係を結ぶことはない。本作で注目すべきは、杉村春子が演じる茶の師匠・栗本ちか子である。新藤兼人が、「この中年女性の油っこい性格が中心となって劇的な展開をみせる」というように、太田夫人の化身である志野茶碗を割るのは、原作では太田夫人の娘の文子だが、本作では菊治に会いにやって来た文子が帰った後、嫉妬にかられたちか子が庭石に志野茶碗を叩きつける。嫉妬や憎悪といった女の業が強調された杉村春子の見事な演技は、高く評価された。

吉村公三郎は「千羽鶴」に「源氏物語」との共通点を見いだし、一九五一年に自ら演出した『源氏物語』で描き切れなかった「もののあはれ」を極力描くように努めたという。稲村ゆき子（木村三津子）が電車の中で偶然菊治に出会う時に読んでいた書籍が「源氏物語」であることからも、吉村のこだわりがうかがえる。

川端康成は、「菊治と太田夫人、菊治と太田の娘文子との、重なるまちがい（？）は、殊に文子とのことは、芝居でも、映画の新藤、吉村氏の脚色演出でも、ぼんやりとさせ、ないことにしてある。これでむしろ原作は救われた。太田夫人の木暮実千代さんの演技でも救われた。杉村春子さんの役の茶の師匠は映画になるとなほ強く、乙羽信子さんの役の文子もはっきりして、それはそれでよいが、木暮さんの太田夫人はやりようのないと思える役をよく演出されていた。森雅之氏の菊治も不得要領の原作をよく伝えた方であろう」と、俳優たちを慰労するとともに、原作の「欠点」が映画によっ

て補てんされたという感想を述べている。

13『浅草物語』

公開年：一九五三年九月三〇日
製作／配給：大映
監督：島耕二
脚色／潤色：成沢昌茂／島耕二
主な出演者：山本富士子、森雅之、木村三津子、片山明彦、霧立のぼる

敗戦翌年の浅草のバーで働く千代子（霧立のぼる）は、常連のブローカー・赤木（森雅之）に惹かれていたが、闇の砂糖取引で赤木に利用され、失意のまま自殺する。千代子には、二人の妹弓子（山本富士子）とみどり（木村三津子）がいたが、千代子の死後七年後、弓子は浅草公園で名の通った不良少女、みどりは浅草六区の踊子となっていた。姉千代子と赤木との過去を知る弓子は、姉の借金を返済しながら、姉を死に追いやった赤木はもとより、全ての男を憎んでいた。ある日、仲間の女が男にスリを働き、連れ戻しに出向いた弓子は、当の男が赤木だとわかり、復讐のために近づいていく。一方の赤木は弓子が千代子の妹と知らないまま、彼女に好意を持つ。弓子もまた、次第に赤木に惹かれていくが、しかし、その想いを断ち切るかのように、言問橋畔に浮ぶ蒸気船に赤木を誘い、毒薬を口にふくんで赤木に接吻し千代子の妹であることを告白、自らも毒をあおる。

本作の冒頭に、歌手の楠トシエが浅草の舞台で「浅草ラプソディ」を唄い、物語の中盤では竜野美智子による「浅草物語」、浅草のどじょう屋、浅草松屋の屋上、屋形船の囃子といった当時の浅草の情景がふんだんに盛り込まれた。だが、戦後一年が経過した場面と、不良少女に成り上がった七年後の弓子のエピソードを対比する試みが、「場面場面の演出は、単純平凡を出でず、浅草界隈に生活するものの味わいは乏しく、色々隅田川など風光を無理に使ってあるようなちぐはぐな感じがする。戦争直後と対称されるにも拘わらず、落ち着いて来た現在の生活状態の写し方が、兵隊靴や兵隊服や瓦礫の町以外には際立っていないのも、その対比の面白さを充分生かしていない」と批判された。「山本富士子が、全然不良少女になっておらず、如何にも苦しそうに単純に演技して、主人公の心情が表現されていない」と、主役の山本富士子や、赤木に扮した森雅之などの個々の俳優の演技に関しても辛口の批評が目立ち、また、心理描写が曖昧なため、「極端にいえば、わけがわからない」「作家の川端康成などはそっとしておいて、メロドラマティックな女の復讐談として売るべきだろう」と言われてしまった。だが、その中でも、蒸気船の中で薬缶の水を飲む際に見せる、クロースアップで捉えられた山本富士子の官能的な表情は観る者に強烈な印象を与えている。

14『山の音』

公開年：一九五四年一月一五日
製作／配給：東宝
監督：成瀬巳喜男
脚本：水木洋子
主な出演者：原節子、山村聡、上原謙、長岡輝子、中北千枝子

『山の音』は、公開当時、夫婦生活の危機や破綻を描いた『めし』、『夫婦』（一九五三年）、『妻』（一九五三年）、近親相姦的な愛情を描いた『あに・いもうと』、老若二組の夫婦生活を描いたホームドラマ『稲妻』と

の共通点を持っていたことから、成瀬己喜男の集大成的な作品として見なされた。また本作の公開当時、俗物の夫に満たされない初老女の心が養子に傾く過程が描かれた『ミモザ館』（一九三四年、ジャック・フェデー監督）との類似が指摘された。

老境にさしかかった主人公・信吾（山村聡）の複雑な深層心理を扱った「山の音」もまた、「映画化が困難」といわれていたが、映画『山の音』では、劇的展開があまりない家族の日常描写が単調にならないように、登場人物たちを二つの部屋に配置し同時に演出していくなどの工夫が凝らされた。美術の中古智が、成瀬らと撮影前に川端康成邸を訪れた際、家の裏手に手押しポンプがついている井戸があった。中古は、「山の音」を「裏の山に反響するポンプの音」と設定し、その音を主人公の嫁・菊子（原節子）への恋情と想定することで、オープンセットの家の裏に手押しの汲みあげポンプを作ったという。冒頭にあらわれる買い物帰りの菊子が信吾と並んで歩く場面はすべてオープンセットであり、大がかりなものであった。生活に疲れた長女（中北千枝子）の人物造型などに注目が集まったが、とりわけ日常の何気ない会話から浮かび上がる老夫婦の描写に関しては、小津安二郎作品と比較される（『麦秋』や『東京物語』の、ただ疲れに於いてしか見えなかった老夫婦を抜き出す出来になっていた」）ことで、その卓抜さが評価され、「成功作ではないが文学の境地に迫ろうとする野心作」と一定の評価が与えられる一方で、「劇の不足は補えなかった」ともいわれた。

この作品では、山村聡と上原謙が親子を演じているが、当時の年齢は、山村が四十二歳、上原が四十三歳と、上原の方が一年年長であった。信吾を演じた山村は、「知性と洗練味のある老人で、山村は一つの新しい老人のタイプを日本映画に導入した」と称賛され、原節子の菊子は、原作のように「ほっそりと色白」ではないが、信吾に美人であった老妻の亡き姉を思い起こさせ、「稲妻のような明りがさすのもそう病的なことではなかった」という原文にふさわしい静謐な美しさを備えている。家の中で音を立てている鼠に向かって菊子が猫の声を真似て「ニャア」と脅かすコミカルな場面がある一方で、早朝の洗面所で菊子が鼻血を出した際に信吾が介抱する場面の直後に、布団で寝ている夫の修一が菊子を呼び、その声にふりかえる菊子の怪訝とも羞恥とも判断がつかない複雑な表情から も、義父、息子、嫁の微妙な関係を漂わせている。

最後の新宿御苑での信吾と菊子の別離のシーンは、はるか向こうに新宿のビルが見える御苑のたたずまいが画中の人物たちの心境と呼応するかのような美しい余韻に満ちており、映画という限定された時空間にしたがい、菊子が修一と別れる決意をするという原作にはない結末が与えられている。

15『伊豆の踊子』

公開年：一九五四年三月三一日
製作／配給：松竹
監督：野村芳太郎
脚本：伏見晃
主な出演者：美空ひばり、石浜朗、由美あづさ、片山明彦、雪代敬子

戦後の『伊豆の踊子』は、前途有望な新人女優がさらなる人気を獲得するための企画作品へと変貌を遂げてゆく。原作もまた、文学研究者の十重田裕一が指摘するように、高度経済成長と複数のメディアの力が

あいまって、日本の文学の「名作」へとなっていった。二回目の映画化である『伊豆の踊子』は、美空ひばりが少女歌手から本格的な女優へと転身するためにひばり側から松竹に持ち込まれた企画であり、脚本は第一作と同じく伏見晁、美空ひばり主演の『悲しき口笛』（一九四九年）でチーフ助監督を務めた野村芳太郎が演出を担当した。

女優・美空ひばりを演出するにあたって、ひばりの芝居がかった台詞回しやブロマイド的表情を回避するために、野村芳太郎は、普段の五〇ミリから二百ミリにレンズのサイズを変更し、遠景で俳優の演技を撮影する「望遠撮影」を行うことで、ひばりの自然な表情を捉えたという。その甲斐もあり、当時の批評は「美空はまだ変に身体を動かす芝居グセがとれないのと、表情に明るさの欠ける短所はあるが、演技力は伸びた」と演技力の進歩を認めている。

この作品の冒頭は、晴れ渡った富士山を背景にした海岸道路を乗合馬車がやってくる情景から始まっており、主人公の道程は、沼津から西海岸の三津浜付近を通り、中伊豆の長岡温泉を経て、大仁、修善寺を終点に設定されている。学生・水原（石浜朗）は、修善寺温泉に先輩の小説家・杉村を訪問する目的で乗合馬車に同乗し、踊子一行と出会う。水原は、踊子たちの一行が、修善寺から湯ヶ島を経て下田への道を辿ると聞き、突然下田へ行く決心をして踊子たちの後を追うが、雨に遭い途中の茶店に駆け込む。そこで踊子たちに遭遇することから、原作にある天城峠の茶店の場所は、修善寺―湯ヶ島間の街道筋に変更されている。「なるべく原作に近づけるように、手直ししながら撮影した」と野村自身が語っているように、踊子が、兄の栄吉とともに有名な温泉旅館（湯の沢館）の子供であるという第一作の設定を踏襲し、新たに踊子たちの父親が、いまも湯の沢館の下働きとして残留している件が加えられた。また、湯ヶ島の湯本館と湯ケ野温泉の湯の沢館が区別され、湯の沢館の息子が、踊子に好意を持つ誠実な青年として描かれており、踊子の将来は、決して暗いものではないという安心感とハッピーエンドを観客に予想させる構成が取られている。この作品では、下田港の出発の朝、蓮大寺の鉱山で身寄りのなくなった老婆と三人の小さな孫の世話を鉱夫たちに押し付けられ、快く引き受ける場面や、船上で東京へ行く受験生から声をかけられる場面などは、ほぼ原作に近いかたちで描かれており、老婆たちの世話の件を原作通りに扱ったのは六作品中本作だけである。

16『母の初恋』

公開年：一九五四年九月一七日
製作／配給：東京映画／東宝
監督：久松静児
脚本：八田尚之
主な出演者：上原謙、岸惠子、三宅邦子、小泉博、志村喬、丹阿弥谷津子、香川京子

閑静な湘南に住む劇作家の佐山（上原謙）と妻・時枝（三宅邦子）は、佐山の初恋の女・民子（丹阿弥谷津子）の遺児・雪子（岸惠子）を実子のように愛情豊かに育てていた。民子は、初恋の人・佐山を忘れかねつつ、二度の不幸な結婚生活の果てに雪子を残して病死したのだった。美しく成長した雪子は、佐山の友人の演出家・高浜（志村喬）からの紹介で、銀行員の若杉（小泉博）と知り合い結婚する。だが、「一番好きな人と必ず一緒になりなさい」と生前の母の言葉を

心に秘めた雪子は、間もなく家出してしまう。心配した佐山は、手がかりを得ようと雪子の親友・阿佐子（香川京子）に会い、「初恋は結婚によっても何によっても滅びないことをお母さんが教えてくれたから私は言われるままにお嫁入りする」という雪子の手紙の言葉に、ようやく雪子の本心を知る。その後佐山は、「母の思い出の地で一日ぼんやりしていたい」と書かれた文面を手がかりに、民子との思い出の地である山に赴く。そこにいた雪子に対し、佐山は、若杉を愛することが雪子にとって一番幸せの道であることを説く。雪子は、その言葉に「本当にそう思うのか」と二度確認するが、佐山は、曖昧な表情を浮かべたまま、二度とも肯定してしまう。「ここに来て自分の気持に割り切りがつくと思ったんですけど、馬鹿だったわ」とハンカチで涙をぬぐう雪子に、若杉は、雪子に背を向け若杉を理解することの大切さを説く。

高原での雪子と佐山のツーショットは、これまで不透明なままであった佐山と雪子の愛情関係に答えを出すクライマックスともいえる場面であり、風光明媚な高原を背に、決して男女の仲へと発展しない二人の清潔な関係を貫くために、会話の際に人物を動かし、時折人物の表情のアップを挿む工夫を凝らすことで、単調な場面にならないような配慮が見られる。その後、空に黒い雲があらわれ、佐山と雪子がその場から離れる契機を与える。帰路のタクシーの中で、近々母親の墓参りに行く旨を伝える雪子に、久しぶりに同行しようという佐山に対し、「若杉と行きます」と雪子がきっぱりいうが、その場面に、雪子が若杉を選ぶことで、母親の呪縛を自ら解き、前向きに生きていこうとする雪子の意志が垣間見える。その後、激しい雨が降る中、帰路に着き、傘を持った若杉が優しく雪子を出迎え、それらを見守る佐山の視線で映画は終わる。

「三浦光雄のカメラがロマンチックな味をかもし出し、岸恵子もよくやっているし、三宅邦子も〝妻の座〟にうまく安住する女をみせている。久松静児の演出もこれというアラはみせない。しかしどうしたことか、もう一つ深みがたりないウラミがある。人を描くよりも筋にとらわれすぎたせいである」と当時の批評にもあるように、この作品は、佐山、雪子、時枝それぞれの心理描写の不足が、今一つ川端文学に肉迫できなかったようである。

17『川のある下町の話』

公開年：一九五五年一月九日
製作／配給：大映
監督／脚本：衣笠貞之助
主な出演者：有馬稲子、山本富士子、根上淳、川上康子

川のある下町の一角にあるS大附属病院のインターン・栗田義三（根上淳）と、両親を亡くしパチンコ屋で働きながら異父弟を育てるふさ子（有馬稲子）、義三の同僚で美貌の民子（山本富士子）、幼少期から義三に恋する義三の従妹・桃子（川上康子）といった出自が異なる三人の女性との関係を、戦後の貧困や基地問題などを絡めながら描いたメロドラマ。

この作品で注目すべきは、米軍基地の描写である。地名こそ明らかにされてはいないものの（原作では福生）、ふさ子がジープに乗った米軍兵士たちに襲われそうになり、彼女を助けようとしたキャバレーの同僚の男が殺害され、ふさ子が精神を病んでしまう契機となるエピソードが加えられており、原作よりも過激な描写が見られる。

また、原作では、義三、ふさ子、民子の三角関係は曖昧なままに終ったが、本作では、行き倒れたふさ子が救われ、電気療法によって精神の病が回復し、義三と結ばれるというハッピーエンドが採られている。

「目が美しい人」と劇中で何度も称賛される、薄幸の美女を有馬稲子が好演。映画界きっての読書好きで知られる有馬稲子は、大船撮影所に通う電車の中で川端を見かけ、新橋駅で有馬の方から「ナンパ」をした。その縁もあり、一九五四年に、岸恵子、久我美子とともに「にんじんくらぶ」を設立した際に、川端は顧問に就任した。一九六一年に有馬稲子は俳優の中村（萬屋）錦之助と結婚し、「夢のカップル」と騒がれたが、歌舞伎俳優の錦之助に比べると親類が少なかった有馬は、川端に「親代わりになってください」と頼んだという。

衣笠貞之助は、当時、溝口健二、小津安二郎、伊藤大輔と並んで映画界の〝凝り屋〟の代名詞として知られており、この作品で抜擢された新人の川上康子の宣伝写真の撮影にも自ら立ち合い、大道具や小道具にも目を光らせた。たとえば、有馬が持つ古ぼけた傘の穴のあけ方が気に入らず、線香の火で自ら空けた。さらに、都内の王子に建てられたバラック小屋のオープンセットでは、「うらぶれた焼けトタンのバラック」にこだわったため、美術部は都内の火事場の焼け跡を探し回ってようやく集めたが、衣笠は、凹み方が気に入らず、屋根にのぼってトンカチであちこちを打ち叩いたという。だが、当時の批評は、「一向に面白くない。陳腐なものだ。技術的にみても衣笠演出はテンポがのろく、せっかく新鮮な現代俳優を使いながら〝古さ〟が画面にたちこめている。副院長の将来を捨て、豊かそうな美女も捨て、貧しいふさ子への純愛と、恵まれない患者たちへの奉仕に一生をなげうつ主人公栗田を、なぜに社会的な眼で描かなかったのだろうか。作品対決の第一歩がすでに間違っていたといえる。若い四人のスターたちの真剣さは快い、しかし、作品の描き方のちがいで、その努力も効すくなきものになっている。衣笠監督のエラーである」と批判された。

18『虹いくたび』

公開年：一九五六年二月一九日
製作／配給：大映
監督：島耕二
脚本：八住利雄
主な出演者：京マチ子、若尾文子、川上康子、船越英二、上原謙、川口浩

著名な建築家・水原常男（上原謙）を父に持つ異母姉妹（京マチ子、若尾文子、川上康子）の人生の喜びと哀しみを描いたメロドラマ。母の自殺が原因で傷心の長女・百子（京マチ子）を中心に、彼女の恋愛遍歴と更生が描かれる。

当時、男女の混浴シーンは回避される傾向にあるなかで、上原謙と若尾文子の入浴シーンが話題となったが、映倫では父娘という理由により特例として認められたという。だが、この入浴シーンをはじめ、京マチ子がはじめて男性と性的関係を結ぶ場面が不評であり、「台詞も生硬で浮き気味、俳優連中もよくなく、演出もズサン」と批判された。小説家で大映専務も務めた川口松太郎の息子・川口浩が、本作で京マチ子の恋人役でデビューし、以後一九六二年に実業家へ転身を図るまで大映の若手スターの一人として活躍することになる。

19『東京の人』

公開年：一九五六年四月四日
製作／配給：日活
監督：西河克己
脚本：田中澄江、寺田信義、西河克己
主な出演者：月丘夢路、左幸子、滝沢修、
新珠三千代、芦川いづみ、葉山良二

連続ラジオドラマの映画化作品。戦後、二人の子供を育てながら宝石商として成功した白井敬子（月丘夢路）は、事実婚の島木俊三（滝沢修）と暮らしている。島木は一時期出版社の経営を軌道に乗せていたが、その後の不況で会社が倒産し、敬子との仲もぎくしゃくしていく。本作では、家を出てしまう島木を中心に、彼の娘・弓子（芦川いづみ）と敬子との実の母親よりも深い継子関係、敬子の息子・清（柴恭二）の弓子への恋慕、そして島木と秘書の小林みね子（新珠三千代）との恋愛関係など、多彩なエピソードが綴られる。原作では弓子の病身の母親が存在するが、この作品では既に死亡しており、物語の簡略化が図られた。

本作は、川端文学の中で最も長い小説を前後編として構成されているが、一作品として公開された。川端康成は、一九三五年十月のエッセイのなかで、長編小説の映画化について次のように発言している。「映画は元来小説的である。複雑な心理も描けるにしろ、複雑な筋は追いにくい。映画の材料は三面記事にも無数に落ちているのであるから、必ずしも国文学の短篇や短い戯曲の方が映画の材料として、通俗長編小説にまさるではないが、前者がより多く監督自身を生かす余裕を存し芸術的感興を促すと確かである」。映画化が決定した際に、『東京の人』は連載途中であったため、監督の西河克己が川端に結末を聞いたところ、川端は即座に「それはあなたの方で勝手に作ってください。私はそれを真似て書きますから。その方が私も楽ですからね」と答えたといわれている。この川端の言葉は、およそ二十年前の発言の内容に変化がないことを示している。本作の試写の後、島木が日暮里にある民生局一時保護所に身を潜めている場面に流れる朝鮮民謡を、「あの歌は良かったですね」と川端が褒めたという。しかし、「厖大な原作をうまくアレンジしているとはいえない。登場人物が多彩なわりに、全体が低調なのは、意識的に川端文学の精神に近づこうとした演出効果ばかりのせいではない」という批評にもあるように、長編小説を、一二六分の映画作品にまとめるには無理があったようである。

20 『雪国』

公開年：一九五七年四月二七日
製作／配給：東宝
監督：豊田四郎
脚本：八住利雄
主な出演者：池部良、岸恵子、八千草薫、
久保明、森繁久彌

『雪国』は、戦前から小津安二郎、五所平之助、成瀬己喜男などの名だたる監督が映画化を企画していながら、その度に頓挫していたが、文芸映画の巨匠・豊田四郎による四年越しの企画がようやく実を結び、一億五千万の製作費と九か月の撮影期間をかけた東宝による渾身の文芸映画として製作された。東宝文芸部は映画化に際して、二十代の女性五十人に原作を読んでもらい、様々な職種の女性五百人を対象に綿密な調査を実施している。その結果、主人公の駒子と葉子の性格や生き様には過半数の女性が理解を示したが、六八％の女性が島村には批判的だったという。そこで、島村の性格は納得のいくような人物として描き直されることになり、何度も検討が重ねられた。八住利雄のシナリオ執筆期間は三年にも及び、シナリオは六回も書き直されたが、こうした数度にわたる改稿は島村像の検討が課題のひとつであったに違いない。

　豊田四郎は、原作に頻出する「徒労」という言葉を「インテリゲンチャの良心」と説明している。池部良は、島村を演じるにあたって、川端康成に島村について教示を仰ぐが、それはまことに曖昧なものであったという。それほど、原作のなかの島村は「まとまりのない男」なのだが、本作では永田鉄山が白昼惨殺された相沢事件の新聞記事を、県会議員（森繁久彌）に読ませることで、舞台を「日本における暗黒時代」に設定した。そこで、島村がこうした政治的な事件に興味がないことを明確に示すことで、島村の時局逃避者としての姿を浮かび上がらせている。

　『雪国』の出来具合は当時から賛否両論があるものの、この作品を力作たらしめるのが、確かな人物造型にあることはおそらく間違いないだろう。駒子に扮した岸惠子は、彼女の近代的な風貌と相俟って、新しい駒子像を創造した。それは、越後の川を島村におぶられて渡る場面で鮮明に表れ始める。池部と岸は、この場面で豊田に何度もダメ出しされており、途方に暮れた彼らが示した窮余の演技が、駒子が島村に「ガブリと負ぶさる」ことだったのである。この演技が豊田に絶賛され、ここに天衣無縫な駒子が立ち現れることになる。有名な「この指が覚えていた」の場面では、駒子が島村の人差し指を口に含み、それに応えるかのように島村もまた駒子の鬢を口に含む。クロースアップで捉えられた二人の匂い立つような色気は、まさにドナルド・キーンが豊田を評して「眼で見る心理」と呼んだものに当てはまる。池部の抑制された演技は、原作にはない包容力があり、熱演になりがちな岸の演技を抑える効果も果たしている。それが最も鮮やかに表れているのが、駒子が島村を想って三味線を弾くシーンである。三味線の哀しい調べに引き寄せられ、駒子がいる部屋に歩んでいく島村の立ち居振る舞いの美しさと彼女に次第に惹かれていく微細な表情には、映画が原作を越えてしまった瞬間すら感じさせる。

　駒子の裾引き姿は、肩裾に竹の模様が描かれた淡い地色の見事なお座敷着で、鄙びた村の芸者がまとうお座敷着ではない。しかし、その着物に違和感がないのは、原作者・川端康成の美意識と岸惠子の艶やかな美貌が見事に符合しているからであろう。

　岸惠子は、この作品の撮影を終えて渡仏し、映画監督のイブ・シャンピと結婚した。フランスのヴァルモンドワで挙げた結婚式では川端康成が介添人を務めている。

21『女であること』

公開年：一九五八年一月一五日
製作／配給：東京映画／東宝
監督：川島雄三
脚本：田中澄江、井手俊郎、川島雄三
主な出演者：原節子、森雅之、久我美子、香川京子、三橋達也、石浜朗

　冒頭から、「こいさん」と近所の人たちから呼ばれる、自転車に乗って近隣を軽快に駆け回る少女の姿がワイプによって次々と示されるが、後姿だけで彼女が誰なのか特定されない。その直後に、「女であること」のクレジットタイトルとともに丸山明宏（美輪明宏）がクロースアップで登場し、主題歌「女であること」（黛敏郎作曲、谷川俊太郎作曲）を唄い始めるため、軽快なドラ

マを期待させるが、映画の内容はむしろ深刻である。

東京山の手に住む佐山弁護士（森雅之）と、妻の市子（原節子）は、佐山が担当する受刑者の娘・妙子（香川京子）を引き取って世話をしているが、市子の親友の娘さかえ（久我美子）が転がり込んできたことから、平穏な一家に波乱が巻き起こる。さかえは市子と佐山の両方に思わせぶりな態度を取り、夫婦関係に波風が立つ一方で、市子の昔の恋人・清野（三橋達也）があらわれ、市子の心が揺れ動く。最後に、市子が妊娠し、清野は仕事でカナダへ赴任、妙子は佐山の口利きで医療少年院に勤めることが決まり、さかえは、京都にいる父親に挨拶した後、自分を見つめ直す。せめて母親に挨拶をという市子を振り切り駆け出していくさかえの後ろ姿は、冒頭で軽快に自転車を乗り回す少女が実はさかえであったことを想起させると同時に、「女であること」の自由を求めて疾走してゆく彼女の未来を示している。

本作は、原節子、久我美子、香川京子と人気スターが顔を揃えており、それぞれのキャラクターが対照的に描かれているが、それは彼女たちが着る衣服においても明らかである。原節子は、始終着物姿、香川京子は、市子から譲り受けた着物姿が一度あるのみで、清楚で地味な洋服を着ている。さかえ役の久我美子は、ポニーテールにサブリナ風パンツをはじめ、最後の市子との別れの場面でのレインコート姿など、「完全にヘップバーンを意識していた」という久我美子の言葉通り、オードリー・ヘップバーンを模倣したスタイルで登場する。

川端は、一九五六年に東京ステーションホテルに滞在し「女であること」を執筆した。本作でも、さかえは上京した際に東京ステーションホテルに泊まっており、ホテルの部屋の窓から、迎えに来た市子とともに人であふれるコンコースを眺めている。泥酔したさかえが、勢いで市子にキスをする珍しいシーンもある。

「複雑微妙な〝女〟の心理、加えてそのからみ合いも複雑な話を七面倒臭くなくサラリと、あくまで批判的に描いたところに川島監督のうまさがある。三女優ともに適役好演。佳作」という好意的な批評もある一方で、「一応のダイジェストとして成功しているのでもあろうが、三人の女性の複雑な心理をじっくり描き出すには、元来映画という表現がこの方面では不得手なのだということも手伝って、まったく失敗している」とも批判された。

22『風のある道』

公開年：一九五九年九月一三日
製作／配給：日活
監督：西河克己
脚本：矢代静一、山内亮一、西河克己
主な出演者：山根寿子、北原三枝、芦川いづみ、清水まゆみ、葉山良二、大坂志郎

宮子（山根寿子）、恵子（北原三枝）、直子（芦川いづみ）の三人姉妹とその両親の人間模様を描いた文芸映画。監督の西河克己は、『東京の人』に続く二本目の川端康成原作作品であり、キャストも葉山良二、芦川いづみと同じ顔ぶれが揃った。

西河は映画化にあたって、「この題名は、女のゆく道には常に風が吹いているという意味だと私は考えている。この映画には太陽族もギャングも、いわゆるメロドラマ的な悪玉という人物さえも出ないで、ただ平凡な人ばかりだが、そこから人間の真実を探求していこうと思うのだ」と語っている。東京湾の埋立地・東雲でロケーション

が行われたが、当時の東雲は、水道もない不便な土地であった。西河は、この東雲というおよそメロドラマには相応しくない場所での撮影もいとわなかったという。しかし、批評では「夫婦親娘の情愛の機微が描き切れず、単なる次女の通俗的恋愛物語に止まってしまっている」と指摘された。とりわけ、華道の家元の後継者・矢田光介（小高雄二）と婚約し共にアメリカへ外遊することになっていた直子（芦川いづみ）が、ブラジルの孤児院へ赴任する精薄児収容施設の青年教師（葉山良二）に心変わりし、急に行き先を羽田空港から横浜港へと変更した場面については、「青年教師の乗っているブラジル移民船へ、いきなり駆けつけてそのまま一緒に行けると思っているような非常識、また、それまでの状況から、絶交されたと見るべき女の来るのを期待して、男が下船して待っているなどというような、常識はずれの安易な解決がつけてある」と結末が批判されることになった。

23『伊豆の踊子』

公開年：一九六〇年五月一三日
製作／配給：松竹
監督：川頭義郎
脚本：田中澄江
主な出演者：鰐淵晴子、津川雅彦、桜むつ子、田浦正巳、城山順子

『伊豆の踊子』の第三作目の薫に抜擢された鰐淵晴子は、ドイツ人の母と日本人の父を持つハーフであり、当時十五歳。松竹が前途を期待する少女スターであり、新人監督の川頭義郎とコンビを組ませることで、さらなる宣伝効果を狙ったものとみられている。

物語は、前二作とは違い、踊子たち一座の家族構成が改変された。一座の座長は、前二作の栄吉から、おたつ（四十女）に変り、姉の千代と妹の薫は、おたつが芸者時代に産んだ異父姉妹、千代の夫である栄吉は、流れ者の遊び人、一座の雇われ娘・百合子は、好奇心の強い積極的な性格で、旅芸人の仕事を嫌い行商の小間物屋に誘われて芸者になるべく遁走してしまう。物語の前半では、学生と踊子の淡い交流を現代風に描き、後半は、踊子一家の中でも、母親・おたつと踊子との関係に焦点が当てられ、第二作で、修善寺の宿の女中で出ていた桜むつ子が本作ではおたつを演じることになる。原作では、始終四十女と呼ばれており、名前は明らかにされていないが、本作では、家長であり座長である責任者としてのおたつの労苦が描かれると同時に、酔客に絡まれ性的な視線に晒される母・おたつを偶然目撃し、ショックを受ける薫の姿に、しがない旅芸人の哀しさが強調されている。

天城トンネルでの学生と踊子のふれ合いに象徴されるように、この作品は、少年少女の他愛のない交流が繰り広げられる青春映画の様相に近づくあまり、原作が持つ旅の抒情性は捨象されてしまっている。カラーとモノクロという違いはあるものの、鰐淵晴子が着る踊子の衣裳が、第二作で美空ひばりが着用した衣装と同じであり、映画監督の西河克己によると、前作の主役のイメージを意識的に排除しようとする映画界の常識にあって、主役が同一の衣裳を着用することは非常に珍しいという。

24『古都』

公開年：一九六三年一月一三日
製作／配給：松竹
監督：中村登
脚本：権藤利英

主な出演者：岩下志麻、宮口精二、吉田輝男、長門裕之、早川保

京都を舞台に、幼少期に生き別れとなった双子の姉妹、千重子と苗子が数奇な運命に操られてゆくさまを、京都の四季、様々な伝統行事、風物の紹介と共に描かれる。

この作品は、登場人物、場面展開、台詞などほとんどが原作を踏襲するかたちで展開されているが、原作との明確な相違点をあげるとすれば、裕福な呉服問屋と帯職人、北山林業に従事する女性といった職業の差異が、原作以上に強調されることである。たとえば、千重子の幼馴染の真一とその兄で後に千重子と結婚することになる竜助が、時代祭で帯職人の秀男と一緒にいた苗子を千重子と勘違いするが、原作では、それらは、真一と千重子の電話での会話から明らかにされるのみであり、実際に真一と竜助が秀男らを目撃する記述はない。本作では、こうした電話での会話が再現されており、真一と竜助は、祭りの列の出る、御所に近い真近い席、すなわち特権的な場で見ることが可能だが、秀男と苗子はそれが叶わない、といった具合に、階層の差異が明確に視覚化されている。

本作の製作にあたって、京の老舗呉服メーカーと西陣の老舗帯問屋がタイアップし、女優陣の着物が誂えられた。主役の岩下志麻は、着物や髪形、化粧によって、生まれも境遇も違う双子を見事に演じ分け、「適役」と称賛された。苗子を演じる際には、襦袢の中に薄い綿を入れて、体に丸みをつけるなどの工夫を凝らした。岩下によると、一番苦労したのは千重子と苗子が同じ布団で寝る場面であり、二人が一緒に画面に映るときには、カメラが動かないように固定され、レンズに半分ふたをして交互に撮影するために、一ミリでもカメラが動くと撮り直しになったという。

「入念にできた文芸物だが観客に食い入る甘さや楽しさに計算違いがあって多くは期待できない」と書かれた批評の根拠が「こういう題材は、いかに背景が古都であっても古臭さはいなめえず」であったことから、一九六三年当時にあって、原作の物語内容が既に時代遅れと思われていたようである。

25『伊豆の踊子』

公開年：一九六三年六月二日

製作／配給：日活

監督：西河克己

脚本：三木克己・西河克己

主な出演者：吉永小百合、髙橋英樹、浜田光夫、浪花千栄子、大坂志郎

「伊豆の踊子」の第四作目にあたる本作では、まず、教え子から結婚の報告を受ける大学教授（宇野重吉）が、一九六〇年代の現在から二〇年代の高等学校の学生時代にフラッシュバックをする構成が採られている。「「伊豆の踊子」の世界を美しいノスタルジアとして描写」する監督・西河克己の意図により、この作品の多くを占める二十年代の回想はカラーで撮影された。三木克己は、井手俊郎のペンネームであり、当時の井手は、東宝と契約関係にあったため、公式には日活の仕事をすることができずやむなく仮名とした。

第四作目では、原作に登場する行商人の紙屋と鳥屋が描かれており、原作への回帰がこの作品からより鮮明になっていくが、原作があくまでも「私」の心象風景として踊子を描いているのに対し、この作品では、踊子という最下層の旅芸人という職業の行く末を客観的に描写する。たとえば、田中

絹代版の第一作、美空ひばり版の第二作に登場する若旦那は踊子の将来を保証する存在として登場するが、第四作の「鶴野屋」の若旦那は、反対に、踊子の将来が決して明るいものではないことを裏付ける人物であり、「踊子の将来をアンハッピーエンドにしたい」という西河の企図が強くあらわれている。また、「第四作、第六作の四十女は、作者が思いをこめた作中の中心人物といえるかもしれない」と西河自身が語っているように、本作における四十女（お芳）は、金銭面をも取り仕切る管理者としての座長の地位がより明確になっている。

原作の踊子は、十四歳であるにもかかわらず、尋常小学校を二年までしか通っていないため、文字が読めないが、本作では、聡明な吉永小百合のキャラクターが考慮され、踊子の年齢をあえて十六歳に設定し、若干の読み書きができるという変更が加えられている。当時の批評は、「吉永版は、第一回の映画化は戦前田中絹代で成功、ついで二作ほど戦後製作されたが失敗、今回は吉永小百合という適役を得て成功している。川端の短編『温泉宿』のエピソードを加えたことで、この作品においても、清純な初恋ものとしては暗いカゲリともなった。このことは演出の場合でもしかりで、お色気的な情景や動きが時として作品のすなおな甘さを邪魔している」と述べている。

本作では、西河が望んだアンハッピーエンドは達成されてはいるが、「屈託のない少女」「戦後民主主義の〝人はみな平等である〟という理念を具現化した存在」である吉永小百合が踊子に扮すると、原作が持つ本来の結末とはややそぐわないアンハッピーエンドであるように見えてしまう。

吉永小百合は、挨拶と取材を兼ねて鎌倉にある川端の自宅を訪ねた際、川端本人に対し、脚本の違和感を訴えてしまう。なぜなら、原作で一番好きだった踊子の言葉「ほんとうにいい人ね。いい人はいいね」が脚本になかったからだ。「『先生、私の大好きな台詞がないのです』って。先生は驚いたように私の顔を見直し、『そうですね』と小さくつぶやいたきり、そのことについては何もお話になりませんでした。今から思えば、『小説と映画は、しょせん、別物ですよ』とおっしゃりたかったのだと思います」と、後年のエッセイのなかで語っている。川端はロケ地の伊豆に赴き、吉永と昼食の弁当を食べながらにこやかに話した。西河によると、実際に川端が歩いた道程を確認しようと地図を見せても、川端は、吉永小百合と話がしたいために、上の空であったという。

26 『美しさと哀しみと』

公開年：一九六五年二月二八日
製作／配給：松竹
監督：篠田正浩
脚本：山田信夫
主な出演者：八千草薫、加賀まりこ、山村聡、山本圭、渡辺美佐子

画家・上野音子（八千草薫）は、二〇年前に、妻子ある作家大木年雄（山村聡）の子を死産し、自殺を図ろうとするが失敗、大木は音子の事件を題材とした小説を執筆しそれが出世作となった。内弟子の坂見けい子（加賀まりこ）は音子を熱愛するあまり、大木に復讐するために近づき、さらに大木の息子（山本圭）を誘惑し、溺死させてしまう。

当時の川端文学は、「老齢とともに彼の鏤骨の文章は冴え、抽象化されたエロティシズムがクリスタルのように輝くという定評がある。従って最近作ほど映画化は困難」といわれていたが、監督の篠田正浩は、「絶

対的な純粋さを追う川端文学は透明で繊細といわれるが、その底にはどろどろとした人間の不気味さが潜んでいる。その世界に映像によって迫りたかった」と映画化に意欲を示した。音楽は、篠田正浩の『乾いた湖』（一九六〇年）、『涙を、獅子のたて髪に』（八木正夫との共作、一九六二年）、『乾いた花』（高橋悠治との共作、一九六四年）『暗殺』（一九六四年）に続く武満徹、音子が描く劇中の絵画は池田満寿夫が担当した。京都では、二尊院、念仏寺、苔寺、野々宮の竹やぶなど、これまであまりロケーション撮影されていない場所が選ばれており、それらを望遠でとらえた小杉正雄の撮影が注目された。また、演出についても「除夜の鐘の切り上げ方、音子の邸の静寂なたたずまいなどに〈うまい〉と呟かせるほどの練達をみせた」と評された。

　この作品の誕生のきっかけは川端康成本人の一言が絡んでいる。篠田正浩と加賀まりこがコンビを組んだ『乾いた花』を鑑賞した川端康成が、「日本にもあんな個性的な人がいるんだね、私は好きだ」といったそうだ。その話を女優の岸惠子から聞いた加賀まりこが感激し、川端康成全集を読破した加賀が選んだ作品が「美しさと哀しみと」であり、自ら松竹に企画を持ち込んだ。加賀は、撮影前から着物を着こなそうと努力し、和服で撮影所に通ったという。劇中では八着もの着物を着こなしたが、大木の息子（山本圭）を水死させる原因のモーターボートに乗る際には、白のハイネックセーターに紺のピーコートを着用している。この唯一の洋服をデザインしたのが、『わが恋の旅路』、『乾いた花』などで過去に篠田作品を手がけた森英恵である。

　映画公開当時、川端康成は、ロンドン旅行直前の三島由紀夫に中央公論社から刊行された『美しさと哀しみと』を送り、同封された手紙のなかで、三島の「音楽」の献本の礼とともに、「映画ハ篠田監督と加賀まり子でこんな娘を書いたのかと私がびっくりするものが出来ました　御ひまありましたら御一見たまはりたく存じます」と記しており、三島も「加賀まり子の好演の噂をききつゝ、映画も見られず出発するのが心のこりに存じます」と返答している（『川端康成　三島由紀夫往復書簡』）。

　加賀まりこは、後年、テレビ番組で川端康成の思い出を語っているが、撮影などで多忙な加賀が川端と会食できるのは朝しかなかった。加賀が食事をするのを「じっと見ている」川端は、「そのスカートをもうちょっと持ち上げてごらん」と言ったが、その言葉が全くいやらしくなく、「官能的」であったという。

27『雪国』

公開年：一九六五年四月一〇日
製作／配給：松竹
監督：大庭秀雄
脚本：齋藤良輔、大庭秀雄
主な出演者：岩下志麻、木村功、桜京美、加賀まりこ

「雪国」のカラー化作品である本作は、原作の舞台である越後湯沢が、昔の面影が失われたため長野県の湯沢を中心にロケーションが行われた。昭和十年に時代が設定され、「あの女はどうしているだろう」という島村（木村功）のモノローグとともに、島村と駒子（岩下志麻）が出会ってから半年ぶりの春浅い山の湯の宿の情景からはじまる。そこでは、駒子がすこし田舎なまりのある言葉を喋り、一方の島村は、西洋舞踊の翻訳を請け負い、東京にある島村の自宅では、妻と生まれたばかりの子供が登場す

る。

　原作の主人公があくまで男性の島村であるのに対し、映画版は、一九五七年、六五年の両作品とも駒子を中心に物語が展開されていくため、駒子を演じる女優に注目が集まった。この作品は、一九六四年にいったん製作が中止されていることから、監督の大庭秀雄にとって三年越しの企画であったが、大庭は、「かえって延びてよかった。いまがいい時期です」と答えたという。その理由は『五辨の椿』（一九六四年、野村芳太郎監督）の成功により、主演の岩下志麻が松竹のエース的存在に成長したからである。岩下志麻は、「これほど役にほれたというのは初めてかもしれない」と語っており、少女時代から岩下と面識があった木村功も、「男の眼」で彼女に演技のアドバイスを行ったという。岩下が演じる駒子の美しさが最も印象的なのは、駒子が、島村が滞在する宿から出て来た葉子（加賀まりこ）に偶然出会う場面からである。「島村靖子」と書かれた島村の妻らしき手紙を手に持つ葉子に対し、駒子は平静を装うが、島村の部屋でも、同じような手紙を目撃してしまう。泥酔していた島村は、それを取り繕うかのように、駒子に「いい女だ」と言うと、駒子はその言葉に激しく反応し、「一年に一度の田舎芸者の味も悪くない、そうでしょ！」と言いながら号泣し、怒りに任せて簪を畳に突き刺し、その手紙を丸めて外へ飛び出していく。その後駒子は、ちらちらと降る雪を眺めながら、遠くの座敷から聞こえてくる歌に合わせて思わず身体が反応する。駒子は、そうした芸者の所作が身についてしまった自分の運命を嘆いてしゃがみ込んでしまうが、その決定的な泣き顔は雪ですっぽりと包まれたままである。やがて、それを静かに受入れ、島村に向かって湯に行こうと誘う哀しくも美しい駒子の姿は、観る者の感情を揺さぶらずにはいられない。

　文学研究者の中村三春が指摘するように、本作もまた、原作で言及されていた、三味線や地唄を独習し、日記を書きもすれば、小説を多読する知的好奇心に溢れた駒子像をあえて膨らませ、「自分の生に厳しい駒子の姿を描き出す」女性映画としての『雪国』に重点が置かれている。原作で映画表現からの引用が指摘される、二重露出のような列車の窓ガラスに映された葉子の眼、結末の繭倉の火事の場面は、一九五七年の豊田版と同じく本作でも描かれている。豊田版の葉子は、顔半分に火傷を負い、本作の葉子は、目を負傷し失明の可能性が示唆されている。

28『女のみづうみ』

公開年：一九六六年八月二七日
製作／配給：現代映画／松竹
監督：吉田喜重
脚本：石堂淑朗、大野靖子、吉田喜重
主な出演者：岡田茉莉子、芦田伸介、露口茂、早川保

夫（芦田伸介）に飽き足らない人妻の宮子（岡田茉莉子）は、自宅に出入りする空間デザイナーの北野（早川保）との情事の帰り道に、見知らぬ男から自身のヌード写真のネガが入ったバッグを奪われる。その後、男から連絡があり脅迫されたあげく、上野駅から真夏の日本海へと向かうが、北野とその婚約者（夏圭子）、宮子の夫も前後してこの町にやって来る。見知らぬ男は銀平という名前の予備校講師であり、宮子はヌード写真を取り返そうとするが、海岸に打ち上げられた破船の中で二人は結ばれてしまう。その後、宮子は断崖から銀平を突き落

とし、迎えに来た夫と列車に乗り帰京しようとするのだが、その列車の中で、死んだはずの銀平に再び遭遇する……。

本作は、吉田喜重と岡田茉莉子の現代映画社が最初に企画・映画化した作品である。松竹が自社製作を縮小し、低予算、著作者人格権のみが認められるだけの条件であったものの、二年間で四本の製作を現代映画社に依頼した。岡田茉莉子と吉田喜重が、映画化の了承を得るために川端邸を訪れた際、川端は、「あの作品は、これまで誰も映画化したいといわなかった。喜んであなたに差し上げます」と言い、独立プロの厳しい経営を慮ったのか、原作料も破格の値段で提供したという。フリーのスタッフによるオールロケーションが石川県の片山津温泉で敢行されたが、美術スタッフのミスで準備していた破船が焼失するといったアクシデントにも見舞われた。

人妻、脅迫する男、不倫相手の三つ巴で緊迫する場面では、白い砂浜で人物たちを敢えて小さな黒い人形のように動かし、それらを遠景のワン・ショットで捉えているが、その一方で、宮子が銀平を断崖から突き落とすとき、宮子のクロースアップの表情が繰り返されることで、決定的な行為を隠蔽するなど、吉田喜重ならではの演出がなされている。満潮時のピークを待って撮影された台詞が全くない抱擁シーンでは、波しぶきが俳優たちにも降りかかり、波が揺れるたびに破船のきしむ音が不思議な効果を与えており、これまで数多くの抱擁を演じて来た岡田茉莉子にとっても「もっとも印象に残るものだった」という。

吉田喜重によると、よく知られた川端文学が光の世界だとすれば、『みづうみ』はその裏側の闇の世界を描くものだという。森英恵デザインの衣裳は、こうした吉田の意図を忠実に表現する。たとえば、ストーカーされた際に白いワンピースのシルエットが浮かび上がるさまは、不安に怯える宮子の心境と、今後の運命を予想させる不穏な空気を漂わせている。清楚さと裡に秘めた欲望の両方を包摂した白、黒のワンピースは、サングラスやスカーフを使用することで、どちらかの側面に傾斜するような工夫が凝らされており、このような宮子の両義的な着こなしは、モノクロの映像に見事に溶け込んでいる。

29『伊豆の踊子』

公開年：一九六七年二月二五日
製作／配給：東宝
監督：恩地日出夫
脚本：井手俊郎・恩地日出夫
主な出演者：内藤洋子、黒沢年男、乙羽信子、江原達怡、田村奈己

『伊豆の踊子』の第五作にあたる本作は、第四作と同じ井手のオリジナル脚本に、恩地日出夫が手を加えて撮影した。恩地日出夫が内藤洋子を起用した『あこがれ』（一九六六年）が好評であったため、引き続き内藤洋子主演で本作が企画されたが、『あこがれ』で内藤の相手役だった田村亮の代わりに黒沢年男が抜擢された。このキャスティングは、「黒沢の存在感を買った」という恩地日出夫の意向であるとされている。

原作の冒頭（「道がつづら折りになって、いよいよ天城峠に近づいたと思うころ、雨足が杉の密林を白く染めながら、すさまじい早さで麓から私を追って来た……」）が学生によるナレーションで挿入されており、学生は、袴姿で登場する。原作通りの紺飛白姿はこの作品がはじめてであり、これまでの映画化作品の学生は、詰襟の学生服を着用していた。

物乞いと芸人の立ち入りを禁ずる立札はあるものの、薫たちの旅芸人は、子どもたちからは歓迎される。だが、通りすがりの村人二人の嫌悪の視線が次第に子どもたちに伝染し、子どもたちは、薫の持つ太鼓を叩けとはやし立てる。この作品では、「芸者はお金で身体を売るのではなく芸を売る」といった芸者の定義に解説が加えられており、宿で学生と碁を打つ客に大衆芸能の研究でも知られる小沢昭一が扮しているのも一興である。原作のなかの「私」の「孤児根性」の問題は、これまでの映画化作品でも取り上げられなかったが、本作では、踊子から「お父さんありますか」と尋ねられた際、学生が「ありますよ」と答える場面が加えられていることから、この問題は結果的に回避されてしまっている。

本作でも「温泉宿」のエピソードが踏襲されており、踊子は鬼ごっこで子どもたちを追いかけるうちに娼婦のお清に出会う。だが、その憐れな姿に衝撃を受け、学生に挨拶をされても大きな目で睨むだけでショック状態から抜け出せない。酌婦の苦悩を語るエピソードはその後も続き、学生が宿の温泉にひとりで入っていると、仲居たちがどやどやと入ってくる。それに続いて酌婦たちが入って来たため、仲居たちとの間で言い争いになり、怒った酌婦のお咲（団令子）が、「生きているより死んだ方が楽」と酌婦の苦しみについて長々と苦衷を訴える。この場面でのお咲の台詞はわずか一行であったが、恩地によって書き加えられ、監督の西河克己は、浴槽の中という動きのとれない状況の中での長台詞により、異様に重苦しい場面となってしまったと指摘している。

一九六九年の時点で「伊豆の踊子」は、四回目の映画化がなされたが、「誰が一番踊子のイメージにぴったりでしたか」と聞かれた川端は、皮肉な笑いを浮かべて「どれもよかったですよ」と言ったという。

30『眠れる美女』

公開年：一九六八年一月三一日
製作／配給：近代映画協会／松竹
監督：吉村公三郎
脚本：新藤兼人
主な出演者：田村高廣、山岡久乃、香山美子、
初井言栄、北沢彪、殿山泰司

鎌倉に住む老作家の江口（田村高廣）は、老妻と三女の美子（香山美子）と鎌倉に暮らしているが、ある日、友人の木賀（北沢彪）と福良（殿山泰司）に〝眠れる美女の館〟を紹介された。その館で会員になれば、性行為は厳禁だが全裸で眠る少女と同衾することができるという。会員になった江口は、眠れる美女と一夜を過ごすうちに、過去の恋愛の記憶がまざまざとよみがえる。折しも、三女の美子が、同じ職場の二人の男を結婚相手として品定めをするうちに、一方の男・樋口（大出俊）が美子を暴行する事件が起こる。江口は樋口に憤ると同時に、初恋の少女（松岡きっこ）の貞操を奪ってしまった過去を思い出し、自責の念に駆られてしまう。やがて、江口の友人たちが〝眠れる美女の館〟で怪死を遂げ、江口もまた死への恐怖を覚えることになる。

当時としては大胆な性描写が話題を集めた本作は、「さいきんの日本映画の中では、佳作に入る一篇」と一定の評価を得ており、とりわけ怪別荘で頓死した江口の友人たちの死体が手荒く片付けられるさまや、眠れる少女のめざめた爽壮を象徴するような、白日の下で江口と少女が海岸の高速道路で邂逅する場面が注目された。だが、原作ではわずか数行にあたる江口の三女のエ

ピソードに関しては、江口の無残な記憶を連想させる一方で、それが過去の二つの恋愛の思い出に対する責任感の説明に還元されたため、「看る方の興味は減少する」と批判された。

初井言栄、北沢彪、殿山泰司、山岡久乃といったベテランの脇役たちの演技が、二十代から六十代までの江口を演じた田村高廣を支え、当の田村も「発声にやや欠点はあるが一応成功、大役をこなす」と評された。江口の家は監督の吉村公三郎の自宅が使用され、新藤兼人のシナリオもそれを想定して書かれたが、「セットにもう少し金をかけ撮影に苦心したら、もうひとつ雰囲気が出たであろうと思われる。独立プロの限度が感じられた」という感想が漏らされた。

31『日も月も』

公開年‥一九六九年一月二五日
製作／配給‥松竹
監督‥中村登
脚本‥広瀬襄
主な出演者‥岩下志麻、森雅之、久我美子、中山仁、石坂浩二

東京のある会社の重役・朝井（森雅之）は一人娘・松子（岩下志麻）と鎌倉で暮らしている。松子の母・道子（久我美子）は、朝井の後妻だが、戦死した朝井の長男と愛し合った過去を持ち、戦後、長男の戦友・紺野（入川保則）と駆け落ちし貧しいアパートに同棲している。松子が愛した宗広（中山仁）は、政略結婚で巻子（大空真弓）と結婚するが、彼女を愛せず、松子への想いに駆り立てられながら、結核で吐血する。そうするうちに、松子を慕う宗広の弟・幸二（石坂浩二）の存在が、次第に松子の心の中で大きくなっていく。やがて、朝井と宗広が亡くなり、道子は紺野との関係に終止符を打ち、松子は幸二と結ばれる。

松竹版川端康成ノーベル賞受賞記念映画。一九五二年に中村登が松竹に映画化を提案していたが、当時は川端作品の映画化が続いていたので見送られた。一九六八年に川端がノーベル文学賞を受賞したのを機に、夫の死後もたくましく生き抜くヒロインの物語が〝女性上位時代〟に相応しい題材として、今度は逆に松竹側が映画化に意欲を示した。

この作品は、京都・光悦寺の茶会から始まり、茶会で終わるが、「燃える紅葉の撮影の素晴らしさ、風景撮影の秀逸さは特筆すべきものが随所に見られる」「山上のカワラケ投げの場面が二回出てくるが、この風変わりな風習をこのように美しく情感ある描き方をされたのを見たのは今回がはじめてだった」と、竹村博のカメラワークが絶賛された。また、光悦茶会のロケでは、裏千家の井口海仙が協力、時価数千万はするという光悦の茶碗、ブリジストン美術館が所蔵しているルノワールの「少女」「羽根のある帽子の女」、モネの「睡蓮」、紀貫之の色紙「寸松庵色紙」などが借りだされ、ノーベル賞作家の作品に相応しい格調を出そうとした。

本作は、「常に描写のエレガンスにかくされがちであった人間関係の生臭さといったものが、この映画では、かなり露呈されて見える」ことから、「なかなかに見どころの多い」とされ、「一見、上品に美しく見える女のなかの弱さが、一種の宿命的な哀れさで迫ってくるものがある」と久我美子の演技も好評であったが、一方で、「ほとんどのエピソードが過去形で描かれているため、生々しい苦悩の姿はなく、仏像や庭や茶道といった日本の美にその詠嘆がこ

められる」、また、松子と幸二の描写が希薄であるため、「最後の京都の宿の件が生きていない」といった批評もみられた。

川端本人が、鎌倉江ノ電の乗客としてこの作品に出演している。主演の岩下志麻が松竹関係者とノーベル賞のお祝いに川端の自宅を訪れた当日、江ノ電を使ったロケがあり、川端は、江ノ電を半両分借り切った鎌倉から江の島まで走る列車に乗ることになった。療養所にいる恋人を訪ねようと花を持って電車に乗った岩下の心の揺れ動きを追う場面で、川端は、和服に濃紺のマント姿で江ノ電の乗客に扮し、三カットで四〇分もの撮影時間が費やされた。

32『千羽鶴』

公開年：一九六九年四月一九日
製作／配給：大映
監督：増村保造
脚本：新藤兼人
主な出演者：若尾文子、平幹二朗、京マチ子、梓英子、南美川洋子

大映版川端康成ノーベル文学賞受賞記念映画。市川雷蔵の希望で映画化されたが、雷蔵は東京撮影所での衣装合わせの日に身体の不調を訴えて降板し（その年の五カ月後の七月に雷蔵は急逝）、代役として平幹二朗が登板した。平が出演交渉を受けた際に役柄について増村に質問したところ、増村は「書いてないことをやってくれ」といったそうである。増村映画のミューズである若尾文子が太田夫人、菊治と太田夫人の仲を裂こうとする栗本ちか子に京マチ子が扮し、一九六三年の『女系家族』以来の二大女優の競演が実現した。

吉村版では、太田夫人の菊治への思いは、菊治のなかに亡き愛人の面影を見て一途に恋慕う程度に抑制されていたが、本作は原作とも違い、菊治は当初、父親と関係した太田夫人を憎んでおり、肉体関係を結ぶことによって太田夫人に惹かれていく。増村保造は、菊治が太田夫人を抱くところは「運命に一歩踏みこんだという感じ」と注文し、「こんなことになってしまって……忘れましょうねえ。なんでもないのよ」という夫人の台詞については「ちっともそんなこと思っちゃいないんだ。これからも毎晩でもこの男を追いまわすだろうということは百も承知、そういう自分がこわいんだ」と、若尾に太田夫人の心理を分析してみせ、「若尾の髪が乱れすぎてお化けみたいになる」と結髪担当が心配すると「なにをいってるんだ、こっちはその化け物の世界をねらっているんだ」と激しい口調でとがめたという。一方、増村は、ちか子の胸にある大きなあざを、女性の嫉妬や執念の象徴と捉えている。吉村版では、ちか子のあざは、菊治が女中に打ち明ける程度にとどめられたが、増村版でのちか子のあざは、クロースアップを含め三度も登場し、常に菊治にとって嫌悪の対象となっている。

このような増村の大胆な演出は、「巧みな人物操作　演技陣もいい」というタイトルで「増村監督の目は、人間らしさを求めて燃焼する太田夫人、その血を引いた文子の情念に向けられている。ラストは過去から逃れようとする菊治の決意が強調されて、一種の脱出のドラマとなった」と評された。

33『伊豆の踊子』

公開年：一九七四年一二月二八日
製作／配給：東宝＝ホリ・プロ
監督：西河克己
脚本：若杉光夫

主な出演者：山口百恵、三浦友和、一の宮あつ子、中山仁、佐藤友美

「伊豆の踊子」第四作目（吉永小百合版）と本作（山口百恵版）を二度演出にあたった監督の西河克己は、「『伊豆の踊子』の場合、映画化を重ねるにしたがって、原作に近づいている」と興味深い指摘をしている。本来、評判になった文学作品がたびたびリメイクされる場合、第一作が最も原作に近く、ときを経るにしたがって、製作当時の時代に合わせた工夫が凝らされるため、次第に原作から逸脱していく傾向にあるからだ。西河の言葉通り、本作は、映画化のために新たに作られた登場人物が最も少ない作品であり、「温泉宿」から引用された悲運の若い娼婦「おきみ」とそれにまつわるおよしの二人だけが原作に登場しない人物で、最も原作に忠実な作品とされている。

東宝側は全国一万人の応募者の中から原作と同じ、現役の東大二年生を強く推したが、西河は、主役が二人とも演技未経験では厳しいと、CMで百恵と共演していた三浦友和の起用を主張する。「立ち姿がまっすぐでさわやかな彼こそ、大正時代の青年にふさわしい」と東宝の反対を押し切った。

『伊豆の踊子』が大ヒットするとは当初は考えられていなかった。予定されていた公開日は一一月下旬であり、この時期は、集客が見込めない映画館の閑散期で、上映作品は「捨て番組」と呼ばれるほど、予算も製作期間も最低ランクに抑えられていたからだ。西河が百恵を伊豆半島に連れ出すことができたのは、一泊二日、撮影期間は全体でわずか二十二日であり、ほとんどの場面が奥多摩で撮影され、それも撮影期間の短さから、丁寧にロケーションを実行することはかなわなかった。しかも百恵がこの作品のために割いた日数はわずか七日にすぎない。

山口百恵の主演映画のなかでも「唯一百恵の可愛らしさが出たシャシン」と西河は回想しているが、この作品における百恵は、「影響されたくない」と過去の踊子映画を一切見なかった。撮影現場には台本も持参せず、どんなに忙しくても台詞を覚えているのは、後の出演作でも同じだった。試写を見た東宝は、予定を変更して年末公開の正月映画の併映作に格上げする。その結果、映画は翌年に年間三位となる配給収入を上げる大ヒット。すぐに次回作の『潮騒』が決定した。

四方田犬彦は、本作が、作者がしばしば言及していた「被差別性と無垢なるものの結合」という主題が体現された作品であり、その主題が達成された女優として山口百恵の重要性を指摘し、「女優が映画を作り、映画がまた女優を作るという理想的な相乗作用を、われわれはここに見ることができる」と述べている。それは、男たちの性的嫌がらせを受けても、踊子は、諦めそれを受けいれる少女として描かれており、さらに刺青の肩をはだけた酔客が後ろ向きになり、踊子にのしかかり、踊子の重心が不安定になった瞬間に画面がストップモーションになるラストシーンに象徴的に表れている。

天城街道沿いに第一作を撮った五所平之助監督の句碑があり、その裏には主演女優六人の名が刻まれていた。そこにはあと三人分の余白があるが、山口百恵以来もう二十年も埋まらない。

34『古都』

公開年：一九八〇年一二月六日
製作／配給：ホリ企画制作／東宝
監督：市川崑

脚本：日高真也、市川崑
主な出演者：山口百恵、三浦友和、岸恵子、實川延若、沖雅也

市川崑は、ドラマ性がなく、古典的な内容の『古都』を現代性のある映画にするために、運命的な人間の存在の哀しさを双子の問題を通して考えたという。原作のダイジェスト化を避けるために、千重子と苗子という双子の女心の中に〝古都〟を投映させる手法を採った。それは、京都の名所旧跡を撮影する代わりに、曇り空で鉛色の屋根や建物のくすんだ感じを撮影したことにもあらわれている。照明やカメラワークも今までとは違う方法をとっており、市川は、「安定した、明暗のはっきりした映像ではなく、もっとムードを出したい。そこでカメラをロングに引いて人物の動きを撮り、京都の町のしっとりした感じをつかもうというわけ。陽光の下でロケをすると、この背景の昭和二十九年ではなく、現代の京都が出てしまうからね。逆に北山杉は晴天で陰影をはっきり出し、ヒロインの心理を反映させたい」と語っている。本作は、「市川崑監督のクラフツマンシップのたしかさを感じさせる映画」と評された。千重子の帯を作るために、父親は躊躇することなく、二百年のジャバの更紗を切り裂く印象的な場面があるが、その音は、深い愛情を象徴する音であるという。

一九七四年一二月に『伊豆の踊子』の主演を果たした山口百恵は、十四作目のラスト・ピクチャーも川端文学の映画化作品に主演したのである。三浦友和は、原作にはない北山東尾根の杉を切ることに反対し、造林の計画に意欲を燃やす木こりの清作を演じることで百恵の最期の映画を支えている。以前から映画女優としての山口百恵を評価していた市川は、最期の映画出演にあたって、「やりながら楽しみなさい」と百恵に言い、百恵もまたリラックスして撮影に臨んだという。寝ているふとんのシワ一つまでダメ出しする市川崑の演出の細かさについても、百恵は「いやな細かさではなく、うれしい細かさ」と述べている。

原作や一九六三年の中村登版では、苗子は千重子の影の存在として描かれているが、本作では千重子とまったく同等の存在感をもっている。とはいえ、二役を演じた山口百恵の当時の評価は、苗子を適役と見た人が多かったようである。たとえば、山口百恵を「あまり視線を動かさないタイプ」と捉えた映画評論家の品田雄吉は、「その特徴が、苗子の役ではうまく生きた、といっていいだろう。苗子には自分の人生をまっすぐ見ている若い人だけが感じさせるすがすがしさがあって、それは感動的ですらあった。女優として、最後によい役がやれてよかった」という感想を述べている。

35『美しさと哀しみと』Tristesse et beauté

公開年：一九八五年八月二八日（フランス）／一九八七年四月二五日（日本）
製作／配給：パシフィック＝GPFI＝FR3フィルム／パルコ＝俳優座シネマテン
監督：ジョイ・フルーリー
脚本：ジョイ・フルーリー、ピエール・グリエ
主な出演者：シャーロット・ランプリング、ミリアム・ルーセル、アンジェイ・ズラウスキー、クロード・アドラン

女性監督ジョイ・フルーリーのデヴュー作である本作は、大晦日の夜、小説家のユーゴー（アンジェイ・ズラウスキー）が、二十年ぶりに彫刻家レア・ウエノ（シャーロット・

ランプリング）を訪ねるところからはじまる。レアが住む町の本屋には、妻子ある作家と恋に落ちた十六歳のレナとの情事をつづったユーゴーのベストセラー小説『少女』がレナの彫刻の近くに置かれており、それをユーゴーが見つめる場面が印象的である。レアと恋愛関係にある弟子のプルダンス（ミリアム・ルーセル）は、レナを愛するあまり、ユーゴーに復讐を誓う。プルダンスが誘惑するユーゴーの息子・マルタン（ジャン・クロード・アドラン）は、父親を訪ねて来たプルダンスに一目ぼれし、彼女を誘い、パリの街をオートバイで駆け回る。

ユーゴー役を、『ポゼッション』（一九八一年）、『私生活のない女』（一九八四年）、『ワルシャワの柔肌』（一九九六年）を演出した映画監督のアンジェイ・ズラウスキーが演じている。マルタンとプルダンスがデートの際に、日本家屋で日本菓子を食する場面に日本文学の翻案に対するオマージュがうかがえる。

36『オディールの夏』
Le sourire

公開年：一九九四年八月一七日（フランス）／一九九五年一〇月七日（日本）

製作／配給：Film Par Film, Les Films de la Boissière, TF1 Films Ploduction／ヘラルド・エース

監督・脚本：クロード・ミレール

主な出演者：ジャン＝ピエール・マリエル、リシャール・ボーランジェ、エマニュエル・セニエ、シャンタル・バニエ、ナディア・バランタン

心臓病のため余命いくばくもない精神病院の初老の院長・ピエール（ジャン＝ピエール・マリエル）は、謎めいた女・オディール（エマニュエル・セニエ）とテニスコートで出会い、彼女に瞬く間に魅了されてしまう。ピエールは、列車のコンパートメントの中で再びオディールに出会うが、赤いミニスカートから美しい脚が投げ出される無防備なその姿を茫然と眺めるほかはない。三度目のデートで、ピエールはオディールに強引にキスし、自らの老いを彼女に嘲笑されることになるのだが、「見ているだけでいい」とオディールに懇願する。

「眠れる美女」をモチーフとした本作だが、老人が性的関係を結ぼうとするのは、少女ではなく、成熟した女性である。オディールはテニスのインストラクターをしながら、エステの勉強をしているが、多数の男性の視線に身を晒すことを望む女であり、ストリップの呼び込み男・ジャンジャン（リシャール・ボーランジェ）に誘われるまま、ストリップの世界に身を投じることになる。

『オディールの夏』では、オディールの靴やスカートに赤色が使われるが、クロード・ミレールによると、「エロスに執着を持ち、それを誘惑という形で放出するオディールの欲望を表現したかった」という。ストリッパー・オディールの初舞台では、ピエールの視線のみならず、彼女に群がる多くの男たちの欲望が横溢する猥雑な空間のなか、全裸のオディールが、鼻から真っ赤な血を出しながら失神する。この場面は、睡眠薬で眠らされた少女のもとに、初老の男が通いつめ一晩抱いたあと、少女が死んでいるという「眠れる美女」の衝撃的な場面に明らかに触発されている。だが、オディールが、ストリップの観客を海のようにとらえており、最後はその海に身を投げて溺れ死ぬ描写には、女性側の積極的な意志の発露がうかがえる。

37『眠れる美女』

公開年…一九九五年一〇月一四日
製作／配給…横山博人プロダクション／ユーロスペース
監督…横山博人
脚本…石堂淑朗
主な出演者…原田芳雄、大西結花、吉行和子、原田義之、鰐淵晴子

主人公のクラシック評論家・江口（原田芳雄）は、館の女・江崎松子の「眠れる美女」の館に誘われ、三度目に館を訪れた時、息子の周一の妻・菊子（大西結花）が一糸まとわぬ姿で横たわっているのを目撃する。その後、菊子は、自らの意志でタブーを破って義父との子供を宿し、しかもその子を産むことまで江口に強引に承諾させる。ところが、実は菊子は江口の実子であることを、二人の身体を検査した医師から知らされる。菊子は、その事実を知った衝撃で危篤に陥り、生死の間を彷徨する。ラストシーンは、菊子が産んだ江口の子供のお宮参りのシーンである。そこでは、江口、菊子の赤ちゃんを抱いた妻保子、息子の周一、菊子が写しだされる……。

『純』（一九八〇年）、『卍』（一九八三年）に続く横山博人の〝女性映画〟三部作として宣伝された本作は、監督の横山博人が、一九八六年に石堂淑朗に脚本を依頼し、以後一五稿を重ね、映画化には九年六か月が費やされた。石堂は、「眠れる美女」に「山の音」を融合させる横川のアイディアに反対していたが、石堂から「〈近親相姦〉というテーマを取り入れればという提案を出されて突破口になり、順調に転がりはじめた」という。

本作では、菊子の赤いツーピース、真っ赤な車など、菊子の「赤」によって、川端文学の色彩化が試みられている。主人公の江口は七〇歳に設定されたが、当時の原田芳雄の実年齢は五四歳。だが、横山は『卍』での原田芳雄の演技を気に入り、「役柄と本人との年齢には距離があった方がいいし、演じる上で広がりが出て面白い」という点で意見が一致した。「〝今〟だから撮りたいと思った」と即座にこの役を引き受けた原田は、「生は肯定してゆくエネルギーを持っている一人の男」として演じたという。

ラストシーンは家族の記念写真で終わっているが、老いた江口は、子どもを抱いた菊子の隣に強引に割って入って写真に納まる。この動きは原田のアイディアだという。「死に裏打ちされてはいるが、全篇に生が横溢されている作品。ラストも、江口の脈々としてある生で終わりたかったんで、ひとつのアイディアとして横山監督に提言したんです。老人のメイクは、あまりやりすぎると表情が死んでしまうので、抑え気味にしましたが、このラストだけは思いっきり老けにしてもらいました。その方が、生がより強調されると思ったので」と語っている。

38『眠れる美女』DAS HAUS DER SCHLAFENDEN SCHONEN

公開年…二〇〇六年一一月二日（ドイツ）／二〇〇七年一二月一五日（日本）
製作／配給…Production Companies Atossa Film Produktion GmbH, Impact Films（ドイツ）／ツイン、ワコー
監督／脚本…ヴァディム・グロウナ
主な出演者…ヴァディム・グロウナ、アンゲラ・ヴィンクラー、マクシミリアン・シェル、ビロル・ユーネル

十五年前に交通事故で妻子を亡くし、過去を悔いる孤独な老人・エドモンド（ヴァディム・グロウナ）は、友人の紹介で裸の美少女と一夜を共に過ごす秘密の館を紹介され、足しげく通うようになる。やがて昼間に偶然出会った美少女の一人を尾行し、館を管理するマダム（アンゲラ・ヴィンクラー）に警戒されてしまう。

監督のヴァディム・グロウナが脚本と主演を務めたこの作品では、一夜毎に「秘密の館」での物語が展開するという点で、原作に忠実な構成が採られているが、口唇期を想起させるエドモンドの母親に対する執着が示唆される一方で、性行為こそないものの、エドモンドの少女たちへの身体的接触が描かれる。さらに最後で、過去に対する後悔と孤独に苦しんでいたエドモンドが、レクイエムをBGMに聖母像に看取られながら昇天するという原作にはない第六夜が加えられている。

39『夕映え少女』

公開年：二〇〇八年一月二六日
製作／配給：二〇〇七「夕映え少女」製作委員会／東京芸術大学、ジェネオン・エンタテインメント

東京藝術大学大学院映像研究科に在籍する山田咲、瀬田なつき、吉田雄一郎、船曳真珠の四人の監督がそれぞれ演出を務めたオムニバス映画。

(1)「イタリアの歌」

監督：山田咲
脚本：小林美香
主な出演者：吉高由里子、尾上紫、髙橋和也、有福正志、田村泰次郎

一九三六年、航空力学の分野で認められ、イタリアに留学が決まった鳥居博士（髙橋和也）は、恋人の咲子（吉高由里子）の同行を願う。歌を習っていた咲子は、結婚を前提にイタリアに行くことを喜ぶが、鳥居の研究室で爆発事故が起こり、咲子は脚に怪我をし、鳥居は重篤状態となってしまう。病室の咲子は食物を一切受け付けず、幸せな結婚が決まった看護師・友江（尾上紫）に八つ当たりをする。医師らの必死の介護にも拘わらず、鳥居は死んでしまう…。戦時体制へと突き進む時代の「ひとりの女の再生」が描かれた本作で、当時二〇歳の吉高由里子が、薄幸の少女を演じている。

(2)「むすめごころ」

監督：瀬田なつき
脚本：菅野あゆみ
主な出演者：山田麻衣子、髙橋真唯、柏原収史、定者羅奈

女学校の寮生活で同部屋の静子（髙橋真唯）と咲子（山田麻衣子）。咲子は、相思相愛の武（柏原収史）を、わざと静子にたきつけてしまう。だが、咲子は、レコードがかかる部屋のなかで、武と静子の指が触れ合うさまを目撃し、部屋から飛び出してしまう。静子は咲子を懸命に追いかけるが、その二人の駆ける姿をロングショットで捉えた場面は思春期の少女特有のみずみずしさに満ちており、川端の少女小説の世界に近接している。ほどなく戦闘機らしき飛行機が空を飛行し、それを仰ぎ見るもんぺ姿の咲子と子供を抱く武の軍服姿により、彼らが幸せな結婚生活を営む間もなく、時代が様変わりしたことがうかがえる。一方の咲子は、洋装で白いリボンを髪に結わい、鏡に向かって笑みを浮かべながら紅を引く。

戦時下とは思えないその優雅な仕草に、咲子の不思議な魅力が伝わって来る。

(3)「浅草の姉妹」

監督：吉田雄一郎
脚本：菅野あゆみ、山田卓
主な出演者：波瑠、韓英恵、三村恭代、河合龍之介

浅草を舞台に、不良少女の長女・おれん（三村恭代）、門付芸人の次女・お染（波瑠）、浅草レビューの踊子千枝子（韓英恵）の三人姉妹の生き様を描いた物語。「浅草の姉妹」は、一九三五年に『乙女ごころ三人姉妹』として映画化されているが、前作と違い、おれんがナイフ、お染が三味線のバチを使って不良たちに立ち向かい、浮浪児たちが彼女たちに加勢するさまは、女性によるアクションが珍しい日本映画のなかにあって、精彩を放っている。

(4)「夕映え少女」

監督：船曳真珠
脚本：多和田鉱希
主な出演者：田口トモロヲ、宝積有香、五十嵐令子、円城寺あや、いしのようこ

作家の瀬沼（田口トモロヲ）は、美少女の肖像画に惹かれているが、それが昔通っていたカフェの常連客の画家が描いた絵であることを、カフェの女給で今はその画家の妻・ハルコ（いしのようこ）から知らされる。瀬沼は、その絵を譲り受けるために、彼らが住む湘南に向かうが、そこで見かけた自転車に乗った美少女（五十嵐令子）は、肖像画のモデルであった。瀬沼が宿泊する旅館には、病床の少年がおり、美人の仲居・オエイ（宝積有香）がかいがいしく世話をしていたが、おえいは窃視癖があった。肖像画のモデルの少女と少年が心中し、それを泣きながら見守るおえいと、彼らを救出できなかった瀬沼が茫然とするなか、微笑みながら自転車に乗る少女が浮遊する姿で終わる。

40『掌の小説』

公開年：二〇一〇年三月二十七日
製作／配給：「掌の小説」製作委員会

「掌の小説」に収録された「笑わぬ男」と「死面《デスマスク》」、「有難う」と「朝の瓜」、「日本人アンナ」、「不死」の計六編を短編四作品として映像化したオムニバス映画。桜を中心に、老人、凧、小箱といった印象的なモチーフが各編をつないでいる。

第一話「笑わぬ男」

監督／脚本：三宅伸行
主な出演者：吹越満、夏生ゆうな

無防備に投げだされた美しい脚のクロースアップからはじまる「笑わぬ男」は、売れない作家（吹越満）と同居する妻（夏生ゆうな）を中心に物語が展開する。原作では、シナリオ作家が、入院している妻のもとへ子供たちとともに見舞に行くが、本作では病床の妻が前景化されている。死期が近いことを悟った妻が、「脚を握って頂戴」「脚が寂しくてしょうがないの」と夫に懇願する。台詞は「死面」からの引用である。原作の「笑わぬ男」の主人公は、小説の悲しい結末に喜劇的な要素を加味しようと笑い顔の能面を使うが、本作でも、原作のエピソードが踏襲されるとともに、妻が夫を驚かすために被る面としても用いられる。ラストシーンでは、がらんとした部屋の中で、原稿用紙を整理していた作家が縁側をふと

見ると、妻の不在を埋めるかのように桜の花びらが舞い散っている。

第二話「有難う」

監督／脚本：岸本司
主な出演者：中村麻美、崔岡萌希、長谷川朝晴

結婚を控えた娼婦の菊子（中村麻美）は、娼婦としての最後の晩に、母とともに、「有難うさん」と呼ばれる運転手（長谷川朝晴）のバスに乗った娘時代の記憶をたどる。原作では、「有難うさん」が、貯金をはたいて売られていこうとする娘を救うが、本作では、娘の母親が「有難うさん」と娘を一夜共に過ごさせるというかなり大胆な変更が加えられている。だが、誠実な「有難うさん」と娘の間で何も起きず、結局、娘はその日は売られることなく来た道を引き返し、娘はその帰り道で、バスの窓から美しい桜を見る。時が経ち、客が買ってきた打掛のような蚊帳を被った菊子の花嫁のような姿は、幸せな未来を暗示している。その蚊帳にくるまれながら寝入ってしまった菊子は、翌朝迎えに来た恋人に起こされ、娼婦の日々に別れを告げる。

第三話「日本人アンナ」

監督／脚本：坪川拓史
主な出演者：福士誠治、清宮リザ

「私」（福士誠治）は、偶然見かけた可憐な少女アンナ（清宮リザ）に惹かれるが、やがて彼女がロシア貴族の孤児として劇場に出演していることを知る。そこで「私」は、彼女の泊まる宿の隣の部屋に宿泊しようとするが、アンナに自分の財布を掏られてしまったことに気づく。私は仕方なく高価な本を売り、彼女を自由にできる二十円の金を作り、寝ているアンナの枕元の財布にその金を忍ばせる。ところが、翌朝、「私」が目を覚ますと、アンナから掏られたはずの財布と、同じ財布が二つ「私」の部屋に置かれており、アンナが居るはずの隣室に、彼女がロシア民謡を歌う際に被る花輪が残されていた。翌年の桜が舞う春に、「私」は再びアンナを見かけるが、その彼女は「私は日本人」と言い、暗闇の中に消えていってしまう。原作の「私」が再会するアンナは、アンナ本人ではなく別人の少年であったが、この作品では同一人物のアンナが再び登場する。字幕入りモノクロ映画が挿入されることによって、アンナをめぐる現実と妄想のあいだを彷徨う「私」の心の揺れ動きが表現されている。

第四話「不死」

監督／脚本：高橋雄弥
主な出演者：奥村公延、香椎由宇

原作の「不死」では、みさ子は新太郎との結婚を反対されて十八歳で身投げし、一方の新太郎はその後上京するものの、失敗、老廃の末に彼女が身投げした海の上にあるゴルフ場に務めていた。死者のみさ子は、新太郎がゴルフ場の金網や木の幹をそよ風のように通り抜けるのを知り、新太郎もまた死者であることを覚るが、この作品では改変され、第三話で少女アンナを待ち伏せしていた「私」を怪訝そうに見つめる凧を持った老人・新太郎（奥村公延）が第四話の主人公となる。雨の日も風の日も桜の木の下で、凧を揚げ続けている新太郎は、ある日、町の雑踏の中で、今は亡き恋人・みさ子（香椎由宇）と五十五年ぶりに再会を果たす。二人は、みさ子が亡くなった場所である桜の木へ向かう。みさ子は、聞こえてくる風の音を「懐かしい」と言い、新太郎は何度もここで死のうと思ったと言う。そしてみさ

子は、「そろそろ行きましょう」と新太郎の手を取ると、彼が持っていた凧の糸が離れ、二人は黄泉の世界へと歩んでいく。

41『スリーピング・ビューティ―禁断の悦び―』

公開年：二〇一一年一一月五日
製作／配給：Screen Australia, Magic Films／クロックワークス
監督／脚本：ジュリア・リー
主な出演者：エミリー・ブラウニング、レイチェル・ブレイク、ユアン・レスリー、ピーター・キャロル、クリス・ヘイウッド

文学研究者の福田淳子が、「川端の四十作以上ある映画化作品の中でも「眠れる美女」の四度の映画化は、他の作品の映画化とは明らかに違った意味を持つ」と述べているように、「眠れる美女」は、原作の持つ特殊性ゆえに、国内だけではなく、外国の映画作家たちの想像力をも刺激し続けた。日本版予告編に「「眠れる美女」を大胆解釈したおぞましくも儚い文芸エロス」と銘打たれた五度目となる本作では遂に「眠れる美女」の視点から物語が展開していく。

女子大生・ルーシー（エミリー・ブラウニング）は、カフェの店員、人体実験、企業の事務など様々な職種で働きながら学費を稼いでいたが、求人情報誌に掲載されていた高額のアルバイトに応募する。最初の仕事は、シルバークラブの女給と称した、若い女性たちが下着姿となって給仕するものだったが、次第に、睡眠薬を服用し一晩眠りにつくという仕事内容に変わっていった。女主人が経営する秘密クラブで、老人たちが、性交禁止、女性の身体を傷つけないことを条件に、同衾するサービスを提供するが、その仕事内容を知らされないまま眠りにつかされていたのだった。不安を覚えたルーシーは、仕事部屋に監視カメラを仕掛けるが、一晩経った後、目覚めないルーシーを心配した女主人が無理やり彼女をおこす。ルーシーは、傍らで動かない老人の姿を見て、号泣してしまう。

42『古都』

公開年：二〇一六年一一月二六日（京都先行公開）十二月三日（全国公開）
製作／配給：and pictures／DLE
監督：Yuki Saito
脚本：眞武泰徳、梶本恵美、Yuki Saito
主な出演者：松雪泰子、橋本愛、成海璃子、伊原剛志、奥田瑛二

「古都」の三回目となる本作が、岩下志麻、山口百恵版と決定的に異なるのは、双子の姉妹である千重子と苗子が別れてから二十数年後にあたる現代の京都とパリに舞台を移し、彼女たちとそれぞれの娘たちとの関係を描いた続編として構成されている点である。

本作では、京都ともうひとつの古都・パリでオールロケーションが敢行されるとともに、着物、茶道、華道、寺院といった古都・京都を象徴する伝統文化に関しても、裏千家、池坊、妙心寺などの〝ほんまもん〟の協力を得てこだわり抜いた逸品が提供された。なお、本書刊行日程の都合から未見であるため、左記の公式サイト（http://koto-movie.jp/）を参照した。

第VI部

世界のなかの川端康成

——ヨーロッパ・アメリカ・アジアの最新動向紹介

①フランス編

坂井セシル

翻訳史から始めたい。一九六〇年に初めてフランスの読者は川端康成の小説を翻訳で読むことになる。その年は『雪国』（アルバン・ミシェル社 Albin Michel）と『千羽鶴』（プロン社 Plon）が同時に刊行される。これは、アメリカでは一九五五年代から、サイデンステッカーの翻訳がクノップ社から次々と刊行され、日本の戦後文学が体系的に紹介され始めたことを受けて、フランスの出版社も動き始めた結果である。特徴的なのは両作品とも、藤森文吉（国立東洋言語文化大学教授）とアルメル・ゲルヌ（Armel Guerne 詩人）という二人のコンビが翻訳に携わっていることで、原文の忠実な直訳に仏文の専門家がリライトを施す、といった形式が初期の翻訳の基盤となる。また、ノーベル賞受賞直後、パリに寄った川端康成からアルバン・ミシェル社は翻訳の専属権を取得、以降この出版社、及び関連文庫（Livre de poche biblio）が川端の作品を刊行することになる。ちなみに、この専属契約があるため、例えばガリマール社のプレイアード選集という、谷崎選集の二巻本が入っている世界文学の傑作集に収められることは、今のところ、不可能となっている。

その後、七〇年代には、『山の音』、『伊豆の踊子』短編集、『名人』、が末松壽とシルヴィー・ルノ゠ガチエ（Sylvie Regnault - Gatier）という日本人とフランス人の共訳で刊行され、九〇年代には、『古都』、『みずうみ』、『美しさと悲しみと』、など他の主要作品が今度は一人一人、異なる翻訳者が仕事を進める形で出版されてゆく。『掌の小説』の個別の翻訳を計算に入れると、実に翻訳者総数だけで、一八名にものぼり、当時、なかなか専属的な翻訳者が発掘できなかったことを物語っている。それでも、例えば『眠れる美女』は著名な翻訳者、ルネ・シフェール（René Sieffert 国立東洋言語文化大学教授）により、一九七〇年に刊行され、読み応えのあるすばらしい仕上げとなっている。しかし、全体的に初期の翻訳はフランス語での受容に重点を置き、本文の省略等をかなり補う「オーヴァートランスレーション」であるのと反対に、一九九〇年代以降の翻訳はより本文に忠実な方法で翻訳を実践していることを強調する必要がある。翻訳という使命の定義と範囲の揺らぎや、出版事情や外国文学の受容の変遷も重要な役割を果たしているが、結果的に初期翻訳は作品を日本の伝統的な物語の枠にはめ込み、反対に近年の翻訳は作品の実験的な要素、不透明で難解な側面をそのまま表現する事を意図としている。

現在、小説や短編集のフランス語訳は一五点に上り、最も最近刊行されたのが、『富士の初雪』（短編集、拙訳、二〇一四年）である。その他にも、『掌の小説』の個別の掌編や、「美しい日本の私」（ジャン＝ノエル・ロベール、坂井セシル共訳により、二〇一四年のフラマリオン社のノーベル受賞者講演集に初めて収められる）などがある。また、それまでの翻訳作品を藤森文吉の編集で一冊の文庫選集にまとめたポショテーク版というものを、Livre de Poche 社が一九九七年に刊行している。あるいは、『眠れる美女』の豪華挿絵版が発表され、とにかく翻訳出版の面では充実している。実際、文庫での再版などを含めると、『雪国』や『眠れる美女』に関しては、一〇万部以上の売り上げがあり、外国文学のロングセラーになっている。

このような確かな蓄積があるため、新しい翻訳が発表される都度、主要新聞や総合雑誌には書評が掲載される。最新刊行の『富士の初雪』に関しては、一〇数誌で取り上げられ、川端の作品には「生命が無限に広がっている」（リベラション紙）、あるいは「装飾のない文体がこれらの物語に強い暗示力を与えている」（ル・モンド紙）などと読むことができる。一定の愛好者が存在しているという前提があるため、ラジオの文化放送でも川端を扱うことがある。例えば川端特集（フランス・キュルチュール、二〇一〇年一月一九日、六〇分、二〇一五年七月一九日再放送）、または『雪国』の仏語朗読シリーズ（同フランス・キュルチュール、二〇一一年八月二二日〜二六日の計五回）などがある。その際、一般向けのメディアの世界では日本文学の知識がある現代作家が解説を行なう事が多い。デイアンヌ・ド・マルジュリー（Diane de Margerie）、ルネ・ド・セカチー（René de Ceccatty）の名前を挙げておこう。フランスにおける受容の全体像を一言で形容するならば、美術、デザイン、ファッション、料理、マンガなどが構成する、複合的な「ネオ・ジャポネスク」の流行と重なるところに川端文学の持続的な人気が存在しているのではないかと推測される。

研究史の方は一九八〇年代に始まった。日本学の専門家のものがほとんどであるが、具体的には、フランス語の研究書が三冊あり、他の重要な日本の作家と比べると、多いほうである。また、最初にフランスで作品論が刊行されたのは、比較文学者の一九八〇年の『古都』論であることも、注意を引く。それは、『古都』がその年のフランス文学高等師範試験のうち、「都市の小説的表象」というプログラムに組み込まれたためで、比較文学の権威、ルネ・エチアンブル（ソルボンヌ大学教授、一九〇九―二〇〇二）がその文献資料として、解説を書いたためである。『日本の小説はいかに読むべきか？川端の『古都』をめぐって』、と題するこの本は、小説の特徴を捉えようと、一九七一年の翻訳批評ほか、いろいろの角度から分析を行なっている。

そのすぐ後に刊行されたのが、所謂専門書で、ブリュネ裕子『作家の誕生―川端康成の研究』（一九八二年）である。「孤児」、「青年」、「非現実の恋」と、三章からなるこの本はあの特有の伝記と虚構が重なる世界を初めてフランス語に紹介したものである。パリ第七大学に提出された博士論文が基盤で、その著者も長らく同大学で、教鞭を取っていた。

約二〇年後の二〇〇一年（二〇一四年再版）に刊行される、拙著、坂井セシル『明暗の川端―曖昧性のエクリチュール』に関するエッセーは、やはりパリ第七大学（現在はパリディドロと改名）教授資格論文という学術論文が基盤である。趣旨は、曖昧性を文学概念と捉え、文体、修辞、表象内容、作品構成など、様々な角度から、いかに作家の意識的な戦略が作品全体に行き渡るように展開しているか、ということを分析したものだ。

その後、ブリュネ、そして坂井はいくつかの発表や論文をとおして、フランスや日本の学会や研究誌などに川端作品の諸相を引き続き追求している。

また、大学の修士論文のレヴェルで、『雪国』や『眠れる美女』が扱われることもある。比較文学の分野では、「『雪国』における色彩」、あるいは「『千羽鶴』の記号論的アプローチ」、といった例がいくつかあるのは、翻訳及び既刊の研究書の功績であると言えよう。ただし、博士論文に関しては、日本語の文献を完全に駆使できることが条件なので、そのレヴェルでの新しい博士論文は今のところ現れていない。

最後に隣接領域の映画などを見た場合、川端作品のドイツやオーストラリアでの映画化以外に、少なくともジョイ・フルリー（Joy Fleury）「美しさと悲しみと」（一九八五年）、クロード・ミラー（Claude Miller）「オディールの夏」（原題 Le Sourire 一九九四年）、アラン・ベルガラ（Alain Bergala）「眠れる美女」（二〇〇一年）の三本はフランス映画であることに注目したい。このような現象も浸透力の現れであると考えられる。

そのような歴史の総合的な収穫として、パリ日本文化会館およびパリディドロ大学において、二〇一四年九月に行なわれた国際シンポジューム「川端康成二一世紀再読―モダニズム、ジャポニスム、神話を越えて」、展示会（「川端康成と「日本の美」」）、映画祭（「映画から見た川端康成の文学」）

の企画を立ち上げる事が可能となった。日本近代文学館の五〇周年事業として、国際交流基金など、各種の助成や協力者を得て、新たな観点から川端文学を考える機会を作ることができたのだと言えよう。21世紀の世界文学に生き残る作家としての川端の作品価値を問い直す時、批評の面でも、新しい視野が開拓されるであろう。

参考文献

Etiemble, René, *Comment lire un roman japonais ? Le Kyôto de Kawabata*, Lausanne,Eibel - Périgueux, Fanlac, 1980, 110 p.

Brunet, Yûko, *Naissance d'un écrivain : Etude sur Kawabata Yasunari*, Paris, Bibliothèque de l'Institut des hautes études japonaises - Asiathèque, 1982, 154 p.

Sakai, Cécile, *Kawabata le clair-obscur – essai sur une écriture de l'ambiguïté*, Paris, Presses Universitaires de France, 2001, rééd. revue et augmentée, 2014, 203 p.

川端作品の映画化（フランス映画）

Joy Fleury, *Tristesse et beauté*, 100mn , 1985

Claude Miller, *Le Sourire*, 85mm, 1994

Alain Bergala, *Les Belles endormies*, 26mn, 2001

②ドイツ編

イルメラ・日地谷＝キルシュネライト

ドイツ語圏においてはある時期、川端康成が、谷崎潤一郎、三島由紀夫と共に、言わば翻訳日本文学の〝三羽烏〟的な位置を占めていた時期があったのだが、当時それに続く日本の作家は、芥川龍之介、井上靖、夏目漱石、安部公房であった。一九九〇年代まで川端は、出版された作品82点により、最も多くの作品がドイツ語に翻訳された日本の作家であったが、そこには重訳が含まれていない。例えば、ドイツにおける最も有名な作品『雪国』には、二つの翻訳が存在している。この作品が初めて翻訳され、西ドイツのローボルト社から出版されたのは一九五七年であり、その訳は一九六一年以降、複数の他の出版社から、異なったエディションとして出されたが、さらに東ドイツやスイスでも出版されている。その後二〇〇四年になって、『雪国』はもう一度新たに翻訳され、有名なズーアカンプ社から出版されたが、この新訳は相当な批判を浴びていた。ドイツ語に翻訳された川端作品の数が最も多かった理由は、長編だけでなく、「掌の小説」のような短編がそこに含まれていたからでもあろう。現在では、芥川が100点を越える作品数でトップに立っているが、その理由は川端の場合と同じかと思われる。しかし近い将来、これまで長編だけでなく短編も多く翻訳されてきた村上春樹が、川端を抜いて2位に浮上する可能性もある。

川端の作品で初めてドイツ語に翻訳されたのは、「伊豆の踊り子」だった。それが出版されたのは、第二次大戦中の一九四二年であり、それは近代日本文学作品集に加えられていたのだが、戦争直後の一九四八年、同じ翻訳者が同作品の改訂版を出版している。一九五六年には『千羽鶴』が単行本として発表されたが、戦中の「伊豆の踊り子」とこの『千羽鶴』のドイツ語訳は、両作品のヨーロッパ言語への最初の翻訳であった。この『千羽鶴』という本を飾ったのは、わざわざこの出版のために描かれた、東山魁夷による三つの墨絵である。その後、川端がノーベル賞を受賞するまで、「水月」一九六四年、「富士の初雪」一九六五年などがアンソロジーに加えられ、『古都』一九六五年が単行本として発表されていったが、それらの作品の全てが大手出版社から出されている。

ドイツにおいて川端が早くから認められていた証として、一九五九年にフランクフルト市で開催された国際ペン大会における、〝ゲーテ・メダル〟授与が挙げられると思う。その際川端には、ソーントン・ワイルダーなど数カ国の作家と共にメダルが授与されたのだが、このメダル授与により、川端が国際的にその名を高めたことは確かだと思う。早くからドイツ語に訳されていた彼の作品が、他の言語でも訳されるための引き金となったかどうか、あるいは、ノーベル賞受賞のために、当時増えつつあったドイツ語版がどんな役割を果たしたかなど、調べてみるとおもしろいかもしれない。

一九六八年のノーベル文学賞受賞以降、翻訳される川端の作品の数はさらに増えていき、『山の音』が一九六九年に単行本として、「十六歳の日記」や「舞姫」などが選集に加えられ一九六九年に単行本として出版されている。一九七〇年代以降は、〝伝統主義者〟としての川端だけでなく、〝モダニスト〟としての川端の作品もドイツ語で発表されるようになり、一九七四年出版の本には「水晶幻想」「片腕」「禽獣」などが含まれていた。有名なインゼル出版社が企画した、これまで最大の日本文学シリーズ「日本文庫」の一冊として、一九九九年に『浅草紅団』が発表された。この作品は驚くほど肯定的な評価を受けたが、その一つの理由は、詳細な注釈や作品解説の後書きが付いていたためかもしれない。一九九〇年と九九年には、「掌の小説」の翻訳が二冊出版されたが、これまでに挙げた作品のドイツ語訳の多くが、ヨーロッパ言語への最初の翻訳であった。

川端のノーベル賞受賞に対する、ドイツ語圏の新聞や雑誌の反応を詳細に見てみると、それらはかなり矛盾したものだった。一方で、川端の美学的前提を〝エキゾチズム的日本を夢想する伝統主義者〟と見るかと思えば、他方では、受賞した一九六八年までに訳された作品内に「モダニズム」「シューレアリズム」「ダダイズム」「象徴主義」的傾向を認め、それらを通しての川端の日本近代文学への功績を称賛してもいた。時代が進むにつれ、川端への見方はさらに多様となり、「掌の小説」の中で〝不条理〟と〝幻想性〟を創造した新感覚派の一人として認められると共に、他方では、彼のノーベル賞授与式でのスピーチでも示され、今でもその効力を失ってはいないとされる、エキゾチズム的日本の夢想を目指す伝統主義者、そう評する者もいた。そのような批判的見方は、一九八七年に東ドイツで、翌年には西ドイツの出版社から出版された『美しさと哀しみと』に対して、特に強く表明されていたようだ。

非常に複雑な反応を批評側が示したのは、一九九四年に出版され、後にいくつかの文庫本としても市場に出た、『眠れる美女』へ対する評価だった。ある評者は、作品内に過激なほどの自己探索の試みを認め、主人公の老人の自負、夢想、欲望、禁断の記憶、〝内省のブラックボックス〟の壁に映る、自分が望む自分の姿と向き合う老人の姿を高く評価していたが、他の評者はこの作品を、同じ頃ドイツ語で発表されていたオクタビオ・パスのエッセイ、『二重の炎　愛とエロティズム』と比較している。しかしもっとも頻繁に行われたのは、ガブリエル・ガルシア・マルケスの作品、『わが悲しき娼婦たちの思い出』との関連で評するやり方である。マルケスの作品が二〇〇四年にドイツ語に訳され出版されると、作品内でマルケス自身が明らかに暗示している『眠れる美女』と併置して語る評論家が何人もいた。マルケス作品に対しては、作品内のキッチュ、悪趣味、老人性エロス、小児性愛などが批判されていたが、しかし他の評者やブロッガーなどは、マルケスはこの作品内で、非常に慎重に川端作品の軌跡を辿っており、人生の美しさとその無常性を、老境を迎えた男の瞑想として象徴的に描写していると評価していた。

ドイツ語圏の日本文学研究では、これまで川端に関するいくつかの小論文、欧米のアヴァンギャルド文学との文脈的連関をテーマとした博士論文以外、徹底した研究はなされてこなかった。それにもかかわらず川端康成は、ドイツ語圏の読者にとっては今でも、〝特殊日本的な世界〟への接近を可能としてくれる文学者の代表なのである。二〇〇一年、川端の新たな作品集出版に際して、あるドイツの評論家がスイスの新聞に次のように書いていた。〝信じられないほど精緻なこの作家は、謎を信奉している。その謎は、死から、無言から、沈黙から、養分を吸い取る〟。

参考文献

Ando, Junko, Hijiya-Kirschnereit, Irmela, Hoop, Matthias: *Japanische Literatur im Spiegel deutscher Rezensionen*. München: Iudicium, 2006, 882 p.（文中でふれた、一九六八年から二〇〇三年までのドイツ語圏（西・東ドイツ、スイス、オーストリア）の全国新聞や雑誌内の評論がフルテキストで載っている。川端について作品別に記録されている記事は、八九―二二五頁にあたる。）

Bollinger, Richmod: Gegen-Sätze. Der frühe Kawabata als literarischer Rebell und Innovator im Kontext des japanischen Modernismus. Tectum 2000, 128 p. (Microfiche).

Bollinger, Richmod, Hijiya-Kirschnereit, Irmela: Literatur als Instrument zur Bewältigung kultureller Unvertrautheit. Textstrategien am Beispiel von Kawabata Yasunaris 'Asakusa kurenaidan', in: *Die Herausforderung durch das Fremde*, ed. H. Münkler et al., Berlin: Akademie Verlag 1998, pp. 611-700.

Hijiya-Kirschnereit, Irmela: Kawabata Yasunari, in Hijiya-Kirschnereit: *Japanische Gegenwartsliteratur: Ein Handbuch*. München: text+kritik 2001, pp. 98-127.

Yoshida-Krafft, Barbara: Kawabata - Ein Traditionalist? in: *Jubiläumsband zum 100jährigen Bestehen der Deutschen Gesellschaft für Natur- und Völkerkunde Ostasiens*. Tokyo: OAG 1973, pp. 171-197.

③アメリカ・イギリス編

マイケル・ボーダッシュ

英語圏の読者が川端文学と初めて出会ったのは一九五五年だった。その年、アメリカの文芸誌『アトランティック』が一月号にエドワード・サイデンステッカーによる「伊豆の踊り子」の英訳を載せた。同じ号にサイデンステッカーは日本文学の「保守的な伝統」について書いた短い論文も掲載しており、その中で彼は川端文学の特徴として「伝統主義」ということを指摘している。

同じ一九五五年一月に朝日新聞社が出版していた英字紙『ジャパン・クォータリー』にもサイデンステッカーによる短編の英訳「ほくろの手紙」が載った。それに伴う作者紹介のノートには、「川端の小説は精巧な日本語で綴られているがため、翻訳者がきっと大変苦労するであろう」とある。『アトランティック』に比べて『ジャパン・クォータリー』は英語圏読者に知名度が低かったが、その後「ほくろの手紙」の英訳はドナルド・キーンが編集した『Modern Japanese Literature』（五六年）という翻訳集にも含まれたため、長年欧米の大学などの日本文学授業でよく読まれることになった。キーンの頭注によると、川端文学の特徴は「女性の心理に対しての会得」であった。

長編小説の英訳はその後まもなく出る。五六年に『雪国』、五九年に『千羽鶴』（サイデンステッカー訳）が米国の一流文芸出版社、アルフレッド・A・クノッフ社から出た。評判は良く、トップの文芸誌や新聞が書評を出している。当時の書評から判断すれば、日本らしさというよりむしろ彼の官能的な表現や女性の描写、そして欧米のモダニズムやアバンギャルド文学との関係が初期の読者の目にとまったようである。例えば『ザ・ネーション』の『雪国』書評（五七年十一月二三日号）では、ケネス・レクスロスが「もしマラルメが小説を書いたなら、多分それは川端康成の『雪国』とよく類似したものになったであろう」と言っている。

川端自身は五七年にイギリスへ、そして六〇年にアメリカを訪問している。五〇年代の後半を英語圏における『第一期川端ブーム』と言っても良いかもしれない。

しかし、その後実は十年近くのブランクがある。六三年に『古都』の映画版がアカデミー外国語映画賞にノミネートされていたが、小説の英訳（J. マーティン・ホールマン訳）は八七年まで待たなければならなかった。そして六八年までに幾つかの短編の英訳がマイナーな雑誌に現れるが、それ以外川端文学は英語圏の読者の視野からほとんど消えていた。そのため、六八年のノーベル賞受賞が発表されたとき、イギリスやアメリカのマスコミは驚きを隠せなかった。六八年十月二五日の『タイム』誌はノーベル賞を報道した際、「しかし、先週まで川端康成は西洋にほとんど知られていなかった」とまでコメントしている。

ノーベル賞受賞の影響で、第二期川端ブームが六九年ごろから始まった。『雪国』と『千羽鶴』の英訳は一冊の本として再出版され、ノーベル賞受賞記念講演『美しい日本の私』（六九年、サイデンステッカー訳）を始めとして相次いで新しい翻訳が出た。『眠れる美女』（六九年、サイデンステッカー訳）と、『山の音』（七〇年、サイデンステッカー訳）、『名人』（七二年、サイデンステッカー訳）、『みづうみ』（七四年、月村麗子訳）、『美しさと哀しみと』（七五年、ハワード・ヒベット訳）などがこの時期に英語圏の読者の前に現れた。第一期のブームと同じように、サイデンステッカーの役割は重要で、彼は七一年にその『山の音』の英訳のため全米図書賞を受けている。

『美しい日本の私』の影響のためか、このころから川端文学の特徴として特にエキゾチックな「日本らしさ」や日本伝統的文芸との関係が注目されるようになった。例えば六八年一二月八日の『ニューヨーク・タイムズ』紙上、ドナルド・キーンは「川端の繊細さは『源氏物語』や古典和歌のそれなのである」と主張する。そしてこの特徴に対する反感もこの時期から表れる。例えば、『美しさと哀しみと』英訳の書評で、『ザ・ニューヨーカー』誌（七五年三月一七日号）はこの作品が「ある程度近づき難い（少なくても西洋読者には）」とコメントしている。

ポスト・コロニアルやオリエンタリズム批判などの影響が広がるにつれて、八〇年代以来このような批判的な評価が増えてきた。川端文学のナショナリズムやファシズムとの関係やそのジェンダーの表象を非難する書評や論文は欧米に珍しくない。大江健三郎の九四年のノーベル賞受賞記念講演もこの傾向に拍車をかけた。川端のエキゾチシズムを売り物にした初期の翻訳者や出版社も批判の対象になることもあった。

それと同時に、モダニストとしての川端の再発見も九〇年代以来見えてきた。翻訳の面からみれば、例えば『掌の小説』（八八年、ホールマン、レーン・ダンロップ訳）や『浅草紅団』（〇五年、アリサ・フリードマン訳）が今までといくらか違ったイメージの川端文学を英語圏の読者に紹介している。映画『狂った一頁』と川端の関係も話題になり、そのシナリオの英訳はウィリアム・タイラーが編集した『Modanizumu: Modernist Fiction from Japan, 1913-1938』（〇八年）に載っている。そしてモダニズム論のもとで、例えば近代都市空間やメディア論、商品社会などの視点から川端文学を読み直す学者も注目を引いている。

　英語圏における川端文学の歴史はすでに六十年間に及んでいるが、翻訳の面から見ても、批評の面から見てもこれからまだまだ発展する余地があるだろう。

参考文献

"Beauty and Sadness," *The New Yorker* (17 March 1975), 125-126.
Keene, Donald, "Speaking of Books: Yasunari Kawabata," *New York Times* (8 December 1968), 2.
Rexroth, Kenneth, "The East for a Change," *The Nation* (23 November 1957), 391-393.
Seidensticker, Edward, "The Conservative Tradition," *Atlantic Monthly* (January 1955), 168-169.

④中国編

李征

一

　中国において、川端康成に関する翻訳及び研究は二〇世紀の前半から始まったと考えられる。一九二八年、劉吶鴎《りゅうとつおう》は上海で水沫書店を創設し、日本新興作家の作品を翻訳して、『色情文化』という題名で刊行した。そのなかには、横光利一や片岡鉄兵、池谷信三郎、中河与一などの新感覚派作家以外に、林房雄や川崎長太郎、小川未明の作品も収められている。日本の新感覚派がスタートしてから三、四年も経たないうちに、彼らの作品が早くも翻訳された点からみれば、日本と中国の近代文学が、いかに早い時期から連動していたかが分る。ただし、なぜかは不明だが、川端康成の小説だけは入っていない。当時、新感覚派文学の論説を多く執筆した川端は、作家というよりも批評家として訳者の目に映ったため、この翻訳小説集から除外されたのであろうと推定できる。

　川端の作品ではじめて中国語に翻訳されたのは、『花のワルツ』という小説である。当時、同じく上海にあった文化生活出版社は、「現代日本文学叢刊」を企画し、川端康成の『花のワルツ』を、森鷗外の『舞姫』、谷崎潤一郎の『春琴抄』、林芙美子の『枯葉』などと同じシリーズの一つとして出版した。ただし、原書を未見なので、具体的な出版時期に関しては確言できない。他の何冊かの刊行時期をみると、すべて一九三〇年代に集中している。このことからすれば、川端康成の『花のワルツ』も、同時期に刊行されたと推定できる。

その後、一九四二年に、範泉《はんせん》は川端康成の創作随筆を六本ぐらい翻訳し、『文章』という題名でまとめて、「復旦大学国文参考書」の一冊として復旦出版社から刊行した。文学創作談、とくに小説の書き方に関するものなので、中国の近代文学運動に新風を吹き込んだ。同年、許竹園《きょちくえん》が翻訳した北條民雄小説集『癩院受胎』にも、川端の名が記された文章は二つ収められている。一つは「あとがき」で、もう一つは「作家年譜」である。二つとも日本の『北條民雄全集』からとったものであり、北條民雄の小説といっしょに中国語に翻訳された。ちなみに、この翻訳小説集『癩院受胎』を刊行した出版社は、太平書局である。

横光利一が上海に旅行したのは、一九二八年であった。横光の小説は前記『色情文化』に収められた作品以外に、『ナポレオンの田虫』なども郭沫若《かくまつじゃく》の手によって一九三〇年代に翻訳され、その影響をさらに広げた。横光と比べて、一九二〇年代から一九四〇年代までの中国における川端康成の翻訳・紹介は、他の新感覚派作家と同じような枠組内でとらえられている感が強い。

二

一九五〇年代から一九七〇年代末頃にかけて、中国の大陸で翻訳紹介された日本の作家は、夏目漱石や樋口一葉の他に、だいたいプロレタリア文学の小林多喜二や宮本百合子などに限られている。川端康成の名が中国の読者の目にとまる機会はほとんどなかった。一九六六年に文化大革命が始まる。翌年、川端康成と三島由紀夫、安部公房と石川淳は連名で「文化大革命に関する声明」を発表し、文学の自律性をとなえた。さらに一九六八年、川端はノーベル文学賞を受賞する。ただし、何もかも混雑に陥った中国では、そのようなニュースがたとえ入ってきたとしても、無視されることになった。文化大革命が終わった二年後の一九七八年に、『外国文芸』が上海で創刊された。その創刊号には、川端康成の小説が翻訳・掲載されている。『伊豆の踊り子』と『水月』の二作である。訳者は一九三〇年代に作家・翻訳家として活躍した侍桁《じこう》と、北京大学の教授劉振瀛《りゅうしんえい》であった。この翻訳によって、川端康成の作品は三〇年ぶりに中国の読者の視野に戻ってきた。同誌に掲載された川端文学の紹介では、新感覚派作家という立場以外に、ノーベル賞の受賞者であったことも、おおいに強調されている。

一九七九年九月、中国日本文学研究会が長春で発足し、第一回目の全国研究大会が開かれた。参加者の約三〇本の論文は、プロレタリア文学をテーマにしたものが多かった。珍しいことだが川端文学についての論も一つあった。それ以後、中国での川端康成についての翻訳・研究は本格的に展開していく。その盛況の背景として、いくつかの中国社会の動きを指摘できる。①一九八五年に日本国際交流基金と中国教育部が連携して、北京外国語学院に「日本学研究センター」を設けたこと。発足当初に、修士課程の教壇に立ったのは、すべて日本から招いた一流の教授、専門家であった。②ほぼ同時期に、日本の川端文学研究会の会長を務める長谷川泉教授（清泉女子大学・当時）と、中国社会科学院外国文学研究所の李芒《りぼう》研究員との間で、学術交流が行われたこと。これをきっかけに、日本近代文学研究および川端研究の成果や学術情報が多く中国に紹介された。③多くの出版社が、積極的に川端小説の翻訳を企画したこと。中国の読者が川端文学へ示した情熱は、この時期の翻訳によって培われたといってよい。多くの翻訳は研究論文の産出を促した。川端文学に関する論文は、この時期からどんどん増加していく。代表的な論文として、李徳純《りとくじゅん》の「川端康成の『伊豆の踊り子』」（『読書』一九八三年第八号）などがある。従来はあまり触れられなかった刹那的な感受性や、抑圧された情感、芸術の美などが、盛んに議論されるようになった。

一九九〇年代に入ると、川端文学の評価は、政治と文学の二項対立から、伝統と美の重視へと変わった。その転換には、中国近代文学におけるモダニズムの再評価が連動している。この場合、日本の新感覚派は、西洋のモダニズムの一部として、中国の研究者の視野に納められている。当時、リアリズムから脱皮しつつあった中国の作家にとって、川端康成という作家の作品は、西洋の作家の作品よりも親近感を持ちやすい。多くの読者は、その小説にあらわれた濃厚な日本文化の風情に目がひきつけられた。日本文化の要素があってこそ、東アジアで最初のノーベル賞受賞者になったと見られている。

三

中国における川端文学の翻訳・紹介は、高慧勤《こうえきん》研究員（中国社会科学院外国研究所）主編『川端康成十巻集』（河北教育出版社、二〇〇〇年）の刊行で、ひとつの頂点を迎える。それまでには、上海訳文出版社や山東人民出版社から出版された『雪国』や『古都・雪国』などがあるが、優秀な翻訳者を集めて、短編長編を問わず、川端の代表作を網羅して翻訳したことはなかった。そして、一九九一年、中華人民共和国著作権法の実施にともなって、昔のように無許可のまま外国文学作品を翻訳・出版することがもはや通用できず、外国文学の翻訳・出版がしばらく停滞になってしまった。このような背景を考えれば、『十巻集』の翻訳・出版はどれほどの度胸を必要とするかがわかる。二〇世紀の中国における川端文学翻訳の集大成とも言える。

このような翻訳・出版の動きと前後して、川端研究にも新しい兆しがみられた。まず、川端康成という作家及び作品の全体像を知りたいという読者の要望が高まってくる。一九六八年に台湾で出版された『日本の美と私』（商務印書館）などがあっても、大陸の読者はそれを目にすることが容易ではなかった。そのため、葉渭渠《よういきょ》『東方美の現代探求者――川端康成評伝』（中国社会科学出版社、一九八九年）の出版は、大きな意義があるとみとめられる。作家の伝記以外に、研究方法も単一ではなく、多元的に広がってきた。純文学の他に、中間小説のような作品も、中国の研究者の視野に入ってくる。多くの論著のなかで、代表的な論文として、高慧勤の『新感覚をもって伝統美を書く』や何乃英《かないえい》の『川端康成小説の芸術特徴について』、譚晶華《たんしょうか》の『典型的な中間小説――川端康成「山の音」論』などがあげられる。比較文学的な視野の下に、川端康成の作品を緻密に考察した著書として、周閲《しゅうえつ》の『川端康成文学の文化学的研究――東方文学を中心に』（北京大学出版社、二〇〇八年）がある。

研究とは別に、ここで一筆記しておきたいことは、一九八〇年代から中国の新鋭作家として活躍してきた莫言《ばくげん》や余華《よか》、賈平凹《かへいおう》などの発言である。彼らは自らの創作に、川端康成の影響があったことを認めている。中国の作家がいかに川端康成の作品から栄養を汲み取り、各自の芸術的な感受性や小説の書き方を磨いたかということを、そのような発言から読み取れる。川端文学の魅力は二〇世紀に限らず、現在でも愛読すべき外国作家の一人として、多くの中国の読者の心をひきつけている。

参考文献

李徳純「日本古典抒情美的佳篇—川端康成的『伊豆舞女』」（『読書』一九八三年第8号）

高慧勤「川端康成—標挙新感覚、写出伝統美」（『雪国・千鶴・古都』序、漓江出版社、一九八五年）

譚晶華「典型的中間小説—論川端康成『山之声』的創作」（『解放軍外語学院学報』一九九六年第6号）

葉渭渠『东方美的現代探索者—川端康成評傳』（中国社会科学出版社、一九八九年）

何乃英「論川端康成小説的芸術特徴」（『北京師範大学学報』一九九五年第5号）

周閲『川端康成文学的文化学研究』（北京大学出版社、二〇〇八年）

⑤韓国編

兪在真《ユ・ジェジン》

韓国で日本文学が翻訳されだしたのは、強力な排日政策を施していた李承晩政府が四・一九革命によって退いた一九六〇年からである。韓国出版界では質量共に目を見張る成長を見せたこの年を「激変の元年」と表現するが、折しも興った全集ブームによって『日本文学全集』（全七巻、青雲社）も編まれるようになる。川端康成の作品が韓国で最初に翻訳紹介されたのもこの全集第五巻に収められた「雪国」からである。韓国における日本文学の翻訳出版は六〇年から年々増加し、村上春樹の「ノルウェイの森」が大ヒットした一九八九年を境に急激な右肩上がりの増加率を見せるが、川端康成に限って言うと、六〜七〇年代に翻訳のピークを迎え、むしろ八〇年代からは徐々に減っていくようになる。数値でみると、六〇年代には二八作が合わせて六九回にわたって翻訳出版され、川端康成がノーベル文学賞を受賞した翌年には選集ではあるが、当時としては異例の日本人作家の個人全集『川端康成全集』（新丘文化社）が迅速に翻訳出版された。そして、七〇年代には一六作が五九回、八〇年代には一二作が五〇回、九〇年代には一三作が三〇回、二〇〇〇年代には一四作が二四回、二〇一〇年代には六作が六回ほど翻訳出版されている。

『日本文学翻訳六〇年現況と分析―一九四五～二〇〇五』（ソミョン出版、二〇〇八）が提供する二〇〇五年までの韓国における日本文学翻訳の統計をみると、韓国で翻訳出版された日本人作家の重複出版を除いた作品数ランキングで川端康成は、三九作が翻訳されて第一〇位（ちなみに第一位は三浦綾子で一四六作、第二位は村上春樹で一一〇作）であり、重複出版を含む出版回数ランキングで川端康成は、二一九回で第三位になる（第一位は三浦綾子で三〇六回、第二位は村上春樹で二五六回）。作品数と出版回数の大幅なズレは無節操な重複出版によるところもあるが、韓国における川端康成翻訳の特徴として、翻訳対象が「雪国」や「千羽鶴」や「山の音」などの代表作に集中したためでもある。なかでも「雪国」はノーベル文学賞受賞作ということもあって二〇一五年現在まで三九人によって翻訳され、七九回ほど出版されている。

六～七〇年代を通して川端康成は韓国で最も多く翻訳された作家であったが、その直接的な契機は六八年度のノーベル文学賞受賞によって彼の名が韓国内で広く知られるようになったからであり、川端康成が一九七〇年六月ソウルで開かれた第三八回国際ペンクラブ大会に出席するため来韓した際、漢陽大学校で名誉博士号を取得し、その記念講演を行ったことで韓国内での関心はさらに高まりを見せたからである。この期を前後して、各文芸雑誌や出版社は競って川端康成の翻訳作品を掲載・出版していったのである。

そして、韓国で川端康成文学が他の日本近代文学とは異なる独特の扱われ方、即ち読まれ方をされるようになったのも実はこの時期からだと言えよう。六〇年代に興った全集ブームと川端康成のノーベル文学賞受賞が相まって、川端康成の作品は主に『世界文学全集』や『ノーベル文学賞全集』などに収められた。川端康成文学は、韓国読者に初めから「世界文学」というオーソリティーを持って紹介されたのである。つまり、川端康成は日本人作家であり、日本独特の美意識を描いているが、その文学性は「日本」に限らず「世界」が認めたものである故に、我々もそれを理解し享受できなければならないという理解と鑑賞の強要のようなものが韓国における川端康成文学受容からは窺えるのである。

例えば、大学入試の論述試験対策として出版される文学シリーズではよく川端康成の「雪国」を取り上げる。これらの対策本には、作品本文以外に主要人物の要約、作家・作品の解説、論述試験の予想問題と模範答案の例文などが掲載される。高校生に島村の虚無感や駒子の「徒労」、二人の関係を理解するよう求める事に違和感を禁じえないが、これは、単にノーベル文学賞受賞作だからではないように思われる。同じノーベル文学賞受賞作家である大江健三郎の作品が大学入試対策用に出版された例がないところからも、明らかに両作家の読まれ方に差異があるように見受けられる。

二〇〇〇年以後、作品の翻訳回数は減ったが、その分川端康成の名は、ソウル大学をはじめ有名国立・私立大学の推薦図書リストでよく見られるようになった。例えば『誰も読まない本：大学生が必ず読まなければならない世界古典一〇〇選』（西江大）や『古典への道』（東国大）、『古典の力』（釜山大）などの大学生の必読図書リストや、『古典耽溺』（マウムサンチェク）、『東洋古典』（ヒョンアム社）、『世界の古典を読む』（ヒューマニスト）などの古典の要約と解説を編んだ書物でも川端康成の「雪国」を定番のように取り挙げている。これらの書物のタイトルからも察せられるように、二一世紀韓国で川端康成はいつしか「古典」の域に入ったのである。この早すぎる「化石化」の是非は別として、カノンとされる事によって彼の作品が今後さらに広い読者層を得ることは間違いないだろう。

参考文献

『世界の古典を読む』강태권 외『세계의 고전을 읽는다』휴머니스트、2005。

『誰も読まない本：大学生が必ず読むべき世界の古典一〇〇選』서강대학교 교양인성교육위원회 편『아무도 읽지 않는 책：대학생이 꼭 읽어야 할 세계 고전 100 선』서강대학교 출판부、2007。

『古典への道』동국대학교 교양교육원 편『고전으로 가는 길』아카넷、2007。

『東洋古典』김욱동『（우리가 정말 알아야 할）동양 고전』현암사、2007。

『日本文学翻訳60年の現況と分析：一九四五〜二〇〇五』윤상인 외『일본문학 번역 60년 현황과 분석：1945─2005』소명출판、2008。

『古典耽溺』허연『고전 탐닉：삶의 질문에 답하는 동서양 명저 56』마음산책、2011。

『古典の力』부산대학교 교양교육센터 편『고전의 힘＝Classical literature：과거로부터 온 미래』꿈결、2013。

⑥台湾編

黄翠娥

台湾は戦前、日本の植民地であったため、日本文学も間断なく流れ込み、日本語読者に大いに受け入れられてきた。その中にはもちろん川端の作品も含まれていた。しかし、現代へとつながるコンテクストでは、台湾の川端文学の本格的な受容は戦後である。特に台湾で川端受容の最大の動機となるのが、川端のノーベル文学賞受賞だ。これによって川端文学は大量に中国語に翻訳され、戦後の台湾社会に受け入れられていった。賞の受賞前にも、例えば鄭清文訳の「妻的遺容（死顔の出来事）」が『聯合報』に掲載されたりしている（一九五八年）。が、それらは単発的なものであり、受賞後の爆発的な量とは比較にならない。

六〇年代に入ると、台湾では私立大学四校に日本語文学科が設置され、日本関連の研究が本格的に行われ始め、日本との関係は緊密になった。したがって、一九六九年の川端のノーベル文学賞受賞は、台湾においても大きな喜びのニュースとして扱われた。当時、『聯合報』、『中国時報』、『中央日報』など多くの新聞は、一九六八年一〇月一八日、受賞が決定した翌日の朝刊でこのニュースを報じた。「ストーリーにあふれる情感、日本精神を表現」（『中国時報』）などの見出しで川端の経歴、代表作などが紹介され、作品が続々と翻訳されていった。『中国時報』では一九六八年一〇月二四日から同年一二月八日まで劉慕沙訳による『雪国』が掲載され、『聯合報』も同月二四日から朱佩蘭訳の『美しさと哀しみと』の掲載を開始、同年一二月三一日まで続いた。当時は新聞の副刊（「文芸欄」）は影響力が大きく、文学の社会的地位も高かった。そうした中で二つの大手新聞社で長期にわたり翻訳作品が掲載されるということは、台湾社会の川端ブームの盛り上がりを伝えるものと言える。

こうして川端作品の翻訳ブームが訪れる。この当時、台湾はまだ国際的な著作権の制度が導入されておらず、同じ作品が多くの出版社から異なる翻訳者によって翻訳され出版された。「一書多訳」と称されるこの現象は、特に川端では顕著で、例えば『雪国』は一九六八年から現在までの間に少なくとも九バージョン（翻訳者は上記の劉慕沙のほか、金溟若、趙長年、喬遷、蕭羽文、鄭凱、路耿冰、石榴紅文字工作坊、諾貝爾文学編訳委員会）が存在する。この他、台湾でよく翻訳されている作品には『千羽鶴』、『伊豆の踊子』、『古都』、『美しさと哀しみと』、『眠れる美女』などがある。また書籍の表紙などには「ノーベル文学賞作家」といったコピーが付けられていたことも付け加えておきたい。

台湾人によって書かれた川端に関する文章が増えていくのも、一九六九年以降だ。当初はノーベル文学賞がらみで紹介が多かったが、その後は内容も次第に充実し、川端文学における日本の美や日本の精神など作品の評論が増えていく。これらの文章では、中国文学とは異なる川端の日本性——繊細さ、感受性の鋭さ、美しさなどが大いに綴られた。こうした評論は、特に一九七二年まで多く見られる。そこには一九七〇年の川端の訪台、もう一つは一九七二年の川端の自殺の影響がある。

一九七〇年の訪台は、第三回アジア作家会議への参加が目的だった。この時もマスコミは「ノーベル文学賞作家来台」と大きく取り上げ、六月一五〜一八日までの台湾台北滞在を日々、詳細に報道している。特に一七日に故宮博物院で中華文物を鑑賞した様子などが詳しく報道され、川端が故宮や中華文化を絶賛したとされている。『中央日報』の記事では、川端が「すばらしい。もっとじっくり見たい」と語ったと記されている。川端のリップサービスもあるかもしれないが、報道からは書画や陶磁器など中華文化を熱愛する日本人作家としてのイメージが見い出せ、台湾がいかに川端の来台を誇りに思っているかが窺える。

そして台湾社会を驚かせたのが一九七二年四月の自殺のニュースである。新聞、雑誌では「なぜ自殺したのか」といった文章が多く発表された。この事件はさらにその前の三島由紀夫の自殺などとも相俟って、日本文学者の自殺の多さがより強く印象づけた。

このように台湾社会では、まさに日本文学の代表的な存在として川端康成という名が深く刻み込まれたのである。それに一役買った人物として、当時『中国時報』特派員として日本に滞在していた余阿勲を挙げることができる。余は、受賞決定後の川端にインタビューし、その際の印象を文章にしたり作品を翻訳するなど、台湾に川端を紹介した人物の一人である。

川端の作品は、その後も翻訳、出版が相次いだ。一九八四年からは星光出版社が代表作を網羅したシリーズを出版、一九八九年には久大印行が代表作を出版、二〇〇二年には木馬文化出版社がやはり川端の代表作をシリーズとして出版している。他に川端の作品を翻訳して出版した出版社には正義、志文、書華、大嘉、聯經、遠景などがあり、枚挙にいとまがない。

私個人の話になって恐縮だが、私が川端を研究対象として選んだのも、こうした流れと無関係ではない。初めて川端にふれたのは、大学で日本語を学び始めて三年目、日本文学名作集のようなものが最初だったと思う。川端の作品も入っており、『伊豆の踊子』や『十六歳の日記』などを辞書を引きながら読んだ記憶がある。大学卒業後、日本留学を決意した私は、母校輔仁大学の恩師である山崎陽子先生に研究対象を相談したところ、「新感覚派がいいでしょう。台湾には研究者がいないから」とアドバイスをいただいた。そこで最初に思いついたのが川端だったのだ。一九八四年に東北大学に留学し、菊田茂男先生の下で川端研究を行った。菊田先生には論文指導だけではなく、川端研究の演習も開いていただき、川端の文学世界に深く親しむことができた。ただ、川端研究はけっして楽な道ではない。華人にとって文学ではストーリー性が重要だが、川端はそれと対極にあるからだ。だが、だからこそ台湾の日本文学研究者はそこに日本らしさを感じるのである。

台湾での川端研究は、自殺後まもない一九七二年八月の『中外文学』の川端特集が起点となる。この号では、黄得時、余阿勲、杜国清が学術的な文章を寄せ、太田三郎の「川端康成「水晶幻想」論」が林文月訳で掲載された。その後、台湾では張月環や黄翠娥、横路明夫、坂元さおりなどが学術論文を発表している。この中で台湾人研究者は特に美学的な創作手法についての研究に関心を持つ傾向が強い。

修士論文でも、川端を取り上げる学生は二〜三年に一人くらいの割で見られる。最近は、川端の中国語訳を比較検討したものや、川端作品の中でも老人に焦点を絞って論じたものなどがある。一つの作品が何人もの翻訳者によって翻訳され、訳文研究としては興味深い。また、これで台湾、香港、中国大陸という「両岸三地」の訳文研究から比較文化研究へと発展させることも可能だろう。老人関連の研究は日本では新しくはないが、台湾では川端の日本らしさが注目されてきたため、台湾社会が直面している超高齢化の現象から川端作品を考えることは、新たな川端研究として今後注目されていくべき点だろう。二〇一五年、台湾の科技部が設けた先端的研究テーマには「台湾高齢化社会の挑戦と転化」がある。多くが社会学、心理学などの研究分野だが、ここに文学の視点を取り入れれば、より幅広い研究成果が得られるだろう。これにより川端文学における「老い」の研究は学術的な成果だけではなく、実際の社会貢献も期待できる。

最後にもう一つ興味深いのは、川端が純粋に日本の表徴と捉えられ、日本旅行の際のテーマとなっていることだ。

陳銘磻の『川端康成文學の旅』（凱信企管顧問出版、二〇一一年）は、川端の諸作品に登場する日本各地をめぐった旅のエッセイである。台湾の場合、伊豆の紹介と言えば、枕詞のように川端の名が文章に登場する。川端康成は、台湾では日本文学の表徴として馴染まれており、それは時代の変化とともにさまざまに用いられる一般名詞と化しているといっても過言ではないのである。

参考文献

黄得時「川端康成簡明年譜」、『中外文學』1巻3期、台湾大学外国語学科、一九七二年、一八八—一九五頁
黄得時「從諾貝爾獎獲獎作品看川端康成之文學」、『中外文學』1巻3期、台湾大学外国語学科、一九七二年、四—一二頁
余阿勳「寂寞的旅者—從『伊豆舞孃』說起」、『中外文學』1巻3期、台湾大学外国語学科、一九七二年、八七—八九頁
杜国清「川端康成與『詩的小說』」、『中外文學』1巻3期、台湾大学外国語学科、一九七二年、九〇—一一一頁
横路明夫「川端康成『伊豆の踊子』論—〈私〉の方法的ナルシシズム—」、『日本語日本文學』第21輯、輔仁大学日本語文学科、一九九五年
黄翠娥『川端文芸の世界』、豪峰出版社、二〇〇〇年
坂元さおり「川端康成と朱天心、二つの『古都』」、『日本語日本文學』第29輯、輔仁大学日本語文学科、二〇〇四年
張月環『追い求める愛と美』、致良出版社、二〇〇八年
陳銘磻『川端康成文學之旅』、凱信企管顧問、二〇一一年

⑦日本編

仁平政人

日本において、川端康成をめぐる言説は戦前から今日に至るまで膨大にあり、限られた紙幅でそれらを幅広く整理することは難しい（また、川端の研究史および近年の研究動向については、詳細な整理・紹介が既に数多く為されている）▼注（1）。本稿で提示するのは、あくまで筆者の管見に基づく、単純化された見取り図であることをお断りしたい。

はじめに、川端に関する論評の中でも、おそらく一九九〇年代以降の日本で最も広く読まれたであろうものから目を向けよう。

それでは誰に向かって川端さんは語りかけたのか？　川端さんは「美しい日本の私」に向かって語りかけていたのです。しかも川端さんは、そのようなものが現実には存在しないということを知っていました。かれの想像力のなかの、かれの美のビジョンのなかの「美しい日本の私」に向かってのみ語っているのです。

日本で二人目のノーベル賞作家たる大江健三郎の、ベストセラーになった講演集『あいまいな日本の私』（岩波新書、一九九五年一月）所収の講演「回路を閉じた日本人ではなく」の一節である。ここで大江は、川端の講演「美しい日本の私」が、①晩年の川端の日本的・東洋的な美意識を示すとともに、②それが外部の他者（「現代の日本人」も含む）に開かれることのない、「美しい日本（の私）」というフィクションにだけ向けられた「閉じられた回路のなかのモノローグ」であったと述べる。この主張について立ち入って検討することは行わないが、留意したいのは、この大江の発言が、大まかに考えれば、今日的な川端イメージと重なり合うように見えるということだ。実際、今日において川端の典型的なイメージは、次のようなものではないだろうか。――日本で初めてノーベル文学賞を受賞した、「日本の美や伝統」を体現する孤高の作家（ただし、現在とのつながりを欠いた古めかしい存在）、と。

川端の今日的な評価の成立について、まず簡略に見ておこう。川端が文壇を代表する作家としての評価を確立していくのは、代表作となる『山の音』・『千羽鶴』を各誌に分載発表し始める一九五〇年前後のことである。折しもそれは、朝鮮戦争の開始と、講和条約と日米安保条約の成立という政治状況を受けて、文化・批評の領域において「民族」や「国民」というキーワードが浮上し、「日本文化」の性格や「伝統」が多くの論者によって問題化されていた時期であった。こうした状況とあわせて、川端の文学に対しても、敗戦直後の「日本（古典）回帰」的な発言（随筆「哀愁」など）を手がかりに、その「日本的」・「伝統的」な性格を捉える議論が、論者の立場を越えて広く共有されていくことになる（詳細は拙著『川端康成の方法―二〇世紀モダニズムと「日本」言説の構成』（東北大学出版会、二〇一一年九月）第三部序を参照）。このような批評言説の動向だけではなく、十重田裕一は、戦後の日本文学全集による作家表象や、川端作品の映画化・テレビドラマ化など複数のマスメディアとの関わりを通して、川端が高度成長期に「日本の作家」として構築されていったことを指摘する（十重田裕一『「名作」はつくられる―川端康成とその作品』NHK出版、二〇〇九年六月）。そしてこうした状況を決定づけたのが、一九六八年のノーベル文学賞受賞（すなわち「西洋」による評価）と、その受賞記念講演「美しい日本の私」であったことは言うまでもない。ここにおいて、「日本の美を描く作家」という評価は、川端を語る上での支配的な枠組みとして定着していくのである。

川端論で多く取り上げられてきたキーワードや論点は、こうした評価の枠組みと、しばしば密接な関係を取り結んでいたと言える――例えば「孤児」や、若い日の失恋事件、「末期の眼」、「魔界」への志向、あるいはそれらと対応した、その反小説的な「モノローグ」性、等々。これらは、川端の文学を歴史的・社会的なコンテクストや間テクスト性へと開かせるよりは、むしろ作家とその〈独自の美的世界〉を追求するように読み手を誘ってきたと言えるだろう。そして以上のような文脈のもとで、川端文学と〈西洋の近代小説〉との異質性を強調し、日本の前近代の文化とのつながりを見出す議論や、川端のテクストとその翻訳とを比較し、両者の差異から日本語・日本文化の特性を論じるような議論も、今日まで重ねられてきている。この意味で川端文学は、一面では、本質主義的な日本文化論を支える役割を担ってきたと言っていい。

このような定型化した評価は、川端の「東と西の世界を絶えず往還する」（川端香男里「世界の中の日本文学―川端文学の評価をめぐって」、『国際関係学部紀要（中部大学）』第二四号、二〇〇〇年三月）ありようを、また同時代の日本の文学状況と常に深く関わり、社会的事象や他者の言葉を作中に自在に取り入れて多様なテクストを生み出したその活動の多くを、等閑視させてしまうものであったと言えよう。が、もう一つ問題なのは、こうした評価やイメージが、特に「日本文化」や「伝統」という概念の自明性が問い直されて久しい今日にあって、川端がときに現代的な意義を欠いた存在として敬遠される一因にもなっているように見られることである。現在刊行中の池澤夏樹個人編集による『日本文学全集』（河出書房新社、二〇一四年～）が、「日本人とは何か」という問いをテーマとして掲げつつ、川端康成の名を巻名に挙げることもない（第二六巻「近現代作家集Ⅰ」に、他の複数の作家とともに収められる予定）のは、象徴的だと言えるだろう。

　この点で、旧来の評価やイメージから離れ、別の文脈のもとでそのテクストを捉え直すことが、今日において川端の文学を生産的に再読する方途となるのではないだろうか。そしてそうした方向性につながる視点もまた、川端研究史の中で数多く示されてきたということは見逃すことができない。それらを広く紹介する余裕はないが、近年に限っても、川端テクストを同時代の言説やメディアとの関わりにおいて問い直し、また周縁化されてきた川端の営為に新たな光を当て、その位相や可能性・問題性を捉え直すような研究が多く為されてきている。例えば、川端と映画との密接な関わりをはじめとして、そのモダニティの所在に関する一九二〇～三〇年代の諸コードを踏まえた多様な検討や、「少女小説」などに関する雑誌メディアや戦時下の状況を踏まえた分析（三浦卓「『少女の友』のコミュニティーと川端康成「美しい旅」―〈障害者〉から〈満洲〉へ―」（『日本近代文学』第八〇集、二〇〇九年五月）など）、あるいは「観光小説」という見地（石川巧「観光小説としての『波千鳥』　川端康成論（5）」、『叙説』第二巻第二号、二〇〇二年八月）や、「魔界」というキーワードで語られてきた戦後の代表作（「片腕」や「眠れる美女」）に対する、一九六〇年代文学の地平から捉え直し（坂口周「1963年の分脈　川端康成と大江健三郎」（『言語態』第一一号、二〇一一年八月）など）、等々。また近年は、川端の初の新聞連載小説「美しい！」や未発表作「星を盗んだ父」・「勤王の神」など新資料の発見が続いているが、これら忘却の内に置かれてきたテクストも、既成の川端評価の問い直しにつながる可能性を秘めているように思われる。

　最後に、視点を変えて、川端文学と現代の小説家との交通に目を向けてみよう。川端にオマージュを捧げる作家は石田衣良や小川洋子など複数挙げられるが、本稿で取り上げたいのは、今日を代表する若手作家の一人・川上未映子のデビュー作『わたくし率 イン 歯ー、または世界』（講談社、二〇〇七年七月）が、その核心部に川端の『雪国』を独特な形で導入していたということである。――「わたしはないよ、この文章には、私がないよ、こんな全部でこんな凄くてこんな絶対であるもんが、一瞬消えることがあったんよ、青木がそうやって教えてくれて、雪国の、初めを読んだらわたしも私もほんまに消えた、ほしたら雪国だけやなかったわ、そんな言葉がほかにもようさん図書館にはようさんあったわ、言葉は一瞬ぜんぶそうで、すうってほんまに消えるねん」。ここでは、『雪国』冒頭の主語を欠いた一文が、日本語・日本文化の特性を示すものなどではなく、「言葉」それ自体の根本的な（自己や現実から切断された）性格を鮮明に指し示すものとして位置づけられる。この一節は、実は川端自身の言語観とも通じると見られるが、両者の間に実体的な影響関係を見る必要は無いだろう。むしろ、『雪国』の有名な冒頭を異質なディスクールと節合し、意想外の文脈においてその意味を新たに開示しているという点で、同作は『雪国』に関する魅力的な「批評」となっているように思われるのだ。

　川端は、慣習化した物の見方を否定し、新たな認識や感性を生み出すことを常に志した作家でもあった。この意味でも、彼の文学を固定化したイメージから解放し、思いがけないような文脈においてその意味を再生させることは、川端を読み、語る私たち全ての課題となり得るだろう。そのような再読に向けて、川端のテクストが豊かに開かれていることは疑いを容れない。

注

（1）林武志「川端康成研究小史」（『川端康成研究』桜楓社、一九七六年五月）、同『川端康成作品研究史』（教育出版センター、一九八四年一〇月）、同『川端康成戦後作品研究史・文献目録』（教育出版センター、一九八四年一二月）など林氏の一連の労作の他、川端康成学会（旧・川端康成研究会）の機関誌『川端文学への視界』には、第七号（一九九二年）以降、詳細な「研究展望」が毎号掲載されている。また、個々のテクストの評価・研究史については、羽鳥徹哉・原善編『川端康成作品全研究事典』（勉誠出版、一九九八年六月）や、現在刊行されている『川端康成作品論集成』（おうふう、二〇〇九年～）所収の「研究史」も参照のこと。

日本近代文学館・パリ日本文化会館共催

川端康成と「日本の美」
—伝統とモダニズム展の記録

1. ヨーロッパで初めての本格的な日本の文学者の展覧会を、どう開催したか
 …日本近代文学館（事務局・信國奈津子）
2. 川端康成記念会挨拶（オープニングレセプション）…川端康成記念会理事長　川端香男里
3. 日本近代文学館挨拶（オープニングレセプション）…日本近代文学館理事長　坂上弘
4. パリ日本文化会館の展示概要（2014年9月16日（火）~10月31日（金））
5. 国際シンポジウム「川端康成21世紀再読—モダニズム、ジャポニスム、神話を越えて」の開催概要（2014年9月17日（水）、18日（木））

ヨーロッパで初めての本格的な日本の文学者の展覧会を、どう開催したか

■日本近代文学館

日本近代文学館は二〇一七年に開館五〇周年を迎えます。

目黒区駒場公園で開館式を迎えたのが一九六七年の四月一一日。館の歴史はそれに先立つ一九六二年、近代文学資料が学問的価値を認められないまま散逸、失われていくことを憂えた文壇・学界有志二三名が文学専門の資料館の設立準備会を発足したことに遡ります。代表に作家の高見順、事務局長に日本近代文学研究者の小田切進が選出されましたが、高見は「先ず川端さんに相談」することを提案したそうです。相談を受けた川端康成（当時日本ペンクラブ会長）は賛同、翌年に創設された財団法人日本近代文学館の監事として名を連ね、設立資金の募金活動を推進、設立趣意の普及のための講演会に無償で出講するなど、館設立に尽力しました。一九六七年の開館を経て、七一年、川端は当館初代名誉館長に就任。七二年四月、川端が没すると、館は九月から翌年四月まで一二都市で巡回展〈川端康成展〉を開催し、一一月、この入場料収入の寄付によって、館展示室の一角に「川端康成記念室」を開設しました。今日に至るまで、当館では毎年、春と秋との特別展開催期間に、同記念室で川端康成展を行っています。

しかし二〇一四年秋、川端康成展が行われたのはこの記念室ではなく、駒場から遠く海を隔てたフランスの地、パリ日本文化会館でした。

二〇一一年、当館では周年記念事業委員会を組織し、財団法人創立五〇周年となる二〇一三年から開館五〇周年となる二〇一七年までの五年間に周年事業を実施することを検討していました。

二〇一二年、その委員会の席で和田博文教授から提案されたのが、初代名誉館長であり日本初のノーベル文学賞受賞作家である川端康成に関する展覧会・シンポジウム・特集映画上映というマルチイベントを、パリ日本文化会館で開催するという企画だったのです。

同年海外研究期間に渡仏されていた和田教授は、既にパリ日本文化会館での展覧会開催の可能性を会館職員に打診、またその内諾を受けて現地の川端研究者である坂井セシル教授に協力を要請。企画立案の上、当館にご提案くださいました。この「ヨー

ロッパで開催される初めての本格的な、日本の文学者の展覧会」という空前の、また魅力的な企画は同年六月に周年事業として当館理事会で承認され、翌七月にはパリ日本文化会館の竹内館長の内諾を得、日本側、パリ側でのそれぞれの打ち合わせを経て、年内のうちに開催時期・開催スペース・編集委員などが着々と決定していったのです。

翌二〇一三年、年明け早々に、日本に滞在されていた坂井セシル教授が多忙なスケジュールを縫ってご来館、当館所蔵の川端康成関連資料をご覧になり、担当職員とともに出品資料について検討。また川端香男里 川端康成記念会理事長に展示プランをご確認いただき、編集委員ご就任・シンポジウムへのご参加・当イベントへの川端康成記念会のご協力（資料出品等）をご快諾頂いたのでした。

展示については、企画立案の時点で坂井教授、和田教授が既に構成案を作成下さっており、「川端康成と『日本の美』―伝統とモダニズム」というタイトルが示すとおり、海外においては従来ジャポニズムのフィルターを通して受容されることが多かった川端の、モダニストとしての側面を併せて紹介することで「川端康成と『日本の美』」を伝えようという、意欲的なコンセプトによるものでした。取り上げる作品については、当然、フランスで翻訳が出版されているもの、よく読まれているものが中心になります。日本では最も多く読まれている作品の一つである「伊豆の踊子」は舞台や登場人物の背景が理解しにくいためかそれほど読まれていないということで、最も有名な「雪国」、「眠れる美女」そして「古都」「千羽鶴」「山の音」を取り上げました。また、一九二〇〜三〇年代にはモダニズム文学の旗手と目されていた川端の、ヨーロッパのアヴァンギャルドやモダニズム運動との同時性を、「浅草紅団」「狂った一頁」を通して紹介することになりました。

この構成案を元に出品リストを組み立てていくのですが、このとき坂井教授が本展に必要なこととして強調されたのが、浅草や鎌倉や京都といった川端作品の舞台となった都市の写真や、西陣織や茶道具といった作品中にも登場する伝統工芸品、美術品の実物を展示し、エントランスには生け花を飾るなど、フランスの観覧客の心をつかみ、イメージを喚起することでした。

日本で文学展というとやはり一番の目玉は作家の直筆原稿ですが、なにぶん言語の異なる外国での展示。原稿は数点に絞り、作品世界が少しでも伝わるよう、写真や絵画作品の展示の充実が欠かせなかったのです。また同時に「本物」志向の強いフランス人にとって、川端の一級の美術コレクションは大いにアピールするものであり、また美術蒐集家としての川端の姿をよく伝えるものであるため、里帰り展示とも言えるロダンの「女の手」像や、取り上げる川端作品と関わりの深い東山魁夷の「北山初雪」、古賀春江の「煙火」といった絵画、加藤唐九郎作の志野茶碗、富本憲吉作の色絵灰皿を川端の愛蔵品から選定、川端康成記念会に出品を依頼し、川端理事長はじめ記念会の格段のお取り計らいにより、川端コレクションの初の海外展示が実現することとなりました。

こうして作成された出品リストをもとに輸送会社に見積もりを取り、二〇一三年の春から当館の川端康成記念室で試行展を開催するなど、準備を進めていたのですが、いざ二〇一四年を迎えると、予算や会場の使用に当初の予定よりも制限がかかることになり、会場内に仮設壁を設置して行う展示や、地下階の展示の常時開場が不可能になるなど、当初の展示案は大幅な組み換えを迫られました。二〇一四年一月、坂井教授、和田教授にご来館いただき、急遽変更案を作成。地上階のみでも展示が完結するよう、導入部と、「モダニズムと浅草」「川端と京都」の二部門、そして川端コレクションや遺愛品の展示を中心とする「作家の空間」の、併せて四部門を地上階にまとめ、地下階は「小説の世界」というテーマで「山の音」「千羽鶴」「雪国」「眠れる美女」を紹介するかたちに再編成しました。生花や西陣織などの出品は割愛しましたが、東山魁夷の「北山初雪」などの川端コレクションが地上階のエントランス部分に集結する構成となりました。また、当イベントのメインビジュアルとしても使用させていただいた林忠彦先生撮影の写真をはじめとする同時代の写真作品、川端作品に寄せられた絵画や、映画化作品のスチール写真などを充実させ、原稿や引用文のフランス語訳と併せて挿画や映画スチールを、川端遺愛の品と併せてその品を愛でる川端の肖像写真を展示することで、日本の芸術家たちの見た川端作品と作家・川端康成の姿を紹介することができ、よりイメージが立体的になったのではないかと思います。

この変更案をもとに、パリ日本文化会館の展示担当者と調整を重ね、データを送ってパネルやキャプションを現地で制作、準備を進めましたが、八月はフランスの業者がバカンスに入ることもあって、最終確認は休み明けの九月。川端の貴重な美術コレクションを含む海外輸送ということで、諸々の手続きや準備を進めているうちに日はどんどん過ぎて行き、九月一〇日には成田空港から資料を空輸、その翌日、私も展示設営のためパリへ出発していました。

このときのパリは好天に恵まれ、昼間は真夏のような日差しが降り注いでいました。会場となるパリ日本文化会館は、エッフェル塔のほど近くということもあって多くの観光客が絶えず行き来していましたが、休館日にあたる一五日、入口にロダンの「女の手」像を見つめる川端の肖像が掲げられると人々は足を止め、興味深げに中を覗き込んでいくのでした。

一六日の正午、開館時間とともに「川端康成と『日本の美』―伝統とモダニズム」展がオープン。フランス人セノグラファーの手による、紙で構成された展示空間には、川端の全仕事が収められた三十七巻の新潮社版全集や、世界各国で刊行された翻訳本、「古都」の作品解説や引用文とともに東山魁夷の「北山初雪」などが並べられ、フランス人を中心とした来館者たちは熱心に年譜や解説文を読み、愛蔵の志野茶碗の美しさに感嘆。オープンが遅れた地下階展示の開場を入口で待つ人もいました。この日は一九時から同館でオープニングレセプションが催され、シンポジウム参加者を中心とした大学関係者や、アルバン・ミシェル社（フランスにおける川端作品の出版権を保有する出版社）、助成団体関係者や一部マスコミを含む五四名が出席、和やかな中にも、この一大イベントの実現を迎えた興奮が会場を包んでいました。

翌一七日に会館内の小ホールで行われた国際シンポジウム第一日目と、多和田葉子先生による基調講演は、その専門的な内容にも関わらず、フランス人を中心に定員一二八人の会場が満員になる大盛況で、中には「今まで川端作品は読んだことがなかったが、ぜひ読んでみたい」という参加者もいました。

こうしてその一ヶ月半の会期中、延べ一六、〇三八人の観覧者（エントランスホールが会場となっているため、展示のみの観覧者数は不明）で賑わい、また一〇月四日から二五日に行われた川端原作作品の特集映画上映には延べ二、三七七人が来場、毎回ほぼ満席となったそうです。これまで、パリ日本文化会館は日本の美術工芸や歴史、アニメーションなどをテーマにした展示は行っていたものの、文学に関するものは今回が初めての試みとのことで、集客なども全くの未知数だったそうですが、結果的には特集映画上映は過去最多クラスの集客となり、会場は熱気にあふれました。会館の展覧会担当者からは、従来の展示では読み流されがちな展示解説を熟読している姿が目立った、これも川端研究者であり、翻訳家でもある坂井教授によるフランス語の解説文が魅力的だったためだろう、という話も聞かれました。また、メインの展覧会場がエントランスホールであったため、シンポジウムや映画上映の前後に展覧会を見てより関心を深める、更に同フロアのミュージアムショップで川端の翻訳本を購入する来場者も多かったということです。

フランス人に向けたフランス語による日本文学の展覧会を実現、また多くの方にご来場いただくことができたのは、現地の研究者として企画・監修・パネル翻訳に至るまで、本展の中心となってくださった坂井教授のご尽力、そして川端康成記念会をはじめ資料提供者の皆様の格段のご協力、数々の企業・団体の助成の賜物でした。パリ日本文化会館としても、これをきっかけに今後日本文学を取り上げる機会を積極的に持ちたい、というお話が聞けたことこそが、一番の収穫だったのではないかと思います。

（事務局・信國奈津子）

川端康成記念会挨拶（オープニングレセプション）

■川端康成記念会理事長　川端香男里

日本近代文学館創立五〇周年を記念してここパリの地で、川端康成と「日本の美」をテーマとする展覧会が行われ、それと関連してシンポジウム、大々的な映画上映週間が展開する運びとなりましたが、私どもにとっては夢のような話であります。この夢をかなえてくださった方々に心から感謝申し上げます。

川端康成は、多くの人が彼について持っているイメージとは異なり、大変な行動家でありました。敗戦を一つの契機として、彼は日本のかなしみとひとつになり、日本の美のために生きることを決意します。彼の代表作はほとんどが戦後の所産です。また彼は日本が世界中から理解されず憎まれて滅びることを恐れました。彼は世界の人々の理解を得る最強の手段は、文学による相互交流であると考えました。日本ペンクラブの会長としての献身的な行動はここに発します。また日本近代文学館の重要性を認識し、それが生まれた時には「日本の誇り」となるだろうと文学館運動を鼓舞し続けたのでした。その後、日本近代文学館は館内に川端康成記念室を設置し、川端没後に設立された財団「川端康成記念会」とも連携していろいろな企画を実施しております。今回のパリ日本文化会館での展覧会もその一例です。

今回の国際シンポジウムはヨーロッパの地で、新たな21世紀の視点から日本の作家一人を論じますが、今からその成果に大きな期待がかかります。川端康成その人もこのような国際的な場で自由に文学が論じられることを夢見ていたように思われます。その夢が見事にかなったのです。

日本近代文学館挨拶（オープニングレセプション）

■日本近代文学館理事長　坂上弘

二年前、セシル坂井教授が和田博文教授と共に日本近代文学館に訪ねてこられ、今日の川端展とシンポジウムの構想を伺ったとき、私は、じつに興奮しました。

川端康成を、ひとりの文学を生きた人、東洋思想を生きた人として、その日本近代文学を代表する偉大な仕事を、言葉と概念、映像を組合せ、単独展を開催してくださる、と知ったからです。そこは、一九六七年に日本近代文学館を開館させた川端が、実際に座っていた少し黒びかりのする椅子のある部屋でした。

川端は日本ペンクラブの会長であったばかりでなく、日本初の近代文学館である日本近代文学館の創立に尽力したもっとも大きな存在のひとりだったのです。

そして本日、その二年前のよろこびが実って、川端の単独展がスタートします。次の方々にお礼を申し上げます。竹内佐和子館長をはじめとするこのパリ日本文化会館の皆様、セシル坂井教授、和田博文教授、川端香男里先生、この展覧会の実現に尽力してくださったすべての人々。

川端香男里先生はこのたびの展覧会のために、貴重な美術品を含む川端コレクションの、初の海外への輸送・展示を特別にお許しくださり、またその実現にご尽力くださいました。こうして、このヨーロッパにおける日本文化の最大の発信地であるパリ日本文化会館の会場で、貴重な資料を皆様にお目にかけることができました。

それから、九月一七、一八日と続く川端作品の多角的な分析と再評価を目指す国際シンポジウムは、想像するだけで期待に胸が膨らみます。

私は、日本でジャーナリストに紹介するのに、このたびの川端康成に関する一連の行事が、日本人作家がヨーロッパにおいて、単独で、総合的にとりあげられるのは、初めてのことと述べました。新しい文学論が川端の再読によっておこるのが、このシンポジウムではないでしょうか。

川端は、日本のすべての同世代作家、後輩作家、幅広い芸術家から敬愛されています。それが日本でいまでも続いています。川端の文学は人を拒まない、死を拒まない。そのように美しい日本の作家のあり方を、メッセイジとして日本の文学者にのこしています。

幼少から死をみつめてきたかのごとく知られた川端の、美を構築する力は、後輩の私たちを鼓舞しました。孤独な人間性を信じる一方で、文学は人を拒まない、美は死をもこばまないという信念ではなかったかと私は思うのです。このパリの川端康成展と講演会、国際シンポジウム、特集映画上映が、成功することを、こころから祈ります。

（代読）

日本近代文学館創立50周年・開館45周年記念　川端康成と「日本の美」

2014年9月16日（火）~10月31日（金）　会場・パリ日本文化会館

（Maison de la Culture du Japon à Paris, 101bis, quai Branly 75015 Paris）

主催 : 公益財団法人日本近代文学館・パリ日本文化会館

開館時間	正午～午後7:00（木曜　正午～午後8:00）
観覧料	無料
休館日	日曜日・月曜日
編集委員	川端香男里　川端康成記念会理事長
	坂井セシル　パリディドロ大学教授
	和田博文　東洋大学教授
助成	公益財団法人石橋財団
	一般社団法人東京倶楽部
協力	公益財団法人川端康成記念会
	全日本空輸株式会社
	アルバン・ミシェル社

このたび、日本近代文学館では1963年の創立から50周年、1967年の開館から45周年を記念し、館の設立運動に尽力した初代名誉館長であり、日本初のノーベル文学賞受賞作家でもある川端康成の芸術をたどる特集行事「川端康成と『日本の美』」を、パリ日本文化会館と共催し、フランス・パリの同館において開催いたします。

〈開催概要〉

・展覧会　「川端康成と『日本の美』―伝統とモダニズム」（9月16日～10月31日）
・作家・多和田葉子氏による記念講演会　「雪の中で踊るたんぽぽ」（9月17日）
・国際シンポジウム　「川端康成21世紀再読―モダニズム、ジャポニスム、神話を越えて」（9月17・18日）
・特集映画上映　「映画から見た川端康成の文学」（10月4日～25日）

世界中で多くの作品が翻訳され、「日本の美」を伝えてきた川端文学と、そこに描かれた浅草・鎌倉・京都といった日本の都市の風土、美意識との関係、また、ヨーロッパの前衛芸術運動、モダニズム運動との同時代性を明らかにすることで、伝統とモダニズムという川端文学の全体像を世界に紹介します。

国際シンポジウム「川端康成21世紀再読―モダニズム、ジャポニスム、神話を越えて」

2014年9月17日（水）、18日（木）　主催：フランス国立東アジア文化研究所

プログラム

9月17日（於 パリ日本文化会館） 14：00～18：00

○歓迎の挨拶：パリ日本文化会館館長・竹内佐和子
○「川端康成のアクチュアリティー」
司会：Régis SALADO（パリディドロ大学）
　坂井セシル（パリディドロ大学）「文学の21世紀と川端作品―カノンの断片化」
　川端香男里（東京大学名誉教授）「川端康成、コレクションと資料の現在」
　ジャン＝ノエル・ロベール（コレージュ・ド・フランス）「ある仏教観―川端作品をめぐって」
　アーロン・ジェロー（イェール大学）「川端と映画―文学の近代vs映画の近代」
　ジョルジョ・アミトラーノ（ナポリ東洋大学、東京イタリア文化会館）
　「聞こえないものの響き―『山の音』における話法と矛盾語法」
○全体討論
18：30～20：00
○記念基調講演
多和田葉子　「雪の中で踊るたんぽぽ」
　司会、逐次通訳：坂井セシル

9月18日（於 パリ ディドロ大学） 9：20～18：30

○歓迎の挨拶：パリディドロ大学代表、東アジア文化研究所所長
○「モダニズム再考―その時代性と実験性」
司会：エマニュエル・ロズラン (INALCO)
　スティーブン・ドッド（ロンドン大学）「1920年代のモダニズムと政治―川端、横光の比較から」
　和田博文（東洋大学）「東京―浅草の都市空間」
　李征（復旦大学）「モダニズムと身体」
　仁平政人（弘前大学）「川端康成における心霊学とモダニズム」
○ 全体討論
○「問題としての伝統：言語、身体、ジェンダー」
司会：アンヌ・バヤール坂井 (INALCO)
　鈴木登美 (コロンビア大学) 「川端康成の文章観・国語観・古典観」
　田村充正（静岡大学) 「川端康成『山の音』と小津安二郎監督作品の詩学における＜日本＞」
　金井景子（早稲田大学） 「「初老の男」の想像力―ジェンダーで読む『山の音』」
　イルメラ・日地谷＝キルシュネライト（ベルリン自由大学）「川端―身体と実験」
○全体討論
○「文学の政治学」
　紅野謙介（日本大学）「文壇人としての川端康成―「代作」と文芸時評」
　十重田裕一（早稲田大学）「占領期言論統制下の創作と出版活動」
　マイケル・ボーダッシュ（シカゴ大学)
　「冷戦時代における日本主義と非同盟の可能性・『美しい日本の私』再考察」
○全体討論
　マイケル・ボーダッシュ（シカゴ大学)、紅野謙介（日本大学）、十重田裕一（早稲田大学）、和田博文（東洋大学）、裕子ブリュネ（パリディドロ大学）、坂井セシル（パリディドロ大学）
○閉会の挨拶

川端康成略年譜

笠間書院編集部編

・一般的な事項に加え、本書の記述を追記したものである。
・作成にあたり、主に次の年譜を参考にした。
・森晴雄編（羽鳥徹哉監修『川端康成―蒐められた日本の美』別冊太陽 日本のこころ157、平凡社、二〇〇九年一月）、川端香男里編（『天授の子』新潮文庫、一九九九年六月）、長谷川泉（『川端康成論考 増補三訂版』明治書院、一九八四年五月）、田村嘉勝・林武志編（林武志編『鑑賞日本現代文学一五 川端康成』角川書店、一九八二年一一月）。

年	元号	歳	事項
一八九九	明治三二		六月一四日、大阪市北区此花町一丁目七十九番屋敷にて生まれる。父は医師の栄吉。母はゲン。四歳上の姉に芳子。
一九〇一	明治三四	二	一月、父栄吉死去。母の実家、大阪府西成郡豊里村に移る。
一九〇二	明治三五	三	一月、母ゲン死去。祖父三八郎、祖母カネと大阪府三島郡豊川村大字宿久庄字東村十一番屋敷（原籍地）に移る。姉芳子は母の妹の婚家、大阪府東成郡鯰江村にあずけられる。
一九〇六	明治三九	七	大阪府三島郡豊川尋常高等小学校に入学。病弱のため欠席が多かった。成績は優秀。九月、祖母カネ死去。
一九〇九	明治四二	一〇	七月、姉芳子死去。芳子とは一九〇二年に別れてより一度ほどしか会っていなかった。
一九一二	明治四五	一三	四月、大阪府立茨木中学校に入学。一里半（約六キロ）の距離を徒歩で通学した。
	大正元		
一九一三	大正二	一四	小説家を志し、新体詩や作文を試みる。
一九一四	大正三	一五	五月四日、のちに「十六歳の日記」として発表される日記を書き始める。五月、祖父三八郎死去。孤児となる。母の実家、豊里村に引きとられる。

一九一五	大正四	一六	中学校の寄宿舎に入る。多くの文学作品を読んで過ごした。
一九一六	大正五	一七	四月、寄宿舎の室長になる。同室の下級生、小笠原義人と親しくする（後に「少年」（一九四八・四九年）として作品化される）。
一九一七	大正六	一八	三月、中学校を卒業。九月、第一高等学校文科第一部乙類（英文）に入学。三年間を寮で過ごす。特に志賀直哉、芥川龍之介、ドストエフスキーを愛読した。
一九一八	大正七	一九	一〇月、伊豆へ旅行し、旅芸人一行と道連れになる。以後一九二七年まで、毎年のように湯ヶ島へ行く。
一九一九	大正八	二〇	六月、「ちよ」（『校友会雑誌』一高文芸部。伊豆での体験をもとにした「伊豆の踊子」の原型といえる作品）発表。今東光を知り、彼の父から心霊学を教わる。本郷のカフェ・エランにいた伊藤初代を知る。
一九二〇	大正九	二一	七月、第一高等学校を卒業し、東京帝国大学文学部英文学科に入学。第六次『新思潮』発行を計画し、菊池寛宅を訪ねて了解を得る。
一九二一	大正一〇	二二	二月、石浜金作、酒井真人、鈴木彦次郎、今東光らと第六次『新思潮』発刊。二号の「招魂祭一景」は菊池寛、久米正雄らに好評を得た。初期短編を多数掲載。伊藤初代と婚約・破談。
一九二二	大正一一	二三	国文学科に転科する。夏に湯ヶ島にて「湯ヶ島での思ひ出」を執筆（原稿用紙一〇七枚）、「伊豆の踊子」「少年」をうみだしたのち廃棄される。
一九二三	大正一二	二四	菊池寛の『文藝春秋』に編集同人として加わる。九月、関東大震災に遭い、今東光や芥川龍之介らと災害跡を視察。一一月、「新文章論」（『文藝倶楽部』）発表。この頃から「自然主義」に代表される旧来の文学を否定し、「新しい文芸」を生み出すことを主張するモダニストとして、本格的に作家活動を開始する。
一九二四	大正一三	二五	三月、東京帝国大学国文学科卒業。一〇月、『文藝時代』を創刊。同人は石浜金作、鈴木彦次郎、今東光、横光利一、中河与一ほか。新感覚派作家たちの主要な発表の場となる。
一九二五	大正一四	二六	湯ヶ島に長期間滞在。一月、「新進作家の新傾向解説」（『文藝時代』）発表。八・九月、「十六歳の日記」（『文藝春秋』）発表。一一月、「初秋山間の空想」（『文藝春秋』）発表。一二月、「白い満月」（『新小説』）発表。
一九二六	大正一五 昭和元	二七	一・二月、「伊豆の踊子」（『文藝時代』）発表。処女小説集『感情装飾』（金星堂）刊行。衣笠貞之助監督に誘われ、横光利一らと新感覚派映画連盟に参加。「狂った一頁」（九月公開）の脚本を手がける。八月、「映画入門」（『芝居とキネマ』）発表。松林秀子との生活を始める。

年	元号	歳	事項
一九二七	昭和二	二八	梶井基次郎が訪ねてくる。三月、梶井が校正を手伝った作品集『伊豆の踊子』（金星堂）刊行。四月、上野精養軒で開催された横光利一の結婚披露宴に出席。四月、「美しい！」連載（〜五月。『福岡日日新聞』。最初の新聞小説）。東京市外の杉並町馬橋に住む。八月、「海の火祭」連載（〜一二月。『中外商業新報』）。一二月、熱海に移る。
一九二八	昭和三	二九	五月、尾崎士郎に誘われて東京・大森に移る。のち「文士村」であった馬込に住み、多数と交友。
一九二九	昭和四	三〇	三月「美しき墓」（『新潮』。「美しい！」の改作）発表。四月、『近代生活』が創刊され、同人に加わる。九月、上野桜木町に移る。一〇月、『文學』が創刊され、同人になる。一一・一二月、「映画見物記」（『新潮』）発表。一二月、「浅草紅団」の連載が『東京朝日新聞』で始まる。
一九三〇	昭和五	三一	文化学院に講師として出講。一月、「浅草」（『読売新聞』）発表。三月、東京市で帝都復興祭が催される。同月、「近作の誤算」（『近代生活』）発表。四月、「浅草」（『日本地理大系第三巻大東京篇』）発表。九月、映画「浅草紅団」（高見貞衛監督）公開。一二月、『浅草紅団』（先進社）刊行。
一九三一	昭和六	三二	一二月、秀子との婚姻届を提出。踊子の梅園龍子に洋舞を習わせる。画家の古賀春江と知り合う。
一九三二	昭和七	三三	二月、「抒情歌」（『中央公論』）発表。三月、梶井基次郎死去。一〇月、「慰霊歌」（『改造』）発表。
一九三三	昭和八	三四	二月、映画「恋の花咲く　伊豆の踊子」（田中絹代主演）が公開され大ヒット。九月、古賀春江が死去し、『文藝』一二月号に「末期の眼」を発表。一〇月、『文學界』が創刊され同人となる。
一九三四	昭和九	三五	六月、初めて越後湯沢へ行く。この年、『雪国』の連作執筆が始まる。七月、「「浅草紅団」続稿予告」（『文藝』）発表。八月、北條民雄からの手紙を受け取り、文通が始まる。一一月、映画「水中心中」公開。
一九三五	昭和一〇	三六	芥川賞の銓衡委員になる。『雪国』の分載発表が始まる。三月、映画「乙女ごゝろ三人姉妹」公開。六月、映画「舞姫の暦」公開。一二月、林房雄の誘いにより鎌倉町浄明寺に転居。
一九三六	昭和一一	三七	二月、映画「有りがとうさん」公開。八月、軽井沢に滞在。同月、『小説の研究』（第一書房。伊藤整による代作）刊行。
一九三七	昭和一二	三八	三月、「現代風俗の楽しい戯画」（『報知新聞』）にて小津安二郎監督「淑女は何を忘れたか」を評す。六月、「乙女の港」連載（〜三八年三月。『少女の友』。中里恒子による代作）。同月、書き下ろしを加えた『雪国』（創元社）刊行。七月、文芸懇話会賞受賞。一二月、北條民雄死去。この年、カメラ・コンタックスを購入。

一九三八	昭和一三	三九	四月、『川端康成選集』（全九巻、改造社）の刊行が始まる。一〇月、日本文学振興会の理事に就任する。
一九三九	昭和一四	四〇	五月、少年文学懇話会を結成。『模範綴方全集』（中央公論社）の編者になる。六月、映画「女性開眼」公開。
一九四〇	昭和一五	四一	五月、「美しい旅」執筆取材のため、盲学校、聾学校、聾唖学校を見学する。一〇月、日本文学者会が発足、発起人になる。
一九四一	昭和一六	四二	四月、『満洲日日新聞』の招きで満州へ渡る。五月に帰着。八月、『小説の構成』（三笠書房。瀬沼茂樹による代作）刊行。九月、関東軍の招きで再び満州へ。一一月に帰着。一二月八日、太平洋戦争が始まる。
一九四二	昭和一七	四三	八月、同人の『八雲』創刊。他に島崎藤村、志賀直哉、里見弴、武田麟太郎、瀧井孝作らがいた。一二月、「英霊の遺文」（『東京新聞』）発表。ドイツで「伊豆の踊子」の翻訳刊行（川端作品初のドイツ語訳）。中国で、創作随筆を六本くらい翻訳した『文章』が刊行される。
一九四三	昭和一八	四四	三月、母方の従兄の子、麻紗子を養女として引き取る。八月、島崎藤村死去。
一九四四	昭和一九	四五	四月、「故園」（養女を引き取ったときの事情がテーマ）、「夕日」などによって、第六回菊池寛賞受賞。
一九四五	昭和二〇	四六	四月、海軍報道班員として鹿児島県鹿屋の基地に行く。五月、鎌倉在住の作家仲間、久米正雄、小林秀雄、高見順らと貸本屋鎌倉文庫を開設。終戦後、出版社「鎌倉文庫」として再発足。重役となり通う。GHQ／SCAPによる検閲が実施される（～一九四九年）。
一九四六	昭和二一	四七	一月、鎌倉文庫から『人間』を創刊。三島由紀夫「煙草」を六月号に掲載する。三月、マッカーサーの特使として来日した米国教育使節団による日本語のローマ字化勧告。検閲により書き換えた「過去」（六月、『文藝春秋』）、「生命の樹」（七月、『婦人文庫』）発表。一一月、「現代かなづかい」と「当用漢字表」が内閣訓字・同告示として交付される。
一九四七	昭和二二	四八	一〇月、「続雪国」（『小説新潮』）発表、『雪国』が完結。同月、「哀愁」（『社会』。戦争中に「湖月抄本源氏物語」を読んだ経験を記す）発表。一二月、横光利一死去。没後直ちに、編集委員として横光の全集刊行を開始する。
一九四八	昭和二三	四九	三月、菊池寛死去。五月『川端康成全集』（全一六巻、新潮社）の刊行が始まる。同月、「少年」連載（『人間』～一九四九年三月）。六月、日本ペンクラブ会長に選出される（～一九六五年）。一二月、『雪国』（完結版。創元社）刊行。

年	元号	歳	事項
一九四九	昭和二四	五〇	四月、芥川賞が復活し、引き続き委員になる。五月、「千羽鶴」、八月、「山の音」発表。以後、それぞれ複数の雑誌に断続掲載される。九月、小津安二郎監督「晩春」公開。「鎌倉文庫」倒産。
一九五〇	昭和二五	五一	四月、ペンクラブ会員と広島、長崎を視察。一一月、『新文章読本』(あかね書房)刊行。この年前後、警視庁による「猥褻文書」の摘発が相次ぐ。連載中の「舞姫」(一二月〜一九五一年三月。『朝日新聞』)第二九回を、新聞社の自主規制によって書き換える。
一九五一	昭和二六	五二	六月、林芙美子死去。葬儀委員長をつとめる。八月、映画「舞姫」公開。一〇月、「千羽鶴」が完結。一一月、映画「めし」公開。
一九五二	昭和二七	五三	一月、映画「浅草紅団」(久松静児監督)公開。二月、『千羽鶴』(筑摩書房)刊行、芸術院賞を受賞。
一九五三	昭和二八	五四	一月、映画「千羽鶴」公開。四月、「無言」(『中央公論』)発表。五月、堀辰雄死去。葬儀委員長をつとめる。九月、映画「浅草物語」公開。一一月、永井荷風、小川未明とともに芸術院会員に選ばれる。
一九五四	昭和二九	五五	一月、映画「山の音」、三月、映画「伊豆の踊子」(美空ひばり主演)公開。四月、「山の音」が完結し刊行(筑摩書房)、第七回野間文芸賞受賞。一六巻本全集が完結。九月、映画「母の初恋」公開。
一九五五	昭和三〇	五六	一月、映画「川のある下町の話」公開。アメリカで「伊豆の踊子」が翻訳される(川端作品初の英訳)。東山魁夷が『新潮』編集部員の案内で川端邸を訪れる。
一九五六	昭和三一	五七	一月、『川端康成選集』(全一〇巻、新潮社)の刊行が始まる。一月、鎌倉市民座の試写会で小津安二郎監督「早春」を見た後、里見弴の家を訪ね、そこで小津安二郎、池部良、大佛次郎らと午前三時まで過ごす。二月、映画「虹いくたび」、四月、映画「東京の人」公開。アメリカで『雪国』、ドイツで『千羽鶴』の翻訳刊行。
一九五七	昭和三二	五八	四月、映画「雪国」(豊田四郎監督)公開。九月、日本にて第二十九回国際ペンクラブ大会開催。ドイツで『雪国』の翻訳刊行。
一九五八	昭和三三	五九	一月、映画「女であること」公開。二月、国際ペンクラブ副会長に選出される。一一月、胆石のため入院。『千羽鶴』の英訳刊行。
一九五九	昭和三四	六〇	九月、映画「風のある道」公開。一一月『川端康成全集』(全一二巻、新潮社)の刊行が始まる。西ドイツとアメリカで『千羽鶴』の翻訳刊行。

一九六〇	昭和三五	六一	一月、「眠れる美女」連載（～一九六一年一一月。『新潮』）。五月、映画「伊豆の踊子」（鰐淵晴子主演）公開。フランスで『雪国』『千羽鶴』の翻訳刊行（川端作品初のフランス語訳）。韓国『日本文学全集』に『雪国』が収録される（川端作品初の韓国語訳）。
一九六一	昭和三六	六二	一〇月、「古都」連載（～一九六二年一月。『朝日新聞』）。一一月、第二十一回文化勲章受章。同月、『眠れる美女』（新潮社）刊行。
一九六二	昭和三七	六三	二月、睡眠薬の禁断症状で入院。一一月、『眠れる美女』により第十六回毎日出版文化賞受賞。
一九六三	昭和三八	六四	一月、映画「古都」（中村登監督）公開。四月、日本近代文学館が発足、監事をつとめる。六月、映画「伊豆の踊子」（吉永小百合主演）公開。八月、「片腕」連載（～一九六四年一月。『新潮』）。
一九六四	昭和三九	六五	二月、尾崎士郎死去。六月、「たんぽぽ」連載（～一九六八年一〇月。未完。『新潮』）。
一九六五	昭和四〇	六六	二月、映画「美しさと哀しみと」、四月、映画「雪国」（大庭秀雄監督）公開。四月から一年間、テレビのために書き下ろした、NHK朝の連続テレビ小説「たまゆら」の放送が始まる。七月、谷崎潤一郎死去。八月、高見順死去。一〇月、日本ペンクラブ会長を辞任。
一九六六	昭和四一	六七	一月、肝臓炎のため入院。八月、映画「女のみづうみ」公開。
一九六七	昭和四二	六八	二月、映画「伊豆の踊子」（内藤洋子主演）公開。同月、中国の文化大革命における文学人への迫害を批判し、中国政府に対して文学の政治的イデオロギーからの自由を求める共同声明にサインする。
一九六八	昭和四三	六九	一月、映画「眠れる美女」（吉村公三郎監督）公開。六月、今東光が立候補した参議院選挙の事務長をつとめる（当選）。一〇月、日本人初のノーベル文学賞受賞決定（アジア人としては二人目）。一二月、スウェーデン・アカデミーにて記念公演「美しい日本の私―その序説」を行う。台湾『中国時報』に『雪国』が翻訳掲載される。
一九六九	昭和四四	七〇	一月、映画「日も月も」、四月、映画「千羽鶴」公開。四月、『川端康成全集』（全一九巻、新潮社）刊行が始まる。五月、ハワイ大学で特別講義「美の存在と発見」を行う。『眠れる美女』の英訳刊行。
一九七〇	昭和四五	七一	川端文学研究会が創設される（二〇一〇年、川端康成学会と改称）。一一月、三島由紀夫死去。フランスで「眠れる美女」の翻訳刊行。
一九七一	昭和四六	七二	一月、三島由紀夫の葬儀委員長をつとめる。三月、東京都知事に立候補した秦野章を応援（落選。美濃部亮吉が当選）。代表作のロシア語翻訳集が出版される（キム・レーホ編）。

年	元号	歳	事項
一九七二	昭和四七		四月一六日夜、逗子マリーナ・マンションの仕事部屋でガス自殺。五月二七日、日本ペンクラブ、日本近代文学館、日本文芸家協会共催で葬儀が行われた（葬儀委員長、芹沢光治良）。東山魁夷による川端追悼文「星離れ行き」（『新潮』六月臨時増刊号―川端康成読本）。一〇月、財団法人川端康成記念会が設立される（理事長、井上靖）。
一九七三	昭和四八		四月、第一回川端康成文学賞。
一九七四	昭和四九		一二月、映画「伊豆の踊子」（山口百恵主演）公開。
一九七八	昭和五三		中国『外国文芸』に「伊豆の踊子」「水月」が翻訳掲載される。
一九八〇	昭和五五		二月、『川端康成全集』（全三五巻、新潮社）刊行が始まる。一二月、映画「古都」（市川崑監督）公開。
一九八五	昭和六〇		八月、フランスにて映画「美しさと哀しみと」（海外製作）公開。
一九八九	昭和六四 平成元		八月、清水義範「スノー・カントリー」（『翻訳の世界』角川書店。「雪国」のパロディ）。
一九九一	平成三		九月、荻野アンナ「雪国の踊子」（『私の愛毒書』福武書店。「伊豆の踊子」と「雪国」を混ぜ合わせた虚構の続編）。
一九九四	平成六		ラシード・アル＝ダイフ『Dear Mr. Kawabata』（レバノン人。川端に向かって語る書簡体小説）。八月、フランスにて映画「オディールの夏」（海外製作。「眠れる美女」をモチーフとする）公開。ドイツで『眠れる美女』の翻訳刊行。
一九九五	平成七		一〇月、映画「眠れる美女」（横山博人監督）公開。
二〇〇四	平成一六		ガブリエル・ガルシア＝マルケス『わが悲しき娼婦たちの思い出』（コロンビア人。一九八二年ノーベル文学賞受賞。「眠れる美女」へのオマージュ作品）。
二〇〇六	平成一八		一一月、ドイツにて映画「眠れる美女」（海外製作）公開。
二〇〇八	平成二〇		一月、映画「夕映え少女」公開。
二〇一〇	平成二二		三月、映画「掌の小説」公開。
二〇一一	平成二三		一一月、映画「スリーピング・ビューティー―禁断の悦び―」（原作「眠れる美女」）公開。

二〇一四	平成二六		九月一六日～一〇月三一日、「日本近代文学館創立五〇周年・開館四五周年記念　川端康成と「日本の美」」開催（於、パリ日本文化会館）。九月一七・一八日、国際シンポジウム「川端康成二一世紀再読―モダニズム、ジャポニスム、神話を越えて」開催（於、パリ日本文化会館・パリ　ディドロ大学）
二〇一六	平成二八		一一月、映画「古都」（Yuki Saito 監督）公開。

あとがき

▼二〇一四年のパリにおいて、川端康成の存在を再検討する機会が作れたことは、とても大きい喜びである。私自身は、一九九九年に『掌の小説』(アンヌ・バヤール=坂井との共訳で、六〇編をアルバン・ミシェル社から刊行)をフランス語に翻訳した時のまことに不思議な経験から、川端研究に入ったと言えよう。その体験とは、何気ない外観と複雑な奥行きが融合して作られる多義的な表現で構成される謎めいた世界との出会いであった。以来、教授資格論文のキーモチーフとして選んだ「川端の曖昧性」の探究に没頭した一〇年間があった。

その間、文章の謎を解読してゆく推理の面白さを世界の日本文学研究の第一人者たちと分かち合える機会があれば、と長らく願っていた。と、ある時、日本近代文学館の企画が持ち上がり、パリ日本文化会館他のサポートを得、私としては、理想的な形で、アジア、ヨーロッパ、アメリカの研究者たちと、過去、現在、未来における川端の新模様を追求することが出来た。「夢が作った」会合のようで、協力者には心より感謝する。**【坂井セシル】**

▼かつて川端康成の研究に手を出すのはなかなか勇気がいると思っていた。ノーベル文学賞の権威がなにより邪魔をしたし、個人作家の研究会でも老舗中の老舗である「川端康成研究会」が会員外にいるものからすれば厚い壁のようにそびえ立っていた。文学研究の世界もそんなふうに些細なことが方向性を左右する。しかし、実際の川端テクストは不思議なほど魅惑的である。パリで川端康成展が開催されることとなって、その距離の隔たりが思いがけないほど多様な研究者を世界各地から一堂に集めることになった。なかでも特別講演をお願いした作家の多和田葉子さんと同時通訳をされた坂井セシル教授のかけあいのみごとさは、その会場にいたものでなければ味わえなかっただろう。再現できないそのときの興奮をかすかに余韻として漂わせながら、あらためて「川端康成」を起点とする研究の広がりをいまここに活字でお届けする。**【紅野謙介】**

▼この論集の校正を進めている時期に、メリーランド大学図書館ゴードンW・プランゲ文庫を再訪した。雑誌については、すでに検索機能が充実しており、国会図書館などでマイクロフィルムからのコピーが可能である。一方、単行本については、その一部が電子公開されてはいるものの、現地での調査が必要となる、実際に占領期の書籍を手に取ることで明らかになることは少なくない。プランゲ文庫における断続的な調査を進めながら、私の関心は様々な方向に広がりを見せていくが、そのひとつに、書籍の表紙・扉等に記載されることのある発行部数がある。

GHQに報告されたこの数字の確度については検討の余地があるものの、占領期の書籍の発行部数を知る重要な手がかりになる。ちなみに、占領下で刊行された新潮社版『川端康成全集』の発行部数については、第三巻（一九四八年一〇月）、第五巻（一九四九年三月）ともに三千部と所蔵資料には記されている。【十重田裕一】

▼パリの会議に声をかけられた時、私は喜んだ。その理由の一つは、一九八三年以来二一年ぶりにパリを訪れることができるからだ（ちなみにその時の旅行目的はデヴィッド・ボウイのコンサートを聴くためであった）。もう一つの理由は、ほぼ同じく二〇年以上離れていた川端文学と再会する機会になるためだった。八三年当時、学部生だった私は『千羽鶴』や『雪国』について感想文を書いた記憶があるが、それ以来、ほとんど川端文学とは無縁だった。研究者になってからは川端文学を意識的に避けてきたし、自分が担当する大学の授業でもほとんど川端の作品を取り扱わなかった。私は「オリエンタリズム」アレルギーだったからだ。

パリは自分にとって有意義な会議になった。川端文学に対してさまざまな新しい視点が開かれ、それによってやっと作品に対して私なりに魅力を感じられるようになった。今後その成果を自分の研究や授業に生かしたい。そして、二一年ぶりのパリももちろん満足であった。今は自分の心の中で川端とデヴィッド・ボウイの間に不思議な縁を感じている。【マイケル・ボーダッシュ】

▼川端康成の展覧会・シンポジウム・原作映画上映週間のため、シャルル・ド・ゴール空港に降り立ったのは二〇一四年九月一六日の午前四時である。日本近代文学館の周年記念事業について、パリで坂井セシルさんと初めて協議してから、二年五ヵ月が過ぎていた。ホテルのフロントに荷物を預け、夜明け前の真暗な時刻に、近くのパンテオンまで歩いて行く。エミール・ゾラやヴィクトル・ユゴーが眠る、見馴れたはずの建物は、いつもと違う表情をしていた。パリ日本文化会館やパリ第七大学で語られた川端康成のなかに、川端自身にとっての見慣れない風景が含まれていたら幸いである。それが二一世紀に川端を読み直す意味なのだろう。

ここまで来る途上で、川端香男里先生にはいろいろな御配慮を頂いた。日本近代文学館や国際交流基金の関係者の御尽力も忘れがたい。最後に本書をまとめてくださったのは、笠間書院の橋本孝さん、岡田圭介さん、重光徹さんである。一連の催しに関係してくださった方々に、深く御礼を申し上げたい。【和田博文】

執筆者・翻訳者プロフィール

［執筆順］

○**坂井セシル**［Cécile Sakai］（編者）パリディドロ大学教授。日本近現代文学。著書に *Histoire de la littérature populaire japonaise 1900-1980*, Paris, L'Harmattan, 1987（『日本の大衆文学』朝比奈弘治訳、平凡社、フランス．ジャポノロジー叢書、1997年）、*Kawabata le clair-obscur – Essai sur une écriture de l'ambiguïté*,（明暗の川端—曖昧性のエクリチュールに関するエッセー）Paris, Presses Universitaires de France, 2001, rééd. 2014. 他、日本近現代文学についての論文、翻訳、多数。

○**多和田葉子**［たわだ・ようこ］作家。著書に『雲をつかむ話』（講談社、2012年）、『言葉と歩く日記』（岩波新書、2013年）、『献灯使』（講談社、2014年）など。

○**川端香男里**［かわばた・かおり］東京大学名誉教授。川端康成記念会理事長。ロシア文学・比較文学。著書に『薔薇と十字架—ロシア文学の世界』（青土社、1981年）、『ロシア文学史』（岩波書店、1986年）、『ユートピアの幻想』（講談社、1993年）など。

○**ジャン＝ノエル・ロベール**［Jean-Noël Robert］コレージュ・ド・フランス教授、兼フランス国立高等研究院教授、コレージュ・ド・フランス日本学高等研究所所長。著書に *Les doctrines de l'École japonaise Tendai au début du IXe siècle : Gishin et le « Hokke-shû gi shû »*（9世紀初頭日本の天台宗の教義—義真と法華宗義集）, Paris, Maisonneuve et Larose, 1990. *Le Sûtra du Lotus, suivi du Livre des sens innombrables et du Livre de la contemplation de Sage-Universel*（『法華経』仏語訳）, Paris, Fayard, 1997. *La Centurie du Lotus : Poèmes de Jien (1155-1225) sur le Sûtra du Lotus*（法華経をめぐる慈円（1155 — 1225）のうた）, Paris, Collège de France, 2008. など。

○**平中悠一**［ひらなか・ゆういち］作家。翻訳に、パトリック・モディアノ『失われた時のカフェで』（作品社、2011年）、ダニエル・ストリューヴ「源氏を訳す」（『日仏翻訳交流の過去と未来』大修館書店、2014年）、パトリック・モディアノ『迷子たちの街』（作品社、2015年）など。

○**アーロン・ジェロー**［Aaron Gerow］イエール大学教授。映画・メディア史研究家。著書に *Kitano Takeshi*, BFI, 2007. *A Page of Madness: Cinema and Modernity in 1920s Japan*, Center for Japanese Studies, University of Michigan, 2008. *Visions of Japanese Modernity: Articulations of Cinema, Nation, and Spectatorship, 1895–1925*, University of California Press, 2010. など。

○**スティーブン・ドッド**［Stephen Dodd］ロンドン大学アジア・アフリカ研究学院（SOAS）言語・文化学部日本韓国学科教授。著書に *Writing Home: Representations of the Native Place in Modern Japanese Literature*, Harvard University Press, 2004."History in the Making: Negotiations between History and Fiction in Tanizaki Jun'ichirô's "A Portrait of

Shunkin,"" in Japan Review 24 (Summer, 2012) : pp. 147-164. *The Youth of Things: Life and Death in the Age of Kajii Motojirô*, Hawai'i University Press, 2014. など。

○**和田博文**［わだ・ひろふみ］（編者）東洋大学教授。著書に『資生堂という文化装置 1872–1945』（岩波書店、2011 年）、『シベリア鉄道紀行史―アジアとヨーロッパを結ぶ旅』（筑摩選書、2013 年）、『海の上の世界地図―欧州航路紀行史』（岩波書店、2016 年）など。

○**仁平政人**［にへい・まさと］弘前大学教育学部講師。著書に『川端康成の方法―二〇世紀モダニズムと「日本」言説の構成』（東北大学出版会、2011 年）、『太宰へのまなざし―文学・語学・教育―』（共著、弘前大学出版会、2013 年）、『寺山修司という疑問符』（共編著、弘前大学出版会、2014 年）など。

○**李征**［り・せい］復旦大学教授。著書に『表象としての上海：日本と中国の新感覚派文学運動に関する比較文学的研究』（東洋書林、2001 年）、『都市空間の叙述形態：日本近代小説文体研究』（復旦大学出版社、2012 年）、論文に「一九三二年の上海：戦争・メディア・文学」（『アジア遊学』第 167 号、勉誠出版、2013 年）など。

○**鈴木登美**［すずき・とみ］コロンビア大学東アジア言語文化学部教授。著書に『語られた自己―日本近代の私小説言説』（岩波書店、2000 年）、『創造された古典―カノン形成・国民国家・日本文学』（共編著、新曜社、1999 年）、*Cambridge History of Japanese Literature*, Cambridge University Press, 2016（共編著）など。

○**ジョルジョ・アミトラーノ**［Geogio Amitrano］ナポリ東洋大学教授。著書に『『山の音』こわれゆく家族』（みすず書房、2007 年）、*The New Japanese Novel – Popular Culture and Literary Tradition in the Works of Murakami Haruki and Yoshimoto Banana*, Kyoto, Italian School of East Asian Studies, 1996. Kawabata Yasunari, *Romanzi e racconti*, Milano, Mondadori（川端康成選集、監修本）2003. 他、訳書に、川端康成、中島敦、井上靖、村上春樹、よしもとばななど多数、日本近現代文学・文化について論文、多数。

○**田村充正**［たむら・みつまさ］静岡大学教授。著書に『「雪国」は小説なのか―比較文学試論―』（中央公論新社、2002 年）、『川端文学の世界　全 5 巻』（共編著、勉誠出版、1999 年）、『川端康成作品論集成　第八巻「山の音」』（編著、おうふう、2013 年）など。

○**金井景子**［かない・けいこ］早稲田大学教授。著書に『声の力と国語教育』（共編著、学文社、2007 年）、『コレクション・モダン都市文化 第 47 巻 女学校と女子教育』（編著、ゆまに書房、2009 年）、『浅草文芸ハンドブック』（共著、勉誠出版、2016 年）など。

○**イルメラ・日地谷＝キルシュネライト**［Irmela Hijiya-Kirschnereit］ベルリン自由大学教授、フリードリッヒ・シュレーゲル文学研究大学院院長。著書に *Mishima Yukios Roman 'Kyōko no ie' – Versuch einer intratextuellen Analyse*. Wiesbaden, Harrassowitz 1996; *Selbstentblößungsrituale*. Wiesbaden, Steiner 1981, 新版 Munich, Iudicium 2005.（『私小説―自己暴露の儀式』三島憲一など訳、平凡社、1992 年）、*Rituals of Self-Revelation*, Cambridge, Harvard UP, 1996. *Ausgekochtes Wunderland: Japanische Literatur lesen*. Munich,

text+kritik, 2008. など。

○**紅野謙介**［こうの・けんすけ］（編者）日本大学文理学部教授。著書に『検閲と文学——一九二〇年代の攻防』（河出書房新社、2010 年）、『物語岩波書店百年史—「教養」の誕生』（岩波書店、2013 年）、『検閲の帝国　文化の統制と再生産』（共編著、新曜社、2014 年）など。

○**十重田裕一**［とえだ・ひろかず］（編者）早稲田大学文学学術院教授。著書に『「名作」はつくられる—川端康成とその作品』（NHK 出版、2009 年）、『岩波茂雄—低く暮らし、高く思ふ』（ミネルヴァ書房、2013 年）、『占領期雑誌資料大系　文学編』全 5 巻（共編著、岩波書店、2009 ～ 2010 年）など。

○**マイケル・ボーダッシュ**［Michael Bourdaghs］（編者）シカゴ大学・東アジア言語文化研究科・教授。著書に『さよならアメリカ、さよならニッポン』（奥田祐士訳、白夜書房、2012 年）、*The Dawn That Never Comes: Shimazaki Tōson and Japanese Nationalism*, Columbia University Press, 2003. *Linguistic Turn in Contemporary Japanese Literary Studies: Politics, Language, Textuality*, University of Michigan Center for Japanese Studies, 2010（編著）など。

○**四方田犬彦**［よもた・いぬひこ］比較文化・映画研究家。著書に『犬たちの肖像』（集英社、2015 年）、『署名はカリガリ—大正時代の映画と前衛主義』（新潮社、2016 年）、『母の母、その彼方に』（新潮社、2016 年）など。

○**志村三代子**［しむら・みよこ］都留文科大学准教授。著書に『映画人・菊池寛』（藤原書店、2013）、論文に「ふたつの『千羽鶴』—映画の宿命に抗して」（中村三春編『映画と文学—交響する想像力』森話社、2016）、「『羅生門』から『ゴジラ』へ—輸出映画のホープを目指して—」（岩本憲児編『日本映画の海外進出—文化戦略の歴史』森話社、2015）など。

○**兪在真**［ゆ・じぇじん］高麗大学校日語日文学科副教授。著書に『京城の日本語探偵小説　探偵趣味』（図書出版ムン、2012 年）、『改訂版　堀辰雄とモダニズム』（ヨッラック、2015 年）、『東アジアの大衆化社会と日本語文学』（ヨッラック、2016 年）など。

○**黄翠娥**［こう・すいが］輔仁大学日本語文学科教授。著書に『川端文芸の世界』（豪峰出版、2000 年）、『日本近現代文学と中国』（致良出版、2010 年）など。

○**信國奈津子**［のぶくに・なつこ］日本近代文学館事務局。

○**坂上弘**［さかがみ・ひろし］作家、日本近代文学館理事長。慶應義塾大学出版会会長、日本文藝家協会理事長などを歴任。日本芸術院会員。著書に『田園風景』（講談社、1992 年）、『台所』（新潮社、1997 年）、『故人』（講談社文芸文庫、2016 年）など。

川端康成スタディーズ

21 世紀に読み継ぐために

編者

坂井セシル／紅野謙介／十重田裕一／マイケル・ボーダッシュ／和田博文

［**執筆者・翻訳者**］

坂井セシル
多和田葉子
川端香男里
ジャン＝ノエル・ロベール
平中悠一
アーロン・ジェロー
スティーブン・ドッド
和田博文
仁平政人
李征
鈴木登美
ジョルジョ・アミトラーノ
田村充正
金井景子
イルメラ・**日地谷**＝キルシュネライト
紅野謙介
十重田裕一
マイケル・ボーダッシュ
四方田犬彦
志村三代子
兪在真
黄翠娥
信國奈津子
坂上弘

2016（平成 28）年 12 月 25 日　初版第一刷発行

発行者
池田圭子
装　丁
笠間書院装丁室
発行所

笠間書院

〒 101-0064　東京都千代田区猿楽町 2-2-3　電話　03-3295-1331　Fax 03-3294-0996
振替　00110-1-56002

ISBN978-4-305-70822-9　C0095

モリモト印刷・製本

http://kasamashoin.jp/